Knaur Lemon

Über die Autorin:

Chris Niles wurde in Neuseeland geboren und hat in ihrer Heimat, in Australien, Osteuropa und England als Fernseh- und Radiojournalistin gearbeitet. Heute lebt sie in London und arbeitet für CNN.

Weitere Romane um Radioreporter Sam Ridley sind in Vorbereitung.

Chris Niles

CITY HAI

Roman

Aus dem Englischen von
Jürgen Reuß

Knaur Lemon

Die englische Originalausgabe erschien 1997 unter dem Titel
»Spike It« bei Pan Books/Macmillan Publishers Ltd., London

Besuchen Sie uns im Internet:
www.droemer-knaur.de

Deutsche Erstausgabe Juni 1999

Redaktion: Moritz Volk
Umschlaggestaltung: Init, Bielefeld
Umschlagillustration: Tony Stone, München
Satz: Ventura Publisher im Verlag
Druck und Bindung: Clausen & Bosse, Leck
Printed in Germany
ISBN 3-426-61007-8

5 4 3 2 1

Danksagung

Den folgenden Leuten bin ich aufgrund ihrer Fachkenntnisse zu großem Dank verpflichtet: Anthony Richmond, Danielle Whelton, Tom Grantham, Randi Epstein und Frances Hughes.

Ich möchte Drew und Ellen besonders für ihre Freundschaft und Unterstützung danken und Roderick dafür, daß er mir immer zur Seite steht.

1

Ich wollte eigentlich nicht betrunken zur Arbeit gehen. Es hatte sich nur so ergeben. Montag abend hockte ich mit weiß der Teufel wem in meiner Stammkneipe. Mit irgend so einem Typen, der genauso drauf war wie ich.

»Weißt du was?« fragte mein Freund, während wir auf unsere Scotchgläser stierten. Der Pub war rappelvoll, und alle rauchten wie die Schlote. Aus der Jukebox schmalzte eine Ballade von den *Dire Straits*. Vom Qualmen und vom Schreien waren wir ganz heiser, und wir hatten geladen. Ziemlich geladen.

»Ich liebe diese Stadt … liebe diese Stadt. 'ne Menge Leute h-ham was gegn Lonnon. Aber ich nich, Kumpel.« Er nippte an seinem Drink und verschluckte sich fast. »Ich liebe diese Stadt.«

Ich nickte. Er hatte ganz recht. Warum fällt mir so was nie ein?

»Recht hassu«, sagte ich. »Lonnon. Auf Lonnon.«

Wir tranken auf London.

»Die Leute reden von Paris, Rom. Da läßt sich's lehm, sagen sie. Paris, Rom – ich frage dich.« Obwohl er schon Scotchglas und Zigarette in der Hand hielt, bekam er noch einen Finger frei, um damit in meine Richtung zu zeigen. »… Nee. Nee, ich *sag* dir was … Was ham die, das Lonnon nich hat?« Er schwieg. Offensichtlich wartete er auf eine Antwort. Ich überlegte gründlich, bevor ich sie ihm gab.

»Nichts«, sagte ich. »Assolut gar nichts.«

»Genau«, bestätigte er triumphierend. Dann legte er wieder eine Pause ein und sah sich um, als ob das, was er als nächstes enthüllen wollte, nicht für fremde Ohren bestimmt sei. Er rückte ein Stück näher. »Hab mal in Birmingham gewohnt«, sagte er.

»Ehrlich?«

Er preßte die Lippen zusammen und nickte. Die Erinnerung schmerzte offenbar immer noch. »Die längsten drei Monate meines Lebens, das sag ich dir. Die längsten drei Monate in meinem ganzen scheiß Leben.«

»Ich weiß, was du meinst«, sagte ich ernst. »Nur zu gut.«

Er schielte zu mir rüber. »Mal woanders gelebt?«

Ich winkte mit der drinkfreien Hand lässig ab. »Schon überall.«

»Echt?« Er zerfloß vor Mitgefühl.

»Überall. Ein Fremder in einem fremden Land – das bin ich.«

»Ein Fremder in einem fremden Land. Mann, dassis gut. Richtig poetisch. Muß ich mir merken. Für meine Frau.« Er nestelte umständlich an seinem Ärmel und sah auf die Uhr. Was er sah, schien seine schlimmsten Befürchtungen zu bestätigen.

»Muß los«, sagte mein Freund. »Meine Frau dreht mich sonst durch die Mangel.«

»Hast recht«, stimmte ich ihm zu. »Ich muß auch gehn.«

Er erhob sich unsicher, kramte in seinen Taschen nach Schlüssel und Brieftasche. »Wie heissu noch mal?« fragte er mich, nachdem er beides ausfindig gemacht hatte.

»Sam Ridley.«

»Also, Sam Ridley. War mir eine Ehre, mich mit einem so

kulli … kullivierten Gennelmann zu unterhalten.« Dann torkelte er aus der Tür.

Ich packte meine Sachen. Bis auf meine fünf Sinne schien ich alles beisammen zu haben. Die Schlüssel lagen glücklicherweise auf der Tischplatte. Den Mantel von der Stuhllehne zu befreien und überzuziehen, war nicht ganz so einfach. Gottseidank befand sich die Brieftasche noch in der Hosentasche. Dafür, daß ich nichts gegessen hatte, war ich das Trinken doch etwas heftig angegangen. Morgen würde ich viel Zeit haben, um über das Wort ›Reue‹ nachzudenken.

Vom Pub zu meiner Wohnung ist es nicht weit. Ich ließ es langsam angehen: Zum einen hatte ich es nicht besonders eilig, zum anderen hatte mein Gefühl für gerade Linien etwas gelitten. Die kalte Luft ging ein unheilvolles Bündnis mit dem Alkoholpegel ein, und unsichtbare Hände schubsten mich von einer Bürgersteigseite zur anderen.

Nach ein paar verdrießlichen Versuchen, die Wohnungen von Nachbarn aufzuschließen, fand ich schließlich die eigene. Im Dunkeln sehen die Türen in meiner Straße alle gleich aus.

Gerade als ich den Schlüssel ins Schloß steckte, klingelte das Telefon. Ich stieß die Tür auf und stürzte an den Hörer – na ja, ›auf‹ wäre vielleicht richtiger.

»Simon?«

»Sam? Ich bin's, Ted. Ich rufe von der Arbeit aus an. Hast du jemand anderen erwartet?«

»Äh, nein, eigentlich nicht.«

»'tschuldige, daß ich dich behellige. Du hast sicher Besseres zu tun, aber ich habe gerade Polizeifunk gehört. Ganz in deiner Nähe ist eine Frau umgebracht worden. Klang ziemlich übel.

Könntest du da mal vorbeischauen? Das heißt, wenn du nichts anderes vorhast.«

Ich war zu betrunken, um Ted zu sagen, daß ich zu betrunken war, um irgendwas zu tun. »Ich, puh. Okay.« Ich gab mir Mühe, so brillant wie immer zu klingen.

Ted war erleichtert. »Großartig. Du weißt ja, wie's ist. Wir checken's nicht ab, und hinterher stellt sich raus, daß sie SM-Spielchen mit einer Wüstenmaus und einem Kabinettsminister getrieben hat.«

»Wenn das so ist, mach ich das Interview mit der Maus.«

»Aber nur, falls sie nicht zuviel Geld will. Unser Mäusebudget ist klein.«

»Ich bin berühmt für meine Überredungskünste.«

Zum Glück hatte ich den Mantel noch an.

Die zehn Minuten Weg waren zu kurz, um nüchtern zu werden, aber immerhin gelang es mir, ganz manierlich einen Fuß vor den anderen zu setzen. Die Adresse, die Ted mir gegeben hatte, lag in der Mulberry Avenue, etwas nördlich und parallel zum Ladbroke Grove. Zur Hälfte war das Viertel ganz nett; von den viktorianischen Reihenhäusern auf der Südseite der Straße sah man direkt auf eine Betonsiedlung auf der Nordseite. Ich wage zu behaupten, daß diese Aussicht auf der Südseite keine Begeisterung hervorrief. Die Siedlung war scheußlich, da half nichts.

Die Ermittlungen leitete Detective Inspector Charlie Hobbs. Er stieg gerade aus dem Auto, als ich ankam.

Hobbs und ich kennen uns schon ewig.

»Hast du getrunken?« fragte er argwöhnisch.

»Nur einen Schlummertrunk.« Ich hielt ihm das Tor auf und wir gingen zur Wohnung im Erdgeschoß. Es gelang mir ganz

gut, den Nüchternen zu spielen. Gehen war kein Problem mehr.
An der Haustür wollte mir Hobbs gerade erklären, wohin ich meine Schritte lenken sollte, als eine junge Frau schluchzend auf uns zu gerannt kam. Sie wollte sich an Charlie vorbeizwängen, aber Charlie ist recht korpulent, und der Gang war schmal. Sie rasselten zusammen, wagten ein kurzes, schwankendes Tänzchen und fielen dann in Zeitlupe zu Boden, die Frau oben. Sie zappelte wie ein Fisch auf dem Trockenen.
Ich sah durch die Haustür. Ein Polizist stand in der Wohnung, drei davor. Keiner von ihnen hatte ihren Vorgesetzten jemals in so einer Stellung gesehen. Beflissen halfen sie den beiden auf. Die Frau weinte noch immer, wirkte jetzt aber etwas verunsichert. Sie merkte wohl, daß weinen der Situation nicht mehr angemessen war.
Ich nutzte die Gelegenheit und schlüpfte schnell in die Wohnung.
Die Leiche lag mitten auf dem Wohnzimmerboden. Eine blonde Frau, geschminkt, schwarzes Kleid. Den einen hochhackigen Lackschuh hatte sie am Fuß, der andere befand sich ein Stück weiter weg. Sie war groß und schlank, und irgend jemand hatte versucht, ihr mit einem stumpfen Gegenstand den Kopf abzuhacken. Der Hals war eine einzige breiige Masse, überall Knochensplitter und Hautfetzen. Und Blut, viel Blut, der ganze Raum stank danach – metallisch und salzig. Sie sah jung aus, höchstens Ende Zwanzig. Der Anblick ihrer leblosen Schönheit machte mich auf einen Schlag nüchtern, und mir wurde kotzübel.
Die Wohnung sah aus, als hätte darin ein Kampf stattgefunden. Der Boden übersät mit Büchern, die Regale von den Wän-

den gerissen. Umgestürzte Lampen, ein durchwühltes Aktenschränkchen. Der Videorecorder war ausgestöpselt und stand auf einer Sessellehne. In der Ecke bildete eine Menge ordentlich aufgereihter Kinderspielsachen das Kontrastprogramm zu diesem Chaos. Neben einem Plastik-Kipplaster lag ein Lippenstift von Chanel.

Ich hatte keine Lust, der Toten länger Gesellschaft zu leisten. Um meinen rebellierenden Magen zu beruhigen, ging ich in die Küche. Sie war klein – Tisch und Eckbank nahmen fast den ganzen Raum ein – und bemerkenswert aufgeräumt. Selbst die Zettel an der Pinnwand – Einkaufszettel, Visitenkarten der Geschäfte in der Gegend, Preislisten der Lieferanten – waren fein säuberlich an zwei Ecken festgemacht. Alles schien unberührt, nur die Teedose war offen.

»Ridley!«

Charlie war wieder auf den Beinen und tat so, als wäre es nie anders gewesen. Er stand in der Küchentür. Wäre er ganz hereingekommen, hätte man den Raum wegen Überfüllung schließen müssen.

»Wo ist das Kind, Charlie?«

»Ridley, seh ich aus wie die verdammte Quelle der Weisheit? Und jetzt verschwinde, ich hab zu tun.«

Er mußte mich nicht lange überreden. Ich ging. Draußen hielt ich Ausschau nach der Frau, die den ehrbaren Detective Inspector Hobbs flachgelegt hatte. Sie war weg, wahrscheinlich in einem der vielen bereitstehenden Polizeiwagen entschwunden. Die kalte Nachtluft weckte meinen Kater, aber ich ignorierte die tausend Hämmerchen in meinem Schädel und gab meine Story durch.

Ich rettete eine Zigarette vor dem Zerbröseln, indem ich sie

aus meiner Brusttasche fischte und rauchte. Etliche Journalisten und Fernsehteams kamen an. Gutgekleidete, frisch gestylte Reporterinnen konferierten mit schlampig gekleideten Großstadt-Cowboys in Stiefeln und Daunenjacken. Wir standen in der Kälte und hielten ein Schwätzchen. Die gesamte Nachbarschaft hatte sich versammelt und drängte gegen die Polizeiabsperrung. Ein Uniformierter versuchte halbherzig, die Ansammlung zu zerstreuen, aber niemand rührte sich von der Stelle. Ein Cop kam aus der Wohnung und schaute wichtig. Die Fernsehscheinwerfer reagierten sofort. Er blinzelte in dem hellen Licht und verkündete, daß Detective Inspector Charlie Hobbs gleich zur Verfügung stehen werde. Ich war mir nicht ganz sicher, aber ich hatte den Eindruck, daß der junge Beamte ein leises Lächeln unterdrückte, als er Charlies Namen aussprach.
Charlie kam in Begleitung von zwei Polizisten.
»Guten Abend, verehrte Damen und Herren von der Presse. Es gibt eine Leiche, wie Sie inzwischen wissen. Eine weiße Frau, Mitte bis Ende Zwanzig. Sie wurde vermutlich während eines Einbruchs getötet.«
Die Reporter bombardierten ihn mit Fragen, aber Charlie fuhr fort, ohne sie zu beachten. »Ein Nachbar hat die Leiche gefunden. Zum jetzigen Zeitpunkt können wir noch keine Namen bekanntgeben. Die nächsten Angehörigen sind noch nicht benachrichtigt worden. Wir geben Ihnen Bescheid, sobald das geschehen ist. Im Moment ist das alles, was wir wissen. Wenn Sie mich jetzt bitte entschuldigen würden.« Er wußte, daß kein Reporter bis zur Pressekonferenz am Morgen warten würde; sie hatten einen Redaktionsschluß einzuhalten, aber das war nicht sein Problem.

Immer mehr Bullen tauchten auf. Gerichtsmedizin, Spurensicherung. Die Leute, die das Wie, Wann und Wo herausfinden sollten. Die Zeit verging. Dann kam Charlie wieder heraus und ging zum Wagen. Ein paar Reporter machten Anstalten, ihm zu folgen, doch jemand bemerkte, daß die Leiche in einer Plastikhülle aus dem Haus transportiert wurde. Fernsehteams und Pressefotografen kämpften um die besten Plätze. Ich hielt mich zurück. Das Radio braucht keine Bilder – ein Grund, warum ich meinen Job mag. Das Auge ist ein trügerisches Organ.

Ich ging zu Charlie, der – ganz braver Staatsbürger – gerade seinen Sicherheitsgurt anlegte. Ich steckte meinen Kopf durchs Fenster.

»Hast du wirklich nichts über das Kind, Charlie?«

»Die Pressekonferenz ist morgen um zehn.« Er drückte einen Knopf. Das Fenster glitt hoch.

»Hat jemand das Kind mitgenommen, Charlie?« Das Fenster schloß sich. Charlie machte etwas, das aussah wie eine obszöne Geste, und fuhr los.

Um halb zwei war ich zu Hause.

Ich wohne im Ladbroke Grove. Eine geschäftige Straße und ein Beispiel für die soziale Vielfalt Londons. Im Süden geschniegelt, gepflegt und teuer, im Norden schäbig, laut und dreckig. Ich wohne im Norden. Am Wochenende kommen unzählige Touristen und suchen nach überteuerten Schnäppchen auf dem Portobello Market. Wochentags ist es ruhiger, nur Crack-Dealer, Prostituierte und sich bekriegende Gangs. Das Leben in der Innenstadt ist eine echte Herausforderung.

Ich erreichte meine Wohnung, stolperte über zwei Fahrräder im Eingang, ging eine Treppe hoch und schloß auf.

Ich habe nicht viel Platz – zwei Schlafzimmer, Wohnzimmer und Küche – das übliche. Es gibt noch einen Balkon mit Blick auf eine der belebtesten Durchgangsstraßen der Stadt. Ich nutze ihn selten, aber er gibt mir das beruhigende Gefühl, jederzeit, wenn mir danach ist, die unangenehmen Grübeleien ein für allemal mit einer Überdosis Kohlenmonoxid beenden zu können.
Ich musterte meine Habe. Das kostete nicht viel Zeit. Meine Möbel sind unter den Scheidungsfolgen dahingeschrumpft: eine ausklappbare Schlafcouch von undefinierbarer Farbe, eine Stereoanlage, die nur Platten abspielt, ein geleaster Fernseher.
Der Anrufbeantworter hatte eine Nachricht für mich. Ich drückte die Taste. Eine junge Stimme, etwas unsicher.
»Hi, ich bin's. Ich wollte dir nur sagen, daß ich ... daß ich dich vermisse ... und, ich ruf noch mal an.«

Ich wurde langsam wieder nüchtern, aber es war noch nicht zu spät, etwas dagegen zu unternehmen. Also suchte ich nach der Flasche Black Label, die ich für solche Notfälle in der Küche aufbewahre. Ich holte mir ein paar Eiswürfel aus dem Kühlschrank und goß mir einen Drink ein. Dann noch einen. Und da ich schon mal dabei war, gleich noch ein paar, einfach so. Vielleicht hätte ich nach dem ersten aufhören und ein Buch lesen, vor dem Fernseher hängen oder einen Freund anrufen und ein bißchen quatschen sollen. Aber nach diesem Abend war mir nicht nach einem abwechslungsreichen und ausgefüllten Leben zumute.
Ich trank noch ein paar. Die Probleme versanken im Nichts. Auf Alkohol ist Verlaß.

Kurze Zeit später hörte ich ein Klingeln, das nicht aus meinem Kopf zu kommen schien. Es hörte sich wie das Telefon an. Ich setzte mich auf, was sich sofort als Fehler herausstellte. Der Raum drehte im Sturzflug ein paar Loopings, und mein Magen nahm in kleinen Sprüngen die Verfolgung auf.
Ich schnappte mir den Hörer. »Hallo?«
Nichts. Es klingelte weiter. Mir fiel auf, daß ich noch immer in den Klamotten steckte, die ich mir gestern angezogen hatte. Meine grauen Zellen durchforsteten eine imaginäre Liste von Dingen in der Wohnung, die in der Lage waren, Töne zu erzeugen. Schließlich gelangten sie zum Eintrag ›Türtelefon‹. Ich rückte zur Sitzkante vor und wappnete mich für die Welle von Übelkeit, die unweigerlich folgen würde, sobald ich aufstand. Ich riß mich zusammen und stolperte zum Türtelefon. Dabei kickte ich eine fast leere Flasche Scotch um, aus der es munter auf den Teppich sickerte. Ich nahm den Hörer ab und lehnte die Stirn an die Wand. Das machte es etwas leichter.
»Hallo?«
»Taxi. Sie sollten bereits bei der Arbeit sein, erinnern Sie sich?«
Ich knöpfte das Hemd vom Vortag wieder zu und hob die Jacke von dort auf, wo ich sie hingeschleudert hatte, krabbelte über den Boden und suchte Schlips und Schuhe. Sie lagen unter einem Stapel Magazine. Mit den Schuhen in der Hand stürmte ich die Treppe hinunter auf die Straße. Der Taxifahrer hielt mir lässig die Beifahrertür auf, und ich warf mich auf den Sitz. Es war fünf Uhr fünfunddreißig. In fünfundzwanzig Minuten mußte ich in einem drei Meilen entfernten Studio in der Tottenham Court Road sitzen und die Nachrichten verlesen.

2

»Ich hab 'ne volle halbe Stunde auf der Klingel gestanden«, sagte mein Fahrer.
Ich ignorierte ihn. Für Londoner Taxifahrer ist Meckern wie Atmen.
»Sie schaffen das schon.«
Der Fahrer kaute auf einem Streichholz und zuckte die Achseln. Er spuckte das Streichholz aus, setzte sich auf den Fahrersitz, ließ seine Knöchel knacken und scherte aus in Richtung Ladbroke Grove.
Ich betete zum Gott des Verkehrs, während ein unwürdiges schwarzes Taxi durch die dunklen und verlassenen Londoner Straßen schoß. Wir fuhren die Westbourne Park Road hinunter auf die A40, dann rüber zur Harrow Road und Marylebone Road. Ich betete und betete. Dank meiner Fürsprache und einer eindrucksvollen Beschleunigung erreichte ich meinen Arbeitsplatz fünf Minuten vor den Sechs-Uhr-Nachrichten.
Ich stürmte ins Gebäude, winkte dem Sicherheitsmann, der mir aufdrückte, und rannte zum Lift. Außer Betrieb. Fluchend nahm ich die Treppe. Die Nachrichtenkabine war im zweiten Stock. Noch drei Minuten. Ohne auf meinen rebellierenden Magen zu achten, flitzte ich nach oben.
Schwindelig und außer Atem nahm ich vorsichtig vor Lyall Williams Schreibtisch Platz. Der große, hagere Redakteur mit Mönchstonsur saß ungerührt vor dem Computerterminal. Lyall ist ein ruhiger Mensch. Er mußte mich nicht darüber

belehren, daß Pünktlichkeit für einen Nachrichtensprecher die höchste Tugend ist.
»Sam, schön, daß du dir bei deinem vollen Terminkalender etwas Zeit freischaufeln konntest.« Er zeigte auf einen Stapel rosa Skripts und vier Kassetten.
Ich nahm die Skripts, atmete tief durch und versuchte, meinen Puls zu beruhigen. Ich starrte auf die Seiten. Das war Englisch, da war ich mir sicher, meine erste und einzige Sprache, aber die Worte waren mir zu gutgelaunt. Sie tanzten. Sie hüpften. Bei dem ganzen Getanze und Gehüpfe wurde mir ganz übel. Ein paar Schritte würden mir guttun. Ich würde zum Studio gehen und mich gleich besser fühlen. Ich machte mich also mit den Skripts auf den Weg zum Studio.
»Die Kassetten!« sagte Lyall und brachte mir den Stapel Kassetten hinterher, auf denen sich jeweils ein prägnantes Statement von zehn Sekunden befand.
»Du wirst sie brauchen«, sagte er. »Bist du okay?«
»Ja.« Ich fühlte mich beschissen.
Die Bänder gab ich Gary, dem Techniker im Kontrollraum.
»Du siehst beschissen aus«, sagte er.
»Mir geht's gut.« Ich fühlte mich elend. Ich ging nach nebenan in die Sprecherkabine.
Ich versuchte, nicht daran zu denken, wie elend ich mich fühlte, während ich mir vorsichtig die Kopfhörer überstülpte. Der Nachrichtenjingle schlitzte mir die Ohren auf. Bis dahin war mir noch gar nicht aufgefallen, daß er Ähnlichkeiten mit dem »Ritt der Walküren« hatte.
Plötzlich war die Musik zu Ende. Ich sah den Techniker durch die dicke Glasscheibe an, die sein Studio von meinem trennte. Er hielt die linke Hand hoch und führte mit Fingern und

Daumen eine Art Schattentheater auf. Die Rädchen in meinem Oberstübchen drehten sich langsam, doch schließlich rasteten sie ein, und ich erkannte die Geste wieder. Er wollte, daß ich etwas sage. Ich schob meinen Kater beiseite und schaltete in den professionellen Modus.

»Guten Morgen. Samuel Ridley mit den City-Radio-Morgennachrichten. Die wichtigsten Nachrichten der Stunde lauten ...«

Der Gott, der mich im Taxi rechtzeitig zur Arbeit gebracht hatte, stand mir noch immer bei. Die ersten beiden Storys gingen problemlos über die Bühne.

So weit, so gut. Ich atmete auf.

Dann wurden die Kassetten abgespielt.

Ich berichtete über eine Massenkarambolage auf der Autobahn. Die Kassette sollte einen Augenzeugenbericht enthalten. Nichts passierte. Ich zögerte und wartete, daß sich etwas tat. Die Pause wurde unangenehm lang. Tote Luft, heißt das im Fachjargon. Nicht gerade der Traum eines Radiomachers, aber kein Beinbruch.

Ich sprang zur nächsten Meldung. Es ging um den Mord der vergangenen Nacht. Wieder streikte die Kassette. Noch mehr tote Luft. Ich sah zu Gary hinüber. Er hatte die Hände um seinen Hals gelegt. Ich fragte mich, ob der Gott der Taxifahrer in Wirklichkeit nicht nur einer selbstherrlichen, kleingeistigen Rachsucht frönte, um mir heimzuzahlen, daß ich nicht richtig an ihn glaubte. Noch konnte ich es in den Griff bekommen. Es gab noch andere Meldungen, die nicht den Anschein erweckten, als wollten sie eine persönliche Fehde mit mir austragen. Dann kam ich langsam zum Ende. Kein Problem für einen Profi wie mich.

Souverän ging ich zur letzten Meldung über. Dieses »und jetzt noch«, das gewöhnlich ein unbeschwertes Gelächter auf Kosten von irgend jemand anderem einleitete. Die Art von Geschichte, die einen leichtfüßig mit einem Pfeifen auf den Lippen in die Welt entläßt. Diesen Morgen drehte sich die Geschichte um einen Papagei. Ein ziemlich cleveres Federvieh, das irgendeinen städtischen Preis gewonnen hatte. Ein noch pfiffigerer Reporter, offensichtlich sein erster Job überhaupt, hatte den Vogel interviewt, der vermutlich irgend etwas Schnuckliges wie »Ach komm, war doch 'ne Kleinigkeit« oder »Verbinden Sie mich mit Spielberg« hätte sagen sollen, als statt dessen die erste Kassette, die zunächst versagt hatte, zu laufen begann und bis ins kleinste Detail beschrieb, was passiert, wenn fünf Autos bei hoher Geschwindigkeit aufeinanderprallen.

Sonderbar, als ich später darüber nachdachte, mußte ich mich über mich selbst wundern. Was war bloß in mich gefahren? Ich bin schließlich kein blutiger Anfänger mehr. Seit fast zwanzig Jahren bin ich im Nachrichtengeschäft. Das erste, was sie einem Grünschnabel eintrichtern – das taten sie zumindest zu meiner Zeit! –, ist, niemals etwas in der Nähe eines eingeschalteten Mikrofons zu sagen, das nicht auch die Großmutter hören darf.

Ich schaltete das Mikro aus, die Leitung zu Gary ein und sagte: »Jetzt weiß ich, was es heißt, von einem Vogel gefickt zu werden.«

Nur ... das Mikro war nicht aus.

Ich hatte den Schalter auf die ›Aus‹-Position geschnippt, das schon, aber der Schaltkreis war nicht unterbrochen.

Gary hatte die Hände von seinem Hals genommen, sie vors

Gesicht gelegt und dann ununterbrochen den Kopf geschüttelt.
So würdevoll wie möglich verlas ich noch das Wetter und die Verkehrshinweise.
»Na ja«, dachte ich, als ich die Studiotür hinter mir schloß. »Immerhin gewinnen wir damit eine Menge Aufmerksamkeit.«
Ich ging auf die Toilette und übergab mich. Das erleichterte, aber nicht sehr.

3

Der Nachrichtenraum von City Radio ist eine hochenergetische Mischung aus High-Tech und Unrat. Im Prinzip ähnelt er einem Raumschiff, das über einer Müllkippe abgestürzt ist. Auf jedem Tisch steht ein blitzblanker Terminal, und eine Wand besteht ganz aus Fernsehmonitoren. Aber auf jeder freien Fläche steht oder liegt etwas: Kaffeetassen, alte Zeitungen, Skripts, Kassettenrecorder. Der Teppich ist ein komplexes Muster von Flecken unidentifizierbarer Herkunft.

Auch an diesem Morgen roch der ganze Raum nach altem, abgestandenem Kaffee. Automatisch ging ich zur Maschine, schenkte zwei Tassen ein und schlurfte zum Schreibtisch in der Mitte. Als Orientierung diente mir Lyalls Kahlschädel, der noch so eben hinter einem Berg von Akten und Plastiktassen und einer beachtlichen, aber etwas willkürlich zusammengestellten Sammlung von Kofferradios hervorlugte. Er war die Ruhe selbst. Vielleicht sogar noch entspannter als bei unserem vorherigen Treffen.

»Karriere-Harakiri. Interessantes Konzept.« Er beendete seine PC-Sitzung, ein Zeichen dafür, daß er mir volle Aufmerksamkeit schenkte.

Ich machte ein bißchen Platz auf Lyalls Schreibtisch und stellte ihm die Tasse hin. »Ich brauche einen freien Tag.«

»Sobald Delaney da ist, wirst du einen bekommen. Er hat gerade aufgelegt. Der Hörer ist noch heiß. Der Vorstandsvorsitzende rief Marlowe an, Marlowe rief ihn an, und er rief mich an. Er mußte es sich von der Seele reden. Danke für den Kaffee.«

Ich nippte an der Tasse. »Glaubst du, sie werden versuchen, uns zu vergiften?«

»Was machst du dir Sorgen? Du hast dir dein Grab selbst geschaufelt.«

Lyall und ich sind seit Ewigkeiten befreundet. In einer langjährigen Freundschaft sind Worte oft überflüssig. Ich schlurfte meinen Kaffee und schwieg.

»Ich brauche dir kaum zu sagen, daß du heute nicht mehr ins Studio mußt und die nächste Zeit auch nicht. Ich fasse es noch mal in einem Satz für dich zusammen: Du kannst froh sein, wenn du nach dieser Sache nicht deinen Job verlierst.«

Lyall, der in einem früheren Leben Zen-Meister gewesen war, mühte sich redlich, ein wenig Verärgerung in seinen Blick zu legen.

Ich nickte. »Danke. Falls du mich brauchst, ich bin bei der Pressekonferenz.«

»Das würde ich nicht tun. Delaney wird um acht hier sein. Er kommt extra früh, um sich eingehender mit dir zu beschäftigen. So wie ich das sehe, vermutet er hier die Quelle seiner Verärgerung und wäre frustriert, wenn er das nicht richtig rüberbringen könnte.«

Ich nickte. »Wenn du mich suchst, ich verkrieche mich unter meinem Schreibtisch.«

»Das wollte ich hören.« Lyall widmete sich wieder seinem Computer.

Ich betrachtete meine Kaffeetasse, eine große Keramikschale mit der Aufschrift »Ich spiele, um zu gewinnen«, ein Relikt

aus meiner Jugend. Im Moment kam es mir so vor, als wäre mein ganzes Leben ein Relikt aus meiner Jugend.
Ich kehrte an meinen Schreibtisch zurück, setzte mich und starrte auf den Bildschirm. Ich las die Schlagzeilen und ging die Post durch. Das brachte fünfundzwanzig Minuten. Danach saß ich rum wie ein Idiot. Ich sah auf die Uhr. Viertel vor sieben. Ich probte ein paar unsinnige Verteidigungsreden und versuchte, nicht das Schlimmste zu denken: Fünf Minuten. Der Kopf schmerzte noch immer.
Ich beschloß, mich um meinen Kater zu kümmern. Ich ging in die Cafeteria, kaufte ein Schinkensandwich und einen Cappuccino, setzte mich raus an einen wackeligen Plastiktisch, aß das Sandwich und rauchte eine Zigarette. Die Sonne schien, der Himmel war blau und die Luft klar und rein. Der Schmerz, der sich in jede Pore gebohrt hatte, ließ langsam nach. Um acht, der vorgesehenen Ankunftszeit Delaneys, ging ich zurück in den Nachrichtenraum.
Er kam, durchquerte vielsagend den Raum bis zu seinem Büro in einer der Ecken. Für das gemeine Volk ist der Nachrichtenraum eine einzige offene Fläche, nur die Geschäftsführer haben zu beiden Seiten des Raums jeweils ein mit Glaswänden abgetrenntes Büro. Wir können hineinsehen, und sie hinaus. Bei City Radio haben wir keine Geheimnisse voreinander.
Erst wurde Lyall herbeizitiert, dann Felicia Randall, die Redakteurin von *Female AM*, dem Frauenradio am Morgen. Inzwischen hatte ich meinen Schreibtisch zum dritten Mal aufgeräumt und fragte mich, wie lange es wohl dauern würde, bevor ich derartige Aktivitäten auch zu Hause entwickelte.
»Sam. Alter Junge.« Genußvoll penetrierte eine dröhnende Stimme das dezente Gemurmel im Nachrichtenraum. Ich hob

den Kopf mit einer Bewegung, von der ich hoffte, daß man sie als lässig deuten würde. Mein Kollege Rick Brittan – manchmal gebrauche ich das Wort ›Kollege‹ im allerweitesten Sinne. Groß, kantiges Kinn, gekleidet wie ein Immobilienmakler. Todschicker Anzug, todschicke Frisur.
Er setzte sich auf die Kante meines Schreibtisches und strich sich das Haar glatt. Dann gab er seinen Gesichtszügen einen Ausdruck, den er für Zufriedenheit hielt. Einfühlungsvermögen gehörte für Rick nicht zum Spektrum möglicher Verhaltensweisen.
»Das war ganz schön übel heute morgen, Kollege.« Er tat halbherzig, als wolle er sein Grinsen unterdrücken.
»Brittan, dein Mitgefühl rührt mich, und jetzt verschwinde.«
Das Grinsen wurde breiter. »Sam, Sam.« Er inspizierte seine Fingernägel und schüttelte den Kopf. »Das F-Wort. Auf Sendung. Zur besten Sendezeit. Puh!« Er wischte sich übertrieben die Stirn und boxte mich leicht auf den Arm. »Echt übel.«
Ich raschelte demonstrativ mit der Zeitung. »Du machst es mir nicht leicht, dich zu mögen.«
Rick lachte. Es war das unbeschwerte, hemmungslose Lachen eines Mannes, der einem Menschen, den er haßt, den Job wegnehmen würde. Er stand auf, machte auf dem Absatz kehrt, summte munter »Ein Papagei hatt' mal 'ne Fummelei« und zog von dannen. Rick sah gut aus und wußte, wie man sich anzieht. Er wollte ins Fernsehen – meinen Segen hatte er. Zur Hölle, von mir aus konnte er Intendant von BBC1 werden – Hauptsache, ich mußte ihn nicht länger ertragen.
»Sam?«
Mein Boß, Alan Delaney, stand vor seiner Bürotür, etwa drei Meter von meinem Schreibtisch entfernt. Er trug einen

schmucken Anzug und ein gequältes Gesicht. Er schien sich auf das Gespräch mit mir nicht zu freuen. Zum einen war er es nicht gewohnt, so viel Energie in seinen Job zu investieren, zum anderen hielt er mich für einen hoffnungslosen Fall, ein fertiges Stück Scheiße, ein abschreckendes Beispiel für alle, die sich nicht richtig ins Zeug legen.
»Würden Sie bitte in mein Büro kommen?«

4

Ich legte die Zeitung weg und folgte dem teuren Anzug ins Aquarium. Eine Minute lang waren alle Augen auf uns gerichtet, dann erinnerten sich die Leute ihrer guten Kinderstube und taten so, als würden sie wieder ihrer Arbeit nachgehen.

Die Glastüren dämpften den Bürolärm. Ich setzte mich auf die robuste zweisitzige Couch und studierte eine Reihe von eiskremfarbenen Kristallen, die Delaney der Größe nach auf seiner Schreibtischkante aufgebaut hatte.

Alan Delaney war noch nicht lange bei City Radio. Er hatte die besten Monate seines Lebens dem Journalismus geopfert und dann mit Eitelkeit und gerissenen Intrigen den Vorstand von City Radio von seinen erstklassigen Qualitäten als leitender Angestellter überzeugt. Zum Dank dafür verbrachte er die meiste Zeit damit, nebenher einen Handel mit Wasserfiltern aufzuziehen. Das war nicht direkt illegal, nur zwielichtig. Genau wie Delaney selbst.

Mir war das egal, den meisten Kollegen auch. Delaneys Habgier hielt ihn davon ab, seine Nase zu sehr in Angelegenheiten der Nachrichtenabteilung zu stecken, damit war allen gedient. Ab und zu, wenn ihm danach war, rief Delaney die Mitarbeiter in seinem Büro zusammen und entfaltete vor ihnen mit so entrückter Inbrunst seine unausgegorene New-Age-Philosophie, daß jeder Fernsehprediger vor Neid erblaßt wäre.

Delaney warf einen angewiderten Blick auf meine ungepflegte

Erscheinung und setzte sich in seinen orthopädischen Designerstuhl. Warum bekamen eigentlich nur leitende Angestellte ordentliche Stühle? Rückenschmerzen waren schließlich keine Statusfrage.

Delaney faltete die Hände, stützte sich auf die Ellenbogen und beatmete seine Fingerspitzen.

»Ich möchte Ihnen etwas erklären, was Ihnen trotz der vielen Jahre, die Sie schon bei uns beschäftigt sind, möglicherweise entgangen ist. Wir sagen niemals F-Wörter bei City Radio. Wir sagen sie nicht, wir denken sie nicht, wir denken nicht einmal daran, sie zu sagen. Sind wir uns soweit einig?«

Ich nickte. Es schien wichtig, Augenkontakt zu halten, also tat ich es.

»Gut.« Delaney entspannte sich und lehnte sich zurück. Zweiter Akt. Er legte sein Gesicht in Kummerfalten und seufzte wie ein Vater, der seinen Sohn gerade in einer Schnapsbude erwischt hat.

»Warum, Sam? Warum tun Sie mir das an? Hassen Sie mich? Bereitet Ihnen der Gedanke Vergnügen, daß ich für diesen Fehler beim Vorstand meinen Kopf hinhalten muß? Wie soll ich ihnen nur verständlich machen, daß einer ihrer erfahrensten Reporter zu dumm zum Scheißen ist?«

Das saß. Ich hatte immer noch keine Entgegnung parat.

Delaney stieß wieder einen Seufzer aus, diesmal die mißmutige Variante. »Sam, ich war immer sehr nachsichtig mit Ihnen. Ich weiß, daß Sie persönliche Probleme haben, und ich habe Verständnis dafür. Aber Ihre Arbeit darf das nicht beeinträchtigen. Wenn das passiert, reiten Sie uns alle mit rein.«

Ich setzte schamlos auf den Mitleidbonus, nickte traurig und wollte schon ein paar Tränen fließen lassen, erinnerte mich aber rechtzeitig, daß selbst Radiofritzen einen Ruf zu verlieren haben.

»Wir werden Ihre Probleme als mildernde Umstände gelten lassen, wenn wir über Ihre Zukunft bei City Radio entscheiden. Sie haben sich eines sehr schweren Vergehens schuldig gemacht.« Er sah mich bestätigungsheischend an. Zeit, um Gnade zu winseln.

»Ich weiß«, sagte ich, und das war immerhin besser als gar nichts.

»Für das, was Sie getan haben, gibt es keine Entschuldigung.« Er wollte aufrichtige Reue in meinem Gesicht lesen. Ich bereute aufrichtig. Verdammt, das tat ich wirklich.

Delaney atmete tief durch – wollte er den Moment auskosten? Ich war mir nicht sicher. Er griff nach einem sehr spitzen Bleistift und klopfte damit auf einen kleinen weißen Block.

»Sie bekommen einen Monat Bewährung. Ab sofort sind Sie nicht mehr für Polizeiberichte zuständig.« Er malte die kleinen Löcher aus und ging dann dazu über, seine Finger mit dem Stift zu traktieren. Ich sagte nichts. Immerhin hatte er mich nicht gefeuert. Wahrscheinlich würde er mich den nächsten Monat zu einem Schreibtischjob verdonnern. Eine Runde Redaktionsroutine würde mich nicht umbringen. Es würde nicht großartig sein, aber erträglich.

»Sie werden Felicia vom Frauen-Radio zugeteilt.«

»Was?« Ich setzte mich kerzengerade hin, erinnerte mich an den prekären Zustand meines Schädelinneren und sackte wieder zusammen.

»Sie hat zu wenig Personal. Marianne ist im Mutterschutz und sie braucht ein Mädchen für alles.«

Ich war bereit, meine Strafe in Empfang zu nehmen, aber das war keine Strafe, das war Sadismus.

»Alan, das ist keine gute Idee. Abgesehen davon, daß Felicia und ich uns nicht ausstehen können, bin ich nicht der richtige Mann für Berichte über Mode und Aerobic. Versetzen Sie mich irgend woandershin – von mir aus in die Sportredaktion.«

»Sam, ich glaube, Sie sind sich des Ernstes der Lage nicht bewußt. Eine Lizenzüberprüfung steht vor der Tür. Das, was Sie getan haben, kann die ganze Rundfunkgesellschaft gefährden. Sie kommen so glimpflich davon, weil wir Respekt vor Ihrer langjährigen Mitarbeit haben.« ›Langjährige Mitarbeit‹ klang aus seinem Mund wie ›ansteckende Krankheit‹. »Ich wollte, ich hätte eine Wahl, aber ich habe keine. In einem Monat werden wir uns noch einmal mit Ihrem Fall befassen. Aber ich werde dem Vorstand empfehlen, daß Sie professionelle Hilfe in Anspruch nehmen müssen, wenn Sie weiterhin bei uns arbeiten wollen.«

Delaneys Blick wurde starr. Bei mir regte sich Widerspruch. Meiner Meinung nach hatte er etwas übertrieben. Mein Ausrutscher würde beim Lizenzpoker kaum eine Rolle spielen. Bei solchen Dingen geht es nur um Geld, Programmgestaltung und die richtigen Kontakte, aber ich hielt den Augenblick nicht für günstig, meine Sichtweise näher zu erläutern.

»Tut mir leid, Sam, ich weiß, daß Sie gerade eine schwere Zeit durchmachen. Aber heute morgen haben Sie den Bogen überspannt.«

Er hatte recht, was mich nicht gerade aufheiterte. Ich stand auf und wollte gehen, aber Delaney hatte sein Pulver noch nicht verschossen.

»Können Sie Rick Bescheid sagen, daß ich ihn sprechen möchte?«

»Delaney will dich sehen«, informierte ich Rick.
Rick ließ die Zeitung sinken und nahm die Füße von seinem Schreibtisch. Er lächelte. Eigentlich war es ein selbstgefälliges Grinsen.
»Meine Güte, Sam. Was mag er nur von mir wollen?«
»Fall tot um, Brittan.«
»Ach komm schon, Sam, gib mir einen Tip.«
»Mein Tip würde dir das Nasenbein zerschmettern, und das wollen wir doch beide nicht, oder?«
Er lachte.

Zurück am Schreibtisch, massierte ich mir den Nacken und studierte den Bodensatz meiner Kaffeetasse.
Eine dicke Akte landete aus großer Höhe auf dem Tisch.
»Frag mich bloß nicht, warum sie uns beide bestrafen, nur weil du Scheiße gebaut hast.« Felicia Randalls amerikanischer Akzent war bezaubernd. »Ich bin absolut nicht in der Stimmung, auch nur ein Wort darüber zu verlieren.« Lange, rot lackierte Fingernägel durchfurchten sorgfältig blondiertes Haar. »Ich muß täglich drei Stunden Live-Radio auf die Beine stellen und habe dafür nicht genügend Leute. Bei halbwegs gescheiter Planung müßte der Sender mindestens fünf Leute für den Job abstellen. Wir sind zu dritt. In meiner Rechnung heißt das, du mußt für zwei arbeiten. Hier ist dein Tagespensum für heute: zwei Live-Interviews – eins zu Schönheitsoperationen bei Kindern, eins zu Sex für Siebzigjährige. Außerdem brauche ich von dir einen Fünfminuten-

block über Zwillinge. Die nötigen Informationen sind in der Akte. Fragen?«
Sie starrte mich angriffslustig an. Ich nahm's nicht persönlich. Felicia war schon seit ihrer Geburt schlecht gelaunt.
»Habe ich das richtig verstanden, die Siebzigjährigen haben Sex und die Kids Schönheitsoperationen? Bist du sicher, daß es nicht andersrum ist? Und wie passen die Zwillinge dazu?«
Sie rauschte davon, drehte sich aber noch einmal um, pflanzte sich breitbeinig mitten in den Gang und stemmte die Hände in die Hüften.
»Ich weiß, was ihr scheinheiligen Schwachköpfe aus der Nachrichtenabteilung von meiner Show haltet. Aber Tatsache ist, daß die Quoten stimmen. Die Leute schalten ein. Sie rufen an. Meine Show bedeutet ihnen etwas. Genau darum geht es beim Radiomachen. Du wirst genau die Storys machen, die ich dir gebe, und nichts anderes. Kein Genörgel, keine Diskussion. Haben wir uns verstanden?«
Das ganze Büro schaute interessiert zu. An diesem einen Morgen hatte ich den Kollegen genügend Tratsch geliefert, um bis zur nächsten Jahrtausendwende über mich zu lästern. Ich nickte. »Verstanden.«
Felicia knurrte und verschwand.
Es war erst halb neun, aber mir kam es später vor, viel später. Ich nahm mein Arbeitspensum und setzte mich draußen auf die Stufen zum Hauseingang.
Der Nachrichtenraum war rauchfreie Zone. Wer sich der Kampagne gegen schlechte Gewohnheiten nicht angeschlossen hatte, mußte sein sündhaftes Treiben nun ins Freie verlegen. Ich rauchte eine und verschaffte mir einen Überblick über

mein Tagesprogramm. Dann rauchte ich noch eine, denn das, was ich las, deprimierte mich sehr.

Ich verfluchte meine Ex-Frau Mary und gab ihr die Schuld an allem. Nicht wegen der Scheidung, die ging in Ordnung. Ich bin erwachsen genug, um zu wissen, daß immer zwei dazu gehören, um eine Sache derartig in den Sand zu setzen.

Sie ließ mich und unseren zehnjährigen Sohn Simon wegen eines australischen Börsenmaklers sitzen, der im schönen Kew wohnte. *Ich will dir nichts vormachen*, sagte sie. *Ich liebe dich nicht mehr, und unsere Ehe funktioniert nicht*, was die Wahrheit war. Mary, von Beruf ebenfalls Brokerin, war schon eine ganze Weile scharf auf den Kerl gewesen. Eines Freitags hatte sie ihre Sachen gepackt und war verschwunden. Ein paar Tage später stand ein Möbelwagen vor der Tür, um die größeren Sachen abzuholen. Sie nahm fast alle Möbel mit, aber Simon blieb bei mir. Für ihn war kein Platz im schönen Kew und in ihrer neuen Romanze. Ich war mit dieser Aufteilung sehr zufrieden.

Aber sechs Monate später wurde der Börsenmakler nach Sydney versetzt. Der Erzengel Gabriel besuchte Mary, und sie hatte eine Vision von einer Familie, die unter der Sonne der Antipoden glücklich herumtollte, und in der auch Simon vorkam. *Australien ist viel besser geeignet, um ein Kind großzuziehen*, sagte sie. *Die viele Sonne und die frische Luft. Simon kann dort surfen lernen und Australian Football.* Ich dachte nicht daran, kampflos aufzugeben. *Und was ist mit Hautkrebs, Giftschlangen und Dingos, die kleine Kinder stehlen?* sagte ich. *Es ist dort einfach zu gefährlich für Kinder.* Der Kampf begann. Sie war fest entschlossen. Sie schleppte mich vor Gericht, nahm sich einen mit allen Wassern gewaschenen

Anwalt und gewann. Ich würde keinen guten Einfluß auf Simon ausüben, behauptete er, unmögliche Arbeitszeiten, kinderfeindlicher Beruf. Ich dürfe ihn an Feiertagen besuchen, sagte der Richter. Was für eine beschissene Vereinbarung. Vor einem Monat war Simon zu den sonnigen Gestaden der südlichen Halbkugel aufgebrochen, und ich war ein verlorener Fall. Daher das Trinken. Daher das alles.

Ich seufzte, drückte meine Zigarette an den Stufen aus und ging wieder rein.

Alte Gewohnheiten sind hartnäckig. Ich rief Charlie in der Polizeistation von South Kensington an, der Einsatzzentrale für den Mordfall.

»Er ist nicht da«, sagte ein Grünschnabel, der sich als Gesetzeshüter aufspielte.

»Wann wird er zurück sein?«

»Mit wem spreche ich?«

»Ich bin seine Schwester.«

»Alle Anfragen der Presse werden von Roger Fitzgerald beantwortet.«

»Warum von ihm?«

»Hobbs ist nicht mehr mit dem Fall betraut. Er hat einen Reporter an den Tatort gelassen. Der Chef ist damit nicht besonders glücklich.«

»Mein Gott. Was ist nur mit der Welt los?«

»Es gibt keinen Respekt mehr«, sagte das Jüngelchen. »Zu meiner Zeit war das anders.«

Da mein bestes Pferd aus dem Rennen war, mußte ich mir die Informationen über die Nachrichtenagenturen besorgen. Der Mord von letzter Nacht war nicht mehr mein Fall, aber so schnell läßt sich ein gewiefter Polizeireporter nicht ausbooten.

Ich brachte den Namen des Mädchens in Erfahrung. Sie hieß Elaine York, war achtundzwanzig Jahre alt und alleinerziehende Mutter eines zweieinhalbjährigen Kindes namens Albion. Sie arbeitete halbtags für eine Umweltorganisation namens Roadblock, die, wie der Name schon sagt, den Protest gegen Straßenbauvorhaben organisiert. Am besagten Abend hatte sie ihr Kind zu ihrer Mutter gebracht, bevor sie mit ihrem Chef Mark Matheson essen gegangen war. Elaine blieb die ganze Nacht weg, denn sie hatte ihre Tochter auf dem Heimweg nicht abgeholt. Glück im Unglück. Sie kam gegen halb elf nach Hause und wurde von hinten angegriffen, als sie die Wohnungstür öffnete. Die Polizei hatte nicht viel in der Hand – keine Waffe und bisher keine Zeugen. Etwas Bargeld und ein paar Schmuckstücke waren gestohlen worden, nichts Wertvolles.

»Zwillinge.« Ich hob den Kopf. Felicia hatte sich in Feldherrnpositur vor mir aufgepflanzt.

»Ich warte auf einen Rückruf.« Das war nicht direkt gelogen. Sie schnaubte ungläubig und ging. Ich griff zum Hörer. Als Felicia außer Sichtweite war, widmete ich mich wieder den Nachrichten. Gerade kam eine neue Meldung rein, in der City Radio erwähnt wurde. Die ermordete Frau hatte eine berühmte Schwester, Anna York-Baines. Sie war Psychologin und machte seit kurzem regelmäßig telefonische Beratung im City Radio. Es wurde auch erwähnt, daß Anna ihre gerade verwaiste Nichte zu sich genommen hatte.

»Hast du das gelesen?« Ich zeigte Lyall einen Ausdruck der Meldung.

»Ich habe Rick darauf angesetzt«, würgte er hervor. Lyall mochte Rick genauso wie ich.

Die Zeit floß zäh wie Blei, dann wurde es doch noch fünf, Zeit für einen Drink. Lyall und ich gingen zum Huntsman am Hanway Place, ein Etablissement, das man wohlwollend als ›unprätentiös‹ beschreiben konnte. Ich bestellte für mich ein Bier und für Lyall eine Coke. Wir saßen an einem kleinen wackeligen Tisch und schauten zwei zentnerschweren Truckern beim Dartspielen zu.

Lyall fischte die Zitrone aus der Coke und legte sie in den dreckigen Aschenbecher. »Ich frage mich, was ich an diesen Orten zu suchen habe, wo ich doch nicht mehr trinke.«

»Gesellschaft vielleicht?« Die Trucker spielten in Unterhemden und boten einen prachtvollen Blick auf ihre eklektizistische Tattoo-Art-Kollektion.

Wir schwiegen. Die Trucker begannen über die Punktwertung des Spiels zu streiten. Die Sache wurde unschön. Wir drehten ihnen den Rücken zu.

»Wie macht sich Rick?«

Lyall schnaubte. »Der Kerl würde eine gute Story nicht mal erkennen, wenn sie ein Namensschild trüge.« Er starrte mich wütend an.

»Ja, du hast recht.« Nicht nur, daß ich meine Karriere und meine Familie zerstört hatte, auch meinen besten Freund hatte ich im Stich gelassen. In der letzten Zeit sprach nicht besonders viel für mich. »Noch einen Drink?«

»Muß los, hab Kate versprochen, rechtzeitig nach Hause zu kommen. Bist du sicher, daß du nicht kurz mitkommen willst?«

»Nein, danke.«

Lyall und seine Frau Kate waren die stolzen Eltern einer Horde

unbändiger Kinder. Ich habe sie alle sehr gern, aber es waren die letzten, die ich heute gebrauchen konnte.
Ich fuhr mit der U-Bahn nach Hause und kaufte unterwegs was zu essen, ein Six-Pack und Kopfschmerztabletten. Ich ging ins Bad und nahm ausgiebig die längst überfällige Dusche. Das half. Ich öffnete mir ein Bier, setzte mich vor die Abendnachrichten und schlang dazu ein in der Mikrowelle aufgewärmtes Nudelfertiggericht herunter. Eigentlich koche ich gern, aber es ist genau wie beim Sex, alleine macht's nicht soviel Spaß. Ich habe etliche Kochbücher, die die Vorteile der »Einmannküche« preisen, aber wer glaubt schon solchen Unsinn?
In den Nachrichten brachten sie nichts Neues über Elaine. Eine Reporterin stand vor ihrer Wohnung und erklärte, daß ihr Viertel, das gerade bei mir um die Ecke in North Kensington lag, zu den Brennpunkten der Stadt in puncto Gewalt und Drogen gehörte. Dann kam sie auf die Krawalle zu sprechen. Die Krawalle in Notting Hill lagen Jahrzehnte zurück, aber dank Journalistinnen wie dieser mußten die Bewohner seitdem gegen ihr Medienimage als South Bronx von London ankämpfen.
Es klopfte an der Tür. Ich öffnete. Vor mir stand ein kleines rundes Männchen im seidenen Morgenmantel. Es sah aus wie ein türkischer Rugbyball. Mein Nachbar von unten, Everard Montgomery, mühte sich unermüdlich, wenn auch wenig erfolgreich, unser Haus aufzutakeln. Er wollte Farbe. Er wollte Blumenkästen mit glücklichen Pflanzen. Er wollte Fußmatten, auf denen »Willkommen« stand, und gemusterte Tapeten im Treppenhaus. Ich haßte Geranien. Für Everard war ich Volksfeind Nummer eins.
»Mr. Ridley.«

»Everard, kommen Sie rein. Kann ich Ihnen etwas zu trinken anbieten? Ich habe Bier, Bier und Bier.«
»Danke, nein.« Everard trat ein, blieb aber an der Tür stehen. Er rümpfte unauffällig die Nase – vermutlich der Whisky, den ich heute morgen verschüttet hatte.
Er plusterte sich zu imposanten 1,65 auf. »Mr. Ridley, ich wiederhole mich. Sie wissen, daß ich einen leichten Schlaf habe und daß die Wände in diesem Haus sehr dünn sind. Heute morgen bin ich von Ihrem Getrampel und Gepolter aufgewacht. Um halb sechs morgens.«
»Tut mir leid, Everard. Riesengeschichte, ganz große Sache. Mußte mich beeilen.«
»Wissen Sie, es war anders, als Ihr Sohn noch bei Ihnen wohnte. Kinder, na ja, man kann nicht erwarten, daß sie die ganze Zeit stillsitzen. Aber Erwachsene ... Wir können uns bestimmt in irgendeiner Form einigen, nicht wahr?«
»Es tut mir sehr leid«, sagte ich. »Mehr leid, als Sie es sich vorstellen können.«
»Es ist ja nicht so, daß wir darüber noch nie geredet hätten.«
»Ich werde mir in Zukunft viel mehr Mühe geben.«
»Bitte tun Sie das, Mr. Ridley. Bitte geben Sie sich sehr, sehr, sehr viel mehr Mühe.«

Ich trank mein Bier aus, hielt im Ladbroke Grove nach meinem Renault Ausschau, bedankte mich mit einem Stoßgebet beim Gott der Parkenden, daß der Wagen noch stand, wo ich ihn abgestellt hatte, und machte mich auf den Weg zu Detective Inspector Charlie Hobbs.

5

Er stand an der Bar, zwei Gläser vor sich. Ein Bier, ein Whisky. Ich bestellte dasselbe, um nicht ungesellig zu sein.

»Scheiß Ridley.« Ich hatte es nie übers Herz gebracht, Charlie zu sagen, daß Scheiß nicht mein Vorname war.

»Tut mir leid«, sagte ich.

»Hmm.« Charlie nahm einen großen Schluck Bier.

»Sieht's schlimm aus?«

»Sagen wir mal so, ich trainiere wieder, bring mich richtig in Schuß und prügel dir dann die Scheiße ein für allemal aus dem Leib.«

»Dafür brauchst du nicht groß zu trainieren. Bei meiner Form könntest du direkt damit anfangen.«

»Ich will mir die Vorfreude nicht nehmen.«

»Es tut mir wirklich leid.«

»Ja, sicher. Verdammtes Rattenaas.« Sein Whisky war alle. Ich bestellte einen neuen. Friedensangebot.

»Wenn es dich tröstet, meine Karriere ist auch im Arsch.«

»Wie meinst du das?«

Ich erzählte ihm, was heute morgen passiert war. Seine Laune besserte sich.

»Trifft genau den richtigen«, gackerte er. »Hätte gern ein Band von der Show. Die Jungs vom Revier hätten ihren …« Charlie schaute mir über die rechte Schulter. Ich drehte mich um. Ein großer Rotschopf mit schickem rotem Schnurrbart stand ohne

Rücksicht auf meine Privatsphäre direkt hinter mir. Detective Inspector Roger Fitzgerald langte von hinten über meine Schulter und winkte dem Barkeeper. Eine Flasche mit irgend etwas Exotischem landete zwischen Charlie und mir auf dem Tresen. Roger Fitzgerald hielt sich für einen coolen Typen. Keiner hatte ihm bisher gesagt, daß man sich mit einem roten Schnurrbart automatisch fürs Coolsein disqualifiziert.
Er drängte sich zwischen uns und wandte Charlie den Rücken zu. Charlie seufzte und widmete sich seinem Drink.
»Mister Ridley.« Fitzgeralds Stimme hatte einen spöttischen Unterton.
»Detective Inspector Fitzgerald«, antwortete ich ungerührt. Roger Fitzgerald und ich kennen uns schon ewig, aber von Freundschaft kann keine Rede sein.
Charlie seufzte zum zweiten Mal. »Laß gut sein, Fitzgerald, du hast, was du wolltest.«
Roger Fitzgerald ignorierte ihn. Er lächelte mich an. Ich lächelte zurück, auch wenn es nicht von Herzen kam. Roger Fitzgerald ist ein brutaler Schlägertyp, der so klug war, diese Vorlieben in den Dienst der Öffentlichkeit zu stellen. Hinter einer notdürftigen Fassade steckt ein grausamer, fieser Charakter. Ich mag ihn nicht, und er mich nicht. Immerhin wußten wir beide, woran wir waren. Ich leerte mein Bier.
»Charlie, ich seh dich später.«
»Bleib da, ich möchte mich mit dir unterhalten.« Rogers Blick war eiskalt.
Ich zuckte die Schultern. »Ruf meine Sekretärin an, die gibt dir einen Termin.«
Ich ging.
Ich hatte einen Parkplatz ganz in der Nähe des Pubs gefunden,

in einer engen Straße hinter einem Kinogebäude. Sogar unter einer Laterne – wenn man mit Bullen bechert, kann man nicht vorsichtig genug sein. Als ich die Straße entlanglief, hatte ich das unbestimmte Gefühl, beobachtet zu werden.

Fitzgerald holte mich ein, als ich gerade den Schlüssel in die Wagentür steckte. Ich hatte den leisen Tritt seiner Doc Martens nicht gehört. Er musterte den in die Jahre gekommenen Renault geringschätzig.

»Schöner Motor, Ridley.«

Ich öffnete die Wagentür. »Ich würde gern noch ein bißchen stehen und quatschen, aber im Moment paßt es mir gar nicht. Du weißt ja, wie das ist.«

Fitzgeralds Grinsen wurde breiter. »Was ich zu sagen habe, dauert nicht lange.«

Im Handumdrehen hatte er mich am Hemd gepackt und gegen die Wand geschmettert. Dann schlug er mir zweimal in den Magen.

6

In früheren Jahren war Fitzgerald Boxchampion bei der Polizei gewesen, aber mein Gedächtnis war gut und hätte dieser Art von Auffrischung nicht bedurft. Es schmerzte höllisch. Ich klappte zusammen und schnappte nach Luft, nach irgendwas. Er schlug mir seine Pranken in den Nacken und drückte mich auf den Bürgersteig. Ich leistete keine Gegenwehr. Hechelnd und japsend versuchte ich meine Lungen dazu zu bewegen, die Tätigkeit wieder aufzunehmen, für die sie mein Körper ausgebildet hatte.
Fitzgerald stand über mir, Daumen hinterm Gürtel eingehakt, und spielte den harten Burschen. »Wir hatten schon öfter Ärger, Ridley, du und ich. Du weißt also, daß ich es gar nicht leiden kann, wenn du mir in die Quere kommst. Ich habe den Fall Elaine York von Hobbs übernommen, und das ist das Zeichen für dich, die Kurve zu kratzen. Ich will dich nicht sehen, ich will dich nicht hören, und ich will auch nichts *von* dir hören. Habe ich mich klar genug ausgedrückt?«
»Absolut«, krächzte ich.
»Gut«, sagte er. »Weißt du, für mich gibt es keinen Grund, mich mit Abschaum wie dir zu verbrüdern.«
Er reckte sich, holte einen Schlüsselbund aus seiner Tasche, wählte einen Schlüssel aus, und zog ihn ungerührt quer über die Beifahrerseite meines Wagens. Es klang nach Fingernägeln auf einer Schultafel und hinterließ eine zittrige, weiße Schramme.

»Du stehst im Parkverbot.«
Mein Auto ist alt, aber ich hänge an ihm. Das mag sentimental erscheinen, aber so ist es nun einmal. Wenn einer mein Auto anfaßt, nehme ich das persönlich.
Ich riß mich zusammen und kam schwankend mit pfeifendem Atem auf die Beine. Wenn ich meinen Augen trauen durfte, befand sich mein Schädel in einer Schmetterlingswolke.
Fitzgerald steckte den Schlüsselbund ein, ging zwei Schritte zurück und begutachtete sein Werk.
»Deine Karriere kannst du dir sonstwohin schieben, Arschloch.« Ich versuchte überzeugend zu klingen, hatte damit aber nicht mal bei mir selbst Erfolg.
Er lachte und spielte verträumt mit den Schlüsseln Taschenbillard. »Das glaub ich kaum, Sammy. Dein Wort gegen meins. Ein ehrbarer Gesetzeshüter gegen einen versoffenen Radiofritzen? Vergiß es.«
Er ging.
»Du wirst von meinen Steuergeldern bezahlt«, brüllte ich ihm nach.
Fitzgerald pfiff eine fröhliche Melodie. Er sah sich nicht mal um.
Ich hielt nach Zeugen Ausschau. Zu spät. Die Straße war wie leergefegt.
Ich inspizierte den Lackschaden. Die Reparatur würde einiges kosten.
»Scheiße«, faßte ich zusammen.
Ich fuhr nach Hause, schleppte mich die Treppen hoch, ließ mich in den Sessel fallen und goß mir einen achtfachen Whisky ein. Mein Kopf litt, mein Bauch litt, meine Seele litt.
Ich beschloß, mein Leben bei der Schicksalsgöttin gegen ein

anderes einzutauschen. Dieses hier lief irgendwie nicht gut, und, offen gesagt, ich hatte keine Kraft mehr, mich länger dafür abzustrampeln. Ich dachte an eins, das mehr auf meiner Linie lag, ein Blitztausch mit einem Barkeeper auf den Bermudas zum Beispiel. Simon würde ich in einer gewagten Nacht-und-Nebel-Aktion von seiner Mutter entführen. Wir würden den ganzen Tag fischen und an einer gesunden Hautfarbe arbeiten.

Während ich noch etwas weiter ins Detail ging, schlief ich ein.

Am nächsten Morgen wachte ich zeitig auf. Vielleicht ist mein Sessel doch nicht so bequem, wie ich immer dachte. Die Erinnerung an die vergangene Nacht verlangte nach einer Bestandsaufnahme. Das Gesicht sah ganz brauchbar aus – Fitzgerald wußte, wie man zuschlägt, ohne Spuren zu hinterlassen – aber mein Magen fühlte sich an, als hätte er seine Faust darin vergessen. Die Handflächen, mit denen ich meinen Sturz abgefangen hatte, fühlten sich taub an und waren blutverkrustet. Das Duschen glich einer Sadomaso-Spezialbehandlung – ein bißchen Spaß, viel Schmerz. Ich tupfte mich mit Samthandschuhen trocken, ging in die Küche, kochte Kaffee, zündete mir eine Zigarette an und schaltete die Nachrichten ein. Jemand, der nicht ich war, verlas sämtliche Meldungen, ohne ein schmutziges Wort einzuflechten. Ich war beeindruckt.

Die Elaine-York-Story wurde groß rausgebracht, aber es gab nicht viel Neues. Die Familie hatte eine Belohnung von zwanzigtausend Pfund für sachdienliche Hinweise ausgesetzt. Über Geld schienen sie sich nicht den Kopf zerbrechen zu müssen. Neben ihrer psychologischen Praxis hatte Anna eine Reihe

von Büchern à la »Wie ich reich und glücklich werde« geschrieben. Außerdem war sie wohl mit dem Hausjuristen eines großen Unternehmens verheiratet.
Ich erklärte den Tag mehr oder weniger für eröffnet, kippte den Kaffe hinunter und ging ein paar Blocks weiter im »Blue Skies«, meinem Stammcafé, frühstücken. Das Essen schmeckt nicht, aber die Menschen dort kennen mich.
»Und. Was?« knurrte die dürre Kellnerin in den besten Jahren, während ich mich hinsetzte.
»Auch Ihnen einen wunderschönen guten Morgen, Pat. Mal sehen, ich nehme Schinken, Eier, Toast, Pilze und – äh – Kaffee. Gibt's koffeinfreien?«
Mein kleiner Scherz entlockte Pat ein Naserümpfen. Die Veränderungen der Eßgewohnheiten, die in den letzten Jahrzehnten den Großteil der westlichen Welt ergriffen hatten, waren am Blue Skies spurlos vorübergegangen. Hier wurde weiterhin alles in die Pfanne gehauen. Kein Salat, kein Geflügel. Wer nach dunklem Brot fragte, wurde lachend hinauskomplementiert. Mir gefiel's hier. Bei meinem Tabak- und Alkoholkonsum wird es nicht der Schinken sein, der mich ins Grab bringt.
Pat nahm die Bestellung auf, klappte den Notizblock zu und stapfte in die Küche. Sie ist eine gute Seele, aber kein Morgenmensch. Ich sah aus dem Fenster. Draußen stand ein geschmacksfrei gekleideter, leicht verlotterter Typ, der mir bekannt vorkam. Er grüßte, und ich winkte ihn zu mir. Er lächelte und kam herein.
Geoffrey setzte sich auf die Bank gegenüber. Seine Augen strahlten, und wie immer richtete er sie direkt auf meine, ohne jemals zu blinzeln. Er hatte einen buschigen grauen Bart und lange graue Haare. Die Klamotten hatte er von der Obdach-

losenhilfe. Ein paarmal hatte ich versucht, ihm welche von mir zu geben, aber seltsamerweise hat er das immer abgelehnt.
Wir schüttelten uns über den Tisch die Hände. Pat kam zurück. Geoffrey ist einer ihrer Lieblingsgäste. Sie hob die Augenbraue und er nickte, was übersetzt hieß: »Dasselbe wie immer?« und »Ja, danke.«
Geoffrey Petherton sieht aus wie ein Stadtstreicher, bewegt sich so, und was seinen Lebenswandel angeht, ist er auch einer. Zwar hat er eine kleine Wohnung in der Nähe von Bayswater, aber die meiste Zeit verbringt er im Westbourne Grove, wo er einem desinteressierten, unkultivierten Publikum Gedichte vorträgt. Ich kannte ihn schon ein paar Jahre. Früher soll er einmal eine Stütze der Gesellschaft gewesen sein. Doch das war, bevor ein volltrunkener Wichser in einem schicken Sportwagen seine Frau und seine Tochter niederbügelte, die gerade an einer Fußgängerampel die Fulham Road überqueren wollten. Keine von beiden überlebte den Transport zum Krankenhaus. Der Besoffene war kaum nüchtern, als man ihn schon wieder aus dem Knast entließ.
Ich legte die Zeitung beiseite und erzählte Geoffrey von der netten Wendung, die mein Leben genommen hatte, ließ aber meine sprachliche Entgleisung unerwähnt. Geoffrey flucht nie, und manchmal habe ich das Gefühl, daß er schockiert ist, wenn andere so etwas tun.
Er legte mir die Hand auf die Schulter und lächelte warmherzig.
»Jeder Neuanfang ist ein Geschenk, Samuel.« Er sagte niemals Sam zu mir.
Ich war leicht irritiert und wollte zu einem »Du weißt nicht, was das heißt« ansetzen, biß mir aber noch rechtzeitig auf die

Zunge. In diesem Punkt mußte ich ihn nicht belehren. Geoffrey lächelte freundlich, als könne er meine Gedanken lesen. Manchmal frage ich mich, ob er nicht ein bißchen verrückt ist, aber dann denke ich wieder, daß man ihn in einer primitiveren Gesellschaft als der unseren sicher als Heiligen verehren würde.

Ich berichtete ihm von meinem Schwanengesang als Polizeireporter, dem Mord an Elaine York. Er liest kaum Zeitung. Ihm fehlt das Verständnis für die Grausamkeiten, die sich Menschen gegenseitig zufügen.

»Das Kind heißt Albion.«

»Visionen der Töchter Albions«, sagte Geoffrey. »William Blake. Meiner Meinung nach einer der größten Visionäre des neunzehnten Jahrhunderts.«

»Was?« Pat knallte mir das Essen vor die Nase.

»William Blake«, antwortete ich.

»Kenn ich nicht. Kommt er zum Essen?«

Geoffrey grinste. »Er diniert in den ewigen Hallen des Ruhms.«

»Wie wir alle, wenn wir uns das aussuchen dürften«, sagte ich.

Pat raunzte, »Glaubt ja nicht, daß ich euch noch mal Kaffee nachschenke.«

Geoffrey stocherte in seinem Essen und las die Zeitung, während ich meines runterschlang.

»Ist ja schrecklich, was die alles über einen schreiben, wenn man erst mal tot ist. Die behaupten hier, daß sie eine Affäre mit ihrem Chef hatte. Das ist ja wohl ihre Privatsache. Warum drucken Zeitungen solche schrecklichen Dinge? Das bringt doch nur Kummer.«

»Laß mal sehen.« Geoffrey reichte mir das Revolverblatt, das ich zusätzlich gekauft hatte. Da stand, daß die Polizei Mark Matheson verhört habe, mit dem Elaine eine heiße Romanze gehabt haben soll. Der Artikel war so abgefaßt, daß man kaum glauben mochte, daß in der Firma überhaupt gearbeitet wurde. Im Brustton moralischer Entrüstung wurde von langen privaten Verabredungen, ausgedehnten Mittagspausen und Streitereien unter Liebenden berichtet.

»Vermutlich alles gelogen«, sagte ich. »Diese Typen würden alles behaupten, um die Verkaufszahlen in die Höhe zu schrauben.«

Ich zahlte die Rechnung, verabschiedete mich von Geoffrey und nahm die Buslinie 7, die direkt vor dem Café hielt. Ungeachtet meiner Begabung, aus allem das Schlechteste zu machen, fühlte ich mich auf dem Weg zur Arbeit richtig gut. Es hätte schlimmer kommen können. Ich war gesund und hatte Arbeit. Einfach die richtige Dosis Nitrat, und die Welt ist in Ordnung.

Die Türen von City Radio flügelten freundlich beiseite, als ich leichten Schritts die Treppen hinaufsprang. Ich fuhr mit dem Aufzug in den zweiten Stock und betrat tatendurstig den Nachrichtenraum. Geoffrey hatte recht. Ich war ein Glückskind. Das Leben war schön. Immer das Beste aus allem machen. Ich würde gut sein. Nein, nicht gut, vorbildlich. Ich würde der beste gottverdammte Reporter im Frauenradio sein, den die Welt je gehört hatte. Nach meinem Probemonat würde City Radio auf Knien rutschen, damit ich bleibe.

Lyall saß hinter einem Berg von Papieren an seinem Schreibtisch, an jedem Ohr einen Telefonhörer. Ich ging zur Kaffeemaschine und schüttete ihm eine Tasse ein. Seit er aufs Feuerwasser verzichtete, war sein Kaffeebedarf fast höher als meiner. Als ich zurückkam, telefonierte er noch immer. Da ich keinen Platz für die volle Tasse fand, räumte ich drei, vier leere weg. Er mimte ein Danke. Ich wollte ihm von Fitzgerald erzählen, aber da das Gespräch kein Ende zu nehmen schien, ging ich rüber zu Felicia.

Auch sie saß hinter Papierbergen und hatte an beiden Ohren Telefonhörer kleben. Ich hockte mich auf die Schreibtischkante. Sie gestikulierte wild und, wie ich finde, unhöflich, daß ihr das mißfiel.

»Wo warst du? Wir fangen um acht an, nicht um halb neun und auch nicht um viertel nach acht.«

Ich feilte noch an meiner Entschuldigung, als sie schon eine Akte in meinen Schoß pfefferte. Langsam kam mir der Verdacht, daß ihr das Spaß machte. »Nein, es macht mir nichts aus, zu warten …«, sagte sie in den Hörer. Sie legte die Hand über die Sprechmuschel und zischte: »Um zehn haben wir einen Talkgast …«

Felicia hob den Kopf. Eine luxuriös gekleidete Frau mittleren Alters hing mir an der Schulter.

»Hach, Leute, ich *muß* euch was erzählen …« Crosbie Shaw, die Moderatorin von *Female AM*, war ganz aus dem Häuschen. Wir waren Zeugen eines seltenen Ereignisses – irgend etwas ging ihr durch den Kopf.

Für einen Moment verdunkelten sich Felicias Gesichtszüge, und es sah so aus, als wollte sie Crosbie mit ihrem Blick pulverisieren. Statt dessen sagte sie: »Was gibt's, Crosbie?«

Crosbie klimperte kokett mit ihren Augendeckeln und fuhr sich mit der Hand durchs Haar. »Lest euch mal diesen Brief durch, den ich heute morgen bekommen habe. Dieser Typ schreibt, ich sei die beste Journalistin in ganz Großbritannien.« Sie heuchelte dilettantisch Bescheidenheit. »Er nimmt die Show jeden Tag auf, damit er sie sich abends anhören kann, wenn er von der Arbeit kommt – um abzuschalten.«

Ohne es zu wollen, sah ich ihn plötzlich genau vor mir, diesen Fan, wie er sich gerade zu *Female AM* einen runterholte. Mühsam unterdrückte ich einen Lachanfall. Crosbie merkte nichts, Felicia funkelte drohend.

»Was meint ihr, soll ich ihm ein Foto schicken? Ich glaube, er ist nett, kein Durchgeknallter … Aber ich weiß nicht …«

Felicia massierte sich mit zwei Fingern das Nasenbein. »Crosbie, können wir das Ganze nach der Show besprechen?«

»Oh, ähm, ja klar.« Crosbie wirkte überrascht, daß ihr Anliegen nicht ganz oben auf der Tagesordnung für den heutigen Morgen stand, zuckte mit den Schultern, ging zurück an ihren Platz und blätterte in einer Illustrierten.

In diesem Moment tat mir Felicia leid. Sie arbeitete hart, und Crosbie hatte das journalistische Gespür eines Toastbrots. In der großen, weiten Welt war Crosbie berühmt für ihre Intelligenz und ihre harte Arbeit. Wer je mit ihr gearbeitet hatte, lachte lang und laut über dieses Märchen. Crosbies Tag begann gewöhnlich mit einem aufreibenden Friseurtermin, bevor sie sich mittags mit Räucherlachs und Chablis im Groucho Club abschuftete. Wenn sie dann zur Arbeit kam, war sie in der Regel so erschöpft, daß ihr einfach die Kraft fehlte, noch herumzutelefonieren oder zu recherchieren. Man arbeitete nicht mit Crosbie, sondern für sie.

Ihre große Zeit hatte sie in den Siebzigern als junge ehrgeizige Fernsehreporterin für Tagespolitik. Seitdem ging es, vorsichtig ausgedrückt, mit ihrer Motivation den Bach hinunter. Sie kam gut rüber, aber das lag daran, daß eine wesentlich besser vorbereitete Redakteurin ihr die Fragen direkt in die Kopfhörer diktierte. Crosbies größtes Talent – die Fähigkeit, ihrer Redakteurin zuzuhören, während sie gleichzeitig weiterredete – blieb den Fans also verborgen.

Crosbie war vollständig in ihren Illustrierten versunken. Sie trug zwar einen eleganten, gebrochen weißen Armani, aber ihr Haar hatte sie in einer Weise angeklatscht, wie es vor dreißig Jahren zum letzten Mal modern gewesen war. Vielleicht war sie nur zu schüchtern, ihrem Friseur zu gestehen, daß sie eigentlich mal was Neues ausprobieren wollte.

»Sex und alleinerziehende Eltern.« Faszinierend. Felicia ließ sich durch nichts in ihren Überlegungen irritieren. Ins Telefon sagte sie »Danke, ich rufe zurück« und legte den Hörer auf.

»Eine Frau hat ein Buch geschrieben. Wir interviewen sie um zehn. Schreib Crosbie ein paar Fragen auf, das übliche Zeugs.«

Ich hockte mich an meinen Schreibtisch und schaffte Platz für die Akte. Die Frage, ob Alleinerziehende noch Zeit für Sex haben, schien ein echtes Problem zu sein: Den Babysitter von einem einfachen Gehalt bezahlen, sich als heiße Braut nicht davon abkühlen zu lassen, daß einem die Kids das Abendessen übers kleine Schwarze kippen und so weiter. Ich überflog das Buch. Mein einziges Sexabenteuer als Alleinerziehender war ein einziges Debakel. Vielleicht hätte mir die Lektüre dieses Buchs ein paar Fettnäpfchen erspart.

Ich machte eine Handvoll Anrufe. Es ist ein Kinderspiel, jemanden ausfindig zu machen, der gerade sein Buch promotet. Es kostete mich höchstens zehn Minuten. Ich schloß die Akte und ging am PC die neusten Nachrichten zum Mord an Elaine York durch. Die Polizei verhörte immer noch die engsten Verwandten und Bekannten – Kapitel eins im Polizeihandbuch, Kapitel zwei war Klinkenputzen in der Nachbarschaft.

Der Gast, Rosalie Redmond, kam zehn Minuten vor ihrem Zehn-Uhr-Interview an. Ich machte ihr eine Tasse Kaffee und zeigte ihr die Garderobe. Sie war eine attraktive Mittdreißigerin, schmale Hüften, blonder Bubikopf. In ihrem dunklen Anzug und mit ihrer Aktentasche sah sie aus, als hätte sie einen Termin beim Filialleiter ihrer Bank. Ich versuchte, sie mit ein bißchen Small talk aufzulockern.

»Schon viele Bücher geschrieben?«

Sie verzog das Gesicht, als hätte ich versucht, sie aus einer Bar abzuschleppen. Die Mundwinkel gefroren zwischen Grimasse und Lächeln.

»Ja, das habe ich tatsächlich.«

Die Produktionsassistentin rettete die Situation. Andie Turner ritt auf einer Flutwelle von Papieren herein und klammerte sich an ihr Clipboard, als wäre es die letzte Planke der *Titanic*. Sie stellte sich dem Gast vor und geleitete ihn ins Studio. Ich schaute ihnen nach, bis die schalldichten Türen sie verschluckten, und kehrte an meinen Schreibtisch zurück. An meinen Umgangsformen mußte ich wohl noch arbeiten, wenn ich in diesem Job ankommen wollte.

Ich schaltete den Lautsprecher an meinem Tisch ein und hörte dem Interview die ersten zwei Minuten zu, um zu kontrollieren, ob Crosbie sich an meine Vorgaben hielt. Das hätte ich mir sparen können. Sie folgte ihnen wie ein katholischer Bauer in der Dritten Welt den päpstlichen Anordnungen. Ich konnte mich also in Ruhe dem Programm für den nächsten Tag widmen: Eine radikal neue Diät, die auf den Eßgewohnheiten

afrikanischer Buschmänner beruhte, eine von Hellsehern geleitete Partnervermittlungsagentur (Rufen Sie uns nicht an, wir melden uns, wenn Sie uns brauchen) und ein Anruf bei einem Publizisten zum neusten Fall von Bettspionage, in den ein Industriekapitän, ein maßgefertigter Gummitaucheranzug und eine ambitionierte junge Wasserstoffblondine verwickelt waren. Trotz meiner selbstverordneten Begeisterung wuchs langsam das ungute Gefühl, daß dieser Monat sehr, sehr lang werden würde.
Aber ich hatte einen Plan. Mittags verließ ich das Büro und kaufte mir auf dem Weg beim Italiener ein Sandwich.

7

Tagsüber sah es in der Mulberry Avenue, dort, wo Elaine York gelebt hatte und gestorben war, ganz anders aus, unheimlicher. Die Wohnsiedlung überragte die Nachbarschaft wie ein betrunkener Riese, ein schlechter Witz der Stadtplaner auf Kosten armer Leute. Der gesamte Block war fünfzehn Stockwerke hoch mit zwei niedrigeren Flügeln auf beiden Seiten. Die drei Gebäudeteile waren durch überdachte Korridore verbunden, eine Einladung an alle Drogendealer und ein idealer Hinterhalt für die völlig verängstigten Bewohner. Das Ganze war in einem lieblosen Blau gestrichen und spekulierte offensichtlich nicht auf eine fünfseitige Fotoreportage in *Schöner Wohnen*. Einige Kinder, so um die zehn Jahre alt, genau wie Simon, spielten auf dem abgewetzten Rasen Fußball.

In einem Zeitungsladen, der sich hinter Rollgittern verbarrikadierte, und in dem der Alkohol hinter dicken Glasscheiben weggeschlossen war, kaufte ich mir eine Packung Camels. Ein älterer Herr fertigte mich fix ab und wandte sich wieder seinem Minifernseher zu.

Die Polizei hatte Elaines Wohnung mit Plastikband abgesperrt. Es gab nicht viel zu sehen. Circa zehn in einzelne Wohnungen unterteilte viktorianische Reihenhäuser. Abenteuerlustige Yuppies, den schnieken Wagen nach, die auf der Straße parkten. Die Scheiben waren mit »Kein Radio«-Aufklebern geschmückt. In dieser Wohngegend trug man nicht

viel Bargeld mit sich herum und posaunte nicht heraus, daß man übers Wochenende ins Grüne fuhr.
Ich suchte in meinem Notizbuch nach dem Namen der Nachbarin. Magnolia Trevenet. Ihre Wohnung lag rechts neben Elaines, und netterweise fand sich auch ihr Name auf einem der Klingelschilder. Ich klingelte. Keine Antwort. Ich klingelte noch mal. Die Stimme am anderen Ende klang blechern und mißtrauisch.
»Ja?«
»Magnolia?«
»Ja.«
»Hi, Sam Ridley, City Radio.«
»Wer?«
»Sam Ridley. Darf ich Sie kurz sprechen?«
Der Türöffner summte, und ich betrat den kleinen, engen Hausflur, an dessen Ende eine Treppe nach oben führte. Ich ging in den zweiten Stock, klopfte, und wurde sofort eingelassen. Sie trug wallende schwarze Hosen, ein Top mit Silbermosaik und ungefähr zwanzig Armreifen je Arm. Ihr Haar war lang und dunkel und mit einem roten Samttuch zurückgebunden. Ihre Lippen waren genauso samtig und rot. Ich war verliebt. Ich versuchte mein Sonntagslächeln. Keine Reaktion.
»Haben Sie 'ne Zigarette?«
Eigentlich halte ich nichts von Scheckbuchjournalismus, aber in diesem Fall machte ich eine Ausnahme. Ich fischte das Päckchen aus meiner Tasche. Sie griff zu.
»Danke. Kommen Sie herein.«
Sie führte mich in ein großes, lichtdurchflutetes Wohnzimmer. Der Boden war geschrubbt, die Wände dunkelblau. Es sah aus wie ein vergessener Seitenflügel des Victoria-and-Albert-

Museums. Plunder aus Dritte-Welt-Ländern. Afrikanische Stammesmasken, asiatische Buddhas, indische Brautkisten, birmanische Teakholzelefanten. Ich setzte mich auf einen mit Leopardenfell überzogenen Sessel.

»Kaffee? Hab gerade welchen gemacht.« Magnolia verschwand in der Küche und kam mit zwei großen Tassen und einer Schale Teegebäck zurück. Ein altmodisches Mädchen.

»Nett hier.«

»Danke.«

»Woher haben Sie den ganzen Kram?«

Sie zuckte die Schultern. »Was? Ach, das …?« Sie sah sich um, als sähe sie die Sachen zum ersten Mal. »Keine Ahnung. Papa ist viel herumgekommen.«

Sie setzte sich auf den Boden und steckte sich eine von meinen Zigaretten an. »Wollte eigentlich damit aufhören. Aber nach der Aufregung …«

Ich nickte. Ich starrte sie an. Was für blaue Augen. Normalerweise achte ich nicht auf die Augenfarbe meiner Mitmenschen, aber der Kontrast zu ihrer dunklen Haut und dem schwarzen Haar war betörend.

»Und?«

Ich bemerkte, daß ich sie anstarrte. Sie sah mich an, als wäre ich ein wenig verwirrt. Wahrscheinlich war ich es.

»'tschuldigung. Ich recherchiere für eine Hintergrundgeschichte über Elaine.«

Sie nickte. »Ich hab schon mit der Polizei und der Presse gesprochen.«

»Waren Sie befreundet?«

Sie zuckte mit den Schultern. »Leidlich.«

»Ich kenne ihre Schwester. Wir arbeiten zusammen. Was war sie für ein Mensch?«
»Ihre Schwester?«
»Nein, Elaine.«
»Was sagten Sie, von wem Sie kommen?«
»City Radio. Sie kennen es bestimmt.«
»Hmm, ich glaube nicht. Sehen Sie, ich glaube nicht, daß ich Ihnen helfen kann. Was ich weiß, habe ich bereits der Polizei erzählt.«
Ich nippte am Kaffee und zündete mir eine Zigarette an. Ich bin gut darin, Leute zum Reden zu bringen. Sie sehen mein harmlos wirkendes Gesicht und fassen Vertrauen zu mir.
»Ich brauche mehr Hintergrundinformationen. Was war sie für ein Mensch, was hatte sie für Interessen, wie lebte sie?«
Magnolia musterte mich mißtrauisch.
»Vielleicht kann ich so den Cops helfen, ihren Mörder zu finden.« Journalisten lieben diese Floskel, aber sie benahm sich, als hätte sie davon noch nie gehört. Sie drückte ihre Zigarette aus und griff nach einer neuen. Das Päckchen lag zwischen uns. Ihre Hände zitterten, als sie sich die Camel anzündete. »Sie hat nichts Böses getan. Sie arbeitete hart, um ihr Kind versorgen zu können und spendete Geld für Obdachlose. Eine richtige Mutter Teresa, und was hat es ihr gebracht?«
Sie fuchtelte mit der Zigarette, und die Armreifen klimperten dazu. »Diese Stadt ist voll von abgefuckten Verrückten. Vor drei Wochen versuchte ein Typ, mich in einer Telefonzelle zu überfallen. Wir werden hier alle ausgeraubt. Man klaut uns das Auto und was nicht alles, und wo bleibt die Polizei? Nirgends. Da muß erst so etwas passieren. Da wird darüber schwadro-

niert, daß die Drogen unsere Innenstädte kaputtmachen, und was wird dagegen unternommen?«

»Nahm Elaine Drogen?«

Magnolia schnaubte. »Sind Sie verrückt? Elaine nahm nicht mal Aspirin gegen Kopfschmerzen. Nach einem halben Glas Wein gackerte sie wie ein Sumpfhuhn.« Sie drückte die halbgerauchte Zigarette aus und nahm einen Schluck Kaffee.

»Was war mit ihrem Freund?«

»Was für ein Freund? Sie hatte keinen.«

»In der Zeitung stand was von ihrem Chef.«

Magnolia zündete sich zitternd eine neue Zigarette an. »Ich brauche Ihnen wohl nicht zu sagen, daß Sie nicht alles glauben sollten, was in der Zeitung steht.«

»Aber sie hatte ein Kind. Also wird's wohl auch einen Vater geben?«

Sie betrachtete mich durch die Rauchschwaden. »Was für eine altmodische Auffassung.«

Ich änderte die Taktik. »Wie kam es, daß Sie die Leiche fanden?«

»Rein zufällig. Ich war Zigaretten holen, und auf dem Rückweg sah ich, daß ihre Tür offenstand, und ging hinein.«

»Um wieviel Uhr war das ungefähr?«

»So gegen elf. Aber das habe ich schon alles mit der Polizei durchgekaut.«

»Sie sind recht lange in der Wohnung geblieben. Warum?«

Magnolia sah mich lange an, bevor sie antwortete. »Ich konnte sie nicht allein lassen«, sagte sie schließlich. »Ich kam mir vor wie ein verdammter Wachhund, mußte aber einfach bleiben. Dann tauchten die Bullen und der ganze Rest auf.«

»Und Sie rannten hinaus?«

Magnolia schüttelte sich. »Elaine ... Die Leiche ... Sie zuckte, als ob sie wieder lebendig würde oder so. Es war grauenhaft.«
Ich ließ Magnolia meine Karte da, verabschiedete mich, ging zurück zum Ladbroke Grove und nahm ein Taxi zur Tottenham Court Road.
Das Ganze hatte anderthalb Stunden gedauert. Zurück im Büro, empfing mich eine streitlustige Felicia.
»Laß es mich mal so einfach wie möglich ausdrücken.« Sie steuerte auf meinen Schreibtisch zu, an dem ich versuchte, so auszusehen, als hätte ich ihn nie verlassen. »Vielleicht ist dir schon aufgefallen, daß meine Abteilung kein Kaffeekränzchen ist, bei dem jeder kommen und gehen kann, wie er will. Wir machen keine langen Mittagspausen, denn wenn wir das täten, müßte jemand anderes deshalb um so härter schuften. Ist das bei dir angekommen?«
An sich bin ich ein geduldiger Mensch, aber so langsam ging mir Felicia auf den Keks. Ich erhob mich, und da sie endlose Pfennigabsätze trug, standen wir uns Auge in Auge gegenüber. Ich setzte ein geduldig leidendes Lächeln auf. »Felicia, meine Liebe, ich weiß, daß ich technisch gesehen außer Haus war, aber im Geiste war ich hier bei euch und stellte meine ganze Kraft gewissenhaft in den Dienst von *Female AM*.« Zur Bekräftigung zückte ich mein Notizbuch. »Mit anderen Worten: Ich habe für eine Story recherchiert.«
»Was für eine Story? Wir haben nie über irgendeine Story geredet. Und nenn mich nicht deine Liebe.«
Sie war mißtrauisch, das spürte ich. Wollte ich sie verschaukeln? Tja, ja und nein.
Ich blätterte in meinem Notizbuch. »Aus dem sprichwörtlich heiteren Himmel hatte ich plötzlich eine Eingebung: ›Warum

nicht eine Geschichte über das Verhältnis von Frauen zu Gewaltverbrechen. Wie sie sich fühlen, wenn sie nachts auf die Straße gehen, alleine wohnen und so weiter. Und als Aufhänger nehmen wir den Mord an Elaine York.‹ Das war es, was mir eine innere Stimme einflüsterte.« Ich wartete kurz, um zu sehen, wie es wirkte, und weil ich nicht mehr weiterwußte.

Noch immer standen wir Auge in Auge. Sie zögerte, unschlüssig, ob sie meinen Bluff auffliegen lassen sollte, und entschied sich dagegen. Es war ein gute Idee, und dafür, daß ich sie aus dem Ärmel geschüttelt hatte, war ich sogar selber stolz auf mich.

»Komm schon, das wird großartig. Wir werden versuchen, ihre Schwester Anna auf Band zu bekommen. Bisher hat sie mit niemandem gesprochen. Noch haben wir die Story exklusiv.«

Sie ging einen Schritt zurück und schaute etwas weniger streng. »Okay. Aber keine langen Mittagspausen mehr. Noch mal fall ich auf die Tour nicht rein. Und mach hin mit der Sexaffäre.«

Runde zwei ging an mich.

Der Agent der Affärendame rief zurück. Ihre Story war nicht mehr im Angebot. Sie hatte einen Vertrag mit einer Boulevardzeitung über ein freizügiges Interview samt Foto-Doppelseite abgeschlossen. Ich überbrachte Felicia die traurige Nachricht. Sie ließ sich nicht aus der Ruhe bringen und fächelte mir mit ihren manikürten Händen zu.

»Sieh mal in die Akte mit den Ex-Geliebten. Irgendeine davon wird schon reden.«

Also begann ich die Liste von Frauen zu durchkämmen, die

die Politikergattinen im ganzen Land dazu zwangen, ihren Männern ewige Treue zu geloben. Ich machte ein paar Anrufe. Die meisten wollten nur gegen Geld auspacken. City Radio zahlt nicht gerne, deswegen tun wir uns gegen die Konkurrenz der Fernseh-Talkshows etwas schwer. Schließlich fand ich doch noch eine Frau, die bereit war, sich interviewen zu lassen – wahrscheinlich, weil sie gerade ein Buch über die altmodische Kunst der Verführung unter die Leute bringen wollte.

Dann ratterte ich die Diät der Buschmänner und die Partnervermittlung der Hellseher herunter und übergab den ganzen Kram an Andie. Andie war ein aufgewecktes, engagiertes Mädchen aus gutem Haus, die auf die für ihre Herkunft übliche Karriere dankend verzichtet hatte. Die meisten ihrer Altersgenossinnen machten ein bißchen in Immobilien, angelten sich dann einen Aristokraten mit schlechten Zähnen und setzten sich auf einem Landgut zur Ruhe. Andie hatte andere Pläne.

Hier und da hatte ich schon mal versucht, mit ihr anzubändeln – sie hatte phantastische Beine und trug gerne enge, kurze Röcke –, aber sie schien nicht interessiert. Vielleicht waren meine Eltern für ihren aristokratischen Geschmack etwas zu vulgär.

Ich besorgte mir Anna York-Baines Nummer. Sie freute sich auf das Interview, und wir verabredeten, daß ich um sechs bei ihr vorbeikommen würde.

Felicia hatte sich inzwischen wohl mit meiner Idee angefreundet. Ich war gerade dabei, meinen Arbeitstag zu beenden, als sie mit einem Blatt Papier hereinschneite.

»Andie hat diese Frau ausfindig gemacht.« Sie reichte mir den Zettel. Es war eine Adresse: Margaret Gabor, 643 Summerhill

Estate – der unpassende Name des Betonklotzes in Elaine Yorks Nachbarschaft.

»Ich muß den Starreporter des Senders wohl nicht erst darüber aufklären, daß diese Gegend keinen besonders guten Ruf hat.«

»Nein, mußt du nicht. Der Starreporter des Senders vermutet mal, daß Mrs. Gabor mit allen Spielarten von Kriminalität bestens vertraut ist.«

»Also los, geh hin und sprich mit ihr. Frag sie, wie es dort aussieht und bring mir eine saftige Story mit.«

Es geschehen noch Zeichen und Wunder. Bisher war man bei *Female AM* der Meinung, daß das Publikum der Sendung einzig während des Schlußverkaufs in der Porzellanabteilung bei Harrod's mit Gewalt in Berührung kam. Einige Journalisten, mich eingeschlossen, standen dieser Art von Schönfärberei kritisch gegenüber. Sollte doch das Fernsehen die Leute für blöd verkaufen. Das Radio hat eine Aufgabe – zu unterhalten *und* zu informieren. Felicia war da leider anderer Meinung. Gebt den Leuten, was sie wollen, war ihr Motto. Abmagerungskuren, Prominententratsch und Darmspülungen.

Sollte diese Programmschiene jemals mit der Realität in Kontakt treten, war dann nicht ich, Sam Ridley, hartnäckiger Jäger der verlorenen Wahrheit, wie dafür geschaffen, die Dinge ins Laufen zu bringen? Wer sonst?

Ich nahm die U-Bahn bis Holland Park. Geographisch gesehen waren Anna York-Baines und ich Nachbarn, was die Lage und die finanziellen Aussichten betraf, lebten wir auf verschiedenen Planeten. Lansdowne Road war ein deutliches, aber kein lautes oder aufdringliches Zeugnis für die Leichtigkeit des Seins, die Geld mit sich bringt. Die Bäume sind duftend pastellig im Frühjahr, grün im Sommer. Es gibt immer genügend Farbe für die Häuser und professionelle Pflege für die Gärten. Der Stadtrat hatte ein Gesetz verabschiedet, demzufolge man dort nur parken durfte, wenn man ein neues europäisches Modell fuhr.

So sah es zumindest aus.

Ich klingelte.

Mit ihrem Gesicht hätte sie tausend Kosmetikkampagnen bestreiten können. Vollkommene Gesichtszüge, helle Haut, weitstehende graue Augen. Und rote Haare. Kein Karottenrot wie Straßenjungs, sondern das dunkle Rot von reifen Kastanien, alten Eichenkommoden oder spätem Herbstlaub. Es war überall gleich lang, fiel in unendlich sanften Wellen über ihre Schultern und umrahmte hohe Wangenknochen und perfekte Zähne.

Sie trug ein rosa Poloshirt, Jeans und Freizeitschuhe. Sie wirkte müde und verängstigt, aber als sie mich ansah, lächelte sie.

»Sam, kommen Sie herein.«

8

Sie führte mich durch einen langen Flur zu den Korbmöbeln in einem mit Schiefer gefliesten, üppig bepflanzten Wintergarten im erhöhten Erdgeschoß. Ein Kind saß auf dem Teppichvorleger und spielte selbstvergessen mit einem Kochtopf und einem Paar Schuhe. Als ich mich in einen der Stühle setzte, sah es kurz auf, spielte dann aber ungerührt weiter.

Anna setzte sich mir gegenüber und tätschelte den Goldschopf der Kleinen. Albion hatte dieselben Haare wie ihre Mutter.

»Hallo, Albion«, begrüßte ich sie freundlich.

Sie sah erst mich an, dann Anna.

»Das ist Sam, mein Liebling. Sag ›Tag, Sam‹.«

»Dam«, sagte sie und spielte weiter.

»Ich glaube, sie hat mich durchschaut.«

Am liebsten hätte ich die Kleine in den Arm genommen und ihr erzählt, das alles wieder gut werden würde, und ich wünschte wirklich nichts mehr, als daß das möglich wäre.

Irgendwo im Haus begann es zu pfeifen.

»Tee?« fragte Anna. Ich nickte.

Sie holte den Tee und goß uns beiden eine Tasse ein.

»Wie oft habe ich Elaine gedrängt, von dort wegzuziehen. Robert und ich boten ihr unsere finanzielle Unterstützung an, um eine neue Wohnung zu finden, aber sie wollte nicht auf uns hören. Sie hatte einen ganz schönen Dickschädel. Das einzige, wozu ich sie überreden konnte, war, daß sie ihre Fenster

vergitterte.« Sie seufzte, doch es klang ein wenig beleidigt. »Nächste Woche hätten die Gitter angebracht werden sollen.«
»Was hat die Polizei Ihnen erzählt?«
»Nicht viel. Es war ein gewöhnlicher Raubüberfall. Es gibt keine Zeugen. Viel Hoffnung haben sie mir nicht gemacht.«
»Hat die Polizei mit Albions Vater gesprochen?«
»Sie hat keinen Vater.«
»Die Zeitungen erwähnten einen Freund.«
Sie schüttelte den Kopf. »Ich weiß nicht, wer der Vater ist. Sie hat es uns nie erzählt. Eine flüchtige Bettgeschichte, vermute ich. Manchmal konnte sie einen richtig zur Verzweiflung treiben, meine Schwester. Ich ... na ja, wir hatten ein klassisches ältere-Schwester-jüngere-Schwester-Verhältnis. Ich fühlte mich für sie verantwortlich, gab ständig auf sie acht, kehrte die Scherben zusammen. Sie kümmerte sich um nichts.«
»Außer um das Kind.«
»Um Albion, natürlich. Manchmal auch um ihre Arbeit, glaube ich. Aber auch das war nur Mittel zum Zweck. Sie machte sich keine Gedanken um ihre Karriere und hatte keine klare Vorstellung, was aus ihrem Leben werden sollte. So wie ich das sehe, hatte sie überhaupt keine Ziele.«
»Standen Sie sich nahe?«
»Ja. Unser Vater starb, als wir noch jung waren. Als ältere Schwester mußte ich meiner Mutter helfen. Ich hatte immer das Gefühl, Elaine bemuttern und beschützen zu müssen. Ich redete mir ein, daß sie ohne mich nicht zurechtkäme, erinnerte sie daran, die Steuern zu zahlen und das Baby zur Vorsorgeuntersuchung zu bringen.«
Wir schwiegen. Albion versuchte sich den Topf auf den Kopf

zu setzen, traf dabei ihr Gesicht und brach in Tränen aus. Anna nahm sie auf den Arm, wiegte sie und ging mit ihr auf und ab. »Ist ja gut, mein Schatz. Ist ja gut.« Noch immer kehrte sie die Scherben ihrer Schwester zusammen.
Aber nichts war gut. Albion schrie und schrie. »Mama, ich will zu Mama.«
Irgendwo in einem anderen Teil des Hauses klingelte das Telefon. Anna sah mich fragend an.
»Mist«, sagte sie. »Können Sie sie mir einen Moment abnehmen?«
Sie gab mir das Kind. Albion schrie noch lauter.
»Schh, ist ja gut«, sagte ich und suchte panisch nach einem Spielzeug, das sie ablenken könnte. Ich setzte sie in den Stuhl und winkte mit einer Anziehpuppe.
»Was hältst du davon, hm? Was für eine schöne Puppe.«
Albion beugte ihr Gesicht bis fast auf die Knie und schrie ungeniert heraus, was sie von meinem Vorschlag hielt.
»Also gut, Kind. Die Puppe war keine gute Idee. Was hältst du davon, zu puzzlen?« Ich suchte hektisch nach dem Puzzle, das ich kurz zuvor noch gesehen hatte. Sie mußte es unter irgend etwas anderem begraben haben. Auf Knien robbte ich durchs Zimmer und schaute unter Stühle und in ihrem Spielzeugkorb. Während ich feststellte, daß das Puzzle nirgends zu finden war, hatte Albion aufgehört zu weinen. Das machte mich neugierig. Sie hatte meinen Kassettenrecorder auf dem Tisch entdeckt und drückte wahllos auf den Tasten herum.
Ach ja, die moderne Technik. Ich möchte sie nicht missen. Ich setzte mich ihr gegenüber.
»Laß mich dir einen guten Rat geben: Werde bloß keine

Journalistin. Dieser Beruf ist der reinste Schwachsinn. Du stirbst arm und die Menschen hassen dich.«
Albion zeigte auf das Mikrofon.
»Das ist ein Mikrofon«, erklärte ich.
»Mifon«, sagte Albion erfreut.
»Schon ganz gut. Also, wenn dir jemand so ein Ding unter die Nase hält, sagst du ›Kein Kommentar‹. Kannst du das sagen? Kein Kommentar.«
»Kommama«, sagte Albion. »Kommama, kommama, kommama.« Sie riß mir das Mikrofon aus der Hand und drückte vor lauter Begeisterung noch ein paar Knöpfe an dem Recorder.
Als Anna zurückkam und unsere traute Zweisamkeit begutachtete, mußte sie lächeln.
»Ich glaube, Sie sollten öfter kommen.«

9

Am nächsten Morgen brütete ich im Blue Skies über der Speisekarte, während Pat mit ihren orthopädischen Schuhen ungeduldig auf den Boden klopfte. Die Entscheidung war nicht leicht: Tod durch Hypertonie oder durch Arteriosklerose. Das wollte gut überlegt sein.
Ich wählte Würstchen mit Rührei. Die Zeit bis zum Essen verkürzte ich mir mit Kaffee und der Zeitung.
Danach nahm ich den 23er Bus bis Ladbroke Grove, stieg an der Überführung aus und ging ein paar Blocks weiter zur Summerhill-Siedlung. Ich hatte mich mit Mrs. Margaret Gabor zu einem Plausch über Verbrechen verabredet.
Nach einigen prüfenden Blicken identifizierte ich zwei rostige Metalltüren als den Haupteingang. Ich warf mein ganzes Gewicht in die Waagschale, um sie zu öffnen, und stolperte hinein. Sofort schlug mir ein scharfer Uringeruch entgegen. Die Wände waren behördenbraun gestrichen, aber das fiel kaum auf, da sie längst mit Graffiti überwuchert waren, die meisten davon obszön. Der Flur war übersät mit Glasscherben und Hundescheiße, leeren Coladosen und Crackröhrchen. Auf Zehenspitzen tastete ich mich zu den Fahrstühlen. Es gab drei Stück. In den ersten beiden tat sich gar nichts, also probierte ich den dritten und drückte den zehnten Stock, die Etage, auf der Margaret Gabor wohnte. Auch dieser Lift strafte mich mit Nichtachtung. Ich drückte noch mal und hämmerte gegen die Schaltleiste. Kurz bevor sich die Tür schloß, schlängelten sich

noch drei Teenies mit hinein, und unsere ruckelige Auffahrt begann.
Die Kids waren um die achtzehn, trugen sackige Jeans und Sweatshirts, Wollmützen und Turnschuhe, so groß wie Raumkapseln. Die Schuhe sahen aus, als kämen sie frisch aus dem Laden.
»Was ist das?« Der größte der Jungs grinste unter seinem strähnigen schwarzen Pony und zeigte auf meinen Recorder, ein altmodischer Marantz. Die meisten Radioreporter verwendeten kleinere, genauso effektive Modelle, aber ich hatte mich an mein Maschinchen gewöhnt. Ich mochte sein solides Gewicht.
»Als ich noch ein kleiner Junge war, nannte man das Kassettenrecorder.«
Die Kids rückten mir auf die Pelle, und ich hatte nicht den Eindruck, daß sie nur an meiner Erfahrung und Weisheit teilhaben wollten. Ich rechnete kurz zusammen, wieviel Geld ich bei mir trug; etwa vierzig Pfund minus einmal Frühstück. Nicht gerade viel, aber doch genug. Ich versuchte es mit Zerstreuungstaktik.
»Ich arbeite beim City Radio. Schon davon gehört?«
Der Große kicherte.
»Piratensender?«
Wie auf Stichwort fingen auch die beiden anderen an zu gackern. Der Anführer starrte mich an. Ich starrte zurück. Ich hob mir die Frage, warum sie nicht in der Schule seien, für ein anderes Mal auf.
»Machsen hier?« sagte die Schwarzsträhne. »Niemand kommt hierher, wenn er noch'n bißchen Verstand hat.«
»Ich arbeite. Und ihr?«

»Rumhängen. Gibt's wohl kein Gesetz gegen, oder?« Das klang so defensiv, als wäre das meiste, was sie sonst so tun, vom Gesetz verboten.

Wieder rückten sie einen Schritt näher, und ich glaubte schon das Einrasten eines Klappmessers zu hören. Ich hielt den Recorder so, daß zumindest ein paar meiner wichtigsten Organe geschützt waren. Es fiel mir nicht leicht, mich zwischen Herz, Lungen, Leber und Nieren zu entscheiden. Ich verlagerte mein Gewicht und versuchte, mir über meine Lage klarzuwerden. Es gab, wie es so schön heißt, kein Vor und kein Zurück. Nur sie und mich. Dieses Drehbuch gefiel mir ganz und gar nicht.

10

Die Aufzugsglocke ertönte mit der erlösenden Süße himmlischer Engelschöre. Die Türen öffneten sich, und eine schwergewichtige Frau mittleren Alters kam dahinter zum Vorschein. Sie warf den Jungs einen strengen Blick zu, die plötzlich gar nicht mehr so bedrohlich wirkten und sich verdrückten.
»Mr. Ridley?«
Ich nickte und machte, daß ich aus dem Lift kam.
»Gut. Ich bin Margaret Gabor.« Sie geleitete mich durch den schmuddeligen Gang zu ihrer Wohnungstür. Ich schaute mich immer wieder nervös um, aber die Kids waren verschwunden.
Wir betraten einen winzigen Flur, von dem an einer Seite das Bad abging und der auf ein kleines Wohnzimmer zulief. Sie bat mich, Platz zu nehmen, während sie sich an die mühsame Arbeit des Türzuschließens machte. Ich zählte drei Schlösser und zwei Türketten.
Eine Nische des Wohnzimmers war mit Küchengeräten vollgestellt. Im Jargon der Wohnungsmakler heißt das wohl Kitchenette. Das Wohnzimmer maß kaum mehr als drei mal vier Meter. Zwei Sofas standen sich gegenüber, dazwischen ein Kaffeetisch und ein Minifernseher auf einem Stapel Programmzeitschriften. Daneben eine Kommode mit zahlreichen gerahmten Fotos, hauptsächlich Hochzeitsbilder. Eins zeigte einen jungen Mann in Fliegeruniform neben einem Bomber aus dem Zweiten Weltkrieg.

Mrs. Gabor brachte ein Tablett mit zwei Tassen und einer Teekanne und setzte sich mir gegenüber auf das Sofa.
»Ich habe am Fahrstuhl auf Sie gewartet. Es gab in letzter Zeit eine Reihe von ›Vorfällen‹, wie die Polizei das so schön nennt. Sind Sie okay?«
»Ach, die Jugend von heute.«
Sie goß den Tee ein. »Ein paar von ihnen sind ein echtes Problem. Die Polizei bezeichnet sie als ›jugendliche Wiederholungstäter‹, ich ziehe ›verdammte kleine Bastarde‹ vor. Sie nehmen Crack, Amphetamine, Ecstasy – alles, was sie sich in die Nase pumpen oder den Hals runterspülen können. Es ist *in*. Alle ihre Freunde tun das. Meistens funktionieren die Aufzüge nicht, weil die Kids aus dem Haus randaliert haben. Jetzt wissen Sie, mit was für sonnigen Gemütern Sie es hier zu tun haben. Die Menschen auf diesem Stockwerk trauen sich kaum vor die Tür. Nicht nur nachts – immer. Ich war bei der Polizei, bei den Behörden. Niemand will etwas dagegen tun. Die Eltern haben längst die Kontrolle über sie verloren.«
Sie seufzte und bot mir eine Zigarette an. Ich nahm an und wir rauchten eine Runde.
»Ich wohne hier seit den Sechzigern. Mein Mann Frank und ich haben drei Kinder aufgezogen. Wir hatten wenig Geld, aber wir haben uns gut geschlagen. Mit den Drogen ist alles anders geworden. Die Leute dealen am hellichten Tag. Letztes Jahr war es Ecstasy, dieses Jahr Crack. Man bekommt das Zeug leichter als frische Eier, seitdem die meisten Geschäfte hier aufgegeben und dichtgemacht haben.«
Sie starrte auf ihre Zigarettenspitze, als suchte sie in der glimmenden Glut eine Antwort. »Ich habe die Luftangriffe überlebt. Ich denke nicht daran, mich von ein paar kleinen

Scheißern unterkriegen zu lassen. Die Stadt könnte die Gegend aufräumen, aber sie will nicht. Die Polizei läßt sich hier kaum blicken. Dreimal bin ich dieses Jahr ausgeraubt worden – und die sagen nicht mal ›Guten Tag‹, wenn man Anzeige erstattet.«
»Können Sie nicht woanders hinziehen?«
Sie schnaubte. »Wissen Sie, wie schwer es ist, eine Sozialwohnung zu bekommen? Und woher soll ich wissen, ob ich nicht vom Regen in die Traufe ziehe? Nein, ich bleibe, egal was kommt. Und ich denke, man kann die Probleme hier lösen. Es fehlt nur ein bißchen Nachdenken und der politische Wille. Deshalb habe ich diese Mieterinitiative gegründet – wir werden die Polizei und die Stadt zwingen, etwas zu unternehmen. Wir machen diesen Pennern so lange Feuer unter dem Arsch, bis etwas passiert. Die glauben, weil wir keine Kohle haben, zählen wir nicht. Warum sollen wir die sich mit ihren fetten Gehältern mästen lassen, während wir uns in diesem Drecksloch terrorisieren lassen müssen? Das möchte ich doch gerne mal wissen.«
Wir tranken noch ein paar Tassen von ihrem starken Tee, und sie erläuterte mir ihren Plan. Er beruhte auf einem Modell, das im Londoner Norden einigen Erfolg hatte: Erstens, Veränderung der Bausubstanz, so daß die ganzen Winkel und Ecken verschwanden, in denen man sich so gut verstecken konnte. Zweitens, verstärkter Einsatz von Polizeistreifen. Das hörte sich vernünftig und gar nicht so teuer an. Während ich mit Mrs. Gabor die Details durchging, war ich richtig froh, wieder so nah an meinem früheren Job dran zu sein. Als ich wieder im Büro war, hatte ich bereits den Entwurf für ein Skript fertig.

»Mir ist klar, worauf du hinauswillst, Sam, aber sie ist ziemlich … stoisch. Ich brauche mehr … ungezügelte Emotionen.« Felicia trommelte mit dem Stift auf den Tisch im Schneideraum, an dem wir uns zusammengesetzt hatten, um Margaret Gabors Interview durchzuhören. »Ich will mehr darüber, wie sie sich fühlt, in ständiger Angst leben zu müssen.«
»Felicia, die Frau scheißt das Ganze total an. Darum organisiert sie das, sammelt Unterschriften und macht den lokalen Behörden Dampf. Sie hat genug Wut im Bauch, jemandem den Schädel einzuschlagen. Das sind ihre Gefühle. Wäre es dir lieber, daß sie sich wimmernd hinter ihrer Couch verkriecht?«
Ihr Gesicht verriet mir, daß sie genau das wollte. »Ich will mehr Frustration, mehr Hilflosigkeit.« Zur Bekräftigung bohrte sie den Stift in die Tischplatte.
Ich stand auf. »Tja, ich glaube, sie hat Frustration und Hilflosigkeit überwunden und sich zu etwas durchgerungen, das die Dinge vielleicht verändern kann.«
Ich ließ sie sitzen. Sie folgte mir. Man verläßt Felicia nicht, bevor sie einen entläßt. Sie baute sich in vertrauter Pose vor meinem Schreibtisch auf: Hände in den Hüften, das Haar apart in den Nacken geschüttelt. Sie suchte Streit. Normalerweise ziehe ich Diskretion dem Heldenmut vor, aber es gibt Zeiten, da muß ein Mann seinen Mann stehen – und es paßte mir ganz und gar nicht, wenn man mir erzählen wollte, wie ich ein Story zu schreiben hatte.
Wir standen uns Auge in Auge gegenüber, die Ärmel in Gedanken bereits hochgekrempelt und die Schlipse gelockert.
»Felicia, kann ich Sie einen Moment sprechen?«
Es war Delaney.
Er schob sie in sein Büro. Felicia und ich hatten gerade noch

Zeit, einen »Die Sache ist noch nicht erledigt«-Blick auszutauschen.
Ich nutzte ihre Abwesenheit, um die Story im Schneideraum genau so zu schneiden, wie ich sie haben wollte.
Aber meine Meuterei blieb nicht ungestraft.
»Hier ist deine nächste Klientin. Wir brauchen sie bis morgen.« Felicia hatte mir ein Dossier über eine Frau aufgedrückt, die eine neue Form von Aerobic erfunden hatte, die im wesentlichen auf der Nutzung dieser Kinderhüpfbälle mit Ohren beruhte.
»Das soll wohl ein Scherz sein?«
»Kleb dir eine Notiz an den Monitor: ›Ich bin hier auf Bewährung‹.« Weg war sie.
Ihrer Art von Logik konnte man mit Argumenten kaum beikommen. Ich rief diese Frau an. Sie hieß Mitzy und tropfte förmlich vor Verlangen nach kostenloser Publicity. Ich arrangierte alles für ihren Auftritt.
Deprimiert schlich ich nach Hause.
Ich angelte mir ein Bier aus dem Kühlschrank und hörte Radio, während ich mir etwas zu Essen machte. Auf der Verpackung stand, die Tiefkühlpizza brauche mindestens zwanzig Minuten, ich hatte also Zeit, meinem Sender zu lauschen. Im City Radio wird rund um die Uhr getalkt, was bedeutet, daß das Programm zu unchristlichen Zeiten ein bißchen seichter wird. Wahrscheinlich war es egal, was abends gesendet wurde, da dann die meisten Leute vor der Glotze hingen, essen gingen oder sich anderweitig vergnügten. Für die zwanzig Leutchen, die all das nicht taten, war eine Hörer-Talkshow wohl die zweitbeste Möglichkeit, am sozialen Leben teilzunehmen. Da ich zu diesen zwanzig gehöre, bin ich regelmäßig dabei. Ich

würde sogar selbst anrufen, wenn es in unserer Firma nicht ein Gesetz gäbe, das so etwas verbietet.
Die Stimme des Moderators geht runter wie alter Scotch, und er hat eine Geduld, die Ghandi wie einen ungezogenen Halbstarken aussehen ließe. Alle Welt kennt ihn als Lewis Markham. Im Sender heißt er nur Mr. Testosteron.
Er scheint es wirklich zu mögen, sich mit bigotten Spinnern, Saufnasen und Dumpfbacken zu befassen, die unbedingt ihre Meinung über den Äther schicken wollen. Seit fünf Jahren moderiert er das Abendprogramm. Meistens haben die Shows einen aktuellen Aufhänger. Heute war es Gewalt. Die Anrufer übertrafen sich gegenseitig darin, zu zeigen, wie abscheulich London heutzutage war.

Das Telefon klingelte. Die frühere Mrs. Ridley. Sie war außer sich.
»Hast du Simon irgendwelche Flausen in den Kopf gesetzt, daß er nach London zurückkommen würde?« Ihre Stimme hallte blechern durch die Leitung. Sie und ihr Echo waren deutlich zu hören. Meine Ex-Frau in Stereo.
»Hallo, Mary, wie geht's? Gutes Wetter bei euch da unten?«
»Komm mir nicht so.«
»Wie soll ich dir nicht kommen?«
»Ich bin völlig zu Recht sauer auf dich, Sam.« Mary hatte mal einen Kurs über ihre Rechte belegt. Seitdem nahm sie es sehr genau mit ihnen. »Sei nicht so herablassend. Du machst Simon unglücklich, wenn du ihm solche Sachen einredest. So wird er sich nie eingewöhnen.«
»Vielleicht will er sich nicht eingewöhnen. Vielleicht vermißt er seinen Vater.«

»Oh, komm, bleib auf dem Teppich. Welches Kind zieht schon gerne um? Hinterher gewöhnen sie sich immer daran.«
»Ich hab ihm nichts eingeredet. Er hat mich angerufen. Du kannst ihn nicht daran hindern. Oder vielleicht doch. Warum tust du das nicht, Mary? Zeig ihm, wie engstirnig seine Mutter wirklich ist.«
»Laß ihn einfach in Ruhe. Gib ihm eine Chance.«
»Das ist nicht seine Chance, sondern deine. Das war deine Idee – das neue Leben in den Kolonien.«
»Um Himmels willen, Sam. Was war denn das für ein Leben mit dir? Du bist kein Vorbild für ihn. Du bist selbst noch ein Kind. Und dieser bescheuerte Job, Tag und Nacht auf Achse.«
Mit einem Mal fühlte ich mich sehr müde. Ich wollte ihr erklären, daß Simon und ich sehr glücklich zusammen waren, aber ich wußte nicht, wie.
»Wir waren sehr glücklich zusammen«, sagte ich schließlich. Es klang nicht sehr überzeugend, nicht mal für mich.
Aber es spielte keine Rolle. Sie hatte aufgelegt.
Ich setzte mich. Der Nacken schmerzte, die Lungen schmerzten. Aus der Küche kam Rauch. Meine Pizza. Ich ging in die Küche, öffnete den Ofen, entsorgte die Pizza und nahm mir noch ein Bier.

Freitag morgen wachte ich auf und beschloß, zu Elaines Beerdigung zu gehen. Ich durchwühlte den Schrank nach meinem einzigen Anzug, ein Überbleibsel aus meiner Zeit als Gerichtsreporter. Er lag da, wo ich ihn verstaut hatte, auf dem Schrankboden, nur das zugehörige weiße Hemd war nirgends zu finden. Also mußte ein blaues Jeanshemd genügen, das ich aus dem Wäschekorb fischte. Zum Bügeln war keine Zeit mehr. Ich knöpfte die Jacke zu und setzte darauf, daß die Körperwärme einen ähnlichen Effekt haben würde. Eine Krawatte mit Windsorknoten komplettierte die Garderobe. Der Tag konnte beginnen.

Unterwegs zog ich mir einen Kaffee und trank ihn in der U-Bahn. Da ich mir die Hose vollkleckerte, als der Fahrer mit einer scharfen Bremsung in Paddington anhielt, fiel mein Auftritt im Büro nicht so würdevoll wie sonst aus. Ich verschwand sofort im Waschraum, um den Schaden mit Papierhandtüchern und Heißlufttrockner zu beheben.

»Du bist schon wieder zu spät.« Felicia schaute nicht mal auf, als ich versuchte, an ihr vorbeizuschleichen.

»Ich brauchte etwas länger als sonst für meine Toilette.« Ich rückte meinen Schlips zurecht, um meiner Aussage Glaubwürdigkeit zu verleihen. »Ich muß auf eine Beerdigung.«

Sie sah mich an, prüfte mit den Fingern den Anzug, das verknitterte Hemd und den feuchten Fleck auf meiner Hose. Fall sie sich köstlich amüsierte, war sie zu wohlerzogen, um es zu zeigen.

Sie zog eine Akte aus dem Stapel, wog sie in ihrer Hand und gab sie mir.

»Wann?

»Wann was?«

»Das Begräbnis.«

»Um drei Uhr.«

»Sieh zu, daß du das bis dahin fertig hast.« Ich wollte die Akte nehmen, sie aber erst noch einen guten Ratschlag anbringen.

»Ich würde mir ein neues Hemd kaufen. Du gehst schließlich nicht zu einer Tortenschlacht.«

In der Mittagspause kaufte ich mir bei Marks and Spencer ein

weißes Hemd und aus lauter Übermut auch noch eine passende Krawatte.
Die Begrüßung, die mir bei meiner Rückkehr vom weiblichen Teil der Belegschaft zuteil wurde, war mehr als erfreulich. Ich machte mir in Gedanken eine Notiz, an einem smarteren Auftreten zu arbeiten, in der Hoffnung, in nicht allzu ferner Zukunft das Herz einer reizenden Dame zu gewinnen.

Elaine Yorks letzte Ruhestätte lag ganz in der Nähe ihrer vorletzten. Über dem Kensal-Rise-Friedhof nördlich des Grand-Union-Kanals wehte der Hauch der Geschichte. Seit Hunderten von Jahren hatte er einen hervorragenden Ruf als Wartehalle für die Ewigkeit.
Am Rande des Ladbroke Grove stieg ich aus dem Bus und ging zum Friedhof hoch. Es war ein kühler, bedeckter Tag und es sah nach Regen aus. Eine Reihe herausgeputzter Menschen trafen gleichzeitig mit mir ein, und ich lief ihnen einfach hinterher. Wir folgten dem Hauptweg zur Kapelle, ein einstöckiges neoklassizistisches Gebäude. Drinnen war es düster und kalt. Ein paar Heizlüfter fochten auf verlorenem Posten gegen die Kälte, und die meisten Leute behielten ihre Mäntel an.
Anna stand an der Tür und nahm die Beileidsbekundungen entgegen. Neben ihr stand vermutlich ihr Ehemann Robert. Er war schlank, mittelgroß und hatte glattes braunes Haar. Auf dem Arm hatte er den goldhaarigen Engel, der mit dem Revers seines teuren Anzugs spielte. Albion schien sich nicht an mich zu erinnern, aber dieses Problem hatte ich öfter mit Frauen. Roberts gesunde Gesichtsfarbe ließ ihn sehr gefaßt wirken, aber unter den Augen hatte er dunkle Ringe. Er war erschöpft.

Er schüttelte mir nervös die Hand und dankte mir für mein Kommen.
»Sam, wie schön, daß Sie kommen konnten.« Anna drückte meinen Ellenbogen. Sie sah genauso erschöpft aus wie ihr Mann. Auch sie hatte dünne Ränder unter den Augen.
»John Marlowe ist auch hier. Er sitzt dort drüben.« Sie zeigte auf die Reihe vor uns. »Möchten Sie sich zu ihm setzen?«
Ich schüttelte den Kopf. John Marlowe war der Chefredakteur für Nachrichten und Aktuelles bei City Radio. Außerhalb unserer Arbeit hatten wir nicht viel gemeinsam.
»Wir werden nachher ein paar Leute bei uns haben. Bitte kommen Sie auch«, sagte Anna, bevor sie die anderen Gäste begrüßte.
Die kleine Kapelle füllte sich. Ich entdeckte Magnolia auf der anderen Seite des Raums. Kurz bevor die Messe begann, kam Roger Fitzgerald und stellte sich nach hinten. Ich schaute fest nach vorne und hoffte, daß der Anzug eine gute Tarnung war.
Die Messe näherte sich dem Ende. Der Pfarrer hielt eine kurze Rede und gab zu, daß er Elaine niemals getroffen hatte. Eine Frau las ein Gedicht, und am Grab legte Albion mit Roberts Hilfe eine einzelne Lilie auf den Sarg. Kurz darauf war alles beendet. Ich wollte so schnell wie möglich weg.
Nach dem Run auf die Friedhofstore zu urteilen, hatten viele Leute dasselbe Bedürfnis.
Roger Fitzgerald unterhielt sich mit Anna und Robert. Ich drückte mich unauffällig vorbei.
Magnolias dunkle Locken tauchten vor mir auf. Sie trug einen dunkelroten Mantel und einen langen schwarzen Schal mit hellen Stickereien. Sie wechselte ein paar Worte mit einem dünnen, dunkelhaarigen Mann in einem schwarzgrauen An-

zug, der dann verschwand. Vor den Friedhofstoren klemmte er seine Hosenbeine zurück und schwang sich auf ein Fahrrad. Magnolia wartete auf mich.
Der Mann auf dem Fahrrad verabschiedete sich mit einem kurzen Winken. Magnolia winkte nicht zurück.
»Wer ist das?« fragte ich.
Sie zuckte die Schultern. »Mark Matheson. Elaines Chef. Sie haben doch bestimmt eine Kippe für mich.« Ich wühlte in meinen Taschen und reichte ihr die Schachtel. Sie nahm zwei, zündete beide an und gab mir eine. Schwere silberne Armreifen klimperten an ihrem Handgelenk. Ob sie die im Dutzend kaufte? Die Trauergäste verschwanden in Autos und Taxis oder gingen zu Fuß die Harrow Road hinunter. Der Regen ließ auf sich warten.
»Gott, ich brauch einen Drink. Gehen wir zum Leichenschmaus?« Magnolia ließ die Zigarette fallen, und ein schwarzer Lederstiefel kümmerte sich um die Glut.

11

An der Harrow Road nahmen wir ein Taxi zum Holland Park.
Im Haus von Anna und Robert half uns ein Mann in schwarzer Livrée aus den Mänteln und geleitete uns ins Wohnzimmer. Diesen Raum hatte ich bei meinem letzten Besuch nicht gesehen. Er war beeindruckend groß, mit riesigen Verandatüren zum Garten hin, an den sich eine städtische Parkanlage anschloß. An den Wänden hing echte Kunst, und solche Möbel kannte ich bisher nur aus alten BBC-Kostümschinken. Auf dem edlen Parkettboden lagen hier und da extravagant gemusterte Orientteppiche. Kellner schwirrten umher und trugen Tabletts mit appetitlichen Happen und Wein. Ein paar Gäste standen steif herum. Anna und Robert waren noch nicht eingetroffen.
»Ich muß unbedingt was trinken«, flüsterte Magnolia und verschwand in Richtung Weinflaschen. Im Stadtpark hatte der Herbst die letzte Runde eingeläutet. Mittendrin hatte sich noch ein einzelnes Blatt in einer Baumkrone verklammert. Darunter harkte der Gärtner dem einsamen Rebellen die gefallenen Genossen bereits zum Scheiterhaufen. Ich öffnete die Tür einen Spalt, und der Duft einer längst vergessenen Welt strömte ins Zimmer.
»Letzten Monat habe ich zwei Füchse gesehen.«
Eine zerbrechliche ältere Dame stand hinter mir, groß und grauhaarig. Sie trug die Uniform ihrer Generation, Twinset

und Tweed. Das mußte die Mutter von Anna und Elaine sein. Ihre Ähnlichkeit besonders mit Anna war verblüffend. Dieselben hohen Wangenknochen und grauen Augen.
»Es soll wieder mehr geben, habe ich gelesen. Früher stellte man Fallen auf, heute Futterkrippen.« Ihre Hand zitterte leicht, als sie die Teetasse zum Mund führte. Sie wirkte ausgebrannt, als hätte die Anstrengung, zwei so hübsche Töchter hervorzubringen, an ihrem Aussehen gezehrt.
»Mrs. York?«
Sie nickte und nahm einen weiteren zittrigen Schluck aus ihrer Tasse. Ich stellte mich vor.
»Kannten Sie Elaine?«
»Nein, aber ich bin ein Arbeitskollege von Anna.«
»Oma!« Albion stürmte ihrer Großmutter entgegen. Sie reichte mir ihre Teetasse, damit sie Albion auf den Schoß nehmen konnte.
Ich blieb neben ihr stehen, während sie das Kind damit unterhielt, auf verschiedene Dinge im Garten zu zeigen.
»Sieh mal, das ist ein schöner Baum zum Klettern. Wär das nicht lustig? Und wenn du größer bist, kannst du auf der Wiese Fahrrad fahren. Du hast hier einen hübschen, großen Park ganz für dich alleine. Und es gibt bestimmt eine Menge Kinder zum Spielen. Weißt du, Oma wohnt genau auf der anderen Seite des Parks.«
Mit Albions Aufmerksamkeit war es vorbei. Sie zappelte und wollte runter. Dann verschwand sie in der Menge.
Ich gab Mrs. York die Tasse zurück.
»Sie hat ihren eigenen Kopf, und Elaine hat sie ziemlich verkorkst. Sie machte dieselben Fehler, die ich gemacht habe, als mein Mann starb. Die Kinder sind alles, was dir bleibt, also

sollen sie dir alles ersetzen – den Partner und den Freund. Dadurch werden sie zu früh erwachsen, ich habe das an meinen Töchtern gesehen. Aber das ist jetzt wohl Albions kleinstes Problem, nicht wahr? Sie wird den Rest ihres Lebens um ihre Mutter trauern, weil sie sie nie kennengelernt hat.«
Robert war hinzugekommen und legte sanft den Arm um Mrs. Yorks Schulter. Für einen Moment umklammerte sie mit panischem Blick seine Hand, dann atmete sie tief durch.
»Alles okay?«
»Ja, mir geht's gut. Wir unterhalten uns gerade über Füchse.«
Plötzlich tauchte Albion wieder auf und wollte auf Roberts Arm. Er erfüllte ihr den Wunsch.
»Entschuldigen Sie«, wandte er sich an mich und hielt Albions Fuß fest, damit sie aufhörte, ihn gegen den Ellenbogen zu treten. »Sie sind vom Radiosender, nicht wahr?«
Ich stellte mich noch mal vor. Dann standen wir dumm rum. Samll talk ist nicht meine starke Seite. Mir fiel einfach nichts Passendes ein.
»Wissen Sie was? Ich bin froh, wenn das alles vorbei ist. In unserer Familie können wir nicht gut mit Gefühlen umgehen. Vor allem in meiner Verwandtschaft tut man sich damit schwer.« Er nickte einem steif gekleideten Paar am anderen Ende des Zimmers zu. »Brieftasche zücken oder Maul halten, das ist unsere Welt. Aber wenn wir mit etwas so Sinnlosem, Dummem und … und … Unfairem konfrontiert werden, sind wir hilflos. Wir schütten uns noch einen Sherry ein, schütteln den Kopf, räsonieren darüber, wie schlecht die Welt geworden ist, und erklären allen, die es hören wollen, daß unsere Zivilisation vor die Hunde gegangen ist. Das ist alles, was uns dazu einfällt. Ein Glas Wein?« Er jonglierte Albion so, daß er einen

Arm freibekam, nahm ein Glas von einem vorbeischwebenden Tablett und reichte es mir.
»Sei nicht so streng mit dir, mein Lieber«, sagte Mrs. York. »Keiner von uns weiß, was zu tun ist.«
»Vielleicht hätten wir Klageweiber engagieren sollen.« Robert ließ Albion herunter. »Schwarzgekleidete Frauen, deren Job es ist, zu heulen und zu jammern, um zu zeigen, wie beschissen wir uns alle fühlen.«
Mrs. York legte ihre Hand auf seinen Arm. »Das würde sie nicht wieder zurückbringen«, tröstete sie ihn. »Außerdem weißt du ja, daß sie es nicht mochte, wenn soviel Aufhebens um sie gemacht wurde.«
Sie zogen weiter, um sich mit anderen Gästen zu unterhalten. Magnolia kam herüber. Ich erzählte ihr von Mrs. York.
»Erstaunliche alte Schachtel«, sagte sie. »Ihr Mann starb, und sie zog die Kinder alleine auf. Ging putzen und übernahm Näharbeiten, damit sie sie auf eine gute Schule schicken konnte. Ihr ganzes Leben hat sie geschuftet wie ein Ackergaul. Sie paßte auf Albion auf, damit Elaine arbeiten gehen konnte.«
In einiger Entfernung entdeckte ich Mark Matheson. Offensichtlich erzählte er der Frau, die in der Messe das Gedicht gelesen hatte, eine amüsante Geschichte nach der anderen. Er fuchtelte affektiert herum, und sie lachte, hielt sich aber die Hand vor. Vielleicht fand sie es unschicklich, auf einer Beerdigung zu kichern.
»Ich habe über seine Organisation gelesen«, sagte ich zu Magnolia. Sie folgte meinem Blick, schaute mich an und verzog die Mundwinkel.
»Was ist? Glauben Sie nicht, daß es Dinge gibt, für die es sich einzusetzen lohnt?«

»Nein. Sie?«
»Wenn, dann ist das so lange her, daß ich mich mehr daran erinnern kann.«
Mark turtelte weiter, beugte sich näher zu der Frau und berührte ihren Ellenbogen. Es schien ihr durchaus nicht zu mißfallen.
»War er mit Elaine zusammen?«
Magnolia schien in Gedanken weit fort zu sein. Dann zwang sie sich zurück.
»Jein. Sie spielte die Maria Magdalena zu seinem Jesus.«
»Ich verstehe nicht ganz …?«
»Haben Sie nie die Bibel gelesen? Das sollten Sie nachholen. Steht 'ne Menge drin über schwergeprüfte Mädels.« Sie sah hinüber zu Mark und dann wieder zu mir, aber ihre Stimme klang zerstreut. »Da gibt's diesen Typen, der die Welt retten will. Er sieht gut aus, ist intelligent, charismatisch und hat gute Beziehungen. Man hätte ihn überall mit Handkuß genommen. Aber er hat sich entschlossen, unseren Planeten zu retten. Also schart er seine Jünger um sich und zieht mit ihnen hinaus, um Gutes zu tun. Das Komische daran ist, daß sie Erfolg haben, und sie lieben ihn dafür um so mehr. Sie beten ihn geradezu an.«
»Ihnen gefällt die Sache nicht?«
»Das habe ich nicht gesagt.«
»Aber Sie sind zynisch.«
Sie hob eine Augenbraue. »Ach, wirklich?«
»In den Zeitungen wurde behauptet, daß Mark der Vater von Albion ist. Stimmt das?«
Magnolia trank ihren Wein aus. Die Art, wie sie das Glas am Stiel hielt, war süß. »Sie hören wohl nie auf zu fragen, oder?«
Dann ging sie.

Für mich wurde es auch Zeit. Ich hatte noch ein Interview mit einer Modejournalistin vor mir: Kann man von der Rocklänge Rückschlüsse auf das Einkommen ziehen? Ich verabschiedete mich und nahm ein Taxi zum Büro.

Ralph hat angerufen«, sagte Lyall. Ich saß auf seinem Schreibtisch und berichtete ihm vom Begräbnis, während er einen Artikel redigierte. Die Story über die Rocklänge hatte ich geschaukelt, und Felicia war zur Abwechslung mal zufrieden.

»Hat er gestanden?« Die Frage war rhetorisch. Ralph war notorischer Bekenner und als solcher im ganzen Sender berüchtigt. Wir führten eine Tabelle über die Verbrechen, die er auf seine Kappe nahm. Es waren mindestens ein Dutzend zu seinen Lebzeiten, und dann hielt er sich noch für die Reinkarnation von etlichen Superschurken aus der Geschichte. Mord lag ihm am meisten, aber er gestand auch schon mal einen Überfall mit abstruser Bewaffnung oder eine Entführung, um ein bißchen Abwechslung in die Sache zu bringen.

Lyall hörte auf, seine Papierchen mit Zeichen zu versehen und legte sie auf einen ordentlichen Stapel zu seiner Linken, der für den Nachrichtensprecher bestimmt war. Dann wandte er sich den Ausdrucken des Tickers zu und – abgebrühter Zocker, der er war – mischte sie zunächst gründlich.

»Sammybaby.« Rick Britton tänzelte elegant in unser Blickfeld und ließ Zähne und Manschettenknöpfe blitzten. Der Inbegriff von Lebensfreude.

»Rick. Sieht er nicht gut aus?«

»Wie war die Beerdigung? Konnte nicht kommen. Riesensache. Ein Bankraub in Peckham.«

Ich studierte lässig meine Fingernägel. »Hab davon gehört. Auf BBC, glaube ich.« Ich hatte es von Lyall gehört, aber Fairplay war nichts für Rick.
Er blieb die Antwort schuldig, sagte statt dessen zu Lyall: »Du kriegst es um sieben«, und huschte an seinen Schreibtisch – ein Mann mit einer Aufgabe.
»Sieben? Wie lautete sein Motto? Lieber spät als gar nicht?«
Lyall tippte ruhig vor sich hin. Manchmal ruft der Dalai Lama bei ihm an, ob er ihm nicht einen Rat geben könne, wie man seine Gefühle besser unter Kontrolle bekommt. »Friseur«, sagte er. »Er war bei Vidal Sassoon. Zwei Stunden.«
»Ah ja. Wahrscheinlich einer dieser teuren Haarschnitte, die ihre Zeit brauchen. Du weißt schon: Behält die Form, auch wenn es rauswächst.«
»Ja. Wahrscheinlich.«
Ich blätterte Lyalls redigierte Artikel durch. Der Mord an Elaine hatte an Dringlichkeit verloren. Die Polizei wollte ihren letzten Abend rekonstruieren, an dem sie ein paar Blocks weit in ein Restaurant gegangen war, um sich dort mit Mark zu treffen, und erhoffte sich neue Aufschlüsse davon. Die Verhöre, der Schritt an die Öffentlichkeit und das Klinkenputzen hatten bisher nichts ergeben. Ein O-Ton von Detective Inspector Roger Fitzgerald sagte dasselbe.
Ich packte meinen Kram zusammen und machte mich auf den Heimweg. Der Abend war ein einziger gähnender Abgrund. Ich würde auf die übliche Reihenfolge der Vergnügungen – erst Trinken im Pub, dann zu Hause – verzichten und statt dessen jemandem meine Gesellschaft aufdrängen, der mich nicht sehen wollte.

12

Detective Inspector Charlie Hobbs war in seiner Stammkneipe.
»Scheiß Ridley«, begrüßte er mich. »Muß ich erst krepieren, damit ich dich los bin?«
»Schön, dich zu sehen, Charlie.« Ich holte zwei Pints, setzte mich zu ihm an den Ecktisch und kramte ein Paket Karten hervor. Ein kleines, erholsames Spielchen, und die Sorgen eines Mannes verfliegen im Nu.
»Eine Partie Rommé?« erkundigte ich mich, während ich mischte. Das einzige Spiel, dessen Regeln ich mir merken konnte, und das auch nur, weil Simon es so gerne spielte.
»Scheiß drauf. Ich spiel Poker.«
»Rommé ist viel entspannender.«
»Ich bin entspannt.«
Ich ließ mich nicht beirren.
Resigniert nahm er die ausgeteilten Karten auf. Ich erzählte ihm, wie Fitzgerald mich durch die Mangel gedreht hatte.
»Er ist ein durchgeknalltes Arschloch«, sagte Charlie.
»Danke für dein freundliches Mitgefühl. Wie kann ich das diesem Bastard heimzahlen?«
Charlie sortierte geschickt seine Karten. Seine Augen hatten einen diabolischen Schimmer.
»Du bist selbst schuld. Geh ihm aus dem Weg.«
»Ich dachte eher er an ein Bombenattentat.«
»Tu so, als wäre nichts gewesen. Er ist bösartig, und er kann

es sich leisten, weil er das Talent hat, sich lieb Kind zu machen. Er verbrüdert sich mit den hohen Tieren. Ihre Frauen trinken zusammen Tee, die Kids besuchen sich gegenseitig zum Geburtstag. Glaub mir, wenn du ihm an den Karren pissen willst, ziehst du den Kürzeren. Und selbst wenn nicht, würde es dir verdammt leid tun. Rommé.«

Er legte die Karten auf den speckigen Tisch. »Im übrigen, du hast angefangen. Kannst du ihm verübeln, wenn ihn das ankotzt? Mich würd's auch ankotzen, wenn du – «

»Okay, okay.« Mir war klar, worauf das hinauslaufen sollte, und darauf hatte ich absolut keine Lust.

»Du bist selbst schuld.« Es machte ihm sichtlich Spaß, so etwas zu sagen.

Ich legte die Karten auf den Tisch und seufzte. »Ich hab nicht angefangen, Charlie, wie oft muß ich dir das noch sagen?«

»Also gut, wenn du nicht angefangen hast, wer war dann der Schlauberger, der mit seiner Frau ins Bett gegangen ist?« Charlie grinste süffisant.

»Seine Ex-Frau, Charlie. Als ich sie getroffen habe, war sie bereits seine Ex-Frau.«

Charlie kicherte und sortierte seine Karten.

»Sie hat kein Wort darüber gesagt, mit wem sie verheiratet war. Oder meinetwegen *immer mal wieder* verheiratet ist. Ich hatte keine Ahnung.«

Charlie hatte seinen Spaß. »Dein Pech, daß sie sich wieder zusammenraufen wollten. Wie Richard Burton und Elisabeth Taylor, Fitzgerald und seine Madame.«

Ich hatte keine Lust, darüber zu reden. Noch immer zogen sich mir die Eingeweide zusammen, wenn ich an mich und Mrs. Fitzgerald denken mußte. Wir lernten uns auf einer Party bei

gemeinsamen Freunden kennen. Sie war eine aufregende Blondine mit einem ansteckenden Lachen und phantastischen Beinen. Ich war blind vor Lust und Einsamkeit. Damals waren die Fitzgeralds geschieden, aber niemand meiner sogenannten Freunde kam auf die Idee, mir zu verraten, von wem sie sich hatte scheiden lassen, und sie sagte auch nichts. Oder, weiß der Himmel, vielleicht war es mir entfallen.
Man konnte es nicht mal eine Affäre nennen. Wir waren ein paarmal ausgegangen und ein paarmal mehr zu Hause geblieben. Dann sehnte sie sich plötzlich aus keinem für mich ersichtlichen Grund nach ihrem Eheleben zurück. Sie klopfte wieder bei ihrem Ehemann an und gestand ihm, was für ein ungezogenes Mädchen sie gewesen war. Detective Inspector Fitzgerald fand das überhaupt nicht lustig. Er machte sich sogar die Mühe, bei mir zu Hause vorbeizuschauen und mir zu erläutern, wie wenig lustig diese Angelegenheit aus seiner Sicht gewesen war. Er hoffte, daß er mir seinen Standpunkt klargemacht habe, was ich ihm bestätigte. Ich war ein verständiger Junge und versicherte ihm hoch und heilig, daß ich diesen Fehler nicht noch einmal machen würde. Nicht gerade eine meiner Sternstunden.
Ich wechselte das Thema. »Was ist mit Elaine York?«
»Ich bin raus aus dem Fall.«
»Ich auch. Was weißt du?«
»Ziemlicher Druck, einen Schuldigen zu präsentieren. Verdammt viel Druck.« Charlie runzelte die Stirn hinter seinen Karten.
»Robert Baines – der Schwager – ist Anwalt und arbeitet bei seinem Vater. Sein Vater spielt Golf mit dem Polizeipräsidenten. Jeden verdammten Tag ruft sein Vater den Polizeipräsi-

denten an. Nichts bisher. Keine Zeugen, das ist das Problem. Niemand hat auch nur das Geringste gesehen. Und keine Tatwaffe.«

Er hatte schon wieder gewonnen, und das nicht zum letzten Mal.

»Ruf wieder an«, sagte Charlie, als ich ging.

Ich ging heim. Es war noch zu früh, um in Australien anzurufen, also schüttete ich mir einen starken Scotch ein und nahm Stift und Papier. Ich würde meinem Sohn einen Brief schreiben.

Dann war Wochenende. Ich erledigte die übliche Hausarbeit, besuchte wie üblich meinen Pub, und hockte wie üblich vor dem Fernseher. Aus nostalgischen Gründen ging ich in einen Ballerfilm, wie Simon und ich es öfter zusammen mit weiteren fünfzig Zehnjährigen gemacht hatten. Die Handlung war lächerlich und völlig belanglos, aber ich bildete mir ein, es hätte ihm gefallen. Wieder zu Hause, rief ich in Australien an. Der Anrufbeantworter sagte, daß sie übers Wochenende weg wären.

Montag war ein guter Tag für *Female AM*. Ein Skandal im Königshaus macht jeden Tag zum Medienfest. Ich weiß, daß viele Leute die königliche Familie am liebsten auf den Mond schießen wollen. Dieses Interesse an Leuten, die nur durch institutionalisierte Vetternwirtschaft an ihre Posten kommen, kann nicht gesund sein. Aber, was soll's, solange sie uns für unsere Steuergelder eine so gute Unterhaltung bieten, sollten wir sie behalten. Sicher, es ist nicht so billig wie eine Karte fürs Kino, dafür ist das Preis-Spaß-Verhältnis ziemlich gut.

Den Tag über war ich mehr oder weniger sinnvoll mit königlichen Heiratsexperten, königlichen Eheberatern, königlichen Scheidungsexperten und ähnlichem beschäftigt. Die Zeit ging herum, ohne daß ich es merkte.
Auf dem Heimweg kaufte ich zur Abwechslung eine Tiefkühlpizza, die ich unverzüglich in den Ofen schob und zu den Nachrichten verputzte. Es gab eine Meldung über Elaine, die mich daran erinnerte, daß *Crimewatch* eine Wiederholung ihrer letzten Sendungen geplant hatte.
Das interessierte mich, und da ich nichts vorhatte, blieb ich dran.

13

Der Abend war kalt, aber die magische Anziehungskraft des Todes ist stärker. Vor der Brasserie, in der Elaine ihr letztes Mahl zusammen mit Mark eingenommen hatte, füllte sich der Platz mit Polizeibeamten, Fernsehteams und schaulustigen Nachbarn. Die Kamerascheinwerfer sorgten für taghelle Beleuchtung. Alle Augen waren auf ein Paar an einem Fenstertisch gerichtet. Sie plauderten miteinander und schlürften ihren Wein. Die gaffende Menschenmenge vor dem Fenster schienen sie gar nicht zu bemerken.

Eine blonde Polizistin hatte Elaines Part übernommen. Sie trug dieselbe Kleidung: schwarzes Kleid, schwarze Pumps, dunkelgrauer Mantel. Sie hatte ungefähr das gleiche Alter und die gleiche Figur, war aber nicht annähernd so attraktiv wie Elaine, wenn man ihren Fotos in den Zeitungen trauen durfte. Das Restaurant war in Notting Hill. Die Glasfront zeigte zu einer belebten Straße. Gemütlich wie ein Aquarium. Der Polizist, der Mark vertrat, kam zu spät, genau wie es sich am besagten Abend zugetragen hatte. Elaine hatte zehn Minuten allein dort gesessen und mit ihrem Weinglas gespielt.

Das Essen dauerte etwa eine Stunde. Ziemlich kurz. Sie aßen Spaghetti und Muscheln, dann verabschiedeten sie sich kurz auf der Straße. Sie lief die Portobello Road hinunter. Er ging in die andere Richtung und schloß sein Fahrrad von einem nahegelegenen Ständer los.

Die Polizistin ging ruhig die Portobello Road entlang und bog dann nach links ins Ladbroke Grove. Vom Ladbroke bog sie nach ein paar Blocks wieder nach links ab. Bäume und hübsche Häuschen wichen hier keinen Bäumen und städtischen Betonklötzen. Sie ging noch ein bißchen kreuz und quer, bis sie die Mulberry Avenue erreichte. Vor Elaines Wohnung fuhrwerkten noch mehr Fernsehtrupps mit ihrem teuren Equipment herum. Sie hatten Absperrungen aufgestellt, damit die Schaulustigen nicht versehentlich ins Bild laufen konnten. Ein Team filmte vom breiten Erkerfenstersims aus, während Elaines Double am Kombinationsschloß der Eingangstür herumfummelte. Die öffnete sich mit einem rostigen Knarren. Die Beamtin ging drei Schritte hinunter, den Weg entlang bis zu ihrer Wohnung und dann hinein.
Dann mußte sie wieder herauskommen und genau dasselbe noch einmal tun, damit die Kamera sie aus einer anderen Perspektive aufnehmen konnte. Ich sah ein bißchen zu, doch dann wurde mir kalt und ich bekam Lust auf einen guten Whisky. Der Ortstermin war nicht gerade aufschlußreich, es gab also keinen Grund, den guten Tropfen warten zu lassen. Ich machte mich auf den Heimweg.

Ich sah sie, als ich mich noch einmal umdrehte. Sie stand auf derselben Straßenseite wie ich und starrte die Polizeibeamtin an, die Elaine doubelte. Sie trug einen Wollmantel und hatte sich einen Schal um den Kopf gewickelt, um sich vor der Kälte zu schützen. Ihr Gesicht war neugierig aber unbeteiligt, als sei sie rein zufällig vorbeigekommen.
»Mrs. York?«
Sie rührte sich nicht. Ihre Wangen waren von der Kälte leicht

gerötet. Ich rief sie noch einmal, etwas lauter. Sie drehte sich in Richtung meiner Stimme. Ihre Augen starrten ins Nichts, dann nahm sie mich wahr.
»Ich bin Sam Ridley. Wir haben uns am Tag der Beerdigung im Haus von Anna kennengelernt.«
»Ich erinnere mich an Sie, Mr. Ridley. Es ist sehr frisch heute abend, nicht wahr?«
»Möchten Sie mich nicht ein Stück begleiten?« Ich reichte ihr meinen Arm und sie hakte sich ein.
»Man wird es im Fernsehen zeigen, nicht wahr?«
»Je mehr Leute es sehen, desto größer die Wahrscheinlichkeit, daß sich jemand meldet.«
Als ich ihr anbot, sie bis zu ihrer Haustür zu begleiten, nahm sie erleichtert an. »Heutzutage ist es nicht mehr sicher. Ganz und gar nicht mehr. Elaine ging nie alleine aus. Die Dunkelheit machte ihr angst. Seit sie ein kleines Mädchen war, hat sich daran nichts geändert. Sie hatte eine zu lebhafte Phantasie.«
»Warum, glauben Sie, ist sie dann an jenem Abend alleine nach Hause gegangen?«
Ihre Antwort ließ so lange auf sich warten, daß ich schon dachte, sie hätte die Frage nicht gehört. Als ich gerade ansetzte, um sie zu wiederholen, sagte sie: »Ich weiß nicht. Vielleicht hatte sie kein Geld für ein Taxi. Sie hatte nie viel Geld. Wissen Sie, ich habe mir immer sehr viel Mühe gegeben. Ich habe alles getan, um meine Mädchen so zu erziehen, daß sie niemals in dieselbe Lage geraten wie ich damals, als mein Mann starb. Finanzielle Unabhängigkeit, immer wieder habe ich ihnen das eingetrichtert. Ich wollte, daß sie es einmal leichter haben würden als ich. Aber welches Kind hört schon auf seine Eltern? Elaine hat sich nie um Geld oder Sicherheit gekümmert.«

Wir pafften still einige Atemwolken in die Kälte, während wir durch Ladbroke Grove gingen. Die Pubs schlossen gerade, und an den Take-aways war Hochbetrieb. Leute, hauptsächlich Männer, standen in kleinen Gruppen und verschlangen ihre muffigen Kebabs oder Fish 'n Chips.
Mrs. York ging langsam. Ich fragte, ob ich ihr ein Taxi bestellen sollte, aber sie lehnte ab.
»Sie hat mir nie Ärger gemacht.«
»Elaine?«
»Sie war ein gutes Mädchen. Beide. Ich war sehr glücklich mit meinen beiden Mädchen. Elaine war gescheit. Sie hätte alles werden können. Sie war wie geschaffen für die Universität. Sie war Stipendiatin an einer sehr guten Schule. Sie hat sogar ein Jahr übersprungen, so klug war sie. Mathe, Physik, Englisch, alles flog ihr nur so zu. Für Anna hatte ich das Geld zusammengekratzt, aber Elaine bekam ein Stipendium und war jedes Jahr Klassenbeste. Ich war so stolz auf sie. Ich gab ihr eine Brosche, die einmal meiner Mutter gehört hatte. Elaine war ganz aus dem Häuschen. Sie kam ganz nach meiner Mutter. Beide waren sehr begabt.«
So plötzlich, wie sie begonnen hatte, versank sie wieder in Schweigen. Mir fielen keine passenden Worte ein. Für Eltern, die ein Kind verloren haben, gibt es keine passenden Worte.
Wir erklommen Notting Hill, und sie zeigte auf eine Einfahrt. Das Haus war groß, mit weißem Stuckbesatz. Auf der Klingelleiste standen fünf Namen; ihrer war der zweite von unten. Das imposante Gebäude wirkte solide und beruhigend. Auf den Fensterbänken standen Geranien.
»Sie haben ein nettes Zuhause«, sagte ich, als sie nach den Schlüsseln suchte.

»Ja, nicht wahr? Anna und Robert haben es für mich gekauft, damit ich in ihrer Nähe sein kann. Wir wohnen am selben Park, nur auf entgegengesetzten Seiten. Ich bin glücklich, Mr. Ridley. Meine Familie hat mich nicht vergessen. Vielen alten Menschen geht es anders.«
Sie hantierte am Schloß herum. Die Kälte machte ihre Finger ungeschickt.
»Möchten Sie nicht auf einen Tee hereinkommen?«
»Frances, hi.«
Hinter uns stampfte Robert mit einer Sprudelkiste in der einen und seiner Aktentasche in der anderen Hand die Treppe hoch.
»Bring dir dein Wasser«, sagte er schnaufend. »Tut mir leid, daß ich so spät komme. Die Arbeit. Nimmt kein Ende.«
»Robert bringt mir immer Mineralwasser«, erläuterte Mrs. York, während wir hineinmarschierten. »Es ist ein fürchterlicher Luxus, aber das Leitungswasser vertrage ich nicht. Der Geruch bringt mich um. Tee?« fragte sie Robert.
»Danke. Ich rufe Anna an und sage ihr Bescheid, daß ich hier bin.«
Während er telefonierte, brachte Mrs. York den Tee.
Wir plauderten eine halbe Stunde übers Wetter, Mrs. Yorks Lilien (ebenfalls ein Lieferservice von Robert), Preise für Grundstücke im Stadtpark und die Blütezeiten von Frühlingsgewächsen. Elaine wurde mit keiner Silbe erwähnt, aber sie schwebte im Raum wie der Duft der Lilien.
Nach der dritten Tasse entschuldigte ich mich und ging. Robert folgte mir.
»Sie war bei dieser Polizeisache, oder?«
Ich nickte. »Da habe ich sie getroffen.«
»Ihr Hausarzt findet das nicht sehr ratsam. Aber sie hat sich

nie besonders an irgendwelche Verordnungen gehalten. Eine Charaktereigenschaft, die die ganze Familie geerbt hat.« Er strich sich das Haar zurück und lachte nervös. »Ich bin von Frauen umgeben, die immer ihren eigenen Kopf durchsetzen.«
»Vielleicht hat es ihr geholfen, sich einen Reim auf die Sache zu machen.«
»Vielleicht«, sagte er.

Am nächsten Tag war ich früh im Büro. Felicia wollte, daß ich mich mit der Umfrage einer Frauenzeitschrift befaßte, die zu dem Ergebnis gekommen war, daß Männer eine Vorliebe für blonde Frauen mit großen Brüsten haben. Zum ersten Mal hatte sie meine volle Aufmerksamkeit.
»Dafür hat jemand Geld bezahlt?« fragte Lyall, als ich ihm von meinen beneidenswerten Tagespflichten erzählte, während wir an seinem Schreibtisch unsere morgendliche Dosis Pulsbeschleuniger schlürften.
Das Telefon klingelte. Er nahm ab und reichte mir den Hörer.
»Ripley?«
»Ridley«, korrigierte ich automatisch.
Die männliche Stimme am anderen Ende war ziemlich barsch.
»Will mit Ihnen reden.«
»Und schon tun Sie es, mein Freund.« Ich war in Plauderstimmung. »Mit wem spreche ich?« Ich schnitt Lyall eine Grimasse.
»Hab Informationen.«
»Und worauf beziehen sich Ihre Kenntnisse?«
»Das ermordete Mädchen. Weiß was drüber.«

14

Ich wühlte in dem Durcheinander auf Lyalls Schreibtisch nach einem Stift. »Sie meinen Elaine York?«

»Ja.«

»Schießen Sie los«, sagte ich, nachdem mir Lyall einen Kuli gereicht hatte.

»Hab was gesehen. An dem Abend. Ich war da. Dann hab ich was von ’ner Belohnung gehört. Im Radio haben sie gesagt, es gibt eine Belohnung.«

»Moment, wenn Sie ein Zeuge sind, sollten Sie die Polizei anrufen. Ich kann Ihnen die Nummer geben.«

»Nein!« Die Stimme wurde schärfer und ging zwei Oktaven in die Höhe. »Ich will mit Ihnen reden. Allein. Bringen Sie niemanden mit.«

Er sagte mir, ich solle um acht am Boxley Green auf ihn warten. Ich stimmte zu.

»Wie sind Sie an meinen Namen gekommen?«

»Ich seh Sie dort.«

Die Leitung war tot. Ich weihte Lyall ein.

»Geh nicht.« Er untersuchte den Satz in seiner Kaffeetasse.

»Warum nicht?« Ich hatte eine Idee.

Lyall beugte sich hinter seinem Schreibtisch vor. Er sah mich so geduldig an, wie ein Kind, dem er etwas erklären wollte. »Er wird sich nicht sehenlassen. Er ist ein trauriger Tropf, der Aufmerksamkeit will, die ihm nur eine professionelle Hilfe bieten kann. Außerdem«, seine Augen funkelten leicht, »wenn er wirklich gefährlich ist, warum schicken wir dann nicht Rick?«

Ich hatte Übung darin, Lyalls gute Ratschläge zu überhören. Ein Plan nahm Gestalt an. Eine Megastory spielte darin eine wichtige Rolle. Ein sensationelles, beneidenswertes Meisterstück des investigativen Journalismus, das mich den Klauen von *Female AM* schneller entreißen würde, als ich »Piep« sagen konnte. Ich hatte eine Glückssträhne – eine Quelle mit einem heißen Tip –, jetzt lag es an mir, das Beste daraus zu machen. Wiedereinsetzung in meinen alten Job, die Überreichung der Stadtschlüssel und der Pulitzer-Preis waren sicher auch noch drin.

Zu Hause duschte ich und begutachtete meine Garderobe. Man könnte sagen, daß ich in Modedingen nicht gerade ein Trendsetter bin. Zu viele meiner Klamotten sind aus braunem Kord. Ich hatte sogar mal einen Kordanzug, der aber auf mysteriöse Weise abhanden gekommen ist. Ich hatte Mary im Verdacht, daß sie ihn der Heilsarmee gespendet hatte, aber wir hatten damals soviel andere Probleme, daß es mir kleinlich vorgekommen wäre, darauf herumzuhacken. Inzwischen war ich froh, wenn ich etwas Sauberes zum Anziehen fand, an dem noch alle Knöpfe dran waren. Erstaunlicherweise fanden sich ein paar Sachen, die diesen Ansprüchen genügten. Ich zog sie an und schaufelte sicherheitshalber einen Berg schmutziges Zeug in die Waschmaschine.

Eine Stunde mußte ich noch totschlagen, also ging ich in ein Restaurant in der All Saints Road, aß einen teuren Hamburger und trank ein Designer-Bier. Der Laden war voll mit jungen Dingern, die über ihre Dokumentarfilmexposés schwadronierten. Um fünf vor acht ging ich rüber zum Boxley Green.

Tagsüber versprüht der Platz einen heruntergekommenen Charme. Rundherum sind Geschäfte, die Kristalle, Duftkerzen und Vollkornbrot verkaufen. Mitten auf dem Platz, der größtenteils aus Beton besteht, wird an Ständen jede Menge Second-Hand-Müll angeboten, auf den die Touristen richtig abzufahren scheinen. Abends ist die Atmosphäre geschäftsmäßiger, wenn kleine Päckchen für große Summen den Besitzer wechseln.

Ein Haufen Typen lungerte dort mit Händen in den Taschen herum. Ich auch. Sie musterten mich träge, mehr aber auch nicht. Ein junges Paar huschte, Augen geradeaus, über den Platz, der Kleidung nach zu einer Abendgesellschaft. Er trug eine Plastiktüte mit einer Weinflasche. Ich sah deplaziert aus. Ich fühlte mich deplaziert. Ich setzte mich auf eine Bank und sah auf die Uhr. Punkt acht. Es wollte mich offensichtlich niemand treffen, es sei denn, ich hätte Interesse an einer Transaktion von Chemikalien und Geld signalisiert. Ich rauchte eine Zigarette, dann noch eine. Die Leute starrten zu mir herüber, aber aus den falschen Gründen. Ich verbreitete eine Aura von Unantastbarkeit.

Um zwanzig nach acht war mein vermeintlicher Informant immer noch nicht da. Um halb neun verfluchte ich meine Leichtgläubigkeit und gab auf. In meiner Stammkneipe kippte ich zwei Bier und ging dann nach Hause. Früher, als ich noch mit richtigen Storys zu tun hatte, wäre mir das nicht so leicht passiert. Der Kerl hatte nicht mal seinen Namen genannt.

Ich hörte den Anrufbeantworter ab, aber Simon hatte nicht angerufen. Mir fiel ein, daß ich den Brief, den ich ihm geschrieben hatte, gar nicht abgeschickt hatte. Er starrte mich anklagend aus der Manteltasche an. Ich genehmigte mir noch ein Bier, setzte mich in den Sessel und schaute die lokalen Fernsehnachrichten, was so eine Art Hobby von mir war. Der Aufmacher an diesem Abend war das Londoner Verkehrschaos – was für ein ausgefallenes Thema. Man sah ein verwackeltes grauweißes Bild vom stillstehenden Verkehr. Kann mich nicht erinnern, daß es in dieser Stadt je anders war. Sie schoben eine kesse Blondine ins Bild, die genau diese Information immer und immer wieder wiederholte. War mir egal, sie war schnuckelig. Gute Zähne, perfektes Dekolleté.

Hoffentlich sah Simon in Australien nicht zuviel fern. Er würde seinen Kopf noch für andere Dinge im Leben brauchen. Ich saß noch ein paar andere Nachrichten ab, eine über eine ›größere Katastrophe‹, die andere über ein Feuer, das ein Gebäude ›dem Erdboden gleichmachte‹, und dachte sehnsüchtig an die Zeiten zurück, in denen die verantwortlichen Redakteure so etwas nicht hatten durchgehen lassen. Frank Spring, ein Redakteur der alten Garde, mit dem ich zusammengearbeitet hatte, als sich die Klos noch auf dem Halbstock befanden und ich noch ein Grünschnabel im Nachrichtengeschäft war, hatte es mit der englischen Sprache immer sehr genau genommen. Jemals von einem Mord gehört, der nicht brutal war? pflegte er herumzutoben, während er das Skript irgendeines armen Schweins in Fetzen riß, meistens meines. Er liebte Worte und es machte ihn förmlich krank, wenn er Reporter Ausdrücke wie ›Die Zeit ist in diesem Moment‹ oder ›eine Notfallsituation‹ hörte. Ich lernte ein oder zwei Dinge von Frank, unter anderem, wie man trinkt.

Die folgende Nachricht war interessanter. Zahlreiche Mitglie-

der von Roadblock waren nach einem kleinen Mißverständnis mit Fahrern der Solomon Construction Company verhaftet worden. Fernsehteams hatten den Zwischenfall aufgezeichnet. Die Demonstranten lagen vor den Bulldozern und hatten sich an Bäume gekettet. Die Straßenarbeiter, denen man satte Prämien versprochen hatte, wenn sie zügig mit dem Bau vorankämen, waren, über diese Unterbrechung ihrer Arbeit erbost, von ihren Maschinen gestiegen und hatten ein paar Nieren zusammengetreten. Die erklärte Absicht der Demonstranten, gewaltfrei zu demonstrieren, wurde an diesem Punkt etwas zu sehr auf die Probe gestellt, und als die Polizei eintraf, war bereits ein offener Schlagabtausch im Gang. Großmütterchen aus den angrenzenden Grafschaften wurden genauso abgeführt wie junge Rastafaris. Man kann von Roadblock halten, was man will – sie rekrutieren sich jedenfalls aus einem breiten sozio-ökonomischen Spektrum. Dann wurde wieder die Sprecherin eingeblendet, die verlas, daß die Regierung bald ein Papier verabschieden würde, das die Verkehrspolitik für die nächsten Jahre festlegen würde. Alles sprach dafür, daß noch viel mehr Straßen gebaut werden sollten. Ein hübscher, gepflegter Roadblock-Sprecher kündigte an, daß sie dagegen auf die Straße gehen würden, oder so ähnlich.
Er kam mir bekannt vor. Die Einblendung stellte ihn als Mark Matheson vor. Der Charmeur von der Beerdigung.

»Er hat sich nicht blicken lassen? Ich bin sprachlos.« Lyalls Finger wirbelten über die Tastatur. Seine Augen starrten unverwandt auf den Bildschirm.
Ein neuer Arbeitstag hatte begonnen, und ich klärte ihn über den gestrigen Abend auf: der Abend, an dem mich ein Infor-

mant ohne die Megastory hatte sitzenlassen, die meine Karriere wieder in den richtigen Orbit geschossen hätte.

»Du hattest recht«, beendete ich meine traurige Geschichte.

»Ich irre mich selten, wenn überhaupt«, sagte er, ohne sein Getippe zu unterbrechen.

»Ich sag dir Bescheid, wenn die Stelle des Allwissenden frei wird.« Ich schnappte meinen Kaffee und meinen *Female-AM*-Auftrag.

15

»Wann haben Sie zum ersten Mal festgestellt, daß Sie koffeinabhängig sind?«
Jenny Lionels ließ sich Zeit. Sie legte die Stirn in Falten und tat, als müsse sie ihr Innerstes gründlich erforschen. Tausendmal hatte sie diese Frage bereits beantwortet, und ihre nachdenkliche Miene wurde immer besser.
»Es muß wohl in den ersten Jahren meiner ersten Ehe gewesen sein. Eines Tages kam meine Nachbarin auf ein Schwätzchen zu mir herüber. Es war zwei Uhr nachmittags, und mir wurde plötzlich bewußt, daß ich an diesem Tag bereits fünf Tassen Kaffee getrunken hatte.«
Auch bei uns war es Nachmittag. Wir saßen in einem der kleineren Studios, und Mrs. Lionels versuchte, ihr Buch *Koffein – Wie man davon loskommt* unter die Leute zu bringen. Ich langweilte mich. Ich brauchte einen Kaffee. Ich wollte meinen richtigen Job zurück. Im Nachrichtenraum weinte ich mich an Lyalls Schulter aus.
»Wie war's?« fragte er.
»Sie hat ein Problem.«
»Natürlich hat sie ein Problem. Anders kommt man nicht zu *Female AM*.«
»Sie hat mehr als fünf Tassen Kaffee täglich getrunken.«
»Sie hat was?« Lyall hörte auf zu tippen.
»Manchmal sogar sechs Tassen täglich. An schlimmen Tagen hat sie sogar sieben heruntergekippt.«

Lyall verstummte eine Weile. »Hast du ihr gesagt, daß wir diese Ration bereits zur Frühstückspause intus haben?«
»Nein, ich wollte sie nicht unnötig beunruhigen.«

An meinem Schreibtisch blätterte ich in dem Stapel von Aufträgen, zu denen mich Felicia verdonnert hatte und wurde melancholisch. Ich spielte mit dem Gedanken, das Zeug einfach in den Müll zu werfen. Ich hob den Stapel hoch und fragte mich, ob alle Blätter mit der gleichen Geschwindigkeit fallen würden.
Vielleicht sollte ich jemanden anrufen, aber ich habe niemanden, den ich anrufen könnte. Ich blätterte den Stapel noch einmal durch.
Felicia winkte mich herüber. Sie wirkte ruhiger als sonst. Ich setzte mein gewinnendstes Lächeln auf. Sie machte mir Zeichen mich zu setzen, während sie ihr Telefongespräch beendete.
»Ja, das war eine gute Idee. Nein, sie stammt nicht von mir. Von Sam. Sam Ridley. Ja, ich halte sie auf dem laufenden.« Sie legte auf.
»Marlowe«, informierte sie mich.
John Marlowe war Chefredakteur vom Dienst für Nachrichten und Aktuelles und damit unser gemeinsamer Boß.
»Danke für das Lob.«
»Das habe ich nicht für dich getan, sondern für mich, Ridley. Je früher du in den Augen der Geschäftsleitung rehabilitiert bist, desto früher kommst du zurück in die Nachrichtenabteilung, und wir alle können aufatmen.«
Manchmal danke ich Gott für mein dickes Fell.
Felicia rieb sich die Augen und entfernte dann vorsichtig mit

ihrem kleinen Finger die verwischte Wimperntusche unter ihrem Augenlid. Sie sah geschafft aus. Auf ihrem Ärmel war ein Kaffeefleck.
»Wir machen eine ganze Show aus deiner Idee. Sie ist aktuell, und die Herren aus der Chefetage fahren darauf ab. Wir brauchen vorproduzierte Einspielungen, Studiointerviews und ein Hörertelefon.«
Eine ganze Show für meine Idee. Ich nickte und war die Bescheidenheit in Person.
»Anna Baines hat ihre Teilnahme zugesagt. Marlowe hat mit ihr gesprochen. Sie will etwas tun, und wir setzen sie ans Hörertelefon.«
»Das ist doch verrückt.«
»Hab ich auch gesagt. Aber sie ist davon überzeugt, daß wir dadurch mehr Publicity bekommen, und je mehr Publicity, desto größer die Chance, daß die Polizei dem Mörder ihrer Schwester auf die Spur kommt. Außerdem ist es für sie wahrscheinlich leichter, als untätig zu Hause herumzusitzen.«
Ich fand das nicht überzeugend.
»Ich wiederhole nur, was sie gesagt hat.« Felicia griff sich ein paar Papiere und legte sie zu einem ordentlichen Stapel zusammen. »Die Chefetage ist jedenfalls begeistert.«

Am nächsten Tag kam Anna mit Albion im Schlepptau ins Büro. Ein Engel mit Wollmütze und einem Rucksack anstelle von Flügeln. Felicia und Andie schmolzen dahin. Sie ohten und ahten und redeten mit dem Kind, als sei es komplett debil.
Ich winkte ihr vom Nachrichtenraum aus zu.
Heute erinnerte sie sich an mich. »Dam!« sagte sie und hoppelte zu mir herüber, um mir ihr neustes Spielzeug zu zeigen.

Ich nahm sie auf den Schoß, und sie begann unverständlich brabbelnd auf meiner Tastatur herumzuhämmern.
Das *Female-AM*-Team zog sich zu einer Planungssitzung in Delaneys Büro zurück. Da diese Sondersendung eine Menge öffentliches Interesse auf den Sender lenken würde, mußte neben den Redakteuren auch die Marketingabteilung mit einbezogen werden. Allen war klar, daß die Erneuerung der Sendeerlaubnis vor der Tür stand. Sich für das Gemeinwesen zu engagieren, konnte da nicht schaden.
Ich hatte keine Lust, mich in diese mittlere Managementebene einzuklinken und sagte Felicia, daß ich mich um Albion und das Telefon kümmern würde. Sie stimmte zu. Albion entdeckte mein Telefon. Sie war jedes Mal begeistert, wenn es klingelte, und streckte ihre pummelige Hand aus, um abzuheben. Ich entführte ihr sanft den Hörer, was keineswegs auf Gegenliebe stieß. Sie kletterte von meinen Knien und suchte sich einen neuen Dummen.
»Ridley?«
»Für Sie immer noch Mr. Ridley.«
»Yeah, ich habe schon einmal angerufen. Wir haben über das Mädchen gesprochen.«

16

Ich besitze ein raffiniertes kleines Gerät, das mir erlaubt, Telefongespräche mitzuschneiden. Ich schaltete es ein.

»Richtig, der Mann, der seine Verabredungen nicht einhält.«

»Yeah, mir ist was dazwischengekommen. Dringende Geschäfte. Haha.«

»Schön für Sie, daß Sie so gefragt sind. Aber warum belästigen Sie mich dann, wenn Sie Besseres zu tun haben?«

Kurzes Schweigen.

»Gibt 'ne Belohnung, oder? Hab was gesehen und will das Geld.«

»Sie bekommen das Geld nicht, wenn Sie Ihre Information nicht an die Polizei weitergeben. So funktioniert das mit Belohnungen.«

Wieder schwieg er eine Weile. Einstein hatte von meinem Informanten ganz offensichtlich keine Konkurrenz zu befürchten.

»Ich brauch das Geld.«

»Was haben Sie denn gesehen?«

Schwere Denkgeräusche. Dann die Geräusche eines Münzfernsprechers, der gefüttert werden will, und der hektischen Suche nach einer weiteren Münze.

»Also, Mr. äh ...«

»Shark.«

Shark? Haifisch? Meine Güte. Langsam klingelte es bei mir.

Manchmal bin ich doch etwas begriffsstutzig. Liegt wohl am Alkohol. Immerhin kam die Erleuchtung gerade noch rechtzeitig: Mein anonymer Informant war einer meiner geschätzten Kollegen, der sich auf meine Kosten amüsieren wollte. Ich brauchte nicht viel Phantasie, um die Stimme mit dem feixenden Gesicht von Rick Brittan in Verbindung zu bringen. Scherzanrufe erfreuten sich in unserem Büro derartig einhelliger Begeisterung, daß wir, falls diese Disziplin jemals olympisch werden sollte, sofort ein goldverdächtiges Team zusammenstellen könnten.

»Ja, ja«, sagte ich.

»Treffen wir uns heute abend.«

»Na, aber klar doch. Kleines Essen bei Kerzenlicht, ein bißchen Tanzen, und dann … wer weiß, vielleicht passiert's?«

»Was?«

»Ich hole Sie um acht ab«, sagte ich und legte auf.

Ein echtes Hammerparfum umwölkte mich von hinten. Crosbie Shaw, vollbepackt mit Tüten von den Edelboutiquen in der Bond Street. Ihr Haar stand auf so unwahrscheinliche Art vom Kopf ab, daß man meinen konnte, ihr Friseur hege tief in seinem Inneren einen abgründigen, unersättlichen Groll gegen sie. Sie baute sich vor meinem Schreibtisch auf.

»Hach, mein Gott. Haben sie schon ohne mich angefangen?«

Es war eine rhetorische Frage. Im System Crosbie gibt es kein ›zu früh‹ und kein ›pünktlich‹, nur verschiedene Grade von ›zu spät‹.

Ich sah auf die Uhr. »Du kommst etwas zu spät, aber für deine Verhältnisse ganz gut.«

Sie ächzte, wuchtete die Taschen auf ihren Tisch und rauschte davon.

Ich hatte es mir auf Ricks Schreibtisch gemütlich gemacht, als er zurückkam. Der ordentlichste Schreibtisch im ganzen Nachrichtenraum. Geradezu manisch ordentlich, behaupten böse Zungen, aber zu denen gehöre ich nicht.
Ich schnippte das Band auf den Tisch und seufzte.
»Rick, Rick. Was sollen wir nur mit dir machen?«
Er sah mich verwirrt an und grinste dann wie ein Wiesel.
»Wie? Wovon redest du eigentlich, Sam?«
»Das Dasein als Polizeireporter sollte dich eigentlich genügend auf Trab halten.«
»Das tut es, altes Haus, das tut es.«
»Warum also, Rick?«
»Warum was?«
»Das hier.« Ich zeigte auf das Band.
Er sah das Tape an, dann mich und lächelte schließlich, als sei er die Reinkarnation von Clark Gable. »Mein lieber Freund, könntest du aufhören, in Rätseln zu sprechen?«
Der Kerl hatte es drauf. Sollte sich beim Theater bewerben. Um mitzuhalten, seufzte ich noch einmal und schüttelte mehrmals demonstrativ den Kopf. Dann ging ich, um Albion vor einem der Redakteure zu bewahren, bei dem ich Befürchtungen hatte, daß er ihr schlechte Manieren beibringen würde.
Die Vorbereitungen für die Sondersendung »Frauen und Gewalt«, die für den nächsten Montag angesetzt worden war, liefen inzwischen so hochtourig wie die Lieferwagen der königlichen Postzusteller. Nachdem Anna Albion bei mir abgeholt hatte, ging ich zu Felicia und bot ihr meine Hilfe an. Wie üblich hing sie an der Strippe. Ich wartete geduldig, bis sie fertig war.

»Organisier die Studiodiskussion – Margaret Gabor gegen Stadtverwaltung und Polizei. Was werden sie für Summerhill tun? Wie viele Menschen müssen noch sterben, bevor sie die Probleme angehen? Et cetera, et cetera. Ich will, daß du die Penner richtig am Arsch kriegst, und sieh zu, daß Crosbie ordentlich gebrieft ist. Sie wird die Sendung moderieren.« Und schon wieder hatte ich einen Stapel Papiere in der Hand. Diesmal war er noch höher als sonst.
Den ganzen Nachmittag verbrachte ich mit Telefonieren. Die Polizei wollte ihren Sprecher schicken. Ich versuchte, noch eine ranghöhere Person dazuzubekommen. Die Stadt bot an, den stellvertretenden Bürgermeister abzukommandieren, einen energischen Jungspund, der sich von seinem Law-and-Order-Programm Punkte für die Wiederwahl versprach. Ich nahm ihr Angebot an. Dann fragte ich Margaret, ob sie ein paar Offiziellen in die Waden beißen wollte.
»Gott segne Sie«, antwortete sie. »Endlich kümmert sich mal jemand um die Sache.«

Freitag abend hockte ich in der Kneipe und sinnierte über die Fährnisse der vergangenen Woche. Samstag war Waschtag. Ich brauchte weniger Zeit, als ich gedacht hatte. Wohl oder übel mußte ich mir also noch etwas anderes einfallen lassen, um die Leere des Wochenendes zu füllen. Das Telefon gewährte mir Aufschub.
»Sam?«
»Am Apparat.«
»Hi, ich bin's, Anna.«
Im Hintergrund quakte ein dünnes Stimmchen dazwischen: »Dam, Dam, will sprechen Dam.« Dann meldete sich Anna

wieder: »Sie haben hier einen echten Fan. Bitte sprechen Sie ein wenig mit ihr, sonst gibt sie nie Ruhe.«
»Natürlich. Hi, Albion, wie geht's?«
Sie sagte nichts, dann kicherte sie. Ich versuchte es noch einmal. »Albion, ich bin's, Sam.«
»Dam!« quiekte sie und berichtete mir dann haarklein, was sie den Tag über getrieben hatte. Ich brauchte nur ab und zu an den richtigen Stellen ein »Wirklich?« einzuwerfen. Dann langweilte sie sich plötzlich und gab den Hörer wieder ihrer Tante.
»Entschuldigen Sie bitte. Sie hat darauf bestanden.«
»Kein Problem.«
»Freut mich. Sehen Sie, ich – ich würde mich gerne mit Ihnen unterhalten, wenn es Ihnen nichts ausmacht.«
Wir verabredeten uns für halb sieben in einem Café in der Kensington Park Road.

Sie trug einen blaugrauen Mantel mit Pelzbesatz. Ihr Haar hatte sie ordentlich unter einer Angoramütze verstaut, die Hände in hellgrauen Lederhandschuhen.
»Hübscher Mantel«, sagte ich, während sie ihn gerade auszog und wir uns nach einem Tisch umschauten. »Was für Fell ist das?«
Sie lachte geschmeichelt. »Hundert Prozent Synthetik. Ich würde niemals echtes Fell tragen.«
Ein schnöseliger junger Kellner nahm uns die Garderobe ab. Er sagte nichts, aber er wirkte irgendwie eingeschnappt, einen alten Sack wie mich in Begleitung einer rotmähnigen skythischen Göttin zu sehen. Das Café war nur mäßig voll, und wir nahmen einen Tisch am Fenster.

»Hätte ich Albion verraten, daß ich mich mit Ihnen treffe, hätte sie mich nicht alleine gehen lassen. Sie haben eine kleine Bewunderin.«
»Was soll ich sagen? Das Kind hat Geschmack.«
»Erst ganz allmählich wird mir das Ausmaß der Verantwortung klar, die wir übernommen haben. Wenn ich sie den ganzen Tag bei mir habe, bin ich total geschafft. Ich habe Robert mit ihr in den Park geschickt. Dann kann sie dort Eichhörnchen quälen, und ich habe meine Ruhe. Ich glaube, die Mutterrolle liegt mir nicht.«
»Kinder wissen, wie sie einen aus der Reserve locken.«
Sie lachte. »Da haben Sie recht. Vor allem, wenn sie den Inhalt des Küchenschranks auf dem Boden verteilen. Manchmal erwische ich mich dabei, wie ich darauf warte, daß ihre Mutter kommt, um sie abzuholen.«
Sie wechselte abrupt das Thema. »Was soll's. Ich bin wirklich froh, daß Sie mir in der Show zur Seite stehen. Ich bin so nervös, und Felicia ist so, wie soll ich sagen …?«
»Pampig?«
Sie lächelte. »Beschäftigt, wollte ich sagen.«
Der Wein wurde serviert. Sie hatte einen honigfarbenen kalifornischen Chardonnay bestellt. Die Gläser waren so groß wie Brandykelche. Anna umklammerte den Stil mit beiden Händen. Sie hatte schlanke, weiße Finger, die Nägel hellrosa lackiert, und trug einen goldenen Ehering und eine große, altmodische Brosche mit roten und blauen Steinen, die perfekt zu ihrem dunkelgrauen Kleid paßte. Ich ertappte mich bei der Frage, wie sie wohl darunter aussah. Dann erinnerte ich mich daran, daß sie eine verheiratete Frau war.
Anna rief mich zurück in die Welt der vollständig Bekleideten.

»Felicia ist etwas abweisend, aber ich glaube, das liegt daran, daß sie sich unsicher fühlt. Man muß sehr diplomatisch sein in ihrem Job. Und Marlowe, tja, ich habe das Gefühl, er mag sie nicht.«

»Marlowe hat sie eingestellt.«

Sie zuckte die Schulter. »Ist nur so ein Gefühl.«

Wie Delaney war auch Felicia noch nicht lange beim Sender, und sie kam nicht aus der Nachrichtenbranche. Aber ihre Bewerbung hatte Marlowe imponiert, und er hatte sie instinktiv eingestellt. Als altgedienter Nachrichtenfuchs gab Marlowe viel auf seinen Instinkt. In Felicias Fall hatte es sich bezahlt gemacht. Man konnte über die Qualität ihres Produkts sagen, was man wollte, aber die Einschaltquoten stimmten (und nur die zählten beim kommerziellen Radio).

»Da ist noch etwas, Sam … Ich … Rick sagte mir, daß jemand Ihnen Informationen zu Elaines Tod angeboten hat. Stimmt das?«

»Ja. Irgend jemand hat mich angerufen, um sich mit mir zu treffen. Ich ging hin, aber er tauchte nicht auf. Am nächsten Tag rief er nochmals an. Ich dachte, es wäre Rick, der mich auf den Arm nehmen wollte.«

»Warum sollte er das tun?«

»Sie kennen Rick nicht.«

»Ich meine, warum sollte er mir das Ganze erzählen, wenn er Sie hereinlegen wollte? Das wäre nicht sehr geschmackvoll.«

Da hatte sie recht.

»Was hat er gesagt? Was wollte er Ihnen erzählen?« fragte sie.

»Nichts. Er hat gesagt, daß er Informationen habe und sich mit mir treffen wolle.«

»Warum hat er bei Ihnen angerufen und nicht bei der Polizei?«
»Er hat gesagt, daß er das nicht will. Warum er ausgerechnet mich angerufen hat, weiß ich nicht. Vielleicht kennt er mich vom Radio.«
»Das ist frustrierend. Sie wissen, daß die Polizei noch im Dunkeln tappt? Dieser Kerl könnte wichtig sein.«
»Ich bin mir sicher, daß er damit herausgerückt wäre, wenn er etwas gewußt hätte. Zwanzigtausend Pfund sind eine ordentliche Verlockung.«
»So war's gedacht.« Sie leerte ihr Glas. »O Gott, tut mir leid. Ich bin etwas schroff. Aber es geht einfach nicht voran. Es ist furchtbar, jeden Morgen mit der Hoffnung aufzuwachen, daß es etwas Neues gibt – wenigstens den Hauch einer Spur. Und dann ist es wieder nichts.«
Wir verabschiedeten uns, und ich suchte zu Hause die Gesellschaft einer Flasche Scotch, während ich im Geiste meine Unterhaltung mit Sharky, dem ›Hai‹, Revue passieren ließ. Entweder konnte ich mich selbst in den Arsch beißen oder die Sache philosophisch angehen. Ich entschied mich für die Philosophie. Sollte der mysteriöse Shark wirklich etwas gesehen haben und ernsthaft hinter der Belohnung her sein, wäre er zur Polizei gegangen. Ich hatte mir nichts vorzuwerfen.

Am Montagmorgen war Margaret Gabor eine halbe Stunde zu früh und rannte herum wie ein aufgescheuchtes Huhn. Ich versuchte sie mit einer Tasse Kaffee à la City Radio zu beruhigen. Meistens verlagerte der die Unruhe vom Kopf in den Magen. Sie schüttete ihn mit zwei Schlucken in sich hinein und knotete sich die Riemen ihrer Handtasche um die Finger. Ich tätschelte ihr den Arm und redete beruhigend auf sie ein.

»Sie schaffen das schon. Erzählen Sie denen einfach, was Sie mir erzählt haben.«
»Ist gut.« Sie klang nicht sehr überzeugt.
»Denken Sie daran, daß Sie wütend genug sind, um jemandem den Kopf abzureißen«, flüsterte ich ihr zu, während ich sie ins Studio führte.
»Ist gut.« Sie sah sich in dem kahlen Raum um: ein runder, mit Filz bezogener Tisch, Mikrofone, die von der Decke hingen und die dicke Glasscheibe vor dem Kontrollraum.
»Denken Sie nicht daran, daß Ihnen Leute zuhören. Denken Sie nur an sich und Ihre Gegenüber.« Ich machte Anstalten zu gehen.
»Sam, was ist, wenn ich keinen Ton herausbekomme?«
»Das wird nicht passieren. Denken Sie an die Hundescheiße im Hausflur.«
Ich ging in den Kontrollraum.
Sie gab eine Profivorstellung. Der stellvertretende Bürgermeister äußerte sich nur schwammig, der Bulle spulte seine Statistiken herunter. Crosbie verlor sofort den Boden unter den Füßen, sobald die Situation ein bißchen Denken erforderte, aber Margaret ließ sich nicht beirren. Sie trieb die beiden Männer immer wieder mit ihrer aus der Verzweiflung geborenen Hartnäckigkeit in die Enge. Die Telefonzentrale lief heiß vor lauter Anrufen.
»Wie war ich?« fragte sie, nachdem alles vorbei war. Ich schüttete ihr noch einen Kaffee ein.
»Sie haben denen mächtig Feuer unter dem Arsch gemacht.«
»Gut so. Genau das wollte ich.« Sie nippte an ihrem Kaffee. »Der Hilfsbürgermeister war doch ein Witz, oder? Vielleicht sollte ich mich um seinen Job bewerben.«

Ich bot ihr den Platz an meinem Schreibtisch an, stellte den Monitor laut, damit sie den Rest der Sendung mitverfolgen konnte, und ging zurück ins Studio. Im Moment war gerade Werbepause. Felicia saß neben Gary an dem imposanten Kontrollpult. Die Arbeit nahm sie völlig in Anspruch.
»Nimm den stellvertretenden Bürgermeister auf Sendung«, instruierte sie Crosbie via Sprechanlage. »Die Wähler verlangen nach ihm.«
Er konnte schlecht ablehnen, also stellten wir ihm ein paar Anrufer durch. Man konnte nicht behaupten, daß er ein freundliches Feedback bekam.
»Als ich mich bereit erklärt habe zu kommen, haben Sie mir nicht gesagt, daß das hier so laufen würde«, tobte er, als wir ihn endlich den Klauen der Zuhörer entrissen.
Felicia lächelte süßlich. »Gute Übung für den Wahlkampf.«
»Hier ist wieder City Radio mit *Female AM*. Wir werden uns jetzt eingehender mit den Folgen der Kriminalität beschäftigen«, las Crosbie pflichtbewußt von ihren Spickzetteln. »Es gibt viele Diskussionen darüber, wie eine angemessene Bestrafung für Straftäter auszusehen hat. Hätte die Todesstrafe eine abschreckende Wirkung? Sind Gefängnisse Besserungsanstalten, oder sorgen sie nur für eine höhere Rückfallquote? Die Menschen, die man bei der Erörterung diese Themas so gut wie nie mit einbezieht, sind gerade die, die davon am meisten betroffen sind – die Opfer. Im Studio bei uns ist Dr. Anna York-Baines von City Radio, die erst kürzlich selbst Opfer einer …«
Ich musterte Anna durch die Scheiben des Kontrollraums. Sie wirkte gefaßt, als sie über den Mord an Elaine berichtete. Crosbie stellt ihr noch ein paar Fragen und kündigte dann

an, daß man nach der nächsten Werbeunterbrechung die Anrufe von Hörerinnen und Hörern im Studio entgegennehmen würde.
Unmittelbar darauf begannen die Telefone zu klingeln. Andie kümmerte sich um die Anrufer. Über die Sprechanlage informierte sie Crosbie, »Georgina aus Hammersmith. In den letzten sechs Wochen hat man dreimal bei ihr eingebrochen«, und schaltete ihr das Gespräch ins Studio.
»Hallo, Georgina ...«
Anna war abwechselnd einfühlend und pragmatisch. Sie hörte jedem Anrufer aufmerksam zu, gab gute Ratschläge und unterbrach niemanden, bevor er nicht eine angemessene Zeit geredet hatte. Es war spannend. Ich war so gefesselt, daß ich Shark erst mitbekam, als es schon zu spät war.

17

»Unser nächster Anrufer ist …«, Crosbie preßte mit ihrer linken Hand den Kopfhörer enger ans Ohr, als hätte sie Schwierigkeiten, zu verstehen, was Andie ihr durchgab, » … Shark, habe ich das richtig verstanden?«
»Gib ihn mir«, zischte ich zu Andie, aber es war zu spät. Er war bereits auf Sendung.
»Yeah«, sagte die tiefe, barsche Stimme, mit der ich vor kurzem noch gesprochen hatte. Hätte es noch eines Beweises bedurft, daß nicht Rick hinter der Sache steckte – hier war er. Ich hatte das mulmige Gefühl, daß mir das einen scheiß Ärger einbringen würde.
»Worüber möchten Sie sprechen?« fragte Crosbie.
»Ich will, äh, mit der anderen Frau sprechen.«
»Ist gut«, sagte Anna. »Wie kann ich Ihnen helfen?«
Er schwieg einen Moment. Crosbie gestikulierte ein »Sollen wir ihn aus der Leitung schmeißen?«, aber Anna schüttelte den Kopf.
Mir verschlug es den Atem. Wenn das ein Spaßvogel war, hatte er Nerven aus Stahl.
»Es geht um den Mord an Ihrer Schwester«, sagte Shark. »Ich war da, an dem Abend. Ich habe was gesehen. Hab's schon einem eurer Reporter gesagt.«
»Was wollen …«, setzte Anna an, aber Crosbie unterbrach sie. »Sie haben gesehen, wer Elaine York getötet hat?«

»Hab ich das nicht gerade gesagt?«
»Frag ihn, was er gesehen hat«, drängte Felicia Crosbie über Kopfhörer. Aber Crosbie war ausnahmsweise mal selbst auf dem Posten.
»Was ist an jenem Abend passiert?« Kühl und beherrscht, ein Aufflackern ihrer früheren Qualitäten.
Im Kontrollraum war die Hölle los. »Heilige Scheiße, wir müssen sofort die Polizei anrufen«, zeterte Felicia. Ich hatte die Nummer schon längst gewählt.
»Versuch ihm ein paar Details zu entlocken«, trötete Felicia in Crosbies Ohrhörer. »Wir müssen Zeit gewinnen.«
»Ich will über das Geld reden«, sagte Shark.
Anna hatte sich gefangen, nippte kurz an ihrem Glas Wasser, bevor sie antwortete. »Es gibt eine Belohnung. Aber da es sich dabei um mein Geld handelt, müssen Sie mir erst erzählen, was Sie wissen.«
Ich wurde mit der Einsatzzentrale verbunden und sprach mit dem diensthabenden Beamten, der zum Glück nicht Roger Fitzgerald hieß, und sagte ihm, auf welche Frequenz er sein Radio einstellen sollte.
»Sie müssen mir und der Polizei beweisen, daß das, was Sie sagen, auch der Wahrheit entspricht«, fuhr Anna fort.
»Es ist wahr«, sagte Shark.
»Warum waren Sie nicht längst bei der Polizei?« schaltete sich Crosbie ein. Anna bedeutete ihr unmißverständlich, daß sie die Klappe halten sollte.
»Ich hab was gegen die Polizei, und die gegen mich.«
»Aber mir werden Sie sagen, was Sie wissen, als Gegenleistung für das Geld?« Anna agierte jetzt, wie sie es als Therapeutin gewohnt war, versuchte, ihn aus der Reserve zu locken,

den Kontakt zwischen ihnen herzustellen und eine persönliche Bindung aufzubauen. Shark blieb cool.
»Yeah.«
»Frag ihn, um wieviel Uhr er dort war«, zischte Felicia Crosbie in den Kopfhörer. »Sieh verdammt noch mal zu, daß er weiterredet.« Ich ging zu Felicia hinüber.
»Laß Crosbie aussteigen und Anna übernehmen«, sagte ich. Aber Crosbie hatte die Frage schon an Shark weitergegeben.
»Hören Sie«, sagte Shark. Münzen rasselten; er war in einer Telefonzelle. »Das ist hier kein Quiz. Ich hab keine Lust, Ihre scheiß Fragen zu beantworten.«
»Was sollten wir Ihrer Meinung nach denn tun, Shark?« Annas Stimme war sanft und einschmeichelnd, aber mit ihren Augen erdolchte sie Crosbie für die unwillkommene Einmischung.
»Ich melde mich wieder.« Shark hängte ein. Der Kontrollraum verwandelte sich in ein einziges kreischendes Gewusel. Crosbie leitete zu einem Werbeblock über. Anna saß vornübergebeugt, den Kopf in den Händen verborgen.
»Alles in Ordnung?« fragte Felicia. Anna nickte.
Nach dem Ende der Sendung traf die Polizei ein. Sie nahmen eine Bandaufnahme der Sendung mit, befragten Anna und verschwanden wieder. Ich erwähnte nicht, daß ich der Reporter war, mit dem der ›Hai‹ schon einmal gesprochen hatte. Ich bestellte Margaret Gabor ein Taxi.
Dann machte ich mich auf die Suche nach Rick. An seinem Schreibtisch war er nicht. Das Band, das ich ihm so voreilig gegeben hatte, auch nicht.
»Kommt Ricks Schreibtisch auf den Müll? Falls ja, helfe ich gern.« Lyall war hilfsbereit.
»Wo ist er?«

»Schneiden. Und sich in Selbstgefälligkeit üben.«
Ich fand ihn in einer der Schneideboxen.
»Sam, alter Veteran«, begrüßte er mich. Er war gerade dabei, eine Kopie von meinem Band zu ziehen. »Echt kollegial von dir, mir das Band zu geben. Wird 'ne großartige Fortsetzung zur Show von gerade. Ich bin noch auf der Suche nach einem Titel. Vielleicht kannst du mir helfen. Wie findest du: ›Erfahrener Kriminalreporter vermasselt Superstory‹?«
»Klingt nach deiner üblichen Sensationsheischerei, Rick.«
Er lachte. Das Band war inzwischen kopiert. Ich wollte es an mich nehmen, doch er kam mir zuvor, aber nur, um es mir gönnerhaft auszuhändigen. Rick war gerne herablassend.
»Ich habe das Original. Und keine Angst, wird schon nicht so schlimm für dich werden.«
In den Mittagsnachrichten waren die Vorfälle bei City Radio der Aufmacher. Mutmaßlicher Zeuge meldet sich live in Talk-Show – wenn das keine Schlagzeile war. Ungeachtet der Proteste von Rick strich Lyall ihm den Teil über mein Gespräch mit Shark heraus. Aber inzwischen hatte die Geschichte die Runde gemacht, und etliche Leute, die im Nachhinein natürlich alles besser gemacht hätten, rümpften über mich die Nase. Irgend etwas lief hier schief. Dann wollte mich noch die Polizei sehen. Sie schickten einen Beamten, um mich abzuholen. Delaney und Marlowe, die mir auch gerne auf den Zahn gefühlt hätten, mußten sich also gedulden.
Ich zwängte mich auf den Rücksitz des Streifenwagens. Für meine Beine war da kein Platz mehr. Meine höfliche Bitte, den Sitz etwas vorzuschieben, stieß auf vorschriftsmäßig taube Ohren. Die Zunge schien man dem Uniformierten auch herausgeschnitten zu haben, zumindest machte er keinen Mucks,

während wir durch den Mittagsverkehr krochen. Fitzgerald ließ mich fünfundvierzig Minuten warten. Ich hatte noch nichts gegessen, und mein Magen knurrte den kahlen Warteraum an.

»Du bist ein Looser, Ridley«, sagte er, als ich endlich vorgelassen wurde. »Wie schaffst du das bloß?«

»Reine Übungssache.«

»Warum hat dieser Typ dich angerufen?«

»Keine Ahnung.«

»Schon früher mal was von ihm gehört?«

»Nein.«

»Weißt du, wer er ist?«

Ich hätte ihm die Wahrheit sagen können, daß ich einen leisen Verdacht hatte, aber Tatsache ist, daß mir Fitzgeralds Nase einfach nicht gefiel. »Nein.«

»Irgend 'ne Idee, was das Ganze soll?«

Ich zuckte mit den Schultern. »Vielleicht hört er gern Radio.«

Fitzgerald sah mich forschend an. Er wußte, daß er nicht auf mich zählen konnte, aber er mußte mich um Hilfe bitten, und das wurmte ihn.

»Wenn er noch einmal anruft, informiere uns bitte.«

Ich stand auf. »Natürlich, Roger. Ist mir immer eine Ehre, ach, was sage ich, ein Vergnügen, den Ordnungskräften Ihrer Majestät zu Diensten zu sein.« Für die Rückfahrt stellte man mir keinen Streifenwagen zur Verfügung, also kaufte ich mir in einem Café etwas zum Essen und nahm die U-Bahn zur Tottenham Court Road. Ich hatte es nicht besonders eilig, denn im Büro wartete Marlowe auf mich. Und das war wirklich kein gutes Omen.

18

Marlowe hatte die Füße auf dem Schreibtisch liegen. Zu seinem maßgeschneiderten dunkelblauen Anzug trug er wie immer ein Hemd in den unpassendsten Farben. Diesmal lieferten sich Pink und Gelb einen erbitterten Kampf mit dem gewagten Schottenmuster der Krawatte. Marlowe kleidete sich, als ginge ihm alles am Arsch vorbei, und soweit ich weiß, ging es das auch. Mit seinen bald fünfundfünfzig Jahren war er inzwischen etwas aus dem Leim gegangen, teigiges Gesicht und Schnapsnase, aber noch vor fünfzehn Jahren hätten ihm die Damen anerkennend hinterhergepfiffen. Verheiratet ist er mit einem Mitglied des niederen Adels, einer doppelnamigen Frau, die so dünn ist, als würde sie sich mit Diäten ihren Lebensunterhalt verdienen.

Marlowe und ich haben eine Sache gemeinsam: Wir rauchen. Sein Büro verströmt den abgestandenen Duft eines Mannes, der Anti-Raucher-Kampagnen zwischen zwei Fingern beantwortet. Aber er bot mir keine an. Offenbar legte er keinen Wert auf eine ungezwungene Atmosphäre.

»Sie wissen zur Zeit nicht recht, was Sie mit sich anfangen sollen, Ridley, nicht wahr?« Seine Stimme war schroff, aber nicht streng, ein Produkt vieler endloser Whiskynächte.

Er erwartete keine Antwort, ich gab keine.

»Sie haben's schwer, höre ich. Ihre Frau und Ihr Kind haben Sie verlassen.«

»Ja.«
»Sie sind also auf sich allein gestellt.«
»Ja.«
Er nahm die Füße vom Tisch und beugte sich zu mir herüber. »Hören Sie mir gut zu, Ridley. Delaney mag Ihnen gegenüber den Samariter spielen, mir ist das scheißegal. Ihr Privatleben ist im Arsch, aber ich scheiß auf Ihr Privatleben. Mir wär's lieber, Sie hätten überhaupt kein verdammtes Privatleben. Von mir aus können Sie nächtelang unter der Waterloo Bridge Terpentin aus Flaschen saufen, die in Packpapier gewickelt sind. Geht mir am Arsch vorbei. Mich interessiert nur, was Sie tun, wenn Sie hier im Haus sind. Ich will, daß Sie jeden Morgen nüchtern im Büro erscheinen und sich für den Sender den Arsch aufreißen. Storys ausgraben und Nachrichten verlesen, das ist Ihr Job. Flicken Sie Ihr kaputtes Leben zusammen. Denn wenn Sie nicht aufhören, wie ein Damoklesschwert über meinem Kopf zu schweben, schneide ich Ihnen die Eier ab und verfüttere sie an die Tauben am Trafalgar Square. Zwingen Sie mich nicht dazu, Ridley, denn, bei Gott, ich werde es tun, wenn es sein muß.«
Vermutlich hätte ich aufmerksam zuhören sollen. Es war ihm ernst. Marlowe scherzt nie in solchen Dingen. Aber während ich so herumsaß und versuchte, alles nicht so persönlich zu nehmen, begannen meine Gedanken abzuschweifen. Wenn das passiert, überkommt mich bisweilen eine göttliche Eingebung. Plötzlich sind Antworten auf Fragen da, über die ich mir sonst stundenlang vergeblich das Hirn zermartere. So auch in diesem Moment.
Ich wußte, warum der ›Hai‹ ausgerechnet mich angerufen hatte. Wir hatten uns schon einmal getroffen. Ich wußte, daß

ich seine Stimme schon einmal gehört hatte, ich wußte nur nicht, bei welcher Gelegenheit.
Ich straffte die Schultern und holte tief Luft. »Mr. Marlowe, Sie haben recht. Sie haben so recht. Werd mich zusammenreißen, mir mehr Mühe geben, die Ohren steifhalten und den Laden schaukeln. Das bin ich meinem Vaterland schuldig, was? Fang sofort an.« Fluchtartig verließ ich sein Büro.
Ich wußte, wer der ›Hai‹ war, und ich würde ihn finden, bevor mir jemand zuvorkam.
Ich würde ihn finden und windelweich schlagen, diesen kleinen Scheißer.

19

Ich rief Margaret Gabor an. »Die Kids aus dem Lift, wer waren die?«
»Tja, ich kenne sie vom Sehen, aber wie sie heißen, weiß ich nicht.«
»Kennen Sie jemanden, der mir weiterhelfen könnte?«
»Ich höre mich mal um und gebe Ihnen dann Bescheid.«
Anna fing mich am Kaffeeautomaten ab. »Diese Crosbie, ich könnte sie umbringen«, sagte sie. »Ich hatte ihn. Und sie platzt dazwischen wie ein hirnloser Elefant.«
Ich überlegte, ob ich ihr meine Vermutungen mitteilen sollte, entschied mich aber dagegen. Ich würde Shark auf einem silbernen Tablett servieren, mit Fanfarenklang und hübsch garniert.
»Die Polizei wird ihn schon finden.«
»Sie vermuten, er wird wieder im Sender anrufen. Ich werde hier sein, wenn er das tut.«
»Er wird wieder anrufen. Er muß einfach.«
Margaret Gabor rief zurück und verwies mich an einen Typ namens Terry Wigan. Ein Fensterputzer, für den Shark mal gearbeitet haben soll. Sie gab mir seine Handynummer. Ich rief ihn an, und wir verabredeten uns bei ihm zu Hause in der St. Marks Road.
Es war ein schöner Abend. Ich ließ den Renault stehen und ging zu Fuß.
Terry bewohnte das Erdgeschoß eines kleinen, zweigeteilten

Hauses aus den Dreißigern. Es war leicht zu finden, denn sein Name stand auf einem davor geparkten Lieferwagen und bot seine Dienste als Fensterputzer an. Auf mein Klingeln wurde sofort aufgedrückt.
Im Haus hörte man Kinder zanken, dann ein Klatschen, und ein Mädchen fing an zu heulen. Sie rannte aus einem Zimmer zu meiner Rechten und den Korridor hinunter zum anderen Ende des Hauses. »Shawn, dafür krieg ich dich noch«, schrie sie. »Arschloch!«
»Alison, wie oft habe ich dir schon gesagt, daß du nicht solche Ausdrücke sagen sollst?« Ein junge Frau in Jeans kam aus einem anderen Zimmer. Sie wirkte erschöpft. Alison verzog den Mund und quengelte: »Er hat angefangen.«
»Ist mir egal«, sagte die Mutter und zeigte auf ein anderes Zimmer, vermutlich Alisons. »Geh da rein und mach deine Hausaufgaben.« Mir schnitt sie eine Grimasse und klagte: »Kinder. Zusammenleben kann man mit ihnen nicht, aber sie in winzige Stücke schneiden und an die Krähen verfüttern, geht auch nicht.« Sie fischte ein Gummi aus der Hosentasche und band sich das Haar zum Pferdeschwanz. »Ich heiße Rachel. Sie wollen Terry sprechen, nicht wahr? Er ist noch im Bad, ist aber gleich fertig. Setzen Sie sich solange in die Küche.« Sie zeigte auf eine dritte Tür rechts von mir. Ich ging hinein, rückte einen Stuhl zum Tisch und setzte mich. Ein »Ach, Mami« tönte herüber, als ein zweites Kind genötigt wurde, seine Hausarbeiten zu machen.
»Entschuldigen Sie bitte«, sagte sie, als sie wieder in die Küche kam. »Ein Bier?«
»Gerne.«
Kurz darauf erschien Terry, frisch gebadet und gestriegelt.

Er war untersetzt mit den ersten Anzeichen eines Bierbauchs. Der Wanst lugte über die Gürtelschnalle und schmiedete Expansionspläne. Terry hatte ein offenes, freundliches, von schütterem schwarzen Haar umkränztes Gesicht. Zu seinen Jeans trug er ein Holzfällerhemd mit aufgekrempelten Ärmeln. Wir gaben uns die Hand, stellten uns vor, und er nahm sich ebenfalls ein Bier aus dem Kühlschrank.
»Rachel?« fragte er seine Frau und hob die Flasche.
»Danke, später.« Sie ging zur Spüle und ließ Wasser ins Becken ein.
»Laß doch, Mäuschen. Ich mach das nachher«, sagte er und setzte sich.
Sie schüttelte den Kopf. »Nachdem ich mich jetzt zwei Stunden mit diesen Nervtölen herumgeschlagen habe, muß ich ein paar Aggressionen abarbeiten«, sagte sie und begann energisch Teller zu spülen. »Außerdem komme ich so mal in den Genuß einer Unterhaltung zwischen Erwachsenen.«
Die Wigans waren offensichtlich eine dieser glücklichen Familien, von denen man so oft hört. Ich beneidete Terry. Er trank sein Bier in der Küche und lächelte einfältig seine Frau an, während die Kinder nur zwei Zimmer weit entfernt waren. Und wenn die Kids ihre ganze Freizeit damit verbrachten, sich gegenseitig zu zerfleischen? Immerhin konnte er mit dabeisein und sehen, wie sie aufwuchsen.
»Margaret sagte, Sie wollten etwas über Shark wissen. Ich kenne Shark. Vor ein paar Monaten hat er mal für mich gearbeitet.«
Rachel rümpfte spöttisch die Nase. »Du hast ihn angestellt. Das ist ein Unterschied.«
»Ja, schon gut, nenn es, wie du willst. Zwei Wochen war er

bei mir. Unzuverlässiger kleiner Scheißer. Kam niemals pünktlich. Im Fensterputzgeschäft muß man zuverlässig sein. Ich hätte ihn gefeuert, wenn er nicht von selbst weggeblieben wäre.«

»Erzähl ihm von dem Geld.« Rachel ging zum Besteck über.

»Das war doch nichts.«

»Und ob das was war.« Messer und Gabeln schepperten.

»Was ist passiert?« assistierte ich.

Terry setzte die Flasche an den Hals und senkte den Pegel gut um die Hälfte.

»Er sagte, ich schulde ihm Geld. Behauptete, ich müsse ihn bezahlen, auch wenn er nicht kommt. Ich weigerte mich, und er kam hier vorbei. Dieser kleine Stinker zog ein Messer und bedrohte mich.«

»Wie haben Sie reagiert?«

»Hab dem Wichser fast den Arm gebrochen. Er hat nicht damit gerechnet, daß ich ihm an den Kragen gehe. Dachte, das Messer würde ihm Respekt verschaffen. Er hat meine Familie bedroht, und ich hab ihm den Arsch bis zu den Ohren aufgerissen und ihm gezeigt, wo er sich seinen Respekt hinschieben kann.«

»Haben Sie die Polizei informiert?«

»Ja.«

»Was ist passiert?«

»Nichts.«

»Haben Sie ihn in letzter Zeit gesehen?«

»Von weitem, hab aber nicht mit ihm geredet. Er macht einen großen Bogen um mich. Sehr klug von ihm, ich habe ein gutes Gedächtnis.«

»Und sein Kumpan?«

»Hängt mit einem Typen namens Max Adams herum. Er wollte Max einen Job bei mir verschaffen, aber ich habe nein gesagt. Sind beides faule Säcke. Später habe ich herausgefunden, daß Max viele Talente hat: Diebstahl, Hehlerei, Raubüberfall. Hat seine Finger überall drin. Kein Wunder, daß sie scharf aufs Fensterputzen waren. Ideal, um die Kunden auszunehmen. Wär 'ne Katastrophe für mein Geschäft gewesen.«
»Wo wohnt Shark?«
Terry zuckte die Schultern. »Weiß nicht genau. Lebte in der Siedlung bei seiner Mutter, aber sie hatten Krach, und sie hat ihn rausgeschmissen. Wer weiß, was er angestellt hat.«
»Und eine Freundin? Hat er mal eine erwähnt?«
Terry nahm einen Schluck Bier. »Nein. In der Beziehung war er ein echter Gentleman, kein Aufschneider. Ich glaube, es gab eine, aber keine Ahnung, wer sie war.«
»Und Arbeit? Kann es sein, daß er eine neue Stelle hat?«
Terry lachte nur.
»Wie lautet sein vollständiger Name?«
»Mir hat er sich als Sonny Harkness vorgestellt, aber wer weiß? Der Typ lügt, wenn er den Mund aufmacht.«
»Und Max? Kennen Sie jemanden, der mir etwas über Max erzählen könnte?«
»Soweit ich weiß, versuchen alle, Max möglichst aus dem Weg zu gehen. Sie werden Mühe haben, jemanden zu finden, der ein gutes Wort für ihn hat.«
»Ich kenne Max«, sagte Rachel. Sie hatte den Abwasch fertig und nahm sich ein Bier. »Nicht direkt ihn selbst – seine Schwester. Sie ist in meinem Parallelkurs unten im Freizeitzentrum. Sie ist nett, ganz anders als er. Sie heißt Stephanie, Stephanie Adams. Sie lebt in der Siedlung an der Bishop's Bridge Road.«

Während wir unser Bier ausschlürften, unterhielten wir uns über Fußball, besser gesagt, Terry quasselte, und ich hörte zu. Ich interessiere mich nicht für Sport, aber ich achte darauf, daß dieses Desinteresse nicht auf Kosten meiner Geselligkeit geht.

Als ich mich verabschiedete, sagte er noch: »Versuchen Sie es mal im Rover in der Golborne Road. Dort sollen sie öfter einen trinken.« Er gab mir seine Visitenkarte, und ich steckte sie mir in die Brieftasche.

Ich ging durch die Summerhill-Siedlung zum Rover. Nirgendwo brannte Licht, also stand ich mir vor dem monströsen Gebäude ein wenig die Füße in den Bauch. Ich fror mir den Arsch ab, ohne irgendein bekanntes Gesicht zu sehen.

Man hätte den Rover in Dealer umtaufen sollen. Die Klientel verstummte nicht gerade und starrte mich an, als ich hineinging – dafür waren sie zu cool –, aber unbemerkt war mein Auftritt auch nicht direkt. Die Wände waren schwarz, die Beleuchtung schummrig. Die Musik von einer Band mit dem schönen Namen »Kill the Cops« wummerte durch meine Eingeweide. An der Bar bestellte ich ein Bier. Der Barmann war ein Frau. Sie trug schwarze Lack-Shorts und ein tief ausgeschnittenes, schwarzes BH-Top. Sehr anregend. Das Fitneß-Center war wahrscheinlich ihre zweite Heimat. Ich fragte mich, wie es ihr gelang, daß sich ihr Nabelring samt der daran hängenden Kette nicht in der Thekeninstallation verhedderte.

»Ich suche jemanden«, rief ich ihr zu.

Sie ließ mich ein »Na und« in ihrem Gesicht lesen, drehte sich weg und nippte an einem Glas mit einer schleimigen grünen

Flüssigkeit – dasselbe Gesundheitszeug, das Delaney schluckte.
Ich schob eine Zehn-Pfund-Note über den Tresen. »Ich suche jemanden.«
Sie sah den Geldschein an, dann mich.
»Ich bin nicht diese Art von Mädchen.«
Ich ließ mich nicht beirren. »Zwei Typen – Shark und Max Adams. Man sagte mir, sie kämen öfters her.«
»Und wer soll das sein?« sagte sie gleichgültig, nahm einen Kaugummi aus ihrem Mund, betrachtete ihn prüfend und schob ihn wieder hinein.
»Ich hoffte, Sie könnten mir das sagen. Können Sie?«
Sie zuckte die Schultern, und ihr Blick wanderte zum Geldschein. »Manchmal kommen sie hier vorbei.«
»Wann kann man sie hier antreffen?«
Sie lehnte sich über die Theke. Der Blick in ihr Top war atemberaubend, aber ich bin ein Gentleman. Ich zwang meinen Blick etwas höher.
»Was ist, wenn sie nicht getroffen werden wollen?«
»Ich bin kein Bulle.«
Sie polierte ein Glas. Völlig überflüssig. Die Kundschaft hier war nicht pingelig.
»Ich will nur mit ihnen reden.« Mein Lächeln konnte das Eis nicht brechen, sie ließ mich wieder stehen.
Ich bestellte noch ein Bier und ließ den Zehner liegen. Verdient hatte sie es nicht gerade, aber trainierte Körper in Lackleder erscheinen mir förderungswürdig.
Shark tauchte an diesem Abend nicht mehr auf. Dafür führte ich mit einem trinkfreudigen Stammkunden ein interessantes Gespräch über Einbruch. Er klärte mich auch über die spezi-

ellen Fähigkeiten der meisten anderen Gäste auf. Ein echter Talentschuppen. Der Rover war so etwas wie das Eton für Ganoven – knüpf hier gute Kontakte, und sie werden dir dein Leben lang von Nutzen sein.

Die Sperrstunde rückte näher, und ich beschloß, es gut sein zu lassen. Ich verabschiedete mich von meinem neuen Freund, versprach, ihn vor meinem nächsten Einbruch anzurufen, und ging hinaus in die Kälte. Da der Rover nicht so weit von meiner Wohnung entfernt war, beschloß ich zu laufen. Wie sich herausstellen sollte, war das ein Fehler.

20

Ich verließ die Kneipe und ging die Golborne Road entlang. Eine nette Gegend, die mit ihren Straßenständen, Secondhand-Möbelgeschäften und Cafés viele Menschen anzieht. Als Mary und ich noch zusammen waren, sind wir oft hier gewesen und haben irgendwelchen Schrott gekauft, den wir so lange aufpolieren wollten, bis er einen Glanz versprühte, den er niemals zuvor besessen hatte.

An diesem Abend waren die Läden verrammelt und die Straße totenstill. Ich ging schnell, damit mir warm wurde. Plötzlich hörte ich hinter mir Schritte, die ebenfalls schnell waren. Erst als ich an beiden Armen gepackt und in eine Seitengasse gezerrt wurde, kam mir das verdächtig vor.

Es waren zwei. Die Gesichter konnte ich nicht erkennen, aber sie waren jünger, schlanker und größer als ich. In der Gasse hatten sie schließlich meine volle Aufmerksamkeit, als sich ein Arm um meinen Kehlkopf legte und mich auf den Absätzen weiterschleifte. Ich konnte nicht mehr atmen, mein Kopf fühlte sich an, als würde er jeden Moment abreißen. Ich versuchte das Gleichgewicht wiederzufinden, aber sie waren schnell unterwegs. Als sie endlich einen passenden Ort gefunden hatten, brachten sie mich wieder in die Senkrechte. Der eine hielt mich fest, der andere schlug mir in die Magengrube. Ich verspürte das dringende Bedürfnis, mich zusammenzukrümmen, aber sie hielten mich eisern fest. Wieder und wieder schlugen sie zu. Irgendwann hörte ich auf zu zählen. Zum Schluß kippte ich vornüber. Es tat gut, zu liegen. Ich brauchte eine Pause. Obwohl ich spürte, daß mein Gesicht dort zu bluten anfing, wo es auf das Pflaster geschlagen war, machte mir das nicht viel aus. Geschickte Hände fingerten mir das Portemonnaie aus der Gesäßtasche, und ein Fuß suchte mehrmals engen Kontakt zu meinen Nieren. Ich wurde ohnmächtig.

Als ich wieder zu mir kam, wollte mich noch immer jemand umbringen. Ich versuchte, die Augen zu öffnen. Es erforderte wesentlich mehr Konzentration als sonst, aber schließlich gelang es mir. Viel war in der dämmrigen Gasse nicht zu sehen. Sie schienen verschwunden zu sein, dafür zerrte jemand anderes an meiner Schulter. Die Frau von der Bar.

»Sind Sie okay?« fragte sie. Unter diesen Umständen eine ziemlich bescheuerte Frage. Sie nahm die Hand von meiner Schulter, wofür ich ihr äußerst dankbar war.

Ich nickte.

Ich versuchte aufzustehen. Sie schob mir einen Arm unter, um zu helfen. Ich fühlte mich, als hätte man mir die Haut abgezogen, und mir war kalt.

»Sie armer Kerl, sind ein trauriger Anblick.« Inzwischen hatten wir die Vertikale fast erreicht. »Und erzählen Sie mir bloß nicht so'n Scheiß wie, Sie müßten mal den anderen sehen.«

Wir standen schwankend, und ich versuchte, etwas zu sagen, doch der Ton fehlte.

»Sollen wir versuchen, zu gehen?« Sie hängte sich meinen Arm über die Schulter, und wir machten uns torkelnd auf den Weg zurück zur Golborne Road.

Ein Taxi fuhr vorbei. Meine Retterin winkte es heran. Der

Fahrer verringerte das Tempo, sah mich kurz an und drückte wieder auf die Tube.
»Verdammter Wichser!« schrie sie seinen Rückleuchten hinterher.
Wir warteten noch ein paar Jahre, bis das nächste kam. Der Fahrer schaute neugierig zu, wie die Frau von der Bar mich auf den Rücksitz bugsierte.
»Zum St. Mary's Hospital?« fragte er, als wir sicher verfrachtet waren.
Ich schüttelte den Kopf und krächzte meine Adresse.
Er fuhr uns ohne Murren hin, regte sich aber mächtig darüber auf, daß ich kein Geld mehr hatte, um ihn zu bezahlen. Meine Retterin versuchte, an sein Gewissen zu appellieren und ihn dazu zu bringen, auf die Gebühr zu verzichten. Einige heftige Worte wurden gewechselt, und er fuhr tobend davon. »Ich bin doch nicht Mutter Teresa.«
»Syphilitischer Saftsack!« beendete mein Schutzengel die Konversation.
Die Treppen zu meiner Wohnung schienen kein Ende nehmen zu wollen. Meine Beine ließen sich kaum beugen, und mir war schwindelig. Im Zwischenstock hätte ich am liebsten ein kleines Nickerchen eingelegt, aber mein Sherpa schleppte mich weiter. Endlich erreichten wir die Wohnungstür. Die Schlüssel hatten sie mir gelassen. Sie öffnete die Tür, und ich suchte und fand meinen Sessel. Ich brauchte unbedingt eine Zigarette. Ihr ging es ähnlich.
»Die Kippen liegen auf dem Bücherregal«, krächzte ich.
Als sie die Zigaretten holte, konnte ich mich davon überzeugen, daß sie von hinten einen mindestens genauso erfreulichen Anblick bot wie von vorne. »Was bin ich doch für ein Glücks-

pilz. Schon nach der ersten Verabredung kommen Sie mit zu mir nach Hause.«
»Den Humor scheint man Ihnen ja nicht aus dem Leib geprügelt zu haben.« Sie zündete mir eine Zigarette an. Am liebsten hätte ich sie geheiratet.
»Wie heißen Sie?«
»Dean.«
»Ich bin Sam. Willst du mich heiraten?«
Sie musterte mein zerschundenes Gesicht. »Hängt davon ab. Hast du eine Lebensversicherung?«
Ich schüttelte den Kopf. Sie auch. Bedauernd, bildete ich mir ein.
Die Zigarette schmeckte gut. Alle wichtigen kleinen Stellen schmerzten, aber irgendwie war mir das egal. Ich zog die Schuhe aus und betrachtete den einzigen Teil meines Körpers, der nicht beschädigt zu sein schien. Immer auf das Positive konzentrieren.
Dean blätterte rauchend meine Plattensammlung durch. Natürlich entschied sie sich für Jimi Hendrix, obwohl sie wahrscheinlich noch nicht einmal geboren war, als er auf dem Höhepunkt seiner Karriere war.
»Ich hätte dir gleich sagen können, daß es nicht gesund ist, im Rover herumzuhängen, aber das hast du inzwischen ja selbst herausgefunden.«
Ich nickte.
»Was willst du eigentlich von Shark? Ich meine, auf einer Cocktail-Party werdet ihr euch ja wohl kaum kennengelernt haben.«
»Seine Tante ist gestorben und hinterläßt ihm ein Vermögen. Ich soll ihm das Geld überbringen.«

»Ah ja. Hör zu, warum soll ich ihm nicht die Botschaft überbringen, wenn ich ihn sehe? Das wäre wahrscheinlich sicherer, als wenn du noch einmal dort aufkreuzt.«
»Wann wirst du ihn treffen?«
»Keine Ahnung. Er hat seltsame Gewohnheiten. Aber er taucht immer mal wieder auf.«
Ich stöhnte. Die Wirkung der Zigarette ließ langsam nach. »Ist gut. Das kommt mir sehr entgegen.«
Sie drückte die Zigarette aus und stand auf. »Ich gehe jetzt. Bist du wirklich okay?«
Ganz so sicher war ich mir nicht, aber ich nickte. Dean nahm Tasche und Mantel. Ich schrieb ihr meinen Namen und meine Nummer auf einen Zettel und gab ihn ihr. Bevor sie die Tür hinter sich schloß, drehte sie sich noch mal um.
»Du solltest dich wirklich nicht mit diesen Typen einlassen.«
»Was für Typen?«
Aber sie hatte die Tür schon hinter sich geschlossen.
Ich ging ins Bad. Das Gesicht, das mir vom Spiegelschrank entgegenstarrte, war eine Studie in allen Regenbogenfarben. Meine Stirn war völlig verbeult und schimmerte in einem dunklen Gelbton. Über einem blauen Auge hatte ich einen Schnitt, von dem aus sich eine getrocknete Blutspur über Wange und Hals zog. Ich wischte das Blut ab und ließ mir Badewasser ein. Das einzige Linderungsmittel, das ich finden konnte, war eine Flasche Schaumbad, die aussah wie ein Footballspieler. Simon hatte sie dagelassen. Ich schraubte dem Footballspieler den Kopf ab und träufelte etwas von seinem Inneren ins Wasser. Es roch nach billigem Reinigungsmittel. Nicht gerade das klassische Entspannungsbad, aber in diesem Fall mußte es genügen. Nach dem Bad schüttete ich mir ein

Glas Whisky ein, schluckte eine Handvoll Schmerzkiller und ging ins Bett.
Den nächsten Morgen begann ich sehr vorsichtig. Ich fühlte mich wie nach einer übertrieben durchzechten Nacht: die kleinste Bewegung verursachte größtmöglichen Schmerz. Ich duschte, zog mich an, mahlte in der Küche ein paar Bohnen und goß mir Kaffee auf – alles mit der Geschwindigkeit eines arthritischen Fünfundneunzigjährigen. Seit Roger Fitzgerald und den Burschen von voriger Nacht schien es eine schlechte Angewohnheit von mir zu werden, Prügel zu beziehen. Als ob ich davon nicht schon genügend hätte.

Das Schlucken schmerzte, aber der Kaffee tat gut und machte den Kopf frei. Es fand sich noch genügend Kleingeld für den Bus zur Arbeit, das Tagwerk konnte beginnen.
Ich hatte einen großen Auftritt, als ich halb kriechend ins Büro schlurfte. Die Kollegen umringten mich, jemand bot mir an, Kaffee zu holen, und alle wollten meine Geschichte hören. Also erzählte ich sie ihnen, mit ein paar Schönheitskorrekturen. Sie machten ›oh‹ und ›ah‹, verloren das Interesse und entschwanden wieder. Ich humpelte zu Felicias Schreibtisch.
»Meine Güte, wer hat dich denn so zugerichtet?«
»Wenn ein Dummkopf zuviel Geld mit sich herumschleppt, ist er es schnell los.«
»Sieht nicht so aus, als ob es wirklich schnell gegangen wäre.«
Ich zuckte vorsichtig die Schultern. Sie stand auf und betrachtete mich von allen Seiten. Schließlich stemmte sie die Hände in die Hüften und sagte: »Geh nach Hause, Sam. Du bist nicht

mehr in der Nachrichtenabteilung, bei uns gibt es keine Punkte für Heldenmut.«
Ich nickte. Ich war müde, entsetzlich müde. Ich drehte mich um und ging zur Tür.
»Vergiß nicht, bei der Bank anzurufen und alle deine Kreditkarten sperren zu lassen«, rief sie mir nach.
Ich nickte und ging weiter. Felicia schrie noch immer hinter mir her. Mein Kopf schmerzte. Warum konnte sie nicht die Klappe halten.
»Sam, warte.« Ich drehte mich um. Sie kramte in ihrer schwarzen Handtasche und zog eine kleine Börse heraus.
»Hast du überhaupt Geld?«
Ich schüttelte den Kopf.
Felicia fuchtelte mit einem Geldschein vor meiner Nase. »Nimm den Zwanziger. Oder warte, hier sind noch zwei Fünfer.«
Der Stolz gebot mir, abzulehnen, aber Stolz konnte ich mir nicht leisten. Ich hatte nur noch ein lumpiges Pfund und konnte so schnell auch nicht an Geld herankommen. Ich nahm das Geld.
»Danke.«
Wir sahen uns verlegen an, dann drehte sie sich um.
»Und geh um Himmels willen zum Arzt.«
»Okay.« Ein Arzt. Gute Idee.
»Ruf an und sag mir Bescheid, ob ich diese Woche noch mit dir rechnen kann.«

Ich fuhr mit dem Taxi zu meinem Arzt und wartete, bis er mich dazwischennehmen konnte. Die anderen Patienten im Wartezimmer begutachteten mich mit unverhohlener Neugier. Ich vergrub meinen Kopf hinter einem zwölf Monate alten Magazin.

Der Arzt untersuchte mich gründlich. Er ist ein rauhbeiniger, bulliger Typ, der früher für Schottland Rugby gespielt hat, und dem meine bunten Blessuren nicht im geringsten imponieren konnten. Er röntgte mich und prüfte, ob ich eine Gehirnerschütterung hatte.

»Werde ich leben?« fragte ich ihn zum Schluß.

»Nicht, wenn es nach Ihnen geht.« Er lehnte sich in seinem Stuhl zurück und zählte die Punkte an seinen Fingern ab. »Mal sehen, da haben wir das Rauchen – etwa zwanzig am Tag, oder? Dann das Trinken – ich halte mich lieber nicht mit Schätzungen darüber auf, wieviel Whisky Sie so in der Woche wegschlucken. Sport? 'tschuldigung, sollte ein Witz sein. Ausgewogene Ernährung? Kann ich mir nicht vorstellen. Wenn ich alle diese Faktoren zusammenzähle, komme ich zu dem Ergebnis, daß eine Fruchtfliege eine höhere Chance hat, ein ehrwürdiges Alter zu erreichen, als Sie, Ridley.«

Ich nahm ihn nicht so ernst. Meine Art zu leben gefiel ihm nicht, das hatte er mir oft genug gesagt.

Zu Hause befolgte ich Felicias Rat, ließ alle Kreditkarten sperren und bestellte mir bei der Bank neue. Dann schluckte ich noch eine Handvoll Schmerztöter und haute mich aufs Sofa.

Um sechs Uhr wurde ich von einem schrillen Läuten geweckt. Ich hob den Kopf aus den Kissen. Das ganze Zimmer schaukelte. Ich ließ den Kopf dorthin zurücksinken, wo er hingehörte. Es hörte nicht auf zu läuten. Ich spitzte die Ohren. Das Telefon. Nein, die Türklingel. Oder der Wecker? Ich weiß, ich

habe dieses Spielchen schon mal gespielt, aber was soll ich machen? Ich werde einfach nicht besser. Auf gut Glück drückte ich den Türöffner, ohne darauf zu achten, wen ich da einließ, falls überhaupt jemand an der Tür war.
Felicia stand in der Tür, eine mit Alufolie abgedeckte Keramikschüssel in den Händen. Sie trug Jeans und ein Sweatshirt von einer amerikanischen Uni. Sie wirkte so anders. Kleiner. Zum ersten Mal sah ich sie in flachen Schuhen.
Ohne darauf zu warten, daß ich sie hereinbat, marschierte sie direkt in die Küche und drehte den Ofen an.
»Du hast mich nicht angerufen«, sagte sie.
»Was zum Teufel machst du da?«
»Lasagne. Sie ist sehr, sehr gut, und du wirst sie essen.«
Ich hatte genug davon, herumkommandiert zu werden, und wurde aufmüpfig. »Ich esse sie später.«
Den Einwand hätte ich mir sparen können. Sie schob die Schüssel in den Ofen und begann, in meinen Schränken zu wühlen. »Ein altes Familienrezept, von meiner Mutter. Du wirst das essen oder ich führe zu Ende, was die Kerle von gestern angefangen haben.« Sie zeigte auf meine Verletzungen. »Du hast die Wahl.«

Ich aß, und sie sah mir zu. Sie hatte recht. Von Lasagne verstand ihre Mutter wirklich etwas.
Als ich fertig war, kam sie mit einer Flasche Wein aus der Küche.
»Wo hast du die her?« fragte ich.
»Aus dem Besenschrank, aber sie ist ganz okay.«
Während sie den Korken zog, studierte ich das Etikett.
»Das ist australischer.«

»Na und?«
»Ich nehme nichts Australisches. Ich boykottiere den ganzen Kontinent. Eine persönliche Sache. Frag mich bitte nicht.«
Felicia gab mir amüsiert ein Glas Wein. »Das ist Rotwein. Gut für dich. Trink oder stirb. Und dann erzähl mir, was hier abgeht.«
Ich trank, ich erzählte.
»Man hat mich überfallen. Hätte jedem passieren können.«
»Oh, komm schon.« Sie richtete die Weinflasche anklagend auf meine Brust. »Ich bin nicht von gestern. Solange du für mich arbeitest, habe ich ein Recht darauf, zu erfahren, wo du gerade dran bist. Und du bist da an was dran, das sehe ich doch.«
Also erzählte ich ihr von meinen Versuchen, Shark zu finden. Sie hörte aufmerksam zu.
»Wenn er auf die Belohnung aus ist, wird er sich bestimmt wieder melden.«
»Er führt mich an der Nase herum. Wenn ich ihn aufspüre, können wir das Spiel nach meinen Regeln spielen. Wir wissen nicht mal, ob er die Wahrheit sagt. Es könnte sich immer noch um einen Scherz handeln.«
Felicia runzelte die Stirn. »Wird die Polizei ihn nicht schnappen?«
»Ich will ihnen zuvorkommen. Das ist eine Sache unter Männern.«
Felicia verdrehte die Augen. »Was ist, wenn er nicht gefunden werden will?«
Ich sagte ihr, daß ich einen Anhaltspunkt hatte – die Schwester

von Max, Stephanie Adams. Wie sich herausstellte, war sie leicht zu finden. Sie stand im Telefonbuch.

»Machen wir uns auf den Weg«, sagte Felicia und schnappte sich ihre Tasche.

»Du willst mit?«

»Na klar. Außerdem«, sagte sie und ließ ihren Blick über mein ramponiertes Äußeres gleiten, »du wirst mich brauchen. So wie du aussiehst, wird sie dich kaum in ihre Wohnung lassen.«

21

Stephanie Adams wohnte in einem Wohnkomplex aus der Nachkriegszeit. Dem gepflegten Eindruck nach zu urteilen, den das Gebäude machte, waren die Wohnungen inzwischen zum großen Teil in Privateigentum übergegangen. Rund um den Block waren Rasen und Blumenrabatten angelegt worden. In den Blumenkästen wuchsen schmucke Blumen, und die Fassade war frisch gestrichen. Felicia fand einen gut beleuchteten Parkplatz, und wir gingen zum Haupteingang. Die Klingelschilder waren, wie es sich gehört, mit Wohnungsnummer und Namen der Bewohner beschriftet. Stephanie Adams Heim trug die Nummer 4H.

Felicia drückte irgendeine Klingel. Als sich jemand meldete, sagte sie, »Hi, ich bin's«, und wir wurden eingelassen.

»Man sollte meinen, die Leute wären vorsichtiger«, sagte sie, während wir die Treppen in den vierten Stock hinaufstiegen. Als ich im zweiten und dritten Stock eine Pause einlegen mußte, runzelte sie die Stirn, sagte aber nichts.

Sie klopfte energisch an Stephanie Adams Tür und machte sich so breit, daß Stephanie mein verunstaltetes Gesicht nicht durch den Spion entdecken konnte.

»Miss Adams, ich heiße Felicia Randall und bin Reporterin. Ich würde mich gerne mit Ihnen unterhalten. Es geht um Ihren Bruder.«

Nach einer Weile öffnete sich die Tür einen Spalt, so weit, wie

es die Sicherheitskette zuließ. Im Hintergrund weinte ein Kind.
»Ich habe nichts mit meinem Bruder zu schaffen.« Die Tür ging wieder zu, doch Felicia klemmte ihren Fuß dazwischen.
»Darf ich hereinkommen? Bitte, es ist sehr wichtig.«
Es dauerte wiederum eine Weile, bis die Kette entriegelt und die Tür geöffnet wurde. Eine unansehnliche Frau um die fünfundzwanzig stand uns gegenüber. Alles an ihr war dünn: ihr braunes Haar, ihr Gesicht, ihre Figur. Sie trug ausgewaschene Jeans und einen Baumwollpullover. Als sie mein Gesicht sah, runzelte sie die Stirn, führte uns aber in ein kleines, spärlich möbliertes Zimmer: ein Sofa, über das eine Decke gebreitet war, ein Schreibtisch, der als Eßtisch herhalten mußte. Stephanie schaltete den Fernseher aus und bat uns, auf dem Sofa Platz zu nehmen.
»Was hat er jetzt wieder angestellt?« fragte sie mit dünner Stimme.
»Nichts«, antwortete ich. »Wir hätten gerne ein paar Informationen über seinen Freund Shark. Ich habe gehört, daß sie oft zusammen herumziehen.« Ich lächelte beruhigend und hoffte, daß es ihr dadurch leichter wurde, den guten Kern hinter meiner lädierten Fassade zu entdecken.
Stephanie setzte sich auf die einzige andere Sitzgelegenheit im Zimmer, einen Stuhl, zündete sich eine Zigarette an und inhalierte wie eine Frau, die wenig Anlaß zur Freude im Leben hatte. Das war mein Stichwort, und ich zündete mir auch eine an. Der Aschenbecher auf dem Tisch quoll bereits über. Felicia wedelte sich demonstrativ den Rauch aus dem Gesicht.
»Ich habe Max seit Wochen nicht gesehen. Als er das letzte

Mal hier auftauchte, wollte er Geld. Als ob ich was hätte, bei meiner Sozialhilfe.«
»Hat er gesagt, wofür er das Geld brauchte?« fragte ich.
»Nein, ich habe ihn nicht gefragt.«
»Sie haben ihm also nichts gegeben?« fragte Felicia.
Stephanie schnaubte. »Keinen Penny bekommt der von mir, selbst wenn ich im Lotto gewinne. Mein Bruder ist nicht die Luft wert, die er atmet. Es wird Ihnen schwerfallen, jemanden zu finden, der anderer Meinung ist.«
»Trotzdem halten Sie den Kontakt?«
»Nein, wir ›halten keinen Kontakt‹. Er ruft ab und zu an, meistens, wenn er etwas von mir will. Ich sage nein, und dann höre ich bis zum nächsten Mal nichts mehr von ihm.«
Ein kleines, jammerndes, nur mit einem T-Shirt bekleidetes Kind lief durchs Zimmer. Die Tränen auf seinen Pausbacken waren getrocknet. Zerstreut strich Stephanie dem kleinen Mädchen mit dem Finger über das Gesicht. Das Kind starrte Felicia und mich an. Ich wackelte mit den Fingern und schnitt eine Grimasse. Sie drehte sich weg.
»Kennen Sie Max' Freund Shark?«
»Shark? Was ist mit ihm?«
»Wir müssen mit ihm reden. Wissen Sie, wo er wohnt?«
Sie blies den Rauch aus. »Sehe ich aus wie eine Auskunft?«
»Es ist sehr wichtig, daß wir ihn finden.« Felicia fächelte schon wieder mit den Händen vor ihrem Gesicht herum.
»Er hat in der Summerhill-Siedlung gewohnt, aber soweit ich weiß, ist er ausgezogen.«
Stephanie seufzte. »Hören Sie, ich kann Ihnen wirklich nicht helfen. Ich weiß nicht, warum Sie hierhergekommen sind. Mit meinem Bruder habe ich nichts zu tun. Mit ihm nicht und auch

nicht mit seinen Freunden. Es fällt mir schon schwer genug, mich selbst über Wasser zu halten. Je eher ich Leute wie ihn los bin, desto besser für mich und das Kind. Gott, ein Kind mit so gut wie gar nichts aufzuziehen, ist schon schwer genug, da kann ich mich nicht auch noch um die ganze Scheiße kümmern, die mein Bruder so verzapft.«

»Wann haben Sie Ihren Bruder zum letzten Mal gesehen?« bohrte Felicia nach.

»Ich dachte, ich hätte mich bereits klar ausgedrückt: Ich weiß es nicht mehr.« Stephanie stand auf und zeigte auf die Tür. »Wenn Sie nichts dagegen haben. Ich habe zu tun.«

Ich ließ ihr meine Karte da und bat sie, mich anzurufen, wenn ihr etwas einfiele.

»Das war das«, sagte ich zu Felicia, als sie ihren Wagen mit einem kleinen automatischen Gerät entriegelte.

»Sie hat gelogen«, sagte sie.

»Worüber?«

»Was weiß denn ich, worüber, Ridley? Ich weiß nur, daß sie gelogen hat. Für so etwas habe ich einen Riecher. Und übrigens, hast du dir ihre Füße angeschaut?«

»Was war mit denen?«

»Sie waren winzig – bestenfalls Größe 37 – und hinter der Couch standen ein paar Turnschuhe, die mindestens Größe 43 hatten. Ich kaufe ihr diesen ganzen Alleinerziehendenquatsch nicht ab.«

»Vielleicht hat sie geglaubt, wir wären Spitzel vom Sozialamt.«

»Vielleicht.« Den Rest der Fahrt verbrachten wir schweigend.

»Schlaf dich aus,« sagte sie, als sie mich bei mir absetzte.

Ich wartete, bis sie weg war, und nahm dann ein Taxi zum Rover.
Dean arbeitete nicht an diesem Abend. Ansonsten sah die Kneipe genauso aus, wie ich sie in Erinnerung hatte. Die Musik war unerfreulich laut, und in einer Ecke wurde temperamentvoll Dart gespielt. Beim Barkeeper machte ich auf cool und bestellte einen Scotch.
»War Shark schon da?« Der Barmann war ein schwarzes Muskelpaket von mindestens einen Meter neunzig.
»Warum?«
»Ich suche ihn.« Ich nippte an meinem Scotch. Der Knauser hatte ihn mit Wasser verdünnt.
»Tja, er ist nicht hier, und ich bin nicht seine Mutter.«
»Und Max Adams – war der hier?«
»Nee.« Er ließ mich stehen.
Ich stieg auf Bier um, hockte mich hin und wartete. Bis halb elf passierte nichts, dann wurde es plötzlich still.
Es war wie im Western. Der Revolverheld betritt den Saloon, und alle, vom Falschspieler bis zur Nutte, unterbrechen das, was sie gerade tun. Natürlich war es ein Zufall, daß die Musikbox gerade in dem Moment aufhörte zu spielen, in dem Detective Inspector Roger Fitzgerald die Kneipe betrat, aber es machte seinen Auftritt dramatischer, als er es sich gewünscht hätte. Es war nicht Fitzgeralds Fehler, wirklich nicht. Er war in Zivil, aber man hätte ihn wie Coco den Clown anziehen können, und er hätte immer noch wie ein Bulle ausgesehen.
Er ging zur Theke, bestellte ein Bier und inspizierte den Raum. Sein Blick fiel auf mich.
»Was machst du hier?«

»Hoffe auf das große Glück.«
»Verpiß dich, Ridley.«
»Ist ein freies Land, Roger, obwohl ich weiß, daß du das am liebsten ändern würdest.« Ich trank mein Bier aus. Eigentlich hätte ich mir denken können, daß, nachdem die ganze Welt und selbst seine Frau wußten, daß Shark sein Bier im Rover trank, die Wahrscheinlichkeit hoch war, daß auch er früher oder später hier auftauchen würde.
Glücklich und zufrieden ging ich heim. Ich hatte mir ausgerechnet, daß die Chance, dreimal in einer Woche aufgemischt zu werden, verschwindend gering war.

»Dad, ich bin's.«
»Hey, wie geht's, mein Junge?« Ich versuchte fröhlich zu klingen. Ich war nicht fröhlich.
»Mama sagt, ich darf nur zehn Minuten mit dir sprechen.«
»Ist schon okay, Telefonieren ist teuer. Hast du meinen Brief bekommen?«
»Nein.«
»Er wird bald ankommen.« Ich konnte ihn auf der Sessellehne liegen sehen, wo ich ihn abgelegt hatte. Das Schuldgefühl versetzte mir einen Stich. »Wie läuft's denn so?«
»Grants Kinder nennen mich einen Britenbastard.« Marys Mann hatte zwei Kinder aus erster Ehe, die in Sydney lebten. »Sie machen sich über meinen Akzent lustig. Ich habe doch keinen Akzent, Daddy, oder?«
»Das ist eine unerhörte Frechheit. Dein Englisch ist so gut wie das der Queen.«
»Die Queen mögen sie hier auch nicht besonders.«
»Ah ja. Und was macht die Schule?«

»Die ist okay.« Einen Moment lang herrschte Schweigen. Ich konnte seinen Atem durch die Leitung hören und eine Traurigkeit breitete sich in mir aus, die kaum zu ertragen war.
»Dad?«
»Ja?«
»Hier gibt es auch Minzbonbons, aber irgendwie sind das auch nicht dieselben. Alles ist anders hier.«
Ich kannte das Gefühl. Ich zündete mir eine Zigarette an. Das hilft, wenn man sich zusammenreißen muß. Ich nahm einen tiefen Lungenzug linderndes Nikotin.
»Soll ich dir unsere Minzbonbons schicken?«
»Ist schon gut. Ich werde mich daran gewöhnen.«
Die zehn Minuten vergingen wie zwei, und ich hörte, wie Mary ihn aufforderte, einzuhängen.
»Also, tschüß dann.« Es klang, als wäre er den Tränen nahe.
Zum Glück hatte ich daran gedacht, meinen Vorrat an Black Label aufzustocken. Das erste Glas trank ich auf Marlowe. Bei den restlichen weiß ich es nicht mehr genau.

Nach dem Trinken kam der Kater so sicher wie der Morgen. Ich verzichtete auf das Frühstück und nahm den Bus zur Arbeit. Ich setzte mich nach unten, um meinen Magen nicht allzusehr auf die Probe zu stellen.
»Sieht aus, als hätten die Bullen deinen Kumpel Shark gefunden«, sagte Lyall, während ich mir die Schläfen massierte. Er brachte mir einen Kaffee.
»Ach ja? Und wo?«
»In einem Container im Queens Park.«

22

Mein durch schweren Alkoholmißbrauch gebeuteltes Gehirn brauchte eine Weile, um diese Information zu verarbeiten.

»Er ist tot?«

»Falls er nicht Jesus ist.« Lyall gab mir einen Ausdruck der Meldung. Es stand nicht viel mehr drin, als er mir bereits gesagt hatte. Man hatte die Leiche gefunden, und Sonny Harkness – Shark für seine Freunde – hatte Elaines Brieftasche bei sich. Er war siebzehn Jahre alt.

Ich rief Charlie an.

»Wie hängt das zusammen?«

»Scheiß Ridley«, seufzte er. »Hast du kein Zuhause?«

»Es muß da eine Verbindung geben. Er hat gesehen, wer Elaine York umgebracht hat.«

»Sicher. Und der Papst und die verdammte Königin-Mutter waren zusammen in der Kiste.«

»Klingt überzeugend.«

Charlies Geseufze wurde langsam zur dummen Angewohnheit. »Wenn das ein Krimi von Ellery Queen wäre, vielleicht. Hör zu, dieser Babyhai Sharky schuldete – und das ist nicht nur ein Wortspiel – einem ausgewachsenen Kredithai namens Rufus Geld. Eine Menge Geld. Und Rufus' Rückzahlungsmodalitäten sind – ich will es mal vorsichtig formulieren – weniger flexibel als die bei der Bank. Shark hatte ein paar Deadlines ausgelassen, und rate, was die Folge war? Die letzte Deadline hatte ihn nicht ausgelassen. Sie haben seine Fingerabdrücke überall in der Wohnung gefunden. Er wollte sie höchstwahrscheinlich ausrauben, aber es hatte sich kaum gelohnt, also versuchte er, sobald er von der Belohnung erfahren hatte, ein bißchen Geld bei der Schwester herauszuschlagen. Aber er war ein armseliger Penner, und Rufus hatte ihn schließlich am Arsch.«

»Was ist mit Rufus?«

»Der hat 'ne Abokarte für den Alibi-Bringdienst. Hat sich, soweit ich weiß, sogar vom Erzbischof von Canterbury ein Führungszeugnis ausstellen lassen.«

»Und das war's dann? Alles wieder bester Ordnung?«

»Nein, das ist es verdammt noch mal nicht, Ridley. Wir haben uns an den Kerl rangehängt und hoffen, daß wir ihn knacken. Falls nicht, klopfen wir ihm so lange auf die Finger, bis er auch nur den kleinsten Fehler macht. Wenn er sich das nächste Mal weigert, einer alten Frau über die Straße zu helfen, wird er sich in den Gemächern Ihrer Majestät wiederfinden. Du kannst auch Knast dazu sagen.«

Ich legte auf. Es gab ein Menge, worüber ich nachdenken mußte, aber Felicia ließ mir keine Zeit dazu.

»Morgen ist Tag der Aromatherapie.« Sie reichte mir einen Stapel Papiere, auf denen ein Name stand.

»Ich werde mir den Tag im Kalender anstreichen.«

»Besorge mir bloß ein Interview, Ridley, und erspare mir deine geistreichen Bemerkungen.«

In einem günstigen Augenblick verdrückte ich mich unauffällig und brachte den Brief an Simon zur Post. Dann machte ich mich auf den Weg nach Maida Vale, um Deborah McGuinness zu interviewen, die Aromatherapeutin der Schönen und Reichen.

In den Spätnachrichten wurde bekanntgegeben, daß die Polizei den Mord an Shark untersuchte. Von einer Verbindung zum Mord an Elaine war nicht die Rede. Nichts, was gemeldet wurde, bot auch nur annähernd eine Antwort auf eine meiner Fragen. Ich mußte mit Rufus dem Kredithai sprechen. Mal sehen, was er zum Tod von Shark zu sagen hatte. Ich beschloß, das Orakel zu befragen.

»Glaub's mir, Sam, du wirst dich nicht mit Rufus unterhalten wollen.«

»Dean, wie lange kennen wir uns jetzt schon? Tu einfach einem alten Freund einen Gefallen.«

Sie sah mich mit zusammengekniffenen Augen an. Die Musik stellte die Statik des Rover auf eine harte Probe. Ich schlürfte meinen Scotch.

»Er wird dich nicht sehen wollen. Ich sag's dir im guten.«

»Du kennst ihn?«

»Er genießt hier einen gewissen Promi-Status.«

»Sag mir nur, wo er wohnt. Den Rest erledige ich selber.«

Sie holte ein Mobiltelefon unter der Theke hervor.

»Na gut, ich rufe ihn an. Mal sehen, was sich machen läßt.«

Sie drehte sich weg, so daß ich nicht verstehen konnte, was sie sagte. Mich wunderte, daß sie überhaupt etwas verstand, so laut, wie die Musik spielte. Eine Minute später drehte sie sich wieder zu mir.

»Hab mich geirrt. Er sagt, du sollst vorbeikommen.« Sie gab mir eine Adresse in der Hereford Road.

23

Ein Häusermakler war gerade dabei, das Haus von Rufus in Wohnungen zu unterteilen. Es war noch nicht fertig gestrichen, und auf dem Bürgersteig davor stand ein Container mit Bauschutt. Ein Teil der Ausstattung war jedoch schon angebracht: ein überdimensionierter Türklopfer in Form eines Delphins. Ich packte ihn beherzt an der Schnauze. Ein vierschrötiger, muskelbepackter Gentleman in einem karierten Anzug öffnete die Tür. Er war offensichtlich neu in dem Beruf und hatte im Handbuch das Kapitel über den höflichen Empfang von Gästen noch nicht gelesen.

»Yeah?« blaffte er, und behielt einen Fuß hinter der Tür, damit ich nicht einfach hineinstürmen konnte.

»Ich möchte mit Rufus sprechen.«

»Name?«

»Ridley. Er erwartet mich.«

Der bullige Butler führte mich durch einen kurzen Flur. Im Haus roch es nach frischer Farbe und Lack. In den Zimmern, in die ich hineinsehen konnte, befand sich noch kein einziges Möbelstück. Der Teppich war so dick, daß mir beim Gehen die Wadenmuskeln schmerzten. Ich wurde in ein kleines Zimmer mit Blick auf den beleuchteten Garten geführt.

»Mr. Ridley, freut mich, Sie kennenzulernen.« Ein schlanker Mittvierziger kam mir mit ausgestreckten Armen entgegen.

»Mr. Rufus, wie geht es Ihnen?«
»Einfach Rufus«, sagte er. »Wie Madonna.« Er lächelte. An seinem linken Schneidezahn blitzte ein Diamant. Der Mann hatte Stil.
»Whisky?«
»Bevor ich mich schlagen lasse.«
»Ich schlage niemals«, sagte Rufus und ging zu einer hervorragend bestückten Bar. »Dafür habe ich Personal.« Vorsichtig schüttete er uns zwei gut bemessene Drinks ein.
»Setzen Sie sich doch.« Er führte mich zu einem Chesterfieldsofa, Leder natürlich. Zu Jeans und Cowboystiefeln trug er ein unpassendes, gestreiftes Anzughemd mit Krawatte. Beim Sprechen kaute er die Silben wie ein Straßenjunge, meist ein untrügliches Zeichen, daß der Sprecher seine teure Internatsbildung herunterspielen will.
Rufus pflanzte sich in einen schweren Ledersessel und legte die Füße auf einen großen Mahagonischreibtisch. Damit waren alle im Zimmer befindlichen Möbel in Beschlag genommen. Die Stiefel hätten gut ein paar neue Sohlen vertragen können.
»Warum wollten Sie mich sprechen?« fragte er und schwenkte träge sein Whiskyglas.
»Letzte Woche hatte ich eine Unterhaltung mit einem Kerl namens Shark. Er hat Ihren Namen erwähnt.« Das war gelogen, aber das brauchte Rufus ja nicht zu wissen.
»Hat er das? Wie interessant.«
»Es ging um Geld, das er Ihnen schuldete.«
Rufus wartete, daß ich weiterredete.
»Er erzählte mir von einer Idee, wie er das Geld zurückzahlen könnte.«

»Und die wäre?«
»Er sagte, er sei Zeuge eines Mordfalls gewesen.«
Rufus leerte sein Glas.
»Wie hätte er damit seine Schulden begleichen können? Angenommen, er hätte welche.«
»Die Angehörigen der ermordeten Frau haben eine Belohnung für sachdienliche Hinweise ausgesetzt – zwanzigtausend Pfund.«
»Nun ja, das ist hochinteressant, Mr. Ridley, aber, ähm, was hat das alles mit mir zu tun?«
»Man hat mir gesagt, daß Shark bei Ihnen in der Kreide stand. Und, wie Sie sicher wissen, vermutet die Polizei, daß er wegen dieser Schulden ermordet wurde. Freitagabend hatte ich mich mit Shark treffen wollen, aber er ist nicht gekommen. Erst habe ich gedacht, daß er mich einfach auf den Arm nehmen wollte, aber nachdem ich mir die Sache noch mal gründlicher durch den Kopf gehen lassen habe, ist mir was Plausibleres eingefallen.«
»Ach, wirklich?«
»Woran war einem jungen Mann ohne Arbeit und mit hohen Schulden wohl am meisten gelegen? Einem verzweifelten jungen Mann mit einem verzweifelten Plan? Was hätte diesen verzweifelten jungen Mann davon abhalten können, sich mit der Person zu treffen, die ihm höchstwahrscheinlich zu zwanzigtausend Pfund verhelfen konnte?«
Rufus fletschte die Zähne. Manche hätten es ein Lächeln genannt. »Ich gebe auf. Sagen Sie es mir.«
»Ein Treffen mit seinem Schuldner, Rufus. Ich denke, er mußte um Zahlungsaufschub bitten. Und ich bin davon überzeugt, daß er bei diesem Treffen erzählt hat, was er gesehen

hat, das so viel Geld wert ist. Als Sicherheit sozusagen. Korrigieren Sie mich bitte, wenn ich mich irren sollte.«
Rufus nahm die Füße vom Tisch.
»Mr. Ridley, wollen Sie damit behaupten, daß ich in einer Mordsache der Polizei meine Mitarbeit vorenthalten würde? Sie kränken mich.«
»Warum sollten Sie der Polizei helfen? Sie würde Ihnen kaum glauben. Man würde dort sagen: »Der Mann tut alles, um seinen eigenen Hals zu retten.« Besonders, weil Sharks Tod so viele Ungereimtheiten mit einem Mal beseitigt. Der Polizei paßt es nicht in den Kram, Ihnen zu glauben, Rufus. Ich jedoch würde mir Ihre Geschichte ganz unvoreingenommen anhören.«
Rufus ließ das Eis in seinem Glas rotieren. Ein träges Lächeln schlich über sein Gesicht.
»Lieber Mr. Ridley, ich sollte Ihnen sicher dankbar sein, daß Sie so auf mein Wohl bedacht sind, aber es tut mir leid, ich kann Ihnen nicht weiterhelfen. Ich habe Shark seit Wochen nicht gesehen.«
»Die Polizei behauptet, er schuldete Ihnen Geld.«
»In dem Fall hätte seine Ermordung doch die Wahrscheinlichkeit, meinen Einsatz zurückzubekommen, nur verringert, oder nicht? Er stellte das schwere Whiskyglas auf einen ledernen Untersetzer. »Das habe ich auch denen von der Polizei gesagt, aber ich fürchte, Sie haben recht, sie haben mir nicht geglaubt.«
Er erhob sich, um anzudeuten, daß das Gespräch für ihn beendet war. »Gott sei Dank gibt es so etwas wie Beweislast, Mr. Ridley.« Er wies mir die Tür.

Zu Hause hatte ich eine Nachricht von Terry Wigan, dem Fensterputzer und früheren Arbeitgeber von Shark, auf dem Anrufbeantworter.

»Sam. Hier ist Terry – ich hasse diese verdammten Apparate. Egal … Hab noch mal über unser Gespräch nachgedacht, und mir ist ein Typ namens Mitchell eingefallen, John Mitchell. Weiß nicht, ob das für Sie jetzt noch von Interesse ist, da der kleine Bastard tot ist. Ich habe jedenfalls seine Nummer. Shark hat sich auf ihn berufen, als er mich nach Arbeit fragte.« Er gab die Nummer durch, und ich notierte sie mir.

Ich sah auf die Uhr. Die Nacht war noch jung. Ich rief John Mitchell an.

Ich hatte Glück. Beim ersten Klingeln hob er ab. Ich sagte ihm, daß ich an Informationen über Shark interessiert sei.

»Ich möchte nicht genannt werden«, sagte er.

»Es geht mir nur um die Hintergründe.«

»Gut. Ich bin gerade auf dem Weg zum Sport, aber in anderthalb Stunden habe ich Zeit für Sie.«

Er sagte mir, wo ich ihn finden konnte. Mein treuer Renault brauchte Auslauf, also weckte ich ihn aus seinem Winterschlaf und fuhr nach Acton.

Mitchells Sporthalle befand sich in einer ehemaligen Lagerhalle. Es war das sportliche Äquivalent zu einem Tante-Emma-Laden. Keine Schwarzen Bretter, an denen Wasser-Aerobic oder Wiedergeburtskurse angeboten wurden, keine gelenkigen jungen Dinger in Stretchtrikots. Nur ein großer Raum mit einem Boxring und einem kleineren Raum an der Seite, in dem Gewichte herumlagen.

Ich schaute mich um. John Mitchell war leicht zu erkennen, da der Name auf sein Trikot genäht war. Er trainierte gerade mit Hanteln von der Größe eines Kleinwagens. Ich beobachtete aus der Entfernung, wie er schnaufte und stemmte, bis sein Gesicht puterrot anlief. Er war kleiner als ich, wog aber mindestens das Doppelte. Das Gestemme brachte seine Muskelstränge prima zur Geltung. Tief beeindruckt schaute ich ihm zu und wartete.

Ein paar Minuten später bemerkte Mitchell, daß ich da war. Er trocknete sich Hände und Gesicht mit einem Handtuch und kam herüber, um mir die Hand zu schütteln.

»Ich habe genug für heute. Wie wär's mit 'nem Bier?«

Nachdem er sich geduscht und umgezogen hatte, gingen wir in die Kneipe auf der anderen Straßenseite.

Er bestellte zwei Pints. Ich bezahlte.

»Trinken wir auf Shark, wo immer er sein mag«, sagte er leise. »Verdammter Idiot. Es war nur eine Frage der Zeit, daß er in der Leichenhalle enden würde.«

»Wieso das?«

»Die Typen, mit denen er rumhing. Die Sachen, die er gemacht hat. Er war voll auf der schiefen Bahn. Seit sein Vater durchgebrannt war. Seine Mutter kam nicht mit ihm zurecht. Seit seinem zwölften Geburtstag war er nicht mehr zu bändigen.«

»Ich habe mit Shark gesprochen, bevor er gestorben ist. Ich habe ihn bei einer Recherche für eine Story über Summerhill getroffen, und später hatte er mich angerufen, weil er mir Informationen über den Mord an Elaine York zukommen lassen wollte. Er war scharf auf die Belohnung.«

»Typisch.« John nahm einen Schluck Bier und wischte sich mit dem Handrücken den Schnurrbart. »Shark balancierte immer am Abgrund und schmiedete Pläne, an das große Geld

zu kommen. Es kam ihm nie in den Sinn, sich verdammt noch mal einen Job zu suchen.«
»Die Polizei behauptet, er hätte Schulden bei einem Kredithai gehabt.«
John zuckte die Schultern. »Würde mich nicht wundern.«
»Halten Sie ihn für fähig, einen Mord zu begehen?«
»Weiß nicht. Vorsätzlich wahrscheinlich nicht. Aber wenn er in Panik geraten wäre und durchgedreht hätte, wer weiß? Er war ziemlich verkorkst.«
»Woher kannten Sie ihn?«
»Bin mal mit seiner Mutter ausgegangen.«
»Wie lange ist das her?«
»Sagen wir mal so: Damals war sie noch nicht blond.«
»Terry Wigan hat gesagt, sie wäre von Summerhill weggezogen.«
»Yeah, schnappte sich Ehemann Nummer drei, einen Kerl namens Trevor Spandal, und suchte sich neue Weidegründe.«
»Wissen Sie, wo?«
»Irgendwo hier in der Gegend, glaube ich.«
Hinter uns schmiß jemand Geld in die Jukebox. Die ersten Takte von James Browns »Sex Machine« füllten den Raum. Zwei Mädels in kurzen Röcken begannen zu tanzen. John Mitchell betrachtete sie anerkennend. Da war er nicht der einzige.
»Wissen Sie, wo ich seinen Kumpel Max finden kann?«
»Max kenne ich nicht, aber seine Freundin. Sie arbeitet in dem Supermarkt am Queensway. Heißt Jenny. Nachnamen weiß ich nicht mehr, irgend etwas Irisches, glaube ich.«

Zu Hause kippte ich mir noch ein paar mehr hinter die Binde, wachte am nächsten Morgen noch in voller Montur auf und trug dort, wo sonst der Kopf saß, nur noch Schmerz auf den Schultern. Zeit fürs Blue Skies.

Als ich vor Speck und Eiern saß, mußte ich daran denken, daß ich den Wanderpoeten von Westborne Grove schon lange nicht mehr gesehen hatte.

Pat machte sich offensichtlich dieselben Gedanken. »Ich habe Geoffrey seit vier Tagen nicht mehr gesehen. Das sieht ihm gar nicht ähnlich. Ich mache mir Sorgen, daß er nichts Ordentliches ißt. Sie wissen ja, daß er nichts ißt, wenn man ihn nicht daran erinnert.« Sie goß mir Kaffee nach. »Er hat kein Telefon, also kann ich ihn auch nicht anrufen.«

Ich verstand den Wink. »Ich gehe heute abend zu ihm rüber und sehe mal nach.«

»Wir müssen ein paar Storys für nächste Woche vorbereiten«, sagte Felicia. »Selbsterklärend. Lies es dir durch.« Ich nahm die Akte und ging zu meinem Schreibtisch.

Meine Aufgabe bestand darin, ein Studio-Interview zu Pornographie für Frauen auf die Beine zu stellen.

Manchmal verwöhnte einen das Glück.

Ich rief Damien Jay an, einen Regisseur, der einen Porno mit dem Titel *Blue Satin* gedreht hatte.

»So«, sagte ich. »Eine Menge Jungs werden uns um unseren Job beneiden.«

Er lachte nur und erzählte mir, daß er kürzlich seinen Abschluß an einer renommierten Filmhochschule gemacht hatte, aber keine Arbeit finden konnte. Mit den Einnahmen von *Blue Satin* finanzierte er einen weniger geilen Film, den er selbst geschrieben hatte und für den er keine Geldgeber finden konnte. Er versprach, in der Sendung über die Notwendigkeit von einfühlsamer Pornographie für Frauen zu diskutieren, wenn ihm bis zur Ausstrahlung etwas Sinnvolles dazu einfallen würde.

Ich tippte ein paar Fragen für Crosbie in den Computer, druckte sie aus und brachte sie ihr.

»Schääätzchen«, flötete sie, nachdem sie die Fragen überflogen hatte. »Das ist gut. Deine Idee?«

Ich schüttelte den Kopf.

»Du machst dich ganz gut bei uns, finde ich.« Sie lehnte sich zurück und schob sich die Brille auf die Nasenspitze. »Wie gefällt's dir hier?« Crosbie hatte eine Gabe, zu lügen, ohne mit der Wimper zu zucken, die man oft bei Moderatoren und Politikern findet.

Ich überlegte mir meine Antwort gründlich. Für Menschen, die mit ihr zusammenarbeiteten, war Crosbie ein Witz, aber die Chefs nahmen sie tatsächlich ernst.

»Ach, Crosbie, ich bin noch in der Einarbeitungsphase. Ich muß noch viel lernen, und ich lerne auch wirklich eine Menge«, sagte ich, und das stimmte sogar.

Crosbie gab sich damit zufrieden. Sie rückte die Brille wieder gerade. »Gut, gut.« Nach dem zweiten »gut« nahm sie wieder das Skript in die Hand. Meine Audienz war beendet.

Nach der Arbeit ging ich zum Supermarkt im Queensway, um mit der Freundin von Max zu sprechen.

»Kann ich Ihnen behilflich sein?« fragte ein dienstbeflissener Jüngling, als ich im Büro nach Jenny fragte. Sein Namensschild wies ihn als Leonard Anderson aus, stellvertretender Geschäftsführer für die Abendschicht.

»Das will ich doch hoffen.« Der irische Akzent gelang mir recht leidlich. »Ich suche nach meiner Cousine Jenny. Oonagh hat mir ihre Adresse gegeben, bevor ich von Cavan losfuhr, aber sie hat sie auf einen kleinen Zettel geschrieben, und, es ist mir peinlich, das sagen zu müssen, tja, ich hab sie verloren, ehrlich. Jetzt weiß ich nicht, wie ich Verbindung zu ihr aufnehmen kann. Ist 'n echtes Problem. Sehen Sie, ich habe einen Früchtekuchen von Oma O'Dowd dabei – jedes Jahr backt sie einen für Cousine Jenny, und wer auch immer von der Familie nach London kommt, nimmt ihn für sie mit. Ich muß sie also möglichst bald finden. Nun, ich weiß schon, was Sie sagen wollen: Warum rufe ich nicht einfach Oonagh in Cavan an und laß mir die Adresse noch einmal geben? Aber, sehen Sie, das Problem ist, sie ist stocktaub. Sie hört nie, wenn das Telefon klingelt, weiß der Himmel, warum sie überhaupt eins hat, und Sie sollten sie mal schimpfen hören, wenn die Rechnung kommt! Aber meldet sie es deswegen ab? Eher läßt sie sich den Kopf abschneiden.«
Der Hilfsgeschäftsführer wirkte nicht ganz überzeugt. Er schaute streng, halb spöttisch, halb mißtrauisch. Er wußte nicht, was er tun sollte, und griff zu einem altbewährten Rezept – er vermittelte mich weiter.
»Liz, wann hat Jen das nächste Mal Dienst?«
»Morgen um acht«, sagte die Frau an der Kasse.
»Wenn Sie mir Ihre Privatadresse geben würden, könnte ich Omas Kuchen vorbeibringen. Es würde ihr das Herz brechen, wenn er trocken wäre, bevor ...«
»Kommen Sie morgen wieder, mein Freund«, sagte der Hilfschef. »Und kommen Sie nicht auf dumme Gedanken, sonst rufe ich die Polizei.«

Ich erinnerte mich daran, daß ich Pat versprochen hatte, bei Geoffrey vorbeizuschauen. Er wohnte ganz in der Nähe vom Queensway in Queen's Gardens. Eine schicke Straße, bis auf das Haus, in dem Geoffrey wohnte, an dem der Eigentümer in den letzten zwanzig Jahren nichts mehr gemacht hatte. Mir kam dieser Umstand sehr zustatten. Man brauchte nur eine Plastikkarte, und schon standen einem alle Türen offen. Ich mußte diesen Weg wählen, da niemand auf mein Klingeln reagierte. Ich stieg drei Treppen hoch und klopfte an Geoffreys Tür.

»Geoffrey, ich bin's, Sam.«

Ich klopfte fester. »Geoffrey, bist du da?«

Ich klopfte noch einmal. Ich drückte gegen die Tür, sie öffnete sich. In der Wohnung war es kalt wie in einer Grabkammer. Geoffreys Schlafzimmer lag geradeaus. Es war leer. Im Wohnzimmer war Geoffrey auch nicht. Ich versuchte es in der Küche und ging dann nach hinten zum Badezimmer. Ich ging langsam. Ich hatte Angst vor dem, was ich vielleicht finden würde.

24

Er lag halb nackt im Badezimmer, das Fenster weit geöffnet. Ein unbestimmbares Summen drang aus dem Inneren seines Körpers. Er war wie in tiefer Trance. Ich blieb stehen, wollte ihn nicht erschrecken. Leise rief ich seinen Namen. Keine Antwort.
Ich näherte mich und legte ihm vorsichtig die Hand auf die Schulter. Er stieß ein langgezogenes Jaulen aus, wie ein verletztes Tier. Dann begann er zu brabbeln, sinnlose Sätze, wie die letzten Worte eines alternden Propheten, bevor er seinem Gott gegenübertreten mußte. Entsetzt schaute ich zu, wie er sich auf seine Knie setzte und sich vor- und zurückwiegte. Er schien mich immer noch nicht zu bemerken. Ich suchte nach dem Telefon, erinnerte mich, daß er keines besaß, ging ein Stockwerk tiefer und hämmerte an die Tür eines Nachbarn. Ein junger Mann öffnete.
»Mein Freund, der über Ihnen wohnt, ist sehr krank. Darf ich Ihr Telefon benutzen?«
Er nickte stumm und führte mich durchs Wohnzimmer. Auf dem Boden standen eine Flasche Champagner, zwei Gläser und ein Teller mit Essensresten.
»Das Telefon steht im Arbeitszimmer.« Er zeigte mir den Weg. In dem Zimmer stand genug Technologie herum, um einen bemannten Mondflug zu koordinieren. Computer, Drukker, Fax, Keyboard und eine teure skandinavische Stereoanlage.

»Da ist es.«
»Jerry? Was ist los?« rief eine Stimme aus dem Nachbarzimmer.
Jerry verschwand und kam kurz darauf mit einem anderen jungen Mann zurück. Beide trugen Levis und weiße T-Shirts. Ich rief meinen Hausarzt an. Er war gerade auf einer Dinner-Party.
»Ridley, die Zeiten, in denen ich Hausbesuche gemacht habe, sind längst vorbei.« Die Party war ein förmlicher Empfang mit vielen wichtigen Leuten, die Nettigkeiten über ihre Frauen, Ziegenkäsegratin und sonnengetrocknetes Tomatensugo austauschten.
»Dann sagen Sie mir doch um Himmels willen wenigstens, was ich machen soll. Er zittert am ganzen Leib und hat vermutlich seit Tagen nichts gegessen. Für mich sieht das aus wie eine Art Nervenzusammenbruch.«
»Bringen Sie ihn ins Krankenhaus«, sagte er und legte auf.
»Erinnern Sie mich daran, meinen Hausarzt zu wechseln, sobald das Ganze hier vorbei ist«, sagte ich zu Jerry. Er stellte mir Mike vor.
»Wir nehmen meinen Wagen.« Mike hüpfte auf einem Bein, während er sich die Stiefel anzog. Jerry und ich gingen zurück zu Geoffrey. Er lag inzwischen, erschöpft und frierend, ruhig auf dem Boden. Wir hoben ihn so vorsichtig wie möglich hoch und trugen ihn hinunter. Draußen lehnte Mike wartend am Radkasten eines japanischen Kleinbusses, eins von den Modellen, in denen man vierzehn Personen unterbringen kann und immer noch genügend Platz für den Billardtisch bleibt. Er hatte die Rückbank umgeklappt, und wir schoben Geoffrey hinein. Der Bus war so groß, daß er ausgestreckt liegen konnte.

Jerry rannte noch einmal zurück in die Wohnung und holte eine Decke und ein Kissen.
Wir brachten ihn zur Notfallaufnahme im St. Mary's Hospital, wo wir Glück im Unglück hatten. Ein abgespannter junger Arzt warf einen Blick auf ihn und ließ ihn auf eine Bahre legen.
»Wir werden ein paar Tests durchführen«, sagte er, während Geoffrey abtransportiert wurde. Ich ging zur Rezeption und kümmerte mich um den bürokratischen Kleinkram. Mike und Jerry machten sich auf die Suche nach Kaffee. Ich erzählte der Dame an der Aufnahme alles, was ich über Geoffrey wußte, aber es war nicht sehr viel. Dann rief ich im Blue Skies an, um Pat eine Nachricht zu hinterlassen. Mike und Jerry kamen mit drei Plastikbechern Kaffee und ein paar keimfrei versiegelten Keksen zurück.
»Ich hatte ihn seit ein paar Tagen nicht mehr gesehen«, sagte Jerry, »aber ich bin nicht auf die Idee gekommen, daß etwas nicht in Ordnung sein könnte.«
»Der wird wieder«, sagte ich. »Geoffrey ist zäh wie Leder.«
Eine halbe Stunde später kam der junge Arzt zurück.
»Ihr Freund hat Glück, daß er sich keine Lungenentzündung eingefangen hat. Er braucht jetzt absolute Ruhe, es hat also keinen Sinn, daß Sie hier warten. Am besten kommen Sie morgen wieder.«
Mike und Jerry fuhren heim. Ich hielt Ausschau nach einem Taxi, aber da sich keines blicken ließ, machte ich mich zu Fuß auf den Weg. Es war ein lauer Abend, und die Bürgersteige waren naß, obwohl die Luft trocken war – mein Lieblingswetter in London. Ich schlenderte durch die Straßen und dachte darüber nach, wie das ist, wenn man Menschen verliert, die man liebt.

Samstagmorgen warf ich meinen treuen Renault an. Vielleicht sieht er ein bißchen heruntergekommen aus, aber er startet beim ersten Mal, immer. Um zwanzig nach acht hielt ich vor dem Supermarkt, in dem Jenny, die Freundin von Max, arbeitete. Ich parkte widerrechtlich (in dieser Stadt ist das so ziemlich die einzige Möglichkeit) und ging hinein. Es saß nur eine Frau an der Kasse. Schwarz schimmerndes, lockiges Haar und schwarz schimmernde Haut. Kein Wunder, daß ich die Geschäftsleitung mit meiner gestrigen Vorstellung so wenig beeindrucken konnte.

»Jenny?«

Sie schaute leicht verwirrt, wie man es zu tun pflegt, wenn man von jemandem beim Namen genannt wird, den man noch nie gesehen hat. »Ja?«

Ich stellte mich vor.

»Ach, Sie sind der Spinner von gestern.«

»Ich muß mit Ihnen reden. Können Sie sich ein paar Minuten freimachen?«

»Leider nein. Sie klingen nicht besonders irisch.«

»Tja, wissen Sie, bin schon lange weg von der Heimat. Es geht um Max.«

»Max hat nichts getan«, sagte sie abwehrend.

»Habe ich auch nicht behauptet. Ich muß ihn wegen seines Freundes Shark sprechen, der diese Woche ermordet worden ist. Es ist sehr wichtig.«

Jenny begutachtete die Schlange, die sich inzwischen hinter mir gebildet hatte. Entschlossen dreinblickende Kunden umklammerten ihre Frühstücksflocken mit eisernem Griff. Wenn es nach ihnen ginge, sollte ich tot umfallen oder weitergehen. Ich ging weiter.

Nach einer kurzen Runde durch den Supermarkt war ich zurück, diesmal mit einer Flasche Milch und einem Brot.
»Das macht ein Pfund zehn«, sagte sie. Ich durchwühlte meine Taschen nach dem Geld. »Und ich glaube nicht, daß ich Ihnen helfen kann.«
»Es dauert nur einen Augenblick.«
»Miss Oden, bitte. Da sind auch noch andere Kunden.« Noch so ein junger Angestellter mit Namensschild war herübergekommen. Jenny bedachte ihn mit einem mürrischen Blick. Zustimmendes Gemurmel von der Schlange, die sich hinter mir gebildet hatte.
»Machen Sie doch noch eine andere Kasse auf«, schlug ich hilfsbereit vor. »Sie haben doch noch genügend davon.«
»Hau ab, Mann«, brummte ein verstimmter Käufer.
»Was ist bloß aus dem guten alten Kundendienst geworden?«
Man geleitete mich freundlich, aber bestimmt zur Tür. Vom Bürgersteig aus schaute ich durch die Scheibe hinein. Jenny bediente den Kunden, der hinter mir gestanden hatte. Sie sah hoch und bemerkte, daß ich noch immer da war. Sie seufzte, schrieb etwas auf einen Zettel und gab es dem Kunden, einem strammen Burschen in Radlerhosen.
»Für Sie.« Er gab mir den Zettel, als er mit seinen Einkäufen an mir vorbeikam.
Auf der Karte stand: »The Bottle, 68 Roman Road, Vauxhall«. Darunter hatte Jenny geschrieben: »Ab elf Uhr abends bin ich da.«
Ich rettete den Renault aus den Klauen einer Politesse und fuhr das Westbourne Grove hoch in Richtung Blue Skies, parkte widerrechtlich und ging hinein.
»Heute morgen habe ich im Krankenhaus angerufen. Sie woll-

ten mir nichts sagen.« Pat brachte mir eine Tasse Kaffee an den Tisch.
Ich erzählte ihr, was passiert war.
»Dieser dumme alte Esel.«
»Kein Grund zur Sorge. Der Arzt sagt, es wird wieder.«
»Sie werden behaupten, er ist verrückt, ihn in ein Irrenhaus stecken, und dann wird er wirklich verrückt.«
»Das werden sie nicht, Pat. Erstens werden wir das nicht zulassen, zweitens hat jedes einzelne öffentliche Krankenhaus in diesem Land eine Warteliste von mindestens achtzehn Monaten. In der Zeit haben wir ihm locker falsche Papiere und eine neue Identität verschafft.«
Pat war nicht nach Lachen zumute. Sie ging und holte mein Frühstück.

Ich stellte Milch und Brot, die ich bei Jenny gekauft hatte, in den Kühlschrank. Dann stand ich ein paar Minuten einfach da und bewunderte den Anblick. Das sah gut aus. Gab der Wohnung etwas Anheimelndes.
Um zwei holte ich Pat im Blue Skies ab, und wir fuhren zum Krankenhaus. Es war das erste Mal, daß ich Pat in Zivil sah. Irgendwie beunruhigend. Als wenn man unerwartet den Zwilling eines guten Bekannten treffen würde. In Jeans und Wollpullover sah sie noch zerbrechlicher und dünner aus. Sie hatte eine hellgraue Plastikhandtasche und einen Strauß Blumen dabei.
»Vielleicht sollten wir ihm ein Buch mitbringen«, schlug sie vor. »Er liest doch so gerne.«
Wir hielten an einem Buchladen und wanderten erst eine Weile ziellos zwischen den Regalen umher, bis wir uns einge-

stehen mußten, daß wir keine Ahnung hatten, was wir ihm mitbringen sollten.
»Wahrscheinlich ist ein Buch sowieso das letzte, was er gebrauchen kann«, sagte Pat, während wir wieder ins Auto stiegen. »Wenn er nicht so viele Gedanken im Kopf hätte, wäre das alles wohl kaum passiert.«
Mike und Jerry waren schon vor uns dagewesen und hatten Blumen und einige Dinge aus Geoffreys Wohnung vorbeigebracht. Ein Stapel Gedichtbände lag neben der Bettpfanne auf dem Boden. Der Patient war blaß. Sein linker Arm war an einen Tropf angeschlossen. Als er uns sah, versuchte er, sich ein wenig aufzurichten.
Eine Schwester kam herüber. »Zehn Minuten, und keine Minute länger.«
»Sie behandeln mich wie einen Invaliden«, sagte Geoffrey entschuldigend. »Das ist wirklich nicht nötig. Ich bin so gesund wie immer. Morgen komme ich hier raus.«
Die Schwester legte ihm sanft die Hand auf die Schulter. Sie war jung und süß.
»Sie wissen doch, daß das nicht wahr ist. Ein bißchen länger müssen Sie schon bei uns bleiben.«
»Länger bleiben? Warum um alles in der Welt? Ich war noch nie in meinem Leben im Krankenhaus. Es ist nicht so, daß ich Sie nicht mag, meine Liebe, es ist nur so, daß ich, na ja, ich habe Geschäfte zu erledigen.« Er zupfte an dem Schlauch, der ihn mit dem Tropf verband. Die Schwester versuchte, ihn davon abzuhalten, aber er schob sie zur Seite. Erschrocken wich sie einen Schritt zurück. Geoffrey zog das Pflaster ab.
»Geoffrey!« rief Pat energisch. »Sie tun, was man Ihnen sagt, hören Sie?«

Geoffrey sah Pat verblüfft an, die das Pflaster, das er auf den Nachttisch gelegt hatte, wieder abnahm und an seinen Platz zurückklebte.

»Also«, sagte sie im selben strengen Ton. »Sie werden auf die nette Schwester hören, denn sie weiß am besten, was gut für Sie ist. Der Tropf bleibt, wo er ist. Sam ist gekommen, um Sie zu besuchen. Warum unterhalten wir uns nicht ein bißchen? Oder vielleicht kann Sam Ihnen auch aus einem Ihrer Bücher vorlesen, wenn Sie mögen.«

Zunächst sah es so aus, als wäre Geoffrey eingeschnappt, aber dann fing er sich. Er lehnte sich zurück und ließ die Schwester kontrollieren, ob der Schlauch richtig saß.

Ich ging den Bücherstapel vor seinem Bett durch. Das zweite Buch von oben war eine Gedichtanthologie von William Blake. Ich blätterte, bis ich die »Visionen der Töchter Albions« fand.

Ich las es Geoffrey vor. Das Gedicht ist nicht sehr lang und zum Teil etwas sperrig, aber sehr eindringlich. Ich ließ mich davontragen. Ich selbst war die liebliche Maid Oothoon, klagte zu den Göttern, verfluchte mich, weil ich mit dem falschen Kerl, Bromion, geschlafen hatte, vor allem, nachdem der richtige Geliebte, Theotormon, es herausgefunden hatte und nicht bereit war, zu verzeihen. Als ich geendet hatte, war ich noch so von dem Gedicht gefangen, daß ich gar nicht bemerkte, daß Geoffrey eingeschlafen war.

Abends, auf dem Weg zum Bottle in South London, dachte ich darüber nach, warum Elaine York ihr Kind wohl Albion genannt hatte. Ob sie das Gedicht gekannt hatte? Oder hatte ihr einfach der Name gefallen?

Ich hatte erwartet, daß das Bottle eine Kneipe war, aber es war ein unter einer Eisenbahnbrücke versteckter Club. Kurz nach elf stand ich vor der Tür.

»Wir haben geschlossen«, sagte ein Muskelpaket in schwarzem Leder.

»Ich will zu Jenny Oden.«

Er sah nicht sonderlich zufrieden mit dieser Erklärung aus, ließ mich aber trotzdem hinein. Der Raum war größer, als es von außen den Anschein hatte. Theke, Tanzfläche und eine flache Bühne, auf der ein DJ sein Equipment checkte. Der DJ war Jenny. Sie winkte mir zu und stieg von der Bühne. Wir setzten uns mit zwei Bieren an die Theke.

»Entschuldigung, daß ich Ihnen auf der Arbeit Unannehmlichkeiten bereitet habe.«

»Das hier ist meine Arbeit. Das andere tue ich, um Geld zu verdienen.«

»Wie sind Sie da drangekommen?«

»Ein Kumpel von mir hat hier aufgelegt. Eines Abends war er krank – zu viele bunte Pillen – und ich hab übernommen. Seitdem mach ich das regelmäßig.«

»Wie paßt Max ins Bild?«

»Erklären Sie mir noch einmal, warum Sie ihn sehen wollen.«

Ich erzählte ihr von Elaine York, Sharks Anrufen, Rufus und Mitchell, der mich an sie verwiesen hatte.

»Aber Sie sind kein Bulle?«

»Nein, Reporter. Ich hoffe, daß Sie mir sagen können, wo er ist.«

»Er kann keinen Ärger gebrauchen.«

»Ich auch nicht. Ich will von ihm nur was über Shark wissen.«

Jenny nippte an ihrem Bier und stellte es langsam auf den

Tresen zurück. »Samstags ist er meistens hier. Sie müssen nur auf ihn warten.«

»Wie werde ich ihn erkennen?«

»Kein Problem. Er wird der einzige weiße Bruder außer Ihnen in diesem Raum sein.«

Punkt halb zwölf fing die Musik an.

25

Die Musik war schnell und laut, tausend Trommeln in einer Endlosschleife. Manche Sachen, die Jenny auflegte, erinnerten mich entfernt an Songs aus meiner Zeit, wenn auch stark verwischt, neu abgemischt und zu irrsinnigen Rhythmen aufgepeitscht. Es war so laut, daß die Rippen mitvibrierten. Meine Ohren schmerzten. Ich konnte kaum atmen. Per Zeichensprache bestellte ich beim Barmann noch ein Bier und hielt Ausschau nach Max. Bisher war ich noch immer das einzige Bleichgesicht. Das einzige Gesicht über fünfundzwanzig. Der einzige Körper, der nicht in regenbogenfarbenem Stretch verpackt war.

Sie tanzten wie eine besessene Masse. Mal erotisch, mal hochenergetisch. Mal alleine, mal zu zweit. Sie tanzten, als gäbe es nichts auf der Welt, was sie lieber täten.

»Was ist das für Musik?« fragte ich den Barmann, als Jenny für eine kurze Pause von der Bühne hüpfte.

»Jungle.«

Ich nickte. Nie davon gehört.

Die Tänzer, die sich an der Bar ihre Drinks holten, bevor sie sich wieder in den Mahlstrom stürzten, musterten mich mißtrauisch.

»Sie glauben, Sie sind ein Bulle«, sagte der Barmann. »Sind Sie einer?«

»Wollen Sie mich beleidigen?«

Über eine Stunde lungerte ich hier schon herum. Wenn man

sich erst einmal an den hämmernden Rhythmus und die Lautstärke gewöhnt hatte, war die Musik ganz angenehm.
Um halb eins entdeckte ich Max auf der Bühne: ein hagerer Jüngling mit strähnigem schwarzem Haar, der sich mit Jenny unterhielt. Ich erkannte ihn aus dem Tag im Fahrstuhl wieder. Sie schrie ihm etwas ins Ohr und gestikulierte in meine Richtung. Der Junge sah herüber, entdeckte mich, und man mußte kein Experte in Körpersprache sein, um seine Gedanken zu erraten. Sein Gesicht nahm einen panischen Ausdruck an. Er sprang von der Bühne und mischte sich unter die Menge.
Ich versuchte, ihm zu folgen, und kämpfte mich so gut es ging durch die tosenden Leiber. Irgendein fliegendes Gliedmaß traf mich am Wangenknochen. Max' Kopf tauchte kurz vor mir auf. Er hatte den Notausgang erreicht und flüchtete hinaus. Ich hinterher.
Kälte und Stille schlugen mir entgegen. Ich hatte ein höllisches Pfeifen in den Ohren, aber nach den akustischen Torturen von eben, war das die reinste Erlösung.
Der Notausgang führte auf eine kleine, gepflasterte Gasse. Von Max keine Spur.
»Max!« rief ich. »Ich will nur mit dir reden.«
Stille.
Ich ging nach rechts. Ein Schatten zeichnete sich in einem Hauseingang ab. Als ich mich näherte, rannte er weg. Ich nahm die Verfolgung auf. Wir rannten die Gasse hinunter und bogen dann nach rechts. Eine etwas breitere Straße, aber ebenfalls menschenleer. Eine Sackgasse, wie sich herausstellte, auch wenn es erst im letzten Moment zu erkennen war. Max schwang sich die zwei Meter hohe Mauer hoch und verschwand leichtfüßig auf der anderen Seite. Ich versuchte, es

ihm gleich zu tun, aber ich hatte gut zwanzig Jahre mehr auf dem Buckel. Mit den Fingern erreichte ich die Mauerkrone, aber mein Griff war nicht sehr sicher. Ich rutschte ab und schürfte mir die Hände auf. Ich versuchte es noch einmal mit längerem Anlauf. Diesmal konnte ich mich hochziehen, auch wenn ich mir das rechte Knie an der Wand aufgeschlagen hatte. Nicht ohne Quälerei bekam ich das rechte Bein über die Mauer. Ein paar Kraftanstrengungen später folgte auch das linke und ich sackte auf der anderen Seite zusammen.

Ich landete in einem Schrotthaufen, offensichtlich der Hinterhof eines Autoschiebers. Max war nirgends zu sehen.

»Max. Es gibt keinen Grund für diese Spielchen. Ich werde dir nicht weh tun und keinen Ärger machen.« Ich bewegte mich zaghaft zwischen den schattenhaften Umrissen, die Augen gewöhnten sich langsam an die Dunkelheit.

Abgesehen vom entfernten Rauschen des Verkehrs war es auf dem Schrottplatz so ruhig, wie es in der Stadt überhaupt werden kann. Ich hörte ein knackendes Geräusch. Es schien von einer Fertigteilbaracke direkt vor mir zu kommen. Ich schlich an der Seitenwand entlang.

»Max, jetzt komm schon und rede mit mir. Es geht um Shark, nicht um dich.« Hinter der Baracke trat ich auf eine herrenlose Stoßstange und schlug der Länge nach hin. Als ich mich hochrappeln wollte, stand er über mir und hatte eine Knarre in der Hand. So genau konnte ich es nicht erkennen, da er versuchte, mir mit dem Lauf eine zweite Luftröhre zu legen. Es stimmt, was die Nordlondoner sagen. Halte dich niemals südlich des Flusses auf.

»Bleiben Sie liegen«, sagte er. »Oder ich werde *Ihnen* weh tun.«

26

»Ich werde nirgendwo hingehen«, krächzte ich. »Aber laß mich wenigstens aufstehen. Der Boden ist naß hier.«

»*Der Boden ist naß hier*«, äffte er mich nach. »Sie bleiben, wo Sie sind.«

»Komm schon, Junge. In meinem Alter ist mit solchen Dingen nicht mehr zu spaßen.«

»Sie wollen mit mir sprechen, voilà, jetzt haben Sie die Gelegenheit dazu.« Er nahm mir die Knarre aus dem Nacken. Aber für meinen Geschmack war sie immer noch zu nah. Mir kam ein unangenehmer Gedanke. Was war, wenn Max seinen Kumpel Shark umgepustet hatte? In der momentanen Lage konnte ich ihn schlecht danach fragen. Ich erinnerte mich daran, was seine Schwester über ihn gesagt hatte, und wunderte mich über mich selbst. Wie hatte ich nur auf den Gedanken kommen können, daß es eine gute Idee war, Max aufspüren zu wollen?

»Oder nein«, unterbrach Max meine Überlegungen. »Ich habe die Knarre, ich stelle die Fragen. Arbeiten Sie für Rufus?«

»Nein. Schuldest du ihm Geld?«

»Alle haben Schulden bei Rufus.«

»Shark auch?«

»Glaub schon.«

»Hat er mit dir darüber gesprochen, daß er die Belohnung kassieren wollte?«

»Was wollen Sie von mir?«
»Ich will wissen, was Shark dir alles gesagt hat. Über die Belohnung. Er hat mir gesagt, daß er was gesehen hat. Aber er hat nicht gesagt, was.«
Max zuckte die Schultern. »Shark kam dauernd mit solchen Ideen. Mal wollte er dieses, mal jenes. 'ne Million machen. Hab nie viel drauf gegeben, was er so verzapft hat.«
»Versuch dich zu erinnern. Es ist wichtig.«
»Warum? Er ist tot. Nichts wird ihn zurückbringen.«
»Die Polizei glaubt, daß Rufus ihn ermordet hat, weil er seine Schulden nicht zurückgezahlt hat.«
»Na und. Damit ist doch allen gedient, oder? Rufus gehört abserviert.«
»Aber man wird ihn nicht abservieren. Leute wie ihn erwischt es nie. Es sind immer arme Schweine wie Shark, die den Kopf hinhalten müssen.«
»Was soll's? Shark ist tot. Ihm kann's egal sein, was die Scheißer denken.«
»Er muß dir etwas gesagt haben, Max. Hast du ihn an dem Abend, an dem Elaine ermordet wurde, gesehen?«
»Yeah.«
»Wann?«
»Im Rover, gegen halb zwei.«
»Hatte er etwas dabei?«
»Nein.«
»Eine Tasche? Das Portemonnaie einer Frau?«
»Nein.«
»Hatte er mehr Geld als sonst?«
Max schnaubte verächtlich. »Wenn, dann hat er mir nichts davon gesagt.«

»Hat er irgend etwas darüber erzählt, wo er an diesem Abend gewesen ist oder was er gemacht hat?«
Max rieb sich das Nasenbein, als wenn ihm das beim Denken helfen würde. »Keine Ahnung«, sagte er schließlich. »Ich war ziemlich dicht, verstehen Sie?«
»Denk nach.«
»Ich kann mich nicht erinnern.«
Ich fühlte mich plötzlich müde, und mir war kalt.
»Max?«
»Yeah?«
»Darf ich jetzt aufstehen?«
Zum Glück hatte Max das Interesse an mir als Widersacher verloren, seitdem er wußte, daß ich nicht für Rufus arbeitete. Er machte eine Bewegung mit der Knarre, die wohl ›ja‹ bedeuten sollte. Ich riskierte es also und stand langsam auf. Meine Knie waren steif und wund vom darauf Herumrutschen und von meiner eleganten Mauerüberwindung. Er steckte sich die Knarre hinten in den Hosenbund seiner ausgebeulten Jeans. Ich schrieb ihm meine Nummer auf eine Zigarettenschachtel. Wo ich wohnte, wollte ich ihm nicht auf die Nase binden.
»Ruf mich an, wenn du dich an was erinnerst.«
»Mach ich.«
Wir kletterten wieder über die Mauer, und ich humpelte zurück zum Club, wo mein Wagen stand. Ich rauchte eine Zigarette. Der Schmerz ließ ein wenig nach. Max ging in den Club, und ich wollte gerade einsteigen, als er noch einmal herauskam.
»Hey, krieg ich die Belohnung, wenn ich mich daran erinnere, was Shark mir gesagt hat?«
»Ja.«

»Werd drüber nachdenken.«
»Tu das, mein Freund.« Ich legte den Gang ein und gab Gas. Ein paarmal verfuhr ich mich, bis ich auf die Hauptstraße zurückfand. Als ich die Themse überquert hatte und wieder auf der richtigen Seite des Flusses war, fühlte ich mich wesentlich besser.

Der nächste Tag war Sonntag. Ein schöner Tag, um über die Ereignisse der vergangenen Woche zu sinnieren und sich langsam bewußtlos zu trinken. Ich stand auf, machte Kaffee und rauchte eine Zigarette, während ich die Blessuren meines nächtlichen Ausflugs begutachtete. Marks Knarre hatte einen Bluterguß an meinem Hals hinterlassen, der verdächtig nach einem Knutschfleck aussah. Das würde all die Lästermäuler im Büro verstummen lassen, die immer behaupten, ich hätte kein Privatleben.

Dann erinnerte ich mich, daß ich diesen und die nächsten Tage noch Verpflichtungen hatte. Statt zu Hause zu bleiben, schaute ich im Krankenhaus vorbei, um Geoffrey zu besuchen. Er schlief. Ich setzte mich und wartete. Dann wachte er auf, war aber nicht ganz bei Sinnen. Ich las ihm Gedichte vor, was ihn zu beruhigen schien. Schließlich schlief er wieder ein. Ich suchte die Stationsschwester auf. Sie sagte, daß sich sein Zustand verbessert habe, er aber noch Schonung nötig habe. Die Diagnose lautete vorläufig auf posttraumatische Streßsymptome.

»Er redet dauernd von einem Unfall«, sagte sie.

»Seine Frau und sein Kind starben vor fünf Jahren – ein Auto hat sie überfahren.«

»Irgend etwas muß diese Trauer wieder nach oben gespült haben.«

Zu Hause erwartete mich eine extra knusprige Tiefkühlpizza. Den Rest des Tages wollte ich damit verbringen, so viel wie möglich über Sharks Mutter herauszufinden. Ich schlug den Namen ihres neuen Ehemanns im Telefonbuch nach, stieg ins Auto und fuhr nach Willesden.

Ich rede mir gerne ein, daß mein Stadtteil Ladbroke Grove vom rauhen, aber herzlichen Umgangston eines Arbeiterviertels geprägt ist. Aber tief in meinem Inneren weiß ich, daß das nicht wahr ist. Es handelt sich eher um eine modische Innenstadt-Rüpelhaftigkeit, und das ist ganz was anderes. Um die echte Rauhbeinigkeit der Arbeiterklasse zu erleben, muß man in Gegenden wie Willesden fahren, in die Vorstädte nordwestlich von London. Dort ist es trostlos genug, um die kühnsten Vorstellungen von der Arbeiterklasse zu befriedigen. An kalten Sonntagnachmittagen sieht es sogar noch trostloser aus: triste, schlicht verputzte Reihenhäuser, dazwischen Trinkhallen, schäbige Kleintaxi-Büros und Kneipen mit verdunkelten Fenstern. Kein verlockender Anblick. Die Fassade von Mrs. Spandals Haus unterschied sich in nichts von denen der anderen Häuser in der Straße. Ich drückte den Klingelknopf. Ein kleiner Hund kläffte. Ein Frau in Leopardenfell-Leggins und Goldlamé-Pullover öffnete die Tür. Sie trug einen Terrier unter dem Arm, als wäre er eine Handtasche.

»Mrs. Spandal?«

»Ja.«

»Mein Name ist Sam Ridley. Ich bin Reporter bei City Radio.«

»Wir hören nur Capital.« Sie schob die Tür zu, doch ich klemmte meinen Fuß dazwischen.

»Ich möchte mit Ihnen über Ihren Sohn sprechen.«

Sie musterte mich mißtrauisch. »Wozu?«

»Nun, ich habe mit ihm gesprochen, bevor er starb, und jetzt würde ich mich gerne mit Ihnen über ihn unterhalten.«
Sie schaute an mir vorbei nach draußen, als ob sie dort herausbekommen könnte, ob ich die Wahrheit sagte.
»Kommen Sie doch herein.« Sie öffnete die Tür und ließ mich hinein.
»Den Gang runter, erste Tür rechts«, sagte sie und ließ den Hund herunter, damit er mir voranhoppeln konnte. Ich folgte ihrer Anweisung. Der Raum war klein und niedrig. Ein dreiteiliges weißes Ledersofa, eine Kommode, auf der viel Nippes stand und ein großer Flachbild-Fernseher. Ich setzte mich in einen Sessel, der so weich war, daß das Aufstehen später eine echte Herausforderung sein würde. Der Hund schnüffelte an meinen Knien. Ich kraulte ihm den Kopf und rutschte weiter nach vorne, um in einem würdevolleren Neigungswinkel zu sitzen. Mrs. Spandal saß auf dem Sofa und zündete sich eine Zigarette an. Auf der Schachtel stand ein Name, der eher an eine Parfümmarke erinnerte. Sie bot mir eine an. Ich schüttelte den Kopf und nahm mir lieber einen von meinen bewährten, extra starken Sargnägeln.
»Das mit Ihrem Sohn tut mir leid. Sie müssen eine schreckliche Zeit durchmachen. Ich werde versuchen, es nicht schlimmer zu machen, als es schon ist.«
»Fangen Sie schon an.« Sie paffte und schaute mich unverwandt durch die Rauchschwaden an. Für eine Mittvierzigerin hatte sie sich gut gehalten, auch wenn sie es diversen Cremes und Wässerchen zu verdanken hatte.
»Ihr Sohn hat mich angerufen. Wir haben zweimal miteinander telefoniert, bevor er starb.«
»Worüber?«

»Ich hatte ihn mal in der Summerhill-Siedlung getroffen. Er wollte mit mir darüber sprechen, daß er Zeuge eines Mordes gewesen war. Er wollte die Belohnung, aber nicht zur Polizei gehen.«

Mrs. Spandal schnaubte und drückte mit einer raschen Bewegung ihre Zigarette aus. »Was für eine Überraschung.«

»Beim ersten Treffen, das wir vereinbart hatten, ist er nicht erschienen. Beim zweiten Mal dachte ich, man wollte sich einen Spaß mit mir erlauben und ging nicht hin. Das war an dem Wochenende, bevor er starb.«

Mrs. Spandal zündete sich umständlich die nächste Zigarette an. Ihre langen, rosa Fingernägel machten die Angelegenheit kniffliger, als sie eigentlich ist. Sie sagte nichts.

»Ich würde gerne wissen, ob er mit Ihnen darüber gesprochen hat, was er wußte. Vielleicht hat er nebenbei irgend etwas erwähnt. Sehen Sie, die Polizei glaubt, daß er wahrscheinlich Elaine York umgebracht hat, aber ich habe da meine Zweifel.«

Sie ließ sich mit der Antwort lange Zeit und nahm einen tiefen Zug von ihrer Zigarette.

»Ich habe der Polizei alles gesagt. Ich habe gesagt, daß mein Sohn mir nichts als Ärger gemacht hat. Er ist ausgezogen – ich habe ihn rausgeschmissen –, als er anfing, Drogen und geklaute Sachen mit nach Hause zu bringen. Ich habe mich mit ihm gestritten, habe ihm mit allem möglichen gedroht. Es war, als hätte ich gegen eine Wand geredet. Er schmiß die Schule, und einen Job hatte er auch nicht. Ich versuchte, ihn als Fensterputzer unterzubringen. Das ging zwei Wochen gut. Dann habe ich mitbekommen, daß er mit Drogen gedealt hat. Soll ich mich da wundern, wenn man ihn tot in einer Mülltonne findet? Ich habe immer damit gerechnet.« Sie hatte eine Träne im

Auge, die sie mit dem Handrücken abwischte. »Ich wollte, daß er zu mir zieht, als ich Trev geheiratet habe. Weg aus dieser Siedlung. Wir haben versucht, ihn zu überreden. Er wollte seine Kumpels nicht verlassen, hat er gesagt. Seine Kumpel? Die Familie war ihm scheißegal.«
»Wann war das?«
»Vor etwa sechs Monaten.«
»Wann ist er von zu Hause abgehauen?«
»Etwa zwei Monate davor.«
»Wissen Sie, wohin er gegangen ist, wo er gewohnt hat?«
»Nein. Manchmal hat er angerufen und gesagt, daß er bei Freunden pennt.«
»Und Max Adams? Hat er jemals von ihm gesprochen?«
»Sie waren oft zusammen. Er hat in der Siedlung gewohnt. Sonny wußte, daß ich es nicht gut fand, daß er mit Max herumhing.«
»Haben Sie noch mehr Kinder, Mrs. Spandal?«
»Eine ältere Tochter. Sie ist verheiratet und lebt in Dagenham.«
»Hatte Shark noch Kontakt zu ihr?«
Sie blies die Luft durch die Nase aus. »Höchst unwahrscheinlich.«
»Trauen Sie ihm wirklich zu, einen Mord zu begehen?«
Sie stand kurz vor einem Zusammenbruch. »Ich weiß, in was er alles verwickelt war.«
Mehr war von Mrs. Spandal nicht zu erfahren. Ich ließ ihr meine Karte da und bat sie, mich anzurufen, wenn ihr etwas einfiele. Dann fuhr ich, so schnell es das Gesetz erlaubte, in die Zivilisation zurück.

Zu Hause nahm ich mir ein Bier, hockte mich vor die Glotze und ließ mich berieseln. Das Telefon klingelte.
»Hier ist Max.«
»Hallo, Max.«
»Ich hab mich an was erinnert, was Shark mir an dem Abend gesagt hat.«
»Großartig. Was war es?«
»Ich sage nichts am Telefon. Kommen Sie vorbei.«
»Es mag dich vielleicht überraschen, aber ich bin nicht scharf darauf, wieder genauso zu enden wie gestern. Sag's mir am Telefon.«
»Kommen Sie her. Ich bin im Rover.«
Neugier ist eine schreckliche Sache. Fluchend verließ ich meine wohlige Höhle und nahm ein Taxi zum Rover.
»Wat wollnsen da?« fragte der Taxifahrer, als er mich rausließ.
»Kümmern Sie sich um Ihren eigenen Mist.«

Ich nehm ein Bier«, sagte Max, der an der Theke wartete.
»Du bist zu jung für Alkohol. Hi, Dean.«
»Hi, Sam. Siehst wieder besser aus.«
»Die Luft hier drin bekommt mir.«
»Ihr kennt euch?« fragte Max.
»Die Welt ist klein, Maxie, mein Sohn. Das wirst du schon merken, wenn du älter bist.«
»Ich habe Ihnen was zum Unterschreiben mitgebracht.« Er gab mir ein schmuddeliges Din-A4-Blatt. Darauf stand:

Hirin bestetige ich, das Max Adams mir erzählt hat, was Shark Harkness ihm erzählt hat in der Nacht als – – –

ermordet wurde. Und das Max Adams das Geld von die Belohnung bekomt.

»Du mußt mir unbedingt die Adresse von deinem Anwalt verraten.«
»Den Namen des Mädchens können Sie hier eintragen, wo ich was freigelassen habe.«
»Was hat Shark dir erzählt?«
»Mir ist es auf dem Heimweg, nachdem wir uns getroffen haben, wieder eingefallen. Wär beinah so'm Typen ins Rad gelaufen. Hab ihn nicht gesehen. Er hatte kein Licht. Da fiel's mir wieder ein. Shark hatte irgendwas zu erledigen und wartete deshalb in der Nähe ihrer Wohnung. Und er hat gesagt, daß er beinah von 'nem Typ auf'm Fahrrad überfahren worden wäre. Kein Licht und 'n Affenzahn drauf. Er hätte dabei draufgehen können, hat er gesagt.«
»Vor Elaines Wohnung?«
»Sag ich doch die ganze Zeit.«
»Okay. Danke Max.«
Max zog die Nase hoch. »Glauben Sie, ich krieg jetzt das Geld?«

Das nächste Bier und die nächsten Überlegungen ließ ich mir zu Hause durch den Kopf bzw. Bauch gehen. Ich dachte über Kerle auf Rädern nach und über Mark Matheson. Schon am Abend, als die Tat nachgestellt wurde, kam es mir merkwürdig vor, daß er Elaine nicht nach Hause gebracht oder ihr wenigstens ein Taxi bestellt hatte. Elaine war ein ängstlicher Mensch, und sie wohnte in einer zwielichtigen Gegend. Warum also ist sie allein nach Hause gegangen? Hatte er noch eine andere Verabredung? Hatten sie Streit? Vielleicht war ich auch nur altmodisch. Vielleicht begleitet man heutzutage Frauen nicht mehr bis zu ihrer Haustür. Wie auch immer, ich mußte Mark aufsuchen. Wenn er es sich anders überlegt hatte und zurückgekommen war, hatte er vielleicht Shark gesehen.

»Demonstrierende Omas.«
»Demonstrierende was?« fragte Felicia. Ihr Telefon klingelte. Sie hob ab, und bedeutete mir, mich zu setzen. Ich war so frei und balancierte meine Kaffeetasse auf den Knien.
Ein paar Minuten redete Felicia fließend französisch und hängte dann mit entschlossenem und sichtbar verärgertem Gesicht ein.
»Also?«
»Also was?«
»Du glaubst, mir gefällt die Arbeit bei *Female AM* nicht, du glaubst, ich rümpfe die Nase über das Programm und das, wofür es steht. Nun«, ich holte zu einer großen theatralischen Geste aus, »du irrst dich. Du willst, daß ich Stories ausgrabe, hier ist eine: Frauen mit einer Berufung. Frauen mit einer Berufung und Monatskarte. Graue Panther kämpfen für die Rettung unseres Planeten. Das ist großartig. Du wirst begeistert sein.«
Felicia seufzte und preßte die Daumen in die Augenhöhlen.
»Also gut, verschwinde. Geh mir aus den Augen. Aber glaub nur nicht, daß ich nicht wüßte, wo du dran bist.«
Ich nahm meinen Recorder. Die Frau war einfach nie zufriedenzustellen.
»Du … du bringst mich noch ins Grab, du pathetischer

Schwachkopf«, rief sie meinem entschwindenden Rücken hinterher.

Das Büro von Roadblock lag in Camden, in einem umfunktionierten Stofflager, schön renoviert und für eine Büronutzung umgebaut. Während ich auf Mark Matheson wartete, studierte ich auf einer Gedenktafel die Vorgeschichte des Gebäudes. An der Rezeption saß eine nordische Blonde mit Erdbeermund. Ihre Mutter hatte ihr offensichtlich nicht beigebracht, daß es unhöflich ist, Leute anzustarren.

»Nett hier«, sagte ich zu Mark, als er mich zu seinem Büro auf einem Zwischenstock mit Blick über die Belegschaft führte. Die Halle war groß und hell, selbst an einem so bedeckten Tag wie heute. Sieben oder acht Menschen saßen vor ihren Computerbildschirmen.

»Ja, nicht wahr? Wir haben es mietfrei von einem Gönner zur Verfügung gestellt bekommen. Das Überangebot an Büroräumen in London ist ein Segen für uns gewesen.« Wir gingen zu einer kleinen Nische, in der eine Maschine, die anmaßenderweise als Kaffeespender bezeichnet wurde, eine nach Chemikalien riechende Flüssigkeit in dünne Plastikbecher füllte. Irgendwo hört der Spaß auch mal auf.

»Vermutlich wissen Sie schon einiges über Roadblock?« sagte Mark, während wir in sein Büro zurückgingen und uns setzten.

»Ein wenig.«

»Dann wissen Sie sicher, daß wir eine Dachorganisation für viele kleine Umweltgruppen sind, die sich gegen den weiteren Ausbau des Straßennetzes wehren. Viele von ihnen haben keinerlei organisatorische Erfahrung, also übernehmen wir diesen Teil. Wir planen und koordinieren Demonstrationen, treiben Sponsoren auf und so weiter. Allein in London gibt es

über hundert Anti-Straßen-Gruppen, um Ihnen eine Vorstellung von der Größenordnung zu geben.«
»Zahlen die andern Gruppen dafür?«
»Nein. Wir finanzieren uns ausschließlich durch Spenden. Das ist ein anderer Teil unserer Arbeit, Gelder auftreiben.«
»Klingt aufregend.«
»Das ist es. Wir stehen immer auf der Kippe. Die ersten Jahre waren hart, aber jetzt – ich glaube, jetzt bewegt sich etwas.«
Es klopfte an der Tür. Ein junger Mann trat verschüchtert ein.
»Entschuldigt die Störung, aber du hast gesagt, du brauchst das so schnell wie möglich.«
Mark nahm den Ordner entgegen, warf einen kurzen Blick hinein und legte ihn zur Seite.
»Danke, Eddy.«
Der junge Mann ging wieder.
»Wie sind Sie zu dieser Arbeit gekommen?«
Mark grinste. Man konnte ahnen, warum die Frauen auf ihn flogen.
»Ich wollte meinem Schicksal entkommen. Wenn Vater, Onkel und Großmutter Politiker sind, ist der Druck, in ihre Fußstapfen zu treten, enorm hoch. Auf diese Weise kann ich öffentlich die Partei meines Vaters aufs Korn nehmen. Sie glauben gar nicht, wie befriedigend das für einen rebellischen jüngeren Sohn ist.«
»Aber das ist nicht der einzige Grund?«
»Natürlich nicht. Zur Zeit ist Roadblock nicht sonderlich populär, aber eines Tages wird man uns noch dankbar sein. Vielleicht sogar meine Familie. Nennen Sie mich einen hoffnungslosen Optimisten, aber ich glaube daran, daß es noch nicht zu spät ist, die Dinge zum Besseren zu verändern.«

»Hat Elaine genauso gedacht?«
»Elaine? Ja. Ja, das hat sie. Sie war eine der begeistertsten Mitarbeiterinnen im Team. Wir vermissen sie über das Private hinaus auch beruflich.«
»Was war ihre Aufgabe?«
»Sie leitete das Büro, führte die Bücher und achtete darauf, daß wir gut mit unserem Geld haushielten.«
Der Kaffee war selbst für mich zu grauenhaft. Ich stellte den Becher halbvoll zur Seite.
»Dieser Junge, Shark, den sie tot aufgefunden haben. Die Polizei sagt, daß er möglicherweise Elaine umgebracht hat.«
»Ich habe davon gehört.«
»Was ist Ihre Meinung?«
Matheson schüttelte den Kopf. »Ich weiß es wirklich nicht. Wenn die Polizei vermutet, daß dieser Shark es getan hat, dann wird es wohl so sein.« Er nahm hastig einen Schluck Kaffee.
»Diese Geschichten in den Zeitungen, daß Sie und Elaine ein Verhältnis hatten …«
Marks Gesicht bekam einen angeekelten Ausdruck. »Das macht mich rasend. Keine Ahnung, wo die Reporter das herhaben. Es stimmt nicht.«
»Was glauben Sie, warum man das geschrieben hat?«
»Vor ein paar Jahren hatten wir mal was miteinander, aber das war vorbei. Ich bin mit ihr an diesem Abend ausgegangen, weil wir ein paar berufliche Dinge zu besprechen hatten, und weil sie kein Privatleben mehr hatte, mit dem Kind und allem. Ich dachte, es würde ihr guttun: Ausgehen, gutes Essen. So gesehen, Mr. Ridley, bin ich auf gewisse Weise schuld an ihrem Tod.«
»Und wie fühlen Sie sich dabei?« Ich hätte behutsamer und

verständnisvoller vorgehen können, aber ich hatte nicht den Eindruck, daß er das von mir erwartet hätte.
»Was glauben Sie?« sagte er einfach.
»Jemand, mit dem ich gesprochen habe, behauptet, an diesem Abend einen Radfahrer vor Elaines Wohnung gesehen zu haben. Sind Sie in diese Richtung gefahren? Haben Sie jemanden gesehen?«
Einen kurzen Augenblick sah er sehr verärgert drein. »Nein, natürlich nicht. Ich bin den Kanal hoch über die Great Western Road und dann in die entgegengesetzte Richtung gefahren.«
»Das waren also nicht Sie, vor Elaines Wohnung?«
»Mark lächelte. »Es gibt eine Menge Radfahrer in London, Mr. Ridley, und wenn es nach Roadblock ginge, wären es noch viel mehr.« Plötzlich war er kurz angebunden und geschäftsmäßig. »Also«, sagte er. »Wollten Sie nicht mit einem der älteren Mitglieder von Roadblock sprechen?«
Er arrangierte für mich ein Interview mit Esther Andrews, einer energischen Dame, die mit fünfundsiebzig angefangen hatte, zu demonstrieren, als das Haus, in dem sie aufgewachsen ist, einer aggressiven Straßenbaupolitik zum Opfer zu fallen drohte. Ihre Kampagne hatte Erfolg. Als sie sich an das Baumhaus gekettet hatte, in dem sie als Kind gespielt hatte, waren ihr die Herzen nur so zugeflogen, und viele Helfer hatten sie mit Nahrungsmitteln versorgt. Seitdem war sie ein Aushängeschild für Roadblock und gab Tips für Proteststrategien. Ihr graues Haar hatte sie zu einem Pferdeschwanz gebunden, und sie war modisch in Pumphosen und weiter Bluse gekleidet und trug dazu schweren Dritte-Welt-Schmuck um Hals und Handgelenke.
»Die Leute fragen mich oft, was meine Lebensphilosophie ist,

Mr. Ridley. Sie sagen: ›Esther, du kannst nicht siebzig und ein paar zerquetschte Jahre auf diesem Planeten gelebt haben, ohne irgendein Körnchen ewiger Wahrheiten gefunden zu haben, das uns, der Generation, die dir nachfolgt, von Nutzen sein kann.‹ Und wissen Sie, was ich ihnen antworte?«

Ich reagierte brav auf mein Stichwort. »Was sagen Sie ihnen, Mrs. Andrews?«

»Gesunder Menschenverstand, Mr. Ridley. Den haben wir alle aus dem Blick verloren. Gesunder Menschenverstand ist ein Wert, der viel zu sehr unterschätzt wird. In meiner Generation legte man noch Wert darauf, deshalb war unsere Gesellschaft damals auch viel reifer. Würden Sie mir da nicht zustimmen?«

Sie war, wie wir bei uns sagen, ein echtes Naturtalent.

Nach der Überdosis reiner Luft im Büro von Roadblock brauchte ich dringend eine Zigarette. Sobald ich vor der Tür stand, wühlte ich in meinen Taschen.

»Haben Sie Feuer?« Der junge Mann, den ich in Marks Büro getroffen hatte, stand auf den Stufen.

»Klar.« Ich gab ihm mein Einwegfeuerzeug. »Eddy, nicht wahr?«

»Sie haben ein gutes Gedächtnis.« Er inhalierte tief. »Nikotin. Es gibt nichts vergleichbares.«

»Was weißt du über Jungle?« fragte ich Lyall abends in der Kneipe.

»Ist seit ein paar Jahren *in.* 'ne Kombination aus Hip-Hop, Techno, Dub und Jamaican Dance-Hall. Die englische Antwort auf den Rap. Wird meistens von Piratensendern gespielt.«

»Woher weißt du das alles?«

»Teenies. Komm mal vorbei, da kannst du dir Jungle anhören.«
Wir saßen eine Weile schweigend.
»Ich höre, man sagt, daß mein Leben im Eimer ist.«
»Wer sagt das?« Lyall riß in gespielter Empörung die Augen auf.
»Steht auf der Wand im Frauenklo.«
»Wie tief manche Menschen doch sinken können.«
»Vielleicht sollte ich mir ein Hobby zulegen?«
Lyall musterte mich. »Hobbys?« Er nahm einen großen Schluck Tomatensaft. »Hobbys sind gut. Aber du und Hobbys?«
Da hatte er recht. Ich und Hobbys.
»Warum verabredest du dich nicht mit einer Frau. Ein Rendezvous«, schlug Lyall vor.
»Welche Frau?«
»Irgendeine Frau. Die Welt ist voll von Frauen. Ein schicker Kerl wie du.« Er betrachtete mich. »Obwohl – vielleicht solltest du erst dein Leben in Ordnung bringen.«

Auf dem Heimweg schaute ich im Krankenhaus bei Geoffrey vorbei. Mike und Jerry waren auch da. Wir saßen so betreten um das Bett herum, wie man immer in Krankenhäusern herumsitzt, und unterhielten uns über Nichtigkeiten. Auf dem Weg nach draußen erzählte ich Jerry, was die Krankenschwester mir letztes Mal über Geoffreys posttraumatische Streßsymptome gesagt hatte.
»Hört sich plausibel an«, sagte Jerry. »Ein kleines Mädchen wurde letzte Woche vor unserem Haus überfahren und dabei getötet. Der Fahrer beging Fahrerflucht.«

»Da behaupte noch einer, es gäbe keine Ritterlichkeit mehr.«
»Yeah«, sagte Jerry. »Hätte nur noch gefehlt, daß der Kerl noch mal zurückgekommen wäre, um sicherzugehen, daß er sie auch erledigt hat. Geoffrey hätte es gut mit ansehen können. Es ist direkt vor unserer Haustür passiert.«
Zu Hause öffnete ich mir ein Bier und ging den Zeitungsstapel durch. Nach kurzer Suche hatte ich es gefunden – ein großer Artikel im Lokalblättchen. Emily Stevenson, sechs Jahre alt, wurde getötet, als sie die Straße überqueren wollte. Einige Anwohner hatten gehört, wie der Fahrer oder die Fahrerin mit quietschenden Reifen die Flucht angetreten hatte, aber niemand hatte etwas gesehen. Die Polizei suchte nach Augenzeugen. Ich studierte das Foto des hübschen kleinen Mädchens, das aussah, als hätte es eine rosige Zukunft vor sich gehabt. Heitere, aufgeweckte Augen, breites Lächeln, schiefe Zähne.
Das Telefon klingelte.
»Hallo?«
»Magnolia, die Nachbarin von Elaine. Sie, ähm, Sie haben mich interviewt.«
»Ich erinnere mich gut. Hallo.«
»Hi. Haben Sie vielleicht Lust, mit mir etwas trinken zu gehen?«
»Wann?«
»Wie wär's mit heute abend?«
»Ja, gerne.«
»Kommen Sie um zehn bei mir auf der Arbeit vorbei. Ich gebe Ihnen die Adresse.«
Es war eine Adresse in Soho. Behaupte noch einer, ich hätte kein Privatleben.

Magnolia arbeitete in einem Club namens »Kit Kat«. Nicht besonders originell, aber das würde wahrscheinlich nicht automatisch bedeuten, daß dort keine Kleiderordnung herrschte. Für den Fall der Fälle zog ich einen Anzug an. Sie hatte mir nicht verraten, was sie dort machte, aber da ihre Tätigkeit in der Zeitung mit ›Künstlerin‹ umschrieben war, nahm ich an, daß sie zwischen den Auftritten kellnerte.

Um halb zehn nahm ich ein Taxi zum West End.

Über dem Kit Kat stand, wie zu erwarten war, der Name in Neonleuchtschrift; darunter leuchtete ein Martiniglas. Irgendwo schien die Leuchtschrift einen Kurzen zu haben, denn sie blinkte in einem Kopfschmerzen verursachenden Tempo. Der Club lag versteckt in einer Seitenstraße, zwischen einem Sex-Shop und einer Erwachsenen-Buchhandlung. Ich wunderte mich, daß Magnolia in so einem Schuppen arbeitete, wo sie doch leicht irgendwo anders etwas hätte finden können, wo keine traurigen Männer in dreckigen Regenmänteln herumsaßen. Ich ging hinein und ließ den Regenmantel an der Garderobe.

Der Raum war mit rotem Plüsch dekoriert. Rund um die niedrige Bühne standen kleine Tische. Auf jedem Tisch stand eine Kerze in einer Weinflasche. Samtvorhänge säumten die Bühne, und auf den Tischen lagen bunte karierte Decken. Es waren ungefähr fünfzig Gäste anwesend, Männer und Frauen. Überraschenderweise waren die meisten jung und modisch gekleidet. Ich setzte mich an einen Tisch in mittlerer Entfernung zur Bühne und hielt nach Magnolia Ausschau. Sie war nirgends zu sehen. Wahrscheinlich hatte sie ihre Schicht beendet und zog sich gerade um. Ein wenig hatte ich gehofft, sie würde das nicht tun – die Uniform der Kellnerinnen war eine scharfe schwarze Nummer. Sehr kurz. Die reinste Versuchung. Schon kam eine davon an meinen Tisch und nahm die Bestellung auf. Ich schickte ihr ein paar lüsterne Gedanken hinterher, zündete mir eine Zigarette an und wartete.

Es gab einen Trommelwirbel und ein Ansager trat hinter dem Vorhang hervor auf die Bühne. Er trug ein rosafarbenes Dinnerjackett aus den Fünfzigern und Röhrenhosen. Der Schlips war wie ein Leopardenfell gemustert. Plötzlich kamen mir Zweifel an der Wahl meiner Garderobe.

»Ladies and Gentlemen. Applaus für Magnolia Trevenet.«

Ein tosender Applaus und johlendes Pfeifen brachen los, als der Vorhang sich öffnete und eine Magnolia präsentierte, wie ich sie nicht erwartet hätte.

27

Ihre Kleidung entsprach ungefähr den Träumen eines Mannes im besten Alter von Tausendundeiner Nacht. Weite Satinhosen, mit Rheinkieseln besetztes Bustier. Das Haar hochgesteckt und mit silbernen und goldenen Kettchen durchwirkt. Sie trug Gold um die nackte Taille und Gold an den Knöcheln, und im Nabel einen Juwel. Die Augen waren geschminkt und schwarz nachgezogen.

Die Musik erinnerte an einen Muezzin, der von seinem Minarett die Gebetszeit ausrief. Magnolia begann konzentriert zu tanzen, ließ den Körper ihren Händen folgen.

Ich lehnte mich zurück und genoß die Show. Weiß der Himmel, wann ich mich zum letzten Mal so wohl gefühlt habe.

»Wie hat es Ihnen gefallen?«

»Phantastisch.«

»Freut mich«, sagte sie.

»Obwohl ich immer befürchtet habe, lachen zu müssen, weil der Bauch nicht mehr zu halten war.«

»Ha-ha-ha.«

»'tschuldigung, den haben Sie wahrscheinlich schon tausendmal gehört.«

»Tausendundeinmal. Haben Sie 'ne Kippe?«

Es war ungefähr eine Stunde später, und Magnolia hatte sich inzwischen umgezogen. Wir hatten das Kit Kat verlassen und waren in einen kleinen Club um die Ecke gegangen, in dem sie Mitglied war. Magnolia hatte eine Flasche schweren Rotwein bestellt, und wir schenkten ihm die gebührende Aufmerksamkeit.

»Wie sind Sie denn dazu gekommen?« fragte ich.
Sie zündete sich ein Zigarette an. »Hab die Uni fertiggemacht, keinen Job gefunden und angefangen, in Clubs zu kellnern. Eines Abends sah ich jemanden so tanzen und war von der Idee besessen. Ist natürlich nicht die Beschäftigung, die sich meine Alten gewünscht hätten. Aber, was soll's. Man kann's nicht allen recht machen.«
»Was haben Ihre Alten denn erwartet?«
»Irgend etwas Vernünftiges. Dad ist Bergbauingenieur und Mutter Mathematikerin. Lustig, hm? Ich krieg das mit dem Geld nie auf die Reihe.«
»Und nach Öl bohren wär wohl auch nichts für Sie.«
»Nee, auf keinen Fall.«
Sie trug dasselbe schwarze Wollkleid wie auf der Beerdigung, diesmal mit einem violetten Samtschal um den Hals. Große, silberne Ohrringe mit orientalischen Ornamenten hingen ihr fast bis auf die Schultern. Am liebsten hätte ich sie einfach nur angeschaut, aber sie war in Redelaune.
»Ich habe Ihre Sendung gehört«, sagte sie. »Ziemlich aufregend, dieser Typ, der angerufen hat, und all das.«
»Mhm.«
»Es wurde gesagt, daß Sie zweimal mit ihm gesprochen hätten.«
»Mhm.«
»Was hat er gesagt?«

»Nicht viel. Am Telefon wollte er nicht reden, er wollte mich treffen.«
»Aber Sie haben ihn nicht getroffen?«
»Nein.«
»Warum nicht?«
Es ging mir langsam auf den Zeiger, diese Frage zu beantworten. »Weil er nicht gekommen ist.«
»Aber er muß Ihnen doch eine Andeutung gemacht haben. Irgend etwas muß er doch gesagt haben.«
»Er war nicht gerade gewillt, auf meine Interessen Rücksicht zu nehmen.«
Sie schaute ungläubig drein, bohrte aber nicht weiter nach. »Weiß der Himmel, warum Elaine nicht vorsichtiger gewesen ist. Sie hatte ein Kombinationsschloß an der Eingangstür, für das man eine Ewigkeit brauchte, um es aufzuschließen. Eine echte Versuchung für jeden Penner, der zufällig vorbeikommt und keine moralischen Bedenken kennt. Ich habe ihr gesagt, daß es gefährlich ist, aber sie hat nie etwas dagegen unternommen. In der Beziehung war sie komisch. Bei manchen Sachen völlig paranoid, bei anderen völlig gleichgültig. Sie hatte zum Beispiel Angst im Dunklen. Trotzdem wohnte sie alleine auf diesem gespenstischen engen Gang.«
»Vielleicht hatte sie keine andere Wahl.«
»Doch, hatte sie. Ihre Schwester wollte, daß sie umzog. Ihre Mutter auch. Sie haben ihr gesagt, daß es dort für Albion nicht sicher ist. Sie haben ihr Geld angeboten. Sie hat es abgelehnt. War ein bißchen eigen, was das Geld von anderen anging. Hat allergisch auf die kleinste Andeutung reagiert, daß sie es alleine nicht packen würde.«
Wir leerten die Flasche und bestellten beim Kellner eine neue.

»Die Polizei hat mich natürlich gründlich durch die Mangel gedreht«, sagte Magnolia. »›Sie haben die Leiche gefunden, also sind Sie unsere Hauptverdächtige.‹«

Der Wein ging in einem beängstigenden Tempo zur Neige. Magnolia schenkte uns beiden nach. »Ich kann nicht einmal mehr sagen, was von dem, woran ich mich von diesem Abend erinnere, Wirklichkeit war und was Einbildung. Es scheint mir Jahre gedauert zu haben, bis endlich die Polizei eingetroffen ist. Als dann die Leiche so komisch zuckte, wollte ich nur noch raus aus dem Zimmer.«

»Ich weiß, ich war auch da.«

»Sie waren da?«

»Mhm. Als Sie sich auf Charlie stürzten.«

»Ich habe Sie nicht bemerkt.«

»Sie waren beschäftigt.«

»Erinnern Sie mich nicht daran. Mir war das so peinlich.«

»Es braucht Ihnen nicht peinlich zu sein. Sie haben ihn für mindestens ein Jahr glücklich gemacht.«

»Mein Gott. Hat er sich verletzt? Vielleicht sollte ich ihn anrufen und mich bei ihm entschuldigen oder so etwas.«

»Nicht nötig. Sie haben bereits mehr für ihn getan, als er verdient.«

Wir leerten auch diesen Wein und unterhielten uns über andere Dinge. Als die Stühle auf die Tische gestellt wurden, verließen wir unter Protest den Saal. Wir trotteten schwankend zur Beak Street. Eine höchst unwahrscheinliche, abnorme planetare Konstellation bescherte uns ein freies Taxi. Wir stiegen ein. Magnolia saß dicht neben mir, und ich konnte ihr Parfüm riechen. Süß und schwer. Wir fuhren durch die regennassen Straßen von West End und rutschten enger und enger zusammen.

Als das Taxi vor ihrer Wohnung hielt, ergriff sie meine Hand. »Kommst du mit?«

Ich mußte schon schwerere Entscheidungen fällen. Ich zahlte das Taxi und folgte ihr nach oben.

In ihrer Wohnung war es warm und dunkel, nur das schwefelige Licht der Straßenlaternen schimmerte durch die Erkerfenster.

»Setz dich«, sagte sie und drückte mich sanft auf das Sofa. »Bin gleich zurück.«

Sie kam mit einer Flasche Champagner und Gläsern zurück, und wir machten es uns auf der Couch gemütlich. Wir tranken einen Schluck Schampus, dann lagen wir auf der Couch, schließlich auf dem Teppich und fummelten herum wie zwei Teenager hinterm Fahrradschuppen.

Sie zog mir das Hemd aus und entdeckte die Blutergüsse.

»Mein Gott, was ist denn mit dir passiert?«

»Ich habe nicht auf den Rat meiner Mutter gehört und bin in schlechte Gesellschaft geraten.«

Ein Freund von mir behauptet, daß, wenn man lange keinen Sex hatte, es wieder wie beim ersten Mal ist, man quasi wieder zur Jungfrau wird. Ganz so weit würde ich nicht gehen, aber ich fühlte mich wie der Klassentrottel, der plötzlich und unerwartet daş Mädchen aufs Kreuz legt, auf das alle seit Monaten scharf waren.

»Ich sollte dich warnen«, sagte sie, als sie die Knöpfe an ihrem Kleid öffnete, um den perfekten Nabel freizulegen, den ich schon zuvor bewundert hatte. »Ich bin schwer zu trösten.«

»Das bin ich auch.«

Trotzdem oder gerade deswegen walkten wir die persischen Teppiche ordentlich durch.

Als ich aufwachte, war es sechs Uhr, und ich hatte kaum zwei Stunden geschlafen. Ich lag noch immer auf dem Boden, war allerdings mit einer Steppdecke zugedeckt. Sie schlief in ein Laken gewickelt auf der Couch. Ich war noch leicht benebelt vom vielen Schampus und dem wenigen Schlaf. Mein Mund war ausgetrocknet und der Nacken steif. Ich fühlte mich phantastisch. Ich suchte so leise wie möglich meine Sachen zusammen, schrieb ihr die witzigsten Zeilen, die mein angeschlagenes Hirn zustande brachte, und ging.
Die Tür zu Elaines Nachbarwohnung sah im grauen Morgenlicht gespenstisch aus. Die Fenster waren abgedeckt, und das schmiedeeiserne Tor war zusätzlich mit einem überdimensionierten Vorhängeschloß gesichert. Vom Kombinationsschloß, mit dem sie normalerweise das Tor gesichert hatte, war nichts zu sehen. Vermutlich hatte die Polizei es sichergestellt. Ich blieb eine Weile stehen, dachte über Elaine nach, und mir wurde klar, daß ich kaum noch etwas für sie tun konnte. »Das Leben gehört den Lebenden, mein Sohn«, murmelte ich vor mich hin und machte mich auf den Heimweg, um zu duschen und frische Klamotten anzuziehen.
Meine Kollegen sind ein witziger und argwöhnischer Haufen. »Du bist immer noch betrunken«, empfing mich Lyall, als ich den Nachrichtenraum betrat und die versammelte Mannschaft überschäumend begrüßte.
»Wie kommt es dann, daß ich einen Kater habe, wenn ich noch betrunken bin?«
»Du benimmst dich, als wärst du betrunken. Und du siehst aus, als hätte dich ein Bus gestreift.«
»Ich bin empört.«
»Also, was war los?«

Ich ließ mich in den Stuhl vor Lyalls Schreibtisch fallen und verschränkte die Arme.
»Du selbstgefälliges Sackgesicht«, sagte er. »Wer war es?«
Ich schwieg.
Lyall lehnte sich vor. »Tier, Pflanze oder Mineral?«
Ich pfiff gelangweilt.
»Jemand von uns?«
Ich lächelte.
»Ridley, wenn du Andie gebürstet hast, mußt du jedem Mann in diesem Büro einen ausgeben. Oder nein, sagen wir zwei.«
Ich inspizierte meine Fingernägel. »Kaffee?« fragte ich, stand auf und holte welchen. Lyall begleitete mich zum Automaten.
»Komm schon, Ridley. Ich kann ein Geheimnis für mich behalten.«
»Ich auch, mein Freund, ich auch.«

Den ganzen Nachmittag quälte ich mich mit der klassischen Frage herum: Sollte ich Magnolia anrufen oder nicht? Schließlich setzte sich meine gute Kinderstube durch und ich rief an. Es war nur fair. Das einzig Richtige. Aber das einzig Richtige stürzte mich in ein weiteres moralisches Dilemma: Sollte ich mich erneut mit ihr verabreden oder nicht? Wie sahen ihre Gefühle aus? War es ihr peinlich, daß sie betrunken mit mir im Bett gelandet war? Hoffte sie gar, daß mich heute morgen irgendwelche guten Geister ins Jenseits befördert hatten, damit sie mich nicht mehr sehen mußte? Verzehrte sie sich vor Lust nach meinem Körper und lechzte nach dem nächsten Schäferstündchen? Vierzig Minuten später war ich von letzterem überzeugt und entschloß mich, anzurufen, um

mir Klarheit zu verschaffen. Ich war furchtbar nervös und aufgeregt, als ich zum Hörer griff.
Ich hatte den behutsamen Umgang mit dem anderen Geschlecht völlig verlernt. Abgesehen von meiner kurzen Bekanntschaft mit der Frau des Polizeibeamten – was man beim besten Willen nicht als Verabredung bezeichnen konnte – hatte ich nichts, was auch nur entfernt an eine Beziehung erinnerte, seitdem Mary mich vor über einem Jahr verlassen hatte.
Das Telefon klingelte fünfmal, bevor der Anrufbeantworter sich einschaltete. Die Stimme auf dem Band klang kühl und unnahbar. Ich faßte mir ein Herz.
»Hi. Hi, Magnolia. Ich bin's, Sam. Ich rufe nur an, um, äh, ›Hi‹ zu sagen. Ich hoffe, es geht dir gut, und es ist alles in Ordnung. Ich wollte nur sagen, äh, daß ich es sehr genossen habe, und, äh, wenn du mal wieder mit einem abgehalfterten Polizeireporter ausgehen willst, ruf mich einfach an.«
Ich legte auf.
Fast unmittelbar danach klingelte es. Mein Herz machte einen Sprung.
»Sam Ridley? Hier ist Eddy Cooper. Wir haben uns gestern in den Büros von Roadblock kennengelernt.«
Es war der junge Mann, der die Akte in Marks Büro gebracht hatte.
»Haben Sie heute abend Zeit? Vielleicht könnten wir uns treffen. Ich habe gehört, wie Sie Mark nach Elaine gefragt haben. Und seitdem sie tot ist, ist etwas Sonderbares hier im Büro passiert.«

28

Eddy hatte einen Pub in Soho vorgeschlagen. Ein völlig verräucherter und überfüllter Schuppen. Eddy hatte eine Ecke an der Bar erobert und bereits ein Guiness bestellt, als ich ankam. Das sah ziemlich nahrhaft aus, und ich bestellte das gleiche. Er war genauso nervös wie am Tag zuvor. Obwohl er kaum älter als fünfundzwanzig war, begann sich sein Haar zu lichten, und er sah aus wie ein Mann in den mittleren Jahren.

»Ich bin neu im Team. Die meisten anderen sind schon von Beginn an bei Roadblock, also seit etwa drei Jahren. Und ich muß sagen, es ist nicht einfach. Ich habe dort eine bezahlte Stelle, während die anderen ehrenamtlich tätig sind. Nicht, daß irgend jemand wirklich etwas gesagt hätte, aber man spürt, daß ich für sie der verwöhnte jüngere Bruder bin, der es viel leichter hat. Ich habe mir viel Mühe gegeben, damit sie mich akzeptieren – habe länger gearbeitet, mehr Begeisterung entwickelt, mehr Ideen. Schließlich schien es sich auszuzahlen. Elaine hatte mich eingearbeitet, so daß ich ihr ein paar Verantwortlichkeiten abnehmen konnte. Sie hatte viel mit der Verwaltung, der Buchführung und solchen Dingen zu tun. Ich glaube, sie wollte ihr Engagement etwas herunterschrauben, etwas kürzertreten – wahrscheinlich wegen ihres Kindes – und ich wollte so viel lernen wie möglich. Aus dem Grund habe ich die Leitung einer kleineren Aktion übernommen, um mich mit der gesamten Abwicklung vertraut zu machen.«

Er nippte an seinem Guiness und wischte sich den Mund. Warum erzählte er mir das? War ich sein Berufsberater?
»Es ist ein hartes Geschäft, das können Sie mir glauben. Man muß der Regierung und den Medien immer einen Schritt voraus sein. Man muß Projekte anleiern, die nicht nur wirkungsvoll sind, sondern auch das Fernsehen an den Eiern packen. Je mehr Publicity, desto mehr Geld. Je mehr Geld, desto mehr kann man machen.«
Mir knurrte der Magen, und der Schädel brummte. Ich bestellte eine Tüte Chips.
»Ich bin Buchhalter. Zumindest habe ich das gelernt. Ich wollte es nicht zum Beruf machen. Egal. Elaine konnte auch gut mit Zahlen umgehen. Sie machte die gesamte Buchführung auf dem Computer. Es gibt einen Wohltätigkeitsausschuß, der Preise für die beste Buchführung aussetzt, und sie wollte sich in diesem Jahr mit unserer dafür bewerben. Das war sehr wichtig. Im Moment bekommen wir sehr viele Spenden, besonders durch Esthers Kunststück. Jedenfalls sollte ich Elaines Job übernehmen. Ich hätte das sowieso tun sollen, aber nach Elaines Tod ist nichts daraus geworden. Mir wurde nicht erlaubt, mich ihrer Arbeit auch nur zu nähern. Ich weiß nicht, aber das kommt mir seltsam vor.«
»Haben Sie das der Polizei gesagt.«
»Nein, habe ich nicht, weil an den Tagen direkt nach Elaines Tod, an denen sie uns alle befragt haben, niemand so recht wußte, was eigentlich vorging. Ich weiß nicht, was ich jetzt tun soll. Ich dachte, na ja, ich dachte, vielleicht haben Sie eine Idee, Sie sind ja schließlich Reporter.«
»Wie kommen Sie darauf, daß das alles etwas mit Elaine zu tun hat? Glauben Sie, daß sie die Bücher getürkt hat?«

»Ich weiß nicht. Ich glaube nicht. Es sähe ihr überhaupt nicht ähnlich. Sie war eine Idealistin, und selbst wenn sie es nicht gewesen wäre – offen gesagt, ich glaube nicht, daß sie die Nerven dazu gehabt hätte.«

Er lehnte sich vor und stützte den Kopf in die Hände.

»Ich glaube nur, daß das alles nicht passiert, weil sie mit meiner Arbeit unzufrieden sind. Ich habe irgendwie ein ungutes Gefühl.«

»Hat man versucht, es Ihnen zu erklären?«

»Das ist ja das Sonderbare. Noch vor ein paar Wochen hat mich Mark in sein Büro gebeten und mir eröffnet, daß Elaine überlastet sei, und daß er es für an der Zeit hielte, daß ich ihr einen Teil der Arbeit abnehme. Er wollte, daß ich mich sofort von ihr einarbeiten lasse, dem ich natürlich gerne zugestimmt habe. Es ist also nicht so, daß sie mich haben wollte, und er nach ihrem Tod froh war, mich loszusein.«

»Haben Sie etwas Verdächtiges bemerkt?«

»Nichts, außer daß mir der Zugang zum Computer verwehrt wird.«

»Wollen Sie damit behaupten, daß Elaines Tod etwas mit ihrer Arbeit zu tun hat?«

»Ich weiß nicht. Ich weiß es wirklich nicht. Manchmal denke ich, ich bin verrückt, mir solche Intrigen einzureden. Vielleicht war der Streß doch zuviel für mich. Immer wieder werden Menschen ohne irgendeinen Grund ermordet. Warum nicht auch sie? Warum kann ich mich nicht damit abfinden, daß sie von einem Junkie umgebracht worden ist?«

Plötzlich kam mir ein Gedanke. »Waren Sie verliebt in sie?«

Er wurde knallrot und nahm einen kräftigen Schluck Bier. »Ich … sie hat mich von Anfang an freundlich behandelt. Sie half mir, mich zurechtzufinden. Ich kam frisch von der Uni. Sie war ein guter Mensch.«

Er sah mich flehend an und wirkte mit einem Mal wesentlich jünger. »Entschuldigen Sie, ich verschwende Ihre Zeit. Sie geht das alles ja nichts an. Ich weiß gar nicht, warum ich Sie überhaupt hergebeten habe. Aber gestern wirkten Sie so, na ja, aufgeschlossen. Nachdem ich Ihnen das alles erzählt habe, halten Sie mich wahrscheinlich für einen ausgemachten Schwachkopf.«

Zu Hause fand ich eine Nachricht von Magnolia auf dem Anrufbeantworter. Es lief darauf hinaus, daß sie Lust hatte, mit einem abgehalfterten Polizeireporter auszugehen. Am Abend mußte sie arbeiten, aber ich sollte sie um Mitternacht vor ihrer Wohnung treffen.

»Halleluja«, lobte ich einen unbekannten Gott. Ich tätigte ein paar Anrufe, stellte den Wecker auf elf und machte ein kleines Nickerchen.

Um zehn vor zwölf stand ich mit einer Flasche Champagner und einer Blume, die ich auf dem Weg in einem Garten geklaut hatte, vor ihrer Tür. Ihr Taxi fuhr vor, und sie winkte mir zu, bevor sie bezahlte.

»Na du«, sagte sie. »Bist du bereit?«

Ihr Kuß war sanft. Ein paar Minuten später gingen wir hinein. Schon die zweite Nacht, in der ich der glücklichste Hurensohn in ganz London war.

»Hat Elaine jemals mit dir über ihre Arbeit gesprochen?« Inzwischen war einige Zeit vergangen. Wir lagen auf dem Bett und kümmerten uns um den letzten Rest Champagner.

»Du hörst wohl nie auf, an sie zu denken.« Sie zog die Decke enger um ihren Körper. »Ist es das, worauf du aus bist? Eine Spielart von Nekrophilie?«
»Bin nur neugierig. Berufskrankheit.«
So einfach ließ sie sich nicht besänftigen. »Wir haben gerade eine Stunde mit, meiner Meinung nach, verdammt gutem Sex im Bett verbracht, und du sabbelst die ganze Zeit von ihr. Sie ist tot, Mann. Laß sie in Frieden ruhen.«
Ich beugte mich zu ihr und nahm ihre Hand. »Das ist mein Beruf.«
Sie zog ihre Hand weg.
»Laß deinen scheiß Job demnächst draußen vor der Tür. Ich will davon nichts wissen.«
Ich entschuldigte mich, und wir lagen eine Weile schweigend da, bevor wir beide nach der Zigarettenschachtel griffen.
»Vielleicht gehe ich lieber«, sagte ich.
»Ist vielleicht besser.«

Am nächsten Tag ging ich während der Mittagspause in die Hausbibliothek, um mir das Dossier über Roadblock anzusehen. Es war ganz schön dick, und ich hatte gerade mal an der Oberfläche gekratzt, bevor ich mich um sonderbare Verwendungsmöglichkeiten von Babyphonen kümmern mußte. Das Gute daran war, daß ich nach Westminster rausmußte, und so den Politikredakteur von City Radio abfangen konnte, bevor er zum nächsten wichtigen Termin davonrauschte.
John Baker ist noch länger dabeigewesen als ich. Er macht immer einen lustlosen Eindruck, wiegt zuviel und ist ein hoffnungsloser Workaholic. Seine Frau verflucht ihn an ihren

einsamen Abenden dafür. Sie hat ihn schon ein paarmal verlassen, ist aber immer zurückgekommen.

»Danke, alter Junge«, sagte er, als ich ihm ein Päckchen Zigaretten gab. Delaneys Anti-Raucher-Kreuzzug hatte die letzte Bastion, das Büro in Westminster, noch nicht erstürmen können.

»Was interessiert dich Matheson? Der hat nichts zu verbergen.«

»Ich habe seinen Sohn kennengelernt.«

»Ach ja, sein aus der Reihe tanzender Sohn. Macht nicht gerade einen auf glückliche Familie.«

»Der Papa muß entsetzt sein.«

Baker zuckte die Schultern. »Ist ein gefundenes Fressen für die Revolverblätter. Er selber gibt nicht viel her. Aber wenn sein Sohn behauptet, daß seine Partei ›das Land ins Verderben führt‹, stellte das seine ganzen Reden über die Werte der Familie in Frage. Trotzdem kann der alte Matheson nicht sonderlich verärgert sein. Die Aktivitäten seines Sohns verschaffen ihm mehr Medienpräsenz, als es für einen mittelmäßigen Hinterbänkler üblich ist.«

»Hat Roadblock wirklich Einfluß?«

»Keinen direkten. Aber es steht langsam für einen allgemeinen Meinungsumschwung innerhalb der Bevölkerung, etwas, das die ehrenwerten Menschen, die dieses Land regieren, überhaupt nicht erfreut. Die Straßenbaulobby ist reich und mächtig, und die Regierung ist ihr hörig. Aber das wird dich kaum überraschen. Vielleicht ändern sich die Dinge ja. Die Umweltaktivisten setzen große Hoffnungen auf ein Weißbuch zur Verkehrspolitik, das nächste Woche erscheinen soll.«

»Was wird da drinstehen?«

Baker drückte seine Zigarette in dem übervollen Aschenbecher aus. »Sie werden sich irgendwie durchlavieren. König Auto ist der uneingeschränkte Herrscher in dieser Regierung. Warum willst du das alles wissen? Fällt ja kaum in dein Fach.«
»Ich werfe nur meine Netze aus, um eine Story zu angeln, die mir vielleicht wieder zu meinem alten Job verhilft.«
Baker verzog das Gesicht. »Dumme Sache. Hätte jedem passieren können. Ist mir auch schon mal passiert. Zum Glück haben wir zeitversetzt gesendet. Der Produzent war ein fixer Junge und biepte das Wort raus. Der Kerl hat mir den Arsch gerettet. Ich war so dankbar, daß ich ihm eine Kiste Whisky geschickt habe.« Er sah auf die Uhr. »Muß los. Ruf mich an, wenn du mich brauchst. Wenn du etwas Genaueres hast, könnte ich ein paar Nachforschungen anstellen. Halt die Ohren steif.«
Er begleitete mich hinaus, schnappte sich Jackett und Recorder und verschwand in der entgegengesetzten Richtung.
Zu Hause wäre mir die Decke auf den Kopf gefallen, also nahm ich meinen Stapel Papiere und machte es mir den Abend über in meiner Stammkneipe in der Lancaster Road gemütlich.
Roadblock hat in seinem kurzen Leben ein Menge erreicht. Von Mark Matheson als Reaktion auf den unausgegorenen Plan, eine Straße mitten durch das Brutgebiet seltener Vögel zu bauen, gegründet, hat sich die Organisation durch ihre einfallsreichen Aktionen und ihren Erfolg schnell einen Namen gemacht. Das Suchen der direkten Konfrontation rief Erinnerungen an die Anfänge der großen Umweltschutzbewegungen wach, die inzwischen ein wenig ihren Biß verloren haben. Ihre findigen und energischen Proteste hatten immer ihren Weg in die Fernsehschlagzeilen gefunden und aus Mark

einen Star gemacht. Dauernd wurde er in den Sonntagsbeilagen der Zeitungen zitiert. Er war jung, sah gut aus und hatte auf eine Karriere im Bankgeschäft verzichtet, um den Planeten zu retten. Die Ausschnitte belegten, daß er zu allem möglichen befragt worden war, von seinen Eßgewohnheiten bis zu tierversuchsfreien Kosmetika. Der Stapel, durch den ich mich wühlte, wurde überhaupt nicht kleiner. Es war noch einiges an Lesestoff übrig, als ich mich entschloß, zu Hause bei einem Glas Whisky weiterzulesen. Ich packte meinen Kram zusammen, zahlte und ging. Die Nacht war warm, und es nieselte. Ich fühlte mich wie ein Schaf im Dampfkessel und roch auch so, als ich zu Hause ankam.
Vor meiner Wohnung stand eine Gestalt in einem schwarzen Mantel mit einer Tüte Lebensmittel.
»Das soll so etwas wie eine Entschuldigung sein«, sagte sie. »Ich nehme an, du hast noch nichts gegessen«. Aus der Tüte lugte eine Flasche Wein und an der Seite zeichnete sich der Name einer teuren Delikatesse ab.
Ihre roten Lippen waren kalt. »Frierst du nicht?« sagte ich.

In der Tüte waren Snacks, Dips, Salat und Brot. Magnolia improvisierte daraus in der Küche eine appetitliche Mahlzeit, während ich den Tisch deckte und den Wein entkorkte.
»Home, sweet home«, gratulierte ich mir, als ich mein Werk begutachtete. Ich hatte ein Zimmerpicknick arrangiert und ein altes Laken auf dem Wohnzimmerboden ausgebreitet. Mit all dem Essen, dem Wein und den Gläsern sah es recht manierlich aus. Das erinnerte mich daran, daß es mal eine Zeit gegeben hatte, in der mir das Leben in der Wohnung Freude gemacht hatte.

»Nicht schlecht.« Magnolia brachte einen reichlich beladenen Teller aus der Küche.
Wir fielen über das Essen her, dann übereinander.
»Ich kann nicht bleiben«, sagte sie später. »Morgen kommt der Schlosser. Ich bekomme eine neue Tür und neue Schlösser. Nach dem, was Elaine passiert ist, möchte ich ihn nicht versetzen.«

Kurz nachdem sie gegangen war, rief Eddy an. Er hatte heimlich ein paar Überstunden gemacht und die Computeraufzeichnungen von Roadblock durchgearbeitet, war dadurch aber auch nicht klüger geworden.
»Ich bin keine große Hilfe«, sagte er. »An die Informationen, die ich brauche, komme ich einfach nicht heran. Sie scheinen gelöscht worden zu sein.« Ich gestand ihm, daß ich auch keine Fortschritte zu vermelden hatte.
»Vielleicht gehen wir die Sache von der falschen Seite an«, sagte ich. »Lassen Sie uns rekapitulieren, was wir bereits wissen.«
»Also, für mich steht auf alle Fälle fest, daß Elaine umgebracht wurde, weil sie etwas wußte.«
»Na gut. Was könnte sie bei ihrer Position in der Firma gewußt haben?«
»Finanzen – das läge auf der Hand. Hmm, Personalgeschichten, was wer verdient und so. Sie kannte die Tagesordnung für unsere Protestaktion, aber da war sie nicht die einzige.«
»Hatte sie mit irgend jemandem Streit?«
Er lachte. »Wenn Sie sie gekannt hätten, wären Sie nie auf diese Frage gekommen. Sie hätte sich sogar dafür entschuldigt, wenn man ihr auf den Fuß getreten hätte.«

»Wie sieht's mit den Protesten aus, die Roadblock organisiert hat. Damit muß man sich doch Feinde gemacht haben.« Ich erinnerte mich an die Fernsehbilder von rauflustigen Straßenbauarbeitern, die sich mit Roadblockaktivisten geprügelt hatten.
»Ja schon. Aber davon war die ganze Organisation betroffen, nicht einzelne Mitglieder. Außerdem war Elaine nie an vorderster Front mit dabei. Sie hatte nicht die Nerven dazu.«
»Wir müssen die Aufzeichnungen finden. Und ich glaube, ich weiß, wer uns dabei helfen kann.«

Der Rover wurde langsam zu meinem zweiten Zuhause. Ich konnte das daran ablesen, daß die Gäste keine Notiz mehr von mir nahmen, wenn ich zur Tür hereinkam. Genaugenommen war schon Sperrstunde, aber das Trinken nach Ladenschluß gehörte zum Service, den der Rover seinen anspruchsvollen Kunden bot. Dean hatte Thekendienst. Sie trug die übliche freizügige, hautenge Verpackung. Wenn mich jemals jemand danach fragen wird, werde ich sagen, daß die Hersteller von Wonderbras für mich den größten Beitrag zur Lebensqualität in diesem unserem Jahrhundert geleistet haben.
»Dean.«
»Sam. Die Wunden heilen schnell.«
»Danke. Was geht?«
»Oh, nichts Besonderes. Die Bullen waren hier. Haben nach Shark gefragt. Ein Fettsack.«
»Das war Charlie. Der alte Bastard steht zu seinem Wort.«
»Was meinst du damit?«
»Nichts. Wem gehört die Kneipe eigentlich?«
»Mir.«

»Ein nettes Mädchen wie du an so einem Ort?«
Dean zapfte ein Bier. »Mein Freund bekam Probleme, hat mir alles überschrieben und wurde dann eingelocht. Er ist im Knast gestorben.«
»Ist ja übel.«
»Yeah. Er hat sich bei einem Freigang eine Lebensmittelvergiftung zugezogen. So hat alles seine guten Seiten.«
Sie schüttete mir einen Whisky ein, der nicht gepanscht war. So langsam stiegen meine Aktien im Rover.
»Sag mal, an dem Abend, an dem ich zum ersten Mal hier war, habe ich mich mit einem Typen über Einbruch unterhalten. Klein, Sonny-Bono-Schnurrbart, hochgekrempelte Jeans.«
»Das muß Stumpy gewesen sein.«
»Putziger Name.«
»Er hatte Polio als Kind. Du hast es vielleicht nicht gemerkt, aber er humpelt ein bißchen.«
»Da muß er sich aber mächtig anstrengen in seiner Branche, damit ihm diese Behinderung nicht zum Verhängnis wird.«
»Er hat einen eisernen Willen.«
Dean stellte mich Stumpy vor, der in einer schummrigen Ecke Dart spielte. Er entschuldigte sich dafür, daß er sich nicht mehr an mich erinnerte und schob es darauf, daß er doch einige Drinks intus hatte an jenem Abend. Wir hatten eine nette Unterhaltung mit dem Ergebnis, daß er versprach, mir ein bestimmtes Werkzeug für einen fairen Preis zu besorgen. Wie sich herausstellte, hatte er das Gerät sogar bei sich, so daß die ganze Transaktion samt dem Austausch von Komplimenten und einem kleinen Einführungskurs nicht mehr als zehn Minuten in Anspruch nahm.
»Vielleicht kommen wir ja mal in die gleiche Zelle«, verab-

schiedete er mich und klopfte mir auf die Schulter. Ach ja, der verrückte Mutterwitz der englischen Arbeiterklasse.

Am nächsten Morgen erwachte ich in blendender Stimmung und verschaffte mir im Blue Skies umgehend meine tägliche Dosis an Kalauern und Kalorien.

»Du hast schon ein paar Tage nicht mehr bei Geoffrey vorbeigeschaut«, warf mir Pat vor, noch ehe ich meine Bestellung aufgeben konnte. »Er möchte gerne wissen, wo du gewesen bist.«

»Ich war beschäftigt«, sagte ich schuldbewußt. »Viel Arbeit.«

»Nun, für manche Menschen kommen erst die Freunde und dann die Arbeit, und zu denen gehöre ich.« Sie stapfte in die Küche.

Eddy rief mich im Büro an, als ich gerade mit einer Story über lesbische Elternpaare rang. Er entwickelte langsam eine Vorliebe für Mantel-und-Degen-Romantik.

»Können Sie reden?« fragte er.

Ich sagte, ich könnte.

»Gut. Ich auch. Ich bin in einer Telefonzelle. Wollte kein Risiko eingehen, da drinnen.«

»O ja, Vorsicht ist angebracht.«

»Haben Sie es bekommen?«

Ich sagte, daß ich es hätte.

»Großartig. Ich habe meinen Teil auch erledigt. Das ist eine unausgegorene Idee, Sam, aber etwas Besseres fällt mir nicht ein.«

29

Der Freitagnachmittag zog sich dahin. Da *Female AM* nur wochentags auf Sendung geht, gibt es an diesem Tag nie viel zu tun, zumal Felicia diesmal keine ellenlange Liste von Dingen, die für die nächste Woche vorbereitet werden sollten, für mich hatte. Ich machte ein paar Anrufe, um ein Interview zu einer neuen, mit großem Tamtam auf den Markt gebrachten Creme gegen Zellulitis in die Wege zu leiten.

»Wir brauchen Stimmen von beiden Seiten«, sagte Felicia und gab mir eine Hochglanzbroschüre, in der die Oberschenkel eines Models abgebildet waren, das aussah wie vierzehn. »Besorg auch einen Arzt, einen alten Pferdedoktor, der das alles für Bullshit hält. Und hör mit deinem spöttischen Lächeln auf«, ermahnte sie mich, während ich die Broschüre durchblätterte.

»Das war kein spöttisches Lächeln, sondern ein anzügliches Grinsen.«

Felicia schnaubte. »Laß den Scheiß und mach deine Arbeit.«

»Es gibt keinen, der sich mehr für den Zustand weiblicher Oberschenkel interessiert als ich.« Zur Beteuerung legte ich die Hand aufs Herz. Sie drehte sich kurz noch einmal um und warf mir einen Blick zu, der einen Eisberg pulverisiert hätte.

Ich erledigte meine Pflichten und dachte über Felicia und mich nach. Meiner Berufsperspektive zuliebe sollte ich eine diplomatische Offensive starten.

Ich tänzelte zu ihrem Schreibtisch. »Lust auf ein Bier nach der Arbeit?«
Ihre Augen verengten sich zu kleinen Schlitzen. Ihr war nicht klar, worauf ich hinauswollte. Ich zauberte ein unschuldiges Lächeln auf meine Lippen. Sie übersah es.
»Nein danke«, sagte sie und vergrub sich wieder in ihren Akten.
Also gut, ich war gesprungen, aber das Wasser war eiskalt und so seicht, daß ich mir das Genick hätte brechen können.
Ich sah, daß Lyall uns mit hochgezogenen Augenbrauen beobachtet hatte. Zurück an meinem Schreibtisch piepte mein Computer, und in der oberen rechten Ecke blinkte das Wort »message«. Ich drückte eine Taste, um die Botschaft abzurufen.
»Mit ihr?« stand in der ersten Zeile.
Ich tippte ein »Nein«.
»Schade«, kam die Antwort. »Diese ganze Aggression. Es hätte nur gut werden können.«

Ohne Gesellschaft zu trinken, schien mir keine gute Idee für den Abend. Ich bin ein geselliger Mensch, und auch wenn ich mich in meinem Junggesellendasein eingerichtet habe, hatte die Begegnung mit Magnolia, obwohl sie gerade erst stattgefunden hatte, alte Gewohnheiten in mir wiederbelebt. Ich beschloß, Geoffrey zu besuchen. Er saß im Bett und starrte den leeren Fernsehschirm an. Als er mich sah, drückte er auf die Fernbedienung, ohne daß das einen sichtbaren Einfluß auf den Bildschirm hatte.
»Fernsehen ist ohne Bild viel friedlicher«, sagte er und lächelte. »Wenn ich ganz normal fernsehe, kann ich mich schlecht

konzentrieren. Es gibt soviel Ablenkung, und die ganze Werbung.«

Er sah viel besser aus. Er hatte wieder Farbe im Gesicht, war frisch gewaschen, rasiert und gekämmt. Seine Hände zitterten weder, noch zupften sie an der Bettdecke.

Ein paar Minuten später kam Geoffreys Nachbar Jerry. Er hatte ein Brettspiel für Kinder gekauft, mit dem wir uns lautstark vergnügten, bis uns eine Schwester zur Ordnung rief. Nach etwa einer Stunde verließen Jerry und ich das Krankenhaus.

»Ich habe mich nach dem Unfall mit Fahrerflucht erkundigt«, sagte ich, während unsere Doc Martens im Duett über die Flure quietschten. »Die Polizei sagt, es gibt keine Zeugen. Ich bin mir nicht sicher, ob wir mit Geoffrey darüber sprechen sollten.«

»Ich bin morgen wieder da«, sagte er, »und spreche mit dem Arzt.«

Auf den Stufen zum Krankenhaus verabschiedeten wir uns. Ich bog in die Praed Street Richtung U-Bahn, überlegte es mir aber anders und ging zu Fuß nach Hause. Auf dem Weg versorgte ich mich in einem Laden mit dem Nötigsten – Whisky, Kaffee und Tiefkühlpizza – und richtete mich auf einen ruhigen Abend ein.

Samstagnacht war klarer Himmel und Vollmond. Nicht gerade Bilderbuchbedingungen für einen Einbruch. Ich brauchte einige Zeit, um die passende Garderobe auszusuchen. Es lag auf der Hand, dunklen Farben den Vorzug zu geben, also zog ich eine schwarze Hose und einen schwarzen Pullover an. Dann stopfte ich mir noch eine schwarze Mütze in die Tasche, die

Simon dagelassen hatte, weil er sie in Sydneys subtropischem Klima kaum gebrauchen konnte. Ich überprüfte meine Erscheinung im Spiegel. Nicht gerade ein Gentleman-Einbrecher à la David Niven, aber es mußte genügen.

Eddy und ich hatten sozusagen einen Plan. Zum Glück war das Gebäude, in das wir einbrechen wollten, nicht durch eine Alarmanlage gesichert – so weit war die Großzügigkeit der Sponsoren nicht gegangen –, aber ein Wachdienst patrouillierte in regelmäßigen Abständen. Dem Eigentümer des Roadblock-Gebäudes gehörte noch ein anderes in der Nähe. Darauf fußte unser Plan.

Wir trafen uns in einem Pub in der Camden High Street, eine lärmende Schluckerkneipe, in der zwei Männer in Schwarz nicht auffallen würden. Wir bestellten zwei Bier, um uns Mut anzutrinken, und gingen zum Ort des Verbrechens. Das Gebäude lag ein Stück abseits der Straße, und um dort hinzugelangen, mußten wir durch eine schmale, mit Kopfstein gepflasterte Gasse, die zum Marktplatz führte. Der Hintereingang befand sich oberhalb einer Metalltreppe. Der obere Treppenabsatz endete an einer hohen Mauer, die aber durchbrochen war, damit die Menschen, die dort arbeiteten, eine Abkürzung zum Markt nehmen konnten. Uns kam das sehr gelegen, da wir uns unter einem der verlassenen Marktstände verstecken und durch den Durchbruch beobachten konnten, wie oft das Wachpersonal kontrollierte. Von den wenigen Restaurants und Cafés in der Nähe drangen Stimmen und Schritte herüber, und diverse Essensgerüche stiegen uns in die Nase, aber um diese Zeit würde sich niemand in unsere Nähe verirren.

»Mir ist kalt«, sagte Eddy nach einer halben Stunde. »Was

machen wir hier eigentlich? Ins eigene Büro einbrechen, das darf doch nicht wahr sein.« Der Wachmann war bereits einmal vorbeigekommen, und wir warteten, um herauszubekommen, wie lange er für seine Runde brauchte.
Ich hatte mir dieselbe Frage gestellt. Ich fror auch und außerdem waren mir die Beine eingeschlafen. Was würde wohl meine Ex-Familie denken, wenn sie herausfände, wie ich meine Samstagabende verbrachte?
Der Wachmann kam zurück. Eddy kniff mich in den Arm. Wir machten einen Uhrenvergleich. Eine halbe Stunde. Nicht viel Zeit, aber es mußte reichen. Wir warteten noch ein paar Minuten und gingen dann die Treppen hinauf. Als wir über den Hof liefen, schaute ich schön nach links und rechts, wie meine Mutter es mir beigebracht hatte. Es wäre zu blöd gewesen, sich von einem zurückeilenden Wachmann überraschen zu lassen. Das Fenster, das wir uns ausgesucht hatten, war gerade groß genug, daß wir uns hindurchzwängen konnten. Eddy klebte das Fenster ab und schlug dann mit dem Gummihammer zu. Ich hielt meine Jacke darunter, damit kein Splitter auf den Boden schepperte und unsere Anwesenheit verriet. Die Scheibe ließ sich leicht entfernen, fast am Stück. Wir säuberten die Rahmen, und Eddy kroch hinein. Ich folgte ihm auf dem Fuß. Nach meiner Erfahrung mit Mauerbesteigungen in der letzten Woche, hatte ich das Gefühl, daß ich langsam besser in solchen Eskapaden wurde, aber vielleicht war es auch das Adrenalin, das mir den nötigen Kick gab.
»Wir sind drin!« sagte Eddy. Sein Flüstern verbarg nur schlecht sein Triumphgefühl. Wir waren auf dem besten Weg, Adrenalinjunkies zu werden.
Er übernahm die Führung durch die düsteren Büros von Road-

block. Mit der Zeit gewöhnten sich die Augen an die Dunkelheit. Die Schreibtische zeichneten sich als klobige, düstere Streifen gegen den Boden ab. Auf jedem thronte ein PC.
»Das ist ihr Platz«, sagte Eddy. »Die Polizei hat alles mitgenommen.«
Um mich selbst davon zu überzeugen, öffnete ich alle Schubladen an ihrem Schreibtisch. Eddy hatte recht. Sie waren leer.
Wir gingen in den Halbstock hoch. Marks Tür war wie erwartet abgeschlossen. Ich nahm das Werkzeug, das Eddy mir verkauft hatte, steckte es in das Schloß und versuchte, die Tür zu öffnen. Nichts.
»Geht's nicht ein bißchen schneller?« flüsterte Eddy.
Ich bewegte das kleine Wunderding, wie Eddy es mir gezeigt hatte. Keine Ahnung, in welchem Anflug von Größenwahn ich mir eingeredet hatte, daß ich irgendein Talent für solche Sachen hätte. Selbst wenn ich im Besitz des richtigen Schlüssels bin, habe ich Probleme mit Schlössern.
Ich ruckelte ein bißchen mehr an dem Gerät herum. Eddy hüpfte neben mir auf und ab. Dann, mit einem Mal – vielleicht hatte der Gott der Türschlösser ein Erbarmen – bewegte sich der Griff, und wir gelangten hinein.
Das Büro sah so aus, wie ich es in Erinnerung hatte. In der Mitte des Zimmers stand der Schreibtisch, und auf einem kleinen Tisch daneben ein Computer. Die Wände waren mit Fotos von Roadblock-Aktionen geschmückt, meist zu Postern vergrößert. Es gab einen gewöhnlichen Aktenschrank mit drei Schubladen. Eddy nahm sich die Schreibtischschubladen vor, von denen nur die oberste verschlossen war, und ich mir den Aktenschrank.
»Gib mal dieses Ding rüber«, sagte Eddy. Ich gab ihm

Stumpys Universaleintrittskarte, und er bearbeitete damit das Schloß.

Ich blätterte derweil die Akten durch. Lebensläufe, Ausschnittsammlungen, Sozialversicherungskram – Zeug, das man in jedem Büro finden würde.

»Hab was gefunden«, rief Eddy. Er hatte die Schublade aufbekommen und hielt eine Diskette in den Händen, auf der Elaines Name stand.

»Das ist ihre Handschrift.« Er schob die Schublade zu und schloß sie in geradezu professionellem Tempo wieder ab.

»Haben Sie das gehört?« fragte ich Eddy.

»Was?«

Ich legte einen Finger auf die Lippen und schob Eddy hinter den Schreibtisch. Wir spitzten die Ohren.

Eine Tür wurde geöffnet und wieder geschlossen. Schritte. Diesmal konnte wir sie beide hören.

30

»Die Tür!« buchstabierte Eddy stumm. Wir hatten die Tür zu Marks Büro offen gelassen. Wenn der Wachmann auf Draht war, würde er merken, daß sie bei seinem letzten Rundgang noch geschlossen war.

Der Wächter, oder wer immer es war, befand sich noch im unteren Bereich. Oben vom Halbstock konnten wir nicht sehen, was er oder sie tat.

Wir verhielten uns mucksmäuschenstill und wagten nicht, die Tür zuzuziehen, aus Angst, uns zu verraten. Der Wachmann ging eine Weile durch die untere Etage, dann hörten wir seine Schritte auf der Metalltreppe zum Halbstock. Er stampfte mit schweren Schritten nach oben, aber mein Herz pochte so sehr, daß es die Schritte noch übertönte.

Das einzige Versteck war hinter der Schreibtischverblendung. Mir schossen die möglichen Alternativen durch den Kopf. Sollten wir versuchen, dem Wächter davonzulaufen? Aber dann würde er unsere Gesichter erkennen. Sollte Eddy es mit einem Bluff versuchen? Da hätte er sich eine verdammt gute Geschichte überlegen müssen.

Wir blieben, wo wir waren. Die Schritte hatten den Halbstock erreicht. Eddy, der sich zu einer Kugel zusammengerollt hatte, um mir ein bißchen mehr Platz in dem winzigen Versteck zu machen, hatte die Augen geschlossen. Ich hielt den Atem an.

Ein Knistern durchbrach die Stille. Das Funkgerät des Wachmanns.

»Ja?« sagte er.

Noch mehr Knistern. Die Worte waren nicht zu verstehen.

»Okay. Bin gleich da.« Die Schritte entfernten sich über den Gang zur Metalltreppe.

So erleichtert hatte ich mich schon lange nicht mehr gefühlt.

Wir warteten noch ein paar Minuten, schlossen dann die Tür zu Marks Büro und schlichen denselben Weg zurück, den wir gekommen waren.

Wir schlüpften in Rekordzeit durch das Fenster.

»Puh, jetzt könnte ich einen Drink vertragen«, murmelte Eddy.

Wir gingen die Eisentreppe hinunter, die uns wieder zum Marktplatz führen würde.

Hinter mir hörte ich jemanden rufen. Ich sah mich um. Zwei dunkle Schatten. Der kleinere kam in hohem Tempo auf uns zugeschossen.

»Renn!« drängte ich Eddy. »Er hat einen Hund.«

31

Wir sprangen die Treppe hinunter, immer drei Stufen auf einmal nehmend, und bogen in die Gasse ein, die auf die Camden High Street führte. Wir schlitterten über das Kopfsteinpflaster nach links auf einen Platz, Eddie immer voran.

»Der Kanal. Hier runter«, hechelte er, während er über den Platz rannte und scharf nach links auf einen Pfad zulief.

Hinter mir konnte ich die Pfoten des Hundes auf dem Pflaster klackern hören und mochte gar nicht daran denken, was geschehen würde, wenn er uns einholte. Eddy kannte die Gegend besser als ich, und ich betete, daß er wußte, was er tat.

Wir sprinteten etwa hundert Meter den Weg entlang. Meine Lungen drohten zu bersten. Wir liefen nach Osten, Richtung Islington und King's Cross. Der Pfad unterhalb des Straßenniveaus war kaum beleuchtet. Der Kanal stank erbärmlich. Wächter und Hund waren immer noch hinter uns. Der Hund holte langsam auf. Welche Verteidigungsstrategie sich mein Anwalt wohl einfallen lassen würde, wenn dieser Fall jemals vor Gericht kommen sollte? Nicht schuldig wegen Unzurechnungsfähigkeit hätte wohl am ehesten Aussicht auf Erfolg.

»Scheiße!« brüllte Eddy und stoppte abrupt. Vor uns querte eine Brücke den Kanal. Der Pfad führte nicht unter der Brücke durch, sondern darüber. Nur, um diese Uhrzeit war der Aufgang durch ein hohes Gatter versperrt. Selbst bei dem spärlichen Licht war zu sehen, daß es keinen Halt zum Hinüberklettern bot. Die Wände der angrenzenden Häuser waren ebenfalls unüberwindlich.

Der Hund schien den Braten zu riechen und legte noch einmal einen Zahn zu.

Ich sah mich um. Vorne Gatter, hinten Hund, rechts Kanal. Rosige Aussichten.

»Geben Sie mir die Diskette«, sagte ich.

»Was?«

»Geben Sie mir die Diskette!«

Eddy reichte sie mir. Ich verstaute sie unter meiner Mütze.

»Ich fürchte, wir werden nasse Füße bekommen.« Ich ließ mich in den Kanal gleiten.

»Sind Sie verrückt?« zischte Eddy.

»Kommen Sie schon.« Ich schenkte der Wassertemperatur keine Beachtung. »Es ist nicht tief.« Es ging mir bis zur Hüfte. Eddy sprang in den Kanal. Ich ergriff seinen Arm, und wir wateten auf die andere Seite. Der Hund blieb am Ufer stehen und fing unschlüssig an zu jaulen. »Faß!« rief der Wachmann, der die Nachhut bildete.

Eddy und ich pflügten uns weiter durch das Wasser. »Wir holen uns alle möglichen Seuchen und krepieren elendiglich«, fluchte er, als eine tote Taube an uns vorbeitrieb.

Das kalte Wasser zog uns nach unten. Eddy stolperte hinter mir und versank bis zum Hals in der Brühe. Ich reichte ihm meine Hand und half ihm auf. Er zitterte am ganzen Leib.

Der Hund drehte sich um und setzte zum Sprung an. Der Wachmann trieb ihn unbarmherzig vorwärts. Das Tier winselte, der Wachmann keifte. Zögernd trippelte der Hund zur Wasserlinie. Die andere Seite des Kanals war nur noch wenige Meter entfernt. Ich verstärkte meinen Griff um Eddys Arm.

Der Hund begann fürchterlich zu bellen. Wieder hatte er vor der Wasserlinie abgedreht und achtete darauf, nicht naß zu werden. Der Wachmann hatte ihn inzwischen eingeholt und schrie wild gestikulierend auf ihn ein, aber der Hund rührte sich nicht.

»Brav, Fido, brav«, sagte ich, als Eddy und ich aus dem Wasser kletterten. Das Gezeter auf der anderen Seite ging munter weiter, aber wir hielten uns nicht damit auf, herauszufinden, worum es ging. Ein holpriger Pfad führte die Brücke hinauf. Autos fuhren vorbei, schenkten uns jedoch keine Aufmerksamkeit. Wir duckten uns hinter dem Brückengeländer, damit der Wachmann nicht im Laternenlicht unsere Gesichter erkennen konnte, dann richteten wir uns auf und gingen so unverfänglich wie möglich Richtung Kentish Town.

»In diesem Zustand werden wir wohl kein Taxi bekommen«, sagte Eddy. »Gehen wir zurück zu meiner Wohnung.«

Genau das taten wir. Es dauerte etwa vierzig Minuten. Wir waren durchgefroren, erschöpft und schlechtgelaunt, als wir ankamen.

»Wenn Sie das nächste Mal mit mir ausgehen wollen, gebe ich Ihnen einen Korb«, sagte Eddy, während er uns einließ. Das Wohnzimmer war klein, aber gemütlich, mit einer noch kleineren Küche hinter einem Torbogen. Vor allem war es warm. Eddy holte mir einen Trainingsanzug.

»Ich gehe duschen. Ziehen Sie den an und werfen Sie Ihre Klamotten in den Trockner in der Küche.«

Bis Eddy aus der Dusche kam, machte ich es mir auf dem Sofa bequem, die Diskette vor mir auf dem Wohnzimmertisch. Dann holte er zwei Bier und eine Riesentüte Tacos aus der Küche. Wir rangelten uns um die salzigen Dreiecke und legten

nach unserem gemeinsamen Gesetzesbruch alle Förmlichkeiten im Umgang ab.
»Also los, schauen wir mal, ob es die Lungenentzündung wert war«, sagte Eddy. Er schob die Diskette in seinen PC, der einen Ehrenplatz auf dem Eßtisch einnahm. Ich rückte mir einen Stuhl heran und setzte mich neben ihn.
»Die Tatsache, daß überhaupt etwas auf der Diskette drauf ist, ist schon verdächtig. Fast von Anfang an haben wir alle unsere Aufzeichnungen digitalisiert. Erst haben wir alles auf der Festplatte gespeichert, aber als die Datenmenge zu groß wurde, sind wir auf CDs umgestiegen, die eine höhere Speicherkapazität haben. Die gesamte *Encyclopaedia Britannica* paßt auf zwei CDs, um dir einen Eindruck von deren Fassungsvermögen zu geben.«
Ich nickte, auch wenn mir nicht alles so sonnenklar war, was Eddy mir erklärte. Abgesehen vom Computer im Büro, den ich als etwas avanciertere Schreibmaschine nutzte, ist das digitale Zeitalter an mir spurlos vorbeigegangen.
»Aber für eine Sache ist die Diskette immer noch gut. Jede Datei im Netzwerk kann theoretisch gehackt werden. Wenn man clever und ausdauernd ist, kommt man überall ran. Speichert man jedoch etwas auf Diskette, nimmt sie heraus und versteckt sie irgendwo, kommt niemand an die Daten.«
»Es sei denn, jemand bricht ein und stiehlt sie.«
»Genau.«
»Das Problem ist nur ...« Seine Finger flogen über die Tastatur. Der Bildschirm zeigte an, daß ein Virensuchprogramm lief. Keine Viren. Eddy gab weitere Kommandos ein.
Auf dem Bildschirm stand: »Ich kann die Datei nicht lesen. Möchten Sie trotzdem, daß ich die Datei öffne?«

»Scheiße«, fluchte Eddy. Er gab den Abbruchbefehl ein und nahm die Diskette heraus. »Das Problem ist, daß nicht alle Computer gleich sind. Dauernd wird neue Software entwickelt. Manchmal ist sie mit älteren Versionen kompatibel, manchmal nicht. Deswegen ist es möglich, daß selbst ein Computer mit derselben Software die Daten von einem anderen Computer nicht lesen kann. Im Büro ist unsere Software auf dem neusten Stand. Meine ist ein paar Jahre alt – die Anwendungsprogramme sind unterschiedlich. Kurz gesagt, sie sprechen nicht die gleiche Sprache.«
»Was jetzt?«
»Wir suchen uns einen anderen Computer.«
Es war drei Uhr nachts, als ich endlich nach Hause kam. Selbst für einen Schlummertrunk war ich zu müde. Ich schlief den Schlaf der Gerechten.

Sonntagmorgen lachte die Sonne. Jede kleinste Bewegung tat weh. Es war noch schlimmer, als zusammengeschlagen zu werden. Ich kochte Kaffee und schrieb einen Brief an Simon. Egal, was seine Mutter mir unterstellte, ich wünschte ihm, daß er sich in Australien zurechtfinden und wohl fühlen würde. Auf lange Sicht war das das Beste für ihn. Die Tatsache, daß das nicht das Beste für mich war, verdrängte ich während des Schreibens. Ich schrieb ihm, daß er nun früh die Erfahrung machen müsse, daß es im Leben nicht immer gerecht zugehe. Eine harte Lektion für einen Zehnjährigen, aber ich tröstete ihn damit, daß er aufgeweckter als die meisten anderen seines Alters war. Dann fügte ich noch ein paar Tips unter Männern an, daß man sich durchboxen und das Beste aus allem machen müsse – die ganze Litanei. Als ich

mich dem Ende des Briefs näherte, glaubte ich fast selbst daran.
Dann rief ich bei Jerry und Mike an. Der Anrufbeantworter teilte mir mit, daß sie ausgegangen waren, um dem wilden Leben eines jungen berufstätigen Paares zu frönen, und zurückrufen würden, sobald sie wieder da wären. Ich hinterließ eine Nachricht.

Am Montag meldeten die Zeitungen einen kleineren Einbruch in den Büroräumen von Roadblock. Zu den Motiven konnte die Polizei nicht viel Auskunft geben. Die Verfolgungsjagd am Kanal wurde erwähnt. Der Wachmann hatte die Flüchtigen nicht erkennen können. Ich rief Eddy an, um ihm diese erfreuliche Neuigkeit zu erzählen.
»Meinst du, du packst es?«
»Ich bin total nervös«, sagte er. »Und ich bin ein schlechter Schauspieler.«
»Du mußt nicht schauspielern. Rede dir einfach ein, daß du nie dort gewesen bist. Du mußt keine Überraschung vorspielen, weil du die Sache bereits in der Zeitung gelesen hast. Geh am besten früh hin, um zu zeigen, daß du dir ernsthaft Sorgen machst.«
»Okay. Hast du deinen Freund erreicht?«
»Bisher nicht. Aber ich versuche es später noch einmal.«
»Wenn wir ein bißchen Gras über die Sache wachsen lassen, kann ich die Diskette auch mit ins Büro nehmen und hier lesen. Aber im Moment ist mir das zu riskant.«

Montag war auch der erste Tag der Nationalen Woche der Unfruchtbarkeit. Felicia hatte deshalb für jeden Tag einen kurzen Beitrag dazu eingeplant. Ein paar davon hatten wir schon vorproduziert, aber Felicia wollte natürlich unerbittlich noch mehr.

»Beweg deinen Arsch, Ridley, und laß dir was Originelles einfallen«, raunzte sie mich an, bevor sie ins Studio ging. Es war eine richtige Herausforderung. Das Thema interessierte mich nicht die Bohne, und ich hatte keine Ahnung, wie man damit eine Sendung gestalten sollte. Aber die unermüdliche Andie war wieder einmal meine Rettung. Sie hatte den Ausschnittsdienst bemüht.

»Wird schon was Brauchbares dabei sein«, munterte sie mich auf, bevor sie auch im Studio verschwand. Ich segnete den Tag, an dem ihre Eltern sich kennengelernt hatten und machte ein paar Anrufe.

Mike rief mich am Nachmittag zurück. Ich erklärte ihm mein Anliegen.

»Komm vorbei«, sagte er. »Wenn meine Maschine es nicht tut, finde ich bestimmt eine andere.«

Vor halb sechs ließ Felicia mich nicht gehen.

»Bis jetzt habe ich dem Götzen Mammon gedient«, sagte ich zu ihr. »Aber jetzt muß ich los, um die gesamte Westliche Welt zu retten.«

»Hauptsache, du bist morgen wieder pünktlich bei der Arbeit«, sagte Felicia. »Um Viertel nach acht haben wir ein Interview über das Stillen.«

Die gestohlene Diskette hatte ich den ganzen Tag bei mir getragen. Ich hatte sie noch in der Innentasche meiner Jacke, als ich mich mit einem ziemlich nervösen Eddy an der U-Bahnstation Lancaster Gate traf.

»Den Tag gut überstanden?« fragte ich ihn auf dem Weg zu Mike und Jerry.
»So gerade. Mir geht das ganz schön an die Nieren. Ich versuche, ruhig zu bleiben, aber ich habe das Gefühl, als würden mich alle anstarren. Es ist halt das erste Mal, daß ich so etwas gemacht habe. Ich bin eigentlich jemand, der sogar Parkscheine löst. Selbst Elaine, die in dieser Beziehung selber ein echter Waschlappen war, hat sich über meine Gesetzestreue lustig gemacht. Rechnungen immer rechtzeitig bezahlen, Steuern bis auf den Penny genau angeben – das ist mein Leben.«
Wir erreichten Queen's Gardens. »Na, dann war's ja höchste Zeit, ein neues Leben anzufangen.«
Mike saß auf der Treppe vor dem Haus und rauchte. Ich stellte ihm Eddy vor.
»Hallöchen«, sagte Mike und sprang mit der deprimierenden Spannkraft eines Mannes auf, der jede Woche mehrere Stunden im Fitneßcenter verbringt. »Jerry mag es nicht, wenn ich in der Wohnung rauche.«
Er warf die Kippe auf die Stufen und trat sie aus, dann hob er sie auf und nahm sie mit hinein.
Mike war ein Mensch, der Computer ernst nahm.
»Wow«, staunte Eddy, als er das Equipment sah.
Ein großer Farbbildschirm thronte über einer Ansammlung von elektronischen Kästen und Tastaturen, Druckern und Faxgeräten. Auf dem Bildschirm fraß sich ein Dinosaurier durch dichte, prähistorische Urwälder und stieß ab und zu einen prähistorischen Schrei aus.
»Wie gefällt euch mein neuer Bildschirmschoner?« Mike freute sich wie ein Kind über sein neues Spielzeug. »Wir können

auch fernsehen, wenn ihr wollt.« Er drückte ein paar Tasten, und die Lokalnachrichten wurden eingeblendet.
»Im Büro der renommierten Umweltschutzorganisation Roadblock ist am Wochenende eingebrochen worden. Die Polizei teilt mit, daß nichts gestohlen wurde, aber sie schließt einen politisch motivierten Raubüberfall nicht aus ...«
»Einbruch«, unterbrach ich die Sprecherin.
»Was?« fragten Eddy und Mike im Duett.
»Es war Einbruch. Wir sind Einbrecher, keine Räuber. Bei einem Raubüberfall nimmt man sich etwas mit Gewalt. So etwas verabscheue ich.«
Mike sagte: »Sam, gibt es da was, das du mir sagen solltest?«
»Na ja, ich hätte es dir schon noch rechtzeitig gesagt.«
Er nickte ruhig, als ich ihm die Geschichte erzählte und widmete sich dann wieder dem Bildschirm.
»Mal sehen, ob das hier den ganzen Ärger wert war.« Er klickte ein paar Buttons an und die Bilder verschwanden.
»Um was für ein Programm handelt es sich?« fragte er Eddy, in der berechtigten Annahme, daß er noch am ehesten etwas dazu sagen konnte.
Eddy sagte es ihm. »Ich hab's auf meiner Kiste auf einen Versuch ankommen lassen, aber es hat sich nichts getan.«
»Schau'n wir mal. Vielleicht ist heute euer Glückstag.« Dann wandte er sich an mich. »Sam, im Kühlschrank stehen ein paar San Miguels. Bringst du mir eins? Ich brauch das zum Denken.«
Als ich mit dem Bier zurückkam, war der Bildschirm leer bis auf ein kleines Quadrat.
»Verschlüsselt«, sagte Eddy.
»Verschlüsselt?«

»Wer immer die Diskette angelegt hat, hat sie auch verschlüsselt. Wir brauchen das Paßwort, um an die Daten ranzukommen.«

»Kannst du's nicht hacken?« Ich war stolz, daß ich das Fachvokabular so souverän beherrschte.

»Schon, ich müßte ein Programm schreiben, das jede mögliche Zahlen-Buchstaben-Kombination eingibt, aber wir müßten etwa hundertfünfzig Jahre auf das Ergebnis warten. Laß uns lieber ein Brainstorming veranstalten. Die meisten Menschen sind so dumm und verwenden als Paßwörter den Namen ihrer Lebensgefährten oder Haustiere. Was käme da für diese Elaine in Frage?«

»Fangen wir mal mit Albion an«, schlug ich vor.

Mike tippte die Buchstaben ein, aber außer einem ›Pling‹ tat sich nichts.

»›Roadblock‹ wäre naheliegend«, sagte Eddy. Mike gab es ein, aber die Datei ließ sich nicht öffnen.

Wir versuchten ›Mulberry‹, ›Audrey‹, ›Umwelt‹, ›Protest‹ und ›Aktivist‹, dann ›York‹, ›Robert‹, ›Elaine‹ und ›Rachel‹, Elaines zweiter Vorname. Das Paßwort war nicht dabei.

»Sie hat ihr Kind nach einem Gedicht von William Blake benannt«, sagte ich. Wir versuchten ein paar Kombinationen. Nichts.

»Albions Lieblingsspielzeug hieß Floppy Bunny«, erinnerte sich Eddy. Auch damit hatten wir kein Glück.

Nach einer dreiviertel Stunde brachen wir unsere fruchtlosen Versuche ab und entschieden uns dafür, erst noch einmal in Ruhe darüber nachzudenken. Mike bot an, daß wir ihn jederzeit anrufen könnten, wenn uns eine neue Möglichkeit einfiele.

Magnolia hatte angerufen. Sie schlug vor, ich sollte nach ihrer Show zu Suppe und Sex vorbeikommen – die Reihenfolge sei ihr egal. Ich rief sie im Kit Kat an, und wir verabredeten uns für Mitternacht. Vornehmlich galt es nun, die Zeit totzuschlagen – ungefähr vier Stunden – am besten mit Ausruhen. Aber irgendwie ritt mich der Teufel. Ich hatte das dringende Bedürfnis, das Gesetz zu brechen. Mich hatte es gepackt, und zwar ordentlich. Aus dem Kleiderschrank holte ich mir einen Drahtbügel und formte ihn zu einem Haken. Dann bog ich ihn auf Westentaschenformat zurecht, schloß die Tür hinter mir und ging.

Es war frisch draußen, und meine protestierenden Muskeln waren gar nicht glücklich über einen Spaziergang, aber es wäre dumm gewesen, unnötigerweise eine Spur am Tatort zu hinterlassen – zum Beispiel ein Auto, das auf meinen Namen zugelassen war.

Zu spät fiel mir wieder ein, daß das Tor zu Elaines Wohnung durch ein schweres Polizeischloß gesichert war. Daran hatte ich nicht gedacht, als ich diesen Ausflug geplant hatte.

»Verdammt«, fluchte ich. Ich hatte zwar Stumpys Universalgerät dabei, aber ich hatte das ungute Gefühl, daß ich es ebensogut mit Zahnseide hätte probieren können. Trotzdem fummelte ich ein paar Minuten an dem Schloß herum. Das Schloß rührte sich nicht. Ich rüttelte mit aller Gewalt am Tor. Ein solides Fabrikat mit noch solideren Angeln. Ich ging zurück zur Straße und versicherte mich, daß keine ungebetenen Zeugen für mein geplantes Verbrechen in der Nähe waren. Die Straße war wie ausgestorben. Für die Nachbarn war das Tor nicht einsehbar, da das Haus auf dieser Seite keine Fenster hatte und zur anderen Straßenseite Bäume die Sicht ver-

sperrten. Kein Wunder, daß, wer immer Elaine angegriffen hatte, dies ungestraft hatte tun können. Ich faßte das Tor ordentlich bei den Angeln – mein Großvater vom Lande wäre stolz auf mich gewesen – und schwang mich auf die Querstange, die ungefähr in Hüfthöhe lag. Die Dornen auf dem Zauntor waren eher eine Andeutung als ein Hindernis. Vorsichtig balancierte ich das eine Bein hinüber, faßte auf der anderen Seite Fuß, und ließ das zweite Bein folgen. Das Tor quietschte, hielt aber. Schließlich stand ich glücklich auf dem zementierten Weg jenseits des Tores. Zu Elaines Wohnung ging es vier Stufen hinunter. Im rechten Winkel zur Haustür war ein Holztor, das wahrscheinlich in den Garten führte. Ich kramte den Bügel aus der Tasche und bog ihn auf größtmögliche Länge mit einem Haken an der Spitze zurecht. Ich schob das Gerät durch den Briefschlitz an der Tür. Elaines Eingang entsprach nicht gerade dem Sicherheitsstandard. Ein ungesicherter Briefschlitz in Kombination mit einem einfachen Springschloß bedeutet für Einbrecher Tag der offenen Tür, wie jede Wach- und Schließgesellschaft gerne bestätigen wird.
Mit dem Bügelhaken versuchte ich dann die Klinke zu angeln. Ich hörte den Klang von Metall auf Metall, drehte den Bügel und spürte, wie er einhakte. Ich zog fest – der Haken rutschte ab. Ich versuchte es erneut. Und noch einmal. Nach zehn Minuten wollte ich schon meine Meinung über die Sicherheit von Schnappschlössern revidieren, als ich mit dem Haken doch noch die Klinke zu fassen bekam. Diesmal zog ich vorsichtiger. Die Klinke bewegte sich. Ich drückte gegen die Tür, die sanft zur Seite schwang.
Ich schaltete eine kleine Taschenlampe ein und ging hinein.

32

Die Wohnung war nicht besonders einladend. Es war kalt, dunkel und feucht. Alles wirkte bedrückend verlassen. Ich ging durch den Flur ins Wohnzimmer, das zur Straße gelegen war. Den Fleck in der Mitte, da, wo Elaine gelegen hatte, übersah ich geflissentlich. Statt dessen ging ich zu dem kleinen Schreibtisch in der Ecke. Ich murmelte eine Entschuldigung an die Tote, versicherte ihr, daß ich auf ihrer Seite stünde, und begann, die Schubladen zu durchwühlen. Die übliche Ansammlung von Rechnungen, Kontoauszügen, aus Zeitungen ausgeschnittenen Rezepten und alten Weihnachtskarten. Kataloge, die die Vorzüge einer Kleinstadt in Somerset anpriesen und ein Stapel alter Fotos. Die meisten zeigten Albion vom Säugling bis zum Kleinkind. Auf einem wesentlich älteren, leicht verwackelten Bild sah man Elaine, die ihren Arm um Anna geschlungen hatte. Beide waren geschminkt und trugen Kleider und Stöckelschuhe. Wahrscheinlich vor einem Discobesuch. Ich legte die Fotos in derselben Reihenfolge zurück, wie ich sie vorgefunden hatte. Von persönlicher Korrespondenz gab es keine Spur. Wahrscheinlich lag die bei der Polizei. Überall wiesen Reste von Fingerabdruckpuder darauf hin, daß die Polizei alles mitgenommen hatte, von dem sie dachte, daß es helfen würde, Elaines Mörder zu finden.

Gegenüber vom Schreibtisch war ein eingebautes Bücherregal. Auf den Buchrücken standen Namen wie Thackeray,

Austen, Dickens und Joyce. Außerdem Nachschlagewerke, ein paar Bücher über grüne Politik und Konsumdenken. Wie ich mir gedacht hatte, fand sich auch ein Buch von William Blake: ›Gedichte und Prophezeiungen‹. Ich schlug ›Visionen der Töchter Albions‹ auf. Leider gab es keinerlei aufschlußreiche Randnotizen.
Dann nahm ich mir die Küche vor. Die Pinnwand war noch da, aber ein paar Dinge hatte man abgenommen, wahrscheinlich die Polizei. Bad und Schlafzimmer schienen unberührt. Zwei Kleiderschränke, eine Kommode und ein Doppelbett im Schlafzimmer. In den beiden Schränken nur Klamotten. An der Wand ein Kinderbett. In diesem Zimmer war es noch kälter als in den anderen Räumen. Ich setzte mich auf das Bett. Elaine war nicht leicht zu durchschauen, besonders jetzt nicht mehr, da sie tot war. Was sie hinterlassen hatte, gab nur einen oberflächlichen Eindruck. Nach dem, was ihre Freunde über sie zu berichten wußten, konnte sie ihre Geheimnisse für sich behalten. Aber vielleicht zeigte sie sich ja jetzt, da sie dahingegangen war, ein bißchen entgegenkommender.
Ich stellte mir ihr Leben in der kleinen Wohnung vor: Das Essen in der Küche zubereiten, mit Albion auf dem Teppich spielen. Vielleicht hatte sie sich für eine gelegentliche Verabredung herausgeputzt. Es hatte ihr offensichtlich Freude gemacht, sich ein bißchen aufzudonnern. In der Mordnacht hatte sie ein kurzes Schwarzes und Pumps getragen, was eher dem Speisesaal des Dorchester Hotels angemessen gewesen wäre als der Brasserie um die Ecke. Wie war sie nur in diesen Schlamassel geraten?
»Komm, gib mir einen Hinweis«, beschwor ich ihren Geist. »Hilf einem hart arbeitenden Radiofritzen auf die Sprünge.«

Aber wenn ihr Geist an diesem kühlen Ort anwesend war, rührte er sich nicht.
Ich verließ die Wohnung auf demselben Weg, wie ich sie betreten hatte. Es war fast elf, zu spät für die meisten Pubs, also trottete ich die Golborne Road hinauf zum Rover.
Stumpy war da und überrascht, mich zu treffen. Er war felsenfest davon überzeugt, daß ein Amateur wie ich inzwischen auf Staatskosten logieren würde.
»Keine Namen, keine Details«, begrüßte er mich und klopfte mir fester auf die Schulter, als meinen angeschlagenen Muskeln lieb war. »Aber wie lief's denn?«
Ich erzählte ihm, daß sein Werkzeug alle Erwartungen übertroffen hatte.
»Hab ich selbst erfunden«, sagte er stolz. »Steckt jahrelange Entwicklungsarbeit drin. Im Knast hat man Zeit, nachzudenken.« Er stierte demonstrativ auf sein leeres Glas. Ich verstand den Wink und bestellte eine neue Runde. Dean stand nicht hinter der Theke, und der Anblick ihres Ersatzmanns war nicht mal halb so befriedigend. Ich nahm die zwei Bier und ein Päckchen Zigaretten und setzte mich zu Stumpy. Wir quatschten uns fest und tauschten gerade unsere Fronterfahrungen wie zwei alte Hasen aus, als Max und Jenny hereinkamen. Sie gingen zur Theke und bestellten. Sie saßen mit dem Rücken zu uns, und ich konnte die ausgebeulte Stelle an Max' Hosenbund erkennen, wo er seine Knarre aufbewahrte.
Stumpy war meinem Blick gefolgt.
»Du kennst ihn?« fragte er.
»Ich hatte mal das Vergnügen.«
Er schüttelte den Kopf. »Solltest ihm lieber aus dem Weg gehen. Drogen. Alle machen mit Drogen rum. War anders zu

meiner Zeit. Hab mein Geld noch ehrlich verdient.« Stumpy klang wie eine Oberschwester, die sich über den Sittenverfall der Jugend mokierte, und nicht nach einem Kerl, der sein Leben dem Verbrechen verschrieben hatte.

Max drehte sich um und entdeckte mich. Er flüsterte Jenny etwas ins Ohr und kam dann zu uns herüber.

»Wann kommt meine Belohnung?«

»Ist in Arbeit.«

»Dann ist es ja gut. Und vergessen Sie nicht, wir haben einen Deal.« Dann ging er wieder.

»Du hast einen Deal mit Max?« Stumpy stand der Mund offen.

»So was ähnliches.«

»Hast du gehört, was ich eben gesagt habe? Trau dem Scheißer nicht über den Weg. Der würde seine Großmutter umnieten, wenn er dafür Geld bekommen würde.«

»Kanntest du seinen Freund Shark?«

»Mal von ihm gehört. Er und Max kamen öfter her. Lief ihm hinterher wie ein Schoßhündchen.«

»Ich versuche herauszufinden, ob Max etwas über Sharks Tod weiß.«

Stumpy rümpfte die Nase. »Max ist jähzornig und nicht der Hellste. Da gab's mal 'nen Abend – vielleicht, äh, ein Jahr oder so her –, da ha'm sich die beiden hier geprügelt. Hättste sehen müssen. 'ne Frauengeschichte.«

»Jenny?«

»Nee, keine Ahnung, um wen.«

Max sah auf die Uhr, dann zum Barmann. Der Barmann nickte, und Max verschwand in einem Hinterzimmer.

Stumpy nickte in seine Richtung. »Trifft sich mit Rufus. Rufus

war in der letzten Zeit häufig im Rover. Ist wohl hier eingezogen.«
Jenny saß alleine an der Theke und betreute ihr Guiness. Ich entschuldigte mich bei Stumpy und setzte mich auf den Hocker neben ihr.
»Ich habe Ärger wegen Ihnen«, sagte sie, ohne mir ihr Gesicht zuzuwenden.
»Tut mir leid, Jenny. Hab gehört, daß Max ziemlich aufbrausend ist. Hat er Sie geschlagen? Viele kleine Männer tun das. Sie fühlen sich dann groß und wichtig.«
»Kümmern Sie sich um Ihren eigenen Scheiß.« Sie versenkte ihr Gesicht im Bierglas. Aber als sie den Kopf wieder hob, konnte ich ihr linkes Auge sehen. Es war dunkellila.
»Ich hoffe, Sie haben zurückgeschlagen.«
»Haben Sie nicht gehört, was ich gesagt habe? Hau'n Sie ab, Mann.«
Der beste Rat, den ich je bekommen hatte. Ich ging zum anderen Ende der Theke und bestellte noch eine Runde für Stumpy und mich. Ich legte eine Fünf-Pfund-Note auf den Tresen, und zusammen mit dem Wechselgeld reichte der Barmann mir meine Brieftasche. Ich schaute hinein. Bis auf das Geld war noch alles da.
»Wo haben Sie die her?«
»Ich stelle keine Fragen.«

Magnolia war überwältigend in ihrem dunkelroten Samtkleid, das kurz genug war, um sie ernsthaft in Gefahr zu bringen, sich eine Verkühlung zu holen. Zehn Minuten mußte ich vor ihrer Wohnung auf sie warten, aber das Kleid war Entschädigung genug.

»Hey.« Sie warf sich mir in die Arme, dem Taxifahrer fielen bald die Augen aus dem Kopf. »Wie war's?«

Nur widerwillig fuhr der Taxifahrer davon, als wir zu ihrer Wohnung gingen. Magnolia war offensichtlich angeheitert.

»Darf ich?« bot ich meine Dienste an, als sie zum dritten Mal vergeblich versuchte, den Schlüssel ins Schloß zu stecken. Ich nahm ihr die Schlüssel aus der Hand, entriegelte das erste Schloß, dann das zweite, schließlich das dritte. Die Tür war neu und noch nicht gestrichen.

»Dassis 'ne gute Tür, blöd is ... blöd is, sie läßt mich nich rein.« Sie kicherte und klappte zusammen. Ich fing sie auf, trug sie ins Wohnzimmer und legte sie auf die Couch.

»Ich mach dir einen Kaffee.« Natürlich weiß ich auch, daß es reine Einbildung ist, daß Kaffee nüchtern macht, aber so war ich wenigstens beschäftigt.

»Kaffee. Gudde Idee. Inner Küche.«

Im Kühlschrank waren die Bohnen, die Mühle fand ich in einem der Schränke. Ich goß den Kaffee auf und ließ ihn zehn Minuten ziehen. Magnolia hatte inzwischen begonnen, auf der Couch Shanties zu singen. Als ich Milch aus dem Kühlschrank nehmen wollte, fiel mein Blick auf eine Pinnwand. Rezepte, alte Theaterkarten, Fotos und Ersatzschlüssel. Da ich von Natur aus neugierig bin, sah ich mir die Sachen genauer an. Auf dem ersten Foto war ein sonnengebräuntes, gutaussehendes Paar an einem exotischen Strand zu sehen. Die Frau sah Magnolia so ähnlich, daß es ihre Eltern sein mußten. Das zweite, halb vom ersten verdeckte Foto zeigte Mark, Magnolia und eine schwangere Elaine bei einem Sommerpicknick. Magnolia stand in der Mitte und hatte ihre Arme um die beiden anderen gelegt. Alle drei hatten Champagnergläser in der

Hand. Mark und Magnolia lachten in die Kamera, Elaine runzelte leicht die Stirn. Auf keinem der Fotos, die ich von ihr gesehen hatte, lächelte sie. Laut Datum auf der Rückseite war das Bild drei Jahre alt.

»He, wo bleibt mein Kaffee?« Ich drehte mich schuldbewußt um und erwartete, Magnolia in der Tür stehen zu sehen, aber sie rief mich divengleich von der Couch.

»Komme, meine Gebieterin. Hast du was zum Knabbern?«

»Im Schrank über'm Herd.« Ich entdeckte eine Packung Kekse und legte sie neben den Tassen, dem Kaffee und der Milch aufs Tablett. Vielleicht hätte ich Oberkellner werden sollen. Magnolia lag noch immer auf der Couch, hatte aber inzwischen Schuhe und Strümpfe ausgezogen und auf dem Boden verstreut.

Ich schenkte ihr Kaffe ein und reichte ihr die Tasse.

»Eigentlich willich'as nich. Hol mir Champagner.«

»Kommt nicht in Frage, Kindchen. Du trinkst schön das hier.«

Sie war brav und trank.

Nach dem Kaffee löste ich ihr zwei Paracetamol in Wasser auf. Paracetamol ist besser als Aspirin, weil es nicht so auf den Magen schlägt. Dann stellte ich ihr noch ein Glas Wasser ans Bett, falls sie in der Nacht Durst bekommen würde. Eine Schnapsnase wie ich kennt sich aus in dem Metier. Ich brachte sie in ihr Zimmer und half ihr beim Ausziehen.

»Und jetzt willst du Sex, oder?« sagte sie, als ich neben ihrem Bett stand.

Wenn ich behaupten würde, daß ich nicht daran gedacht hatte, wäre das gelogen.

»Ich bin nicht diese Art von Mann.« Ich schloß die Tür hinter mir.

Dann verließ ich die Wohnung und schlug die Tür kräftig hinter mir zu, damit die Schlösser auch einrasteten.
Auf dem Heimweg schaute ich hinüber zur Summerhill-Siedlung – war auch kaum zu vermeiden, da man sie nicht übersehen konnte. Ich beschleunigte meinen Schritt und war froh, als ich die relative Sicherheit von Ladbroke Grove erreicht hatte. Es war gegen zwei Uhr morgens, aber der Platz war belebt wie in den Mittagsstunden. Mein Magen knurrte, also legte ich einen Stop an einer Kebab-Bude an der U-Bahn-Station ein. Die Bude war rappelvoll mit Nachtschwärmern, und ich mußte mich zur Theke vorkämpfen, um meine Bestellung aufzugeben. Den Kebab schlang ich schnell hinunter, und er lag mir wie ein totes Tier im Magen. Zu Hause kippte ich einen Whisky, um den Kadaver aufzuweichen, und dann noch einen, weil der erste so gut geschmeckt hatte.

Auf Felicia war Verlaß. Als ich um acht zur Arbeit kam, wartete bereits eine Frau in der Garderobe auf mich.
»Stillen, du erinnerst dich?« sagte Andie, als ich mich lustlos an den Schreibtisch setzte. Mir war schlecht. Ich verfluchte den Kebab.
»Verdammt.« Ich erinnerte mich kein bißchen.
»Ich halte sie hin. Lies das.« Andie legte mir einen Ordner auf den Tisch. Ich las ihn auf dem Weg zur Kaffeemaschine. Wie die meisten Aufgaben, die ich in den letzten Tagen übernommen hatte, schien auch diese recht einfach zu sein.
»Es wird dir gefallen«, sagte Lyall und goß sich gewissenhaft eine Tasse ein.
»Was?«
»Das. Deine heutige Aufgabe.« Er kicherte.

Ich war schockiert. Lyall kicherte? Lyall kicherte nie. Er lachte ja nicht einmal, außer bei Wiederholungen von alten Comedy-Shows.

»Ich weiß nicht, was du meinst.«

»Das wirst du schon noch.« Mit einem Grinsen im Gesicht verschwand er.

War das ein abgekartetes Spiel? Ich schnappte mir meinen Recorder und ging verunsichert in die Garderobe.

Auf dem Sofa saß eine pummelige Frau und las in einem Dossier, das auf ihrem Schoß lag. Sie war wahrscheinlich Anfang Dreißig, aber die Wahl ihrer Kleidung ließ vermuten, daß sie mit Riesenschritten auf die Vierzig zuging: eine Strickjacke mit aufgesticktem Schaf, ein knöchellanges Jeanskleid mit Rüschen, flauschige Wollsocken und Schuhe, denen man nur noch eine Hornbrille aufsetzen mußte. Aber das war nicht das erste, was einem bei ihr ins Auge fiel. Ich sage das nicht, weil ich ein sexbesessener alter Ziegenbock bin. Die meisten Menschen würden ohne zu zögern dasselbe sagen. Die Frau hatte gewaltige Brüste. Das war keine Übertreibung. Worte wie *Melonen* oder *Atombomben* geisterten mir durch den Kopf. Ich rief mich zur Ordnung, mußte an Lyall denken und grinste. *Reiß dich zusammen, Ridley*, ermahnte ich mich. *Du bist ein Profi*. Ich gab ihr die Hand.

33

Ich nahm sie mit in einen der größeren Interview-Räume und stellte den Recorder vor uns auf den Tisch. Dann testete ich das Mikro und bat sie, ein paar Worte zu sprechen, damit ich die Lautstärke einstellen konnte.

»Natürlich, Mr. Ridley. Ich heiße Martina Waters, und ich bin hier, um mit Ihnen über die Befreiung der Brust von der Erniedrigung zum Sexobjekt zu sprechen.«

Sie war gut. Intelligent. Energisch. Sie sprach klar und ohne zu stottern. Eigenschaften, die man pflegen muß, wenn man als 46DDD durchs Leben läuft. Nach weniger als dreißig Minuten war das Interview im Kasten. Danach begleitete ich sie zum Fahrstuhl und verabschiedete mich. Zurück im Nachrichtenraum, klopfte sich der männliche Teil der Belegschaft auf die Schenkel vor Lachen.

Ich hielt inne und schaute sie an. Sie grölten weiter.

»Werdet endlich erwachsen«, sagte ich und ging zu meinem Schreibtisch.

Den restlichen Morgen verbrachte ich damit, für Crosbie ein Interview über Unfruchtbarkeit vorzubereiten. Einige Paare hatten sich bereit erklärt, an der Sendung teilzunehmen und der Welt ihre intimsten Probleme zu enthüllen.

Am Abend rief mich Magnolia zu Hause an.

»Hab ich mich arg danebenbenommen?« Ihre Stimme war

eine Oktave tiefer als sonst. Sehr sexy. Aber es klang auch ein wenig angeschlagen.

»Du warst so bezaubernd wie immer, wenn nicht noch bezaubernder.«

»Ich glaub dir kein Wort.«

»Das ist die Wahrheit.«

Sie seufzte, als quälte sie die Erinnerung. »Wir hatten eine Überschwemmung im Club, und die Show wurde abgesagt. Ein paar von uns besorgten um die Ecke etwas zum Trinken. Ich hatte noch nichts gegessen – vor der Show esse ich nie etwas – und war sofort hinüber. Verzeihst du mir?«

»Da gibt's nichts zu verzeihen, und selbst wenn, ich bin kaum derjenige, der den ersten Stein werfen sollte.«

Nach dem Abendessen wollte ich Geoffrey besuchen. Als ich vor dem Krankenhaus aus dem Bus stieg, war mir schlecht und schwindlig. Auf manchen weniger frequentierten Routen werden nachts anstelle der soliden, guten alten Doppeldecker deren kleine Brüder eingesetzt, die sich wie verrückt in den Verkehr ein- und ausfädeln. Die meisten Fahrer benehmen sich, als wären sie nur auf ein bißchen Rennpraxis vor ihrer Bewerbung für das britische Formel-1-Team aus. Wenn man das Pech hat, stehen zu müssen, braucht man, um nicht umzufallen, das Gleichgewichtsgefühl eines Weltklassesurfers und den Magen eines Testpiloten, während die Fahrer mit der Selbstbeherrschung eines Schulkinds beim Autoskooter von Haltestelle zu Haltestelle heizen. Wenn man schon etwas älter ist oder viele Einkaufstüten in der Hand hat, wie es bei den meisten Fahrgästen der Fall ist, hilft nur noch beten.

Mein Innenohr fand erst an Geoffreys Krankenbett seine Orientierung wieder. Jerry saß ihm gegenüber und las Gedichte von Keats vor. Geoffrey freute sich über das ganze Gesicht, als er mich sah.

»Schön, daß du da bist«, sagte Jerry. »Die Polizei wird jeden Moment kommen, um Geoffreys Aussage zu dem Verkehrsunfall aufzunehmen.«

»Glaubst du, daß du das durchstehst?« fragte ich Geoffrey. »Wenn du es lieber abblasen möchtest, sag Bescheid.«

Kurz darauf kamen zwei junge Polizeibeamte herein. Sie drehten verlegen ihre Mützen in der Hand. Der eine war gut eins neunzig groß, mit Füßen, die so groß waren, daß sie eine echte Herausforderung für den Zeugwart gewesen sein mußten. Seine Kollegin, ein dunkelhaariges Aknegesicht, schien sich auch nicht besonders wohl zu fühlen. Ich holte noch ein paar Stühle und arrangierte einen kleinen Gesprächskreis um Geoffreys Bett.

Der Polizist sah Jerry und mich an. »Sind Sie sicher, daß Sie diese Leute dabeihaben möchten?«

»Das sind meine Freunde.«

Der Bulle zückte einen Notizblock mit Kuli aus der Brusttasche.

»Halten wir zunächst einmal fest, wo Sie sich am fünfzehnten November aufgehalten haben«, sagte er. Geoffrey sah verwirrt aus.

»Er meint Montag vor vierzehn Tagen«, half ich ihm.

»Sie halten sich da raus«, bellte der freundliche blaue Riese.

Geoffrey ließ sich Zeit mit seiner Antwort. »Ich erinnere mich an diesen Tag, weil ich da in der Bibliothek gewesen bin und gerade auf dem Heimweg war. Ich ging durch Queen's Gardens. Es war ein schöner Tag, eher wie im April als im November. Ich machte einen kurzen Abstecher in den Park.

Ich hatte dort einen Rosmarinstrauch gepflanzt ... Sie werden doch dem Gartenamt nichts davon sagen, oder? Man mag es dort nicht, wenn man ohne Erlaubnis Pflanzen setzt. Ich wollte sehen, wie sich der Strauch macht und ein paar Zweige mit nach Hause nehmen. Dann hörte ich einen fürchterlichen Krach, das Quietschen von Reifen und einen dumpfen Schlag. Ich schaute mich um. Ein kleines Mädchen lag neben einem großen Auto auf der Straße.«
Tränen kullerten seine Wangen herunter bei der Erinnerung. Er schwieg und zupfte zerstreut mit der einen Hand am Betttuch. Er versuchte seine Fassung wiederzuerlangen. Jerry tätschelte ihm die Hand.
»Ich lief auf die Straße, um zu helfen. Als ich dort ankam, war der Fahrer gerade dabei, zu wenden. Er hat mich gesehen, aber er hat nicht angehalten. Er ... er setzte zurück und fuhr davon, ließ sie einfach liegen.«
Geoffreys Stimme senkte sich zu einem Flüstern. »Er hat sie einfach liegenlassen.«
»Was haben Sie dann getan?« hakte die Beamtin nach.
Geoffrey blinzelte, versuchte, die Tränen zu stoppen. »Leute kamen aus ihren Häusern. Als ich hörte, wie jemand sagte, daß er den Notarzt gerufen habe, ging ich. Ich konnte den Anblick, wie sie so dalag, nicht ertragen. Ich wußte, daß sie tot war. Ihr Gesichtsausdruck war ... war friedlich. Dann irrte ich eine Weile umher, ich weiß nicht mehr, wie lange.«
»Haben Sie den Wagen oder den Fahrer erkennen können?« Die Stimme der Beamtin war freundlich.
Geoffrey wirkte verunsichert. »Ich bin mir nicht sicher. Es war ein ausländisches Fabrikat, vielleicht deutsch oder schwedisch, ich weiß nicht genau. Ich kenne mich mit Autos nicht

gut aus. Habe schon seit, na ja … einer Ewigkeit kein eigenes mehr gehabt.«
»Die Person hinter dem Steuer? Haben Sie sie erkennen können?«
Geoffrey schüttelte den Kopf. »Es ging alles so schnell …« Er versuchte sich krampfhaft zu erinnern.
»Konnten Sie erkennen, ob es ein Mann oder eine Frau war?«
»Ich … nein … Ich konnte nichts dergleichen erkennen.«
»Ist Ihnen am Wagen etwas Ungewöhnliches aufgefallen?«
Geoffrey schüttelte stumm den Kopf. »Das kleine Mädchen trug einen blauen Mantel. Einen altmodischen mit Samtkragen.«
»Und das Nummernschild? Können Sie sich daran erinnern?«
Geoffrey verzog das Gesicht, als ob ihm das beim Nachdenken helfen würde.
»Vielleicht einen einzelnen Buchstaben oder eine Zahl? Lassen Sie sich Zeit, denken Sie gründlich nach.«
Er schwieg, schloß die Augen und ließ sich ins Bett zurücksinken. Jerry tätschelte ihm wieder die Hand. Einen Moment lang sah es so aus, als sei er eingeschlafen. Die Bullen schauten sich an. Sie waren kurz davor zu gehen. Das Notizbuch wurde zugeklappt. Keiner sagte etwas.
Als die Bullen sich erhoben, regte sich Geoffrey wieder.
»Ich habe alle gesehen«, sagte er schließlich mit so leiser Stimme, daß er kaum zu verstehen war.
Die Cops zogen Gesichter, als wäre ihnen ein Stein auf die Zehen gefallen.
»Tatsächlich?« staunten sie im Chor.
»Solange ich lebe, werde ich dieses Nummernschild nicht vergessen«, sagte Geoffrey. Er beugte sich zu mir herüber.

»Samuel, mein Hals ist ganz trocken vom vielen Reden. Könntest du mir ein Glas Wasser bringen?«

Jerry und ich verließen das Krankenzimmer gemeinsam. Ich wagte einen weiteren Höllenritt mit dem Bus. Wie ein betrunkener Seemann schwankte ich die Stufen zu meiner Wohnung empor. In der Küche schenkte ich mir einen Whisky ein und hängte mich vor den Fernseher. Es liefen gerade Nachrichten. Es liefen dauernd Nachrichten in letzter Zeit.

Diesmal ging es um einen Raubüberfall in einem Einkaufszentrum. Ein paar Rüpel hatten einer Frau die Handtasche entrissen, während sie ihre Einkäufe tätigte. Aber da das Center mit genügend Kameras ausgestattet war, um eine Weltmeisterschaft zu übertragen, konnten die Kerle gefaßt werden.

Plötzlich ging mir ein Licht auf – ich war selbst überrascht. Ich ließ den Whisky stehen, schnappte mir Mantel und Wagenschlüssel und machte mich auf die Suche nach meinem Renault. Er stand noch da, wo ich ihn abgestellt hatte, und das Radio war auch noch da. Ein gutes Omen. Ich stieg ein, startete den Motor und fuhr zu einer Kneipe, in der ein paar Bullen trinken, die ich kenne.

Im Kino herrschte reger Betrieb, und die Straße war gestopft voll. Ich nahm denselben Weg wie an dem Abend, an dem mir Roger Fitzgerald in seiner unnachahmlichen Weise nahegelegt hatte, ihm nicht in die Quere zu kommen. Ich bog von der Straße in eine Gasse ein und ging zu Fuß Richtung Kino. Schon wieder hatte ich das Gefühl, beobachtet zu werden. Ein gackerndes und grabbelndes Pärchen kam mir entgegen. Der Junge versuchte, ihr die Hand unter die Bluse zu schieben.

»Nicht«, kreischte sie, »da ist jemand.«
»Aber ich will dich, sofort«, entgegnete er geistesgegenwärtig.
Ich ging mit abgewendetem Blick an ihnen vorbei.
»Jetzt ist er weg«, sagte der Knabe.
»Nicht der«, antwortete das Mädchen. »Da ist eine Überwachungskamera. Ich habe keine Lust, mit einem Video von uns in irgendeiner Fernsehshow zu landen.«
Und da war sie. Eine kleine silberne Schönheit, montiert an der Ecke zwischen der Gasse und dem Hintereingang des Kinos. Sie schwenkte und folgte allen meinen Schritten.

34

Der Geschäftsführerin des Kinos gefiel meine Nase nicht, und sie gab sich kaum Mühe, vor mir zu verbergen, daß ich ihr auf die Nerven ging. Ich ignorierte das und brachte mein Anliegen vor.
»O ja«, sagte sie und klopfte mit ihrem Stift auf einen Schreibblock. Die Kinoplakate, die die Wände ihres Büros schmückten, schienen sie mehr zu interessieren als ich. »Die Polizei hat uns bereits deswegen kontaktiert. Wir haben ihr das Band übergeben.«
Verdammt. Roger Fitzgerald hatte schneller geschaltet als ich. Die Runde ging an ihn.
»Großer, rothaariger Kerl? Komischer Schnurrbart?« fragte ich, obwohl ich die Antwort bereits kannte.
»Ja.« Die Geschäftsführerin bekam verträumte Augen. »Sehr charmant.« Sie zog Roger Fitzgeralds Karte aus einer Schublade.
»Kann ich mit Ihrem Wachmann sprechen?«
»Ich glaube, Sie sollten sich lieber an die Polizei wenden.«
»Sehen Sie, die Polizei ist Teil des Problems. Hatten Sie die Möglichkeit, das Gesicht des Polizisten mit dem Gesicht des Gewalttäters zu vergleichen? Es ist dasselbe Gesicht. Deshalb war er so erpicht darauf, das Band zu bekommen.«
Die Frau griff zum Telefon. »Sandy, sagen Sie bitte Bernie, daß ich ihn sehen möchte.«
Herein kam ein Koloß von mindestens drei Zentnern. Er war

so breit wie hoch, trug ein kariertes Hemd, mit dem man ein Stadion überdachen konnte, und der Schritt seiner Hose hing irgendwo zwischen seinen Knien. Seine Füße, groß wie Bratpfannen, steckten in Pantoffeln. Ein Namensschild steckte auf seiner Brusttasche und stellte ihn als Bernie O'Flaherty vor.

»Bernie. Kannst du diesem Herrn erzählen, wie das mit dem Polizeibeamten war?« Sie sprach langsam, wie zu einem Kind oder Schwachsinnigen.

Bernie öffnete den Mund und löste damit eine seismische Welle aus, die seine zahlreichen Kinne erschütterte. »Sie haben mich gebeten, ihm das Band zu geben, und das habe ich gemacht.« Er brummelte knapp über der Wahrnehmungsschwelle.

»Was hat er zu dem Band gesagt?«

»Daß er es als Beweisstück für eine Gerichtsverhandlung braucht.«

»Haben Sie eine Kopie angefertigt?« Das war der letzte Strohhalm, nach dem ich noch greifen konnte.

Bernie sah seine Chefin an, bevor er antwortete. »Nein.«

»Sehen Sie, wir verheimlichen Ihnen nichts«, säuselte die Geschäftsführerin.

»Besten Dank.« Ich stand auf.

»Der Inspektor versprach, es zurückzubringen.«

»Klar. Aber komischerweise wird es in der Nähe eines starken magnetischen Feldes gelegen haben. Ich wette eine Riesentüte Ihres überteuerten Popcorns, daß Sie das Band nie wiedersehen werden. Falls doch, hier ist meine Karte.«

Da mein Anrufbeantworter keine Nachrichten anzeigte, nahm ich an, daß Elaines Paßwort noch immer nicht geknackt war. Bisher hatte ich mich damit noch gar nicht richtig befaßt.

Ich sollte mich hinsetzen und gründlich darüber nachdenken, denn wenn ich so etwas tue, fällt mir immer etwas ein. Ich schenkte mir einen Whisky ein, versank still in den Sessel und wartete auf eine Eingebung. Da sie sich nicht einstellte, legte ich mich ins Bett. Im Liegen kann ich so oder so am besten nachdenken.

»Heute wird Geoffrey aus dem Krankenhaus entlassen«, sagte Pat, als sie mir am nächsten Morgen Rühreier und Toast servierte. »Um vier Uhr.« Sekunden später kam sie mit einer Tasse zurück. »Sie werden dasein, nicht wahr?« Sie schenkte mir Kaffee ein.

»Wenn ich mir freinehmen kann. Sonst gehe ich abends zu ihm und schaue nach dem Rechten.«

»Die Jungs fahren ihn nach Hause.« Ihre Stimme verriet, daß sie nicht so recht wußte, was sie von Jerry und Mike halten sollte. »Ich komme auch rüber, mach sauber und koche etwas. Sieh zu, daß er was Ordentliches zwischen die Zähne bekommt. Wenn er ordentlich essen würde, wäre schon viel gewonnen.«

»Ich werde dasein.«

»Das will ich hoffen.« Sie stampfte von dannen.

Gut gesättigt stieg ich in den Bus und war um Punkt acht bei der Arbeit.

»Dein Freund ist in der Zeitung«, sagte Andie und warf mir einen *Daily Telegraph* auf den Tisch. Ich hatte ihr von Geoffrey erzählt. Es war ein kurzer Artikel über einen Augenzeugenbericht, der zur Verhaftung eines BMW-Besitzers geführt hatte. Er wurde der Fahrerflucht angeklagt.

Es war mal wieder einer dieser Tage, an denen einfach nichts passierte. Nach der Sendung saßen wir teilnahmslos herum, plapperten über Zeitungsberichte und suchten nach Vorwänden, um eine Kaffeepause einzulegen. Felicia wirkte müder und mürrischer als sonst. Ich war entschlossen, ihren schwachen Moment zu nutzen. Sie blätterte gerade eine Akte durch, als ich einen weiteren Anlauf zu Friedensverhandlungen startete.

»Hallo«, sagte ich in der lässigen und charmanten Art, für die ich berühmt war, »die Sonne ist schon so gut wie untergegangen. Laß uns was trinken gehen.«

Sie sah von ihren Papieren hoch, hörte aber nicht auf, darin herumzublättern.

»Wie wär's mit 'nem schnellen Kaffee?«

Sie blätterte stumm weiter.

»Okay, okay, mein letztes Angebot – ein Glas Mineralwasser. Laß uns irgendwo ein schönes großes Glas Wasser trinken.«

Felicia ließ die Papiere fallen. »Ridley, geh woanders spielen. Ich habe zu tun. Und laß dir einmal in deinem gottverdammten Leben ein paar gute Storys einfallen.«

Ernüchtert und entrüstet trat ich den Rückzug an. Ich habe tausend gute Ideen. Jeden Tag fallen mir welche ein. Nur haben sie nichts mit dem zu tun, was die Hörer und Hörerinnen von *Female AM* interessiert. Ich sah auf die Uhr. Mittagspause zu machen, war vertretbar. Lyall hatte auch Zeit, also gingen wir zusammen.

»Du sagst also, Felicia war es nicht.« Wir waren auf dem Weg zum Pub an der Ecke.

»Wovon redest du?«

»Sie benimmt sich wie eine Frau, die abgeblitzt ist. Du wirst

sie ja wohl nicht gebürstet und ihr dann versprochen haben, sie wieder anzurufen? Du weißt hoffentlich noch, was ich dir zu dem Thema gesagt habe?«
»Lyall, vertrau mir, ich habe nichts mit Felicia. Ich weiß, das ist langweilig. Dir wäre was anderes lieber, aber es ist die Wahrheit.«
»Oh. Wer dann?« Lyall ist wie alle monogamen Menschen versessen auf Ersatzbefriedigung.
»Du kennst sie nicht. Aber wenn alles so läuft, wie ich mir das vorstelle, wirst du sie bald kennenlernen.«
Darüber war er so erfreut, daß er mir ein Bier und eine Pastete spendierte.

Der Tag zog sich in die Länge. Ich schlug die Zeit mit Beschäftigungen tot, die man in anderen Redaktionen als sinnlos bezeichnet hätte. Eine Weile spielte ich mit dem Gedanken, Felicia zu kidnappen und für ihre Freilassung meine Wiedereinsetzung als Nachrichtenredakteur zu fordern. Eine Idee, in die ich mich richtig hineinsteigerte, und die Zeit verging auch schneller.
»Ich gehe etwas früher«, informierte ich Felicia am Nachmittag. »Ich muß einen Freund vom Krankenhaus abholen.«
»Wußte gar nicht, daß du in deiner Freizeit einen auf Pfadfinder machst.«
»Ach, sei still«, bellte ich zurück und ging.
Das Krankenhaus beging Geoffreys Entlassung wie ein Staatsbegräbnis. Sämtliche Schwestern aus einem Umkreis von fünf Meilen hatten sich aufgereiht, um Lebewohl zu sagen. Zwei Schwestern hatten ein paar Zeilen gedichtet, die unter lautem Gelächter verlesen wurden. Es gab Geschenke und Blumen.

Bis nächste Woche hatten sie wahrscheinlich eine Sekte in seinem Namen gegründet.
Er thronte in der Mitte, leicht verwirrt ob dieser Aufmerksamkeit, mußte sich aber doch hier und da eine Träne aus den Augenwinkeln wischen.
Jerry hatte Geoffreys Sachen gepackt, und die kleine Prozession verließ das Zimmer und paradierte den Korridor entlang. Bis zum Hauptportal, wo das Taxi wartete, war die Schar etwas ausgedünnt, zählte aber noch immer fünf, sechs Schwestern. Ich versuchte, die Situation für mich auszunutzen und einen Teil der weiblichen Aufmerksamkeit von dem Mann wegzulenken, der sie am wenigsten zu schätzen wußte.
Schließlich ließ man uns ziehen. Jerry wendete, und wir rollten langsam davon, während Geoffrey wie die Königin-Mutter vom Rücksitz winkte. In Queen's Gardens warteten Pat und Mike bereits auf der Treppe. Wir überboten uns gegenseitig, ihm die Stufen hinaufzuhelfen, aber er schüttelte uns ab. Er marschierte voran, und wir hielten uns in seinem Kielwasser. Pat mußte den ganzen Nachmittag geschuftet haben, denn die Wohnung glänzte wie neu. Die Teppiche waren staubfrei, die Bücher standen in Regalen, die Fenster blitzten, und in den Vasen standen frische Blumen. Selbst die Möbelbezüge hatte sie frisch gewaschen. Mike hatte ein »Willkommen daheim«-Transparent gebastelt und an der Decke aufgehängt.
Geoffrey trat zögernd ein und bestaunte einige Minuten schweigend seine Räumlichkeiten. Pat und Mike folgten ihm nervös.
»Es hat hier seit … seit einer langen Zeit nicht mehr so ausgesehen«, sagte er schließlich, als er wieder im Wohnzimmer ankam.

Pat seufzte erleichtert. »Ich setze den Kessel auf.«
Mike und Jerry begleiteten sie in die Küche, während ich Geoffrey half, seine Bücher auszupacken. Er hatte einen Koffer voll im Krankenhaus gehabt, aber auf den völlig zugestellten Regalen waren keine Lücken zu erkennen.
»Bist du im Krankenhaus mit allen durchgekommen?« fragte ich ihn, während wir überlegten, in welches Regal wir sie noch stopfen konnten.
»Oh, nein. Ich wollte sie nur dabeihaben. Es sind meine besten Freunde.«
Wie zum Beweis nahm er zwei Blake-Ausgaben, die fast identisch waren. »Dieses ist eine Erstausgabe, und diese hier hat mir Eleanor geschenkt.« Eleanor war seine Frau. Es war das erste Mal, daß ich ihn von ihr sprechen hörte.
Behutsam legte er mir das Buch in die Hand. Eine abgegriffene, speckige, vergilbte Taschenbuchausgabe. Der Buchrücken war gerissen und einige Seiten hingen lose.
»Sie hat Blake auch geliebt«, sagte Geoffrey. »So haben wir uns kennengelernt. Bei einer Lesung.«
Vielleicht hatte das Buch Glücksbringerkräfte. Es fühlte sich gut an. Nicht so gut, daß ich es in ein Pub auf ein Bier eingeladen hätte, aber ich verstand Geoffrey. Ich gab ihm das Buch zurück. Dabei fiel eine der losen Seiten heraus. Ich bückte mich und hob sie auf. Es war eines der bekanntesten Gedichte von Blake.
Ich hatte einen Geistesblitz.
Mike und Pat stellten gerade Tassen und Untertassen auf ein Tablett.
»Ich glaube, wir haben das Paßwort für die Diskette.« Wir rasten eine Treppe tiefer.

»Elaine wollte aufs Land ziehen«, erklärte ich, während Mike die Diskette in den PC schob. »Sie hatte schon angefangen, dafür zu planen. Auf der Arbeit hat sie einen Nachfolger eingearbeitet und sich über ein Dorf in Somerset informiert. Eddy erzählte mir, daß sie das Landleben liebte – Kühe, Gras, Platz für ihr Kind.«
»Was hat das mit dem Paßwort zu tun?« fragte Mike.
»Himmel auf Erden. Ihr Utopia. Blake hatte eine ähnliche Vorstellung. Sie liebte Blake, also nahm sie sein Wort dafür – Jerusalem. Wie geht das Gedicht noch?

I *will not cease from mental figh****t***
N*or shall my sword sleep in my han****d***
T*il we have built Jerusale****m***
I*n England's green and pleasant lan****d***.

Geoffrey diktierte. Mike tippte ›Jerusalem‹. Der Computer blinkte, und ein Fenster öffnete sich.

35

Wir versammelten uns vor dem Bildschirm. Die Datei bestand aus tabellarischen Aufstellungen der Buchungen von Roadblock. Sie waren drei Jahre alt und gaben einen Einblick in die finanzielle Situation einer sehr kleinen Organisation. Die Summe der Eingänge war genauso bescheiden wie die der Ausgaben. Wir schauten auf die Tabellen. Wir schauten uns gegenseitig an.
»Vielleicht ... sollten wir Eddy hinzuziehen«, sagte Mike schließlich.
Vierzig Minuten später stand Eddy auf der Matte.
Er ging sofort die Tabellen durch, seufzte und prüfte sie ein zweites Mal.
»Die sind in Ordnung. Was machen wir jetzt?«

Ohne es zu wissen, lieferte Felicia am nächsten Tag die Antwort auf diese Frage.
»Die komischen alten Käuze möchten eine Fortsetzung der Story über demonstrierende Alte. Ich habe ihnen gesagt, du würdest ihnen deine Notizen und die Interviewaufnahme zur Verfügung stellen«, sagte sie nach einem langen Vormittag, den ich ausschließlich der Frage gewidmet hatte, ob Außerirdische Sexexperimente mit britischen Frauen durchführten.
»Ist gut.« ›Komische alte Käuze‹ hatten wir eine wöchentliche Sendung namens *Das dritte Alter* getauft, die jeden Sonntagmorgen ausgestrahlt wurde. Die Show hatte so gut wie keinen

Etat und nur einen Redakteur, der meistens darauf angewiesen war, um Material aus anderen Sendungen zu betteln. Er war ein verzweifelter und verbitterter Mann, der ungeduldig auf den Tag wartete, an dem der Programmdirektor vor allem finanziell auf die demographischen Zahlen reagieren würde, die belegen, daß der Anteil der älteren Leute an der britischen Bevölkerung ständig zunimmt.

Er würde mir für meine Hilfe um den Hals fallen. Ich wühlte in meinen Schreibtisch nach der Kassette mit Esthers Interview und ging dann meine Notizen durch, die ich mir während meiner Gespräche mit Mark und Esther gemacht hatte. Sie waren ziemlich unleserlich, also tippte ich sie noch einmal ab. Beim Tippen konnte ich herrlich abschalten. Und schon hatte ich eine Erleuchtung.

Ich rief Eddy auf der Arbeit an. »Ich weiß, warum Mark die Diskette hatte.«

Als wir uns später bei Mike trafen, hatte der die Datei bereits geöffnet.

Eddy schaute ihm über die Schulter auf die Tabellen. »Ich schnall's nicht«, stöhnte er. »Sieht voll in Ordnung aus.«

»Eben«, sagte ich. »Es *ist* in Ordnung. Das Geld kommt rein, meistens als Spenden, und geht raus, meistens in Form von Löhnen. Was haben dir die Roadblockler von deinem ersten Tag an gepredigt?«

»Äh, daß ich … äh, ich am Anfang nicht dabei war, als es noch härter war … und …«, er sah mich an, »daß sie freiwillig und ohne Bezahlung arbeiten würden.«

Er war noch immer begriffsstutzig. »Ich kapier's nicht. Warum behaupten sie, daß sie ihre Mitarbeiter nicht bezahlen, wenn diese Aufzeichnungen belegen, daß sie es doch getan haben?«

Ich sagte nichts und wartete, bis der Groschen fiel.

»Ha!« Es hatte ›Pling‹ gemacht. »Sozialversicherungsbetrug. Sie haben die Abgaben deklariert, als hätten sie sie bezahlt. Das würde Sinn machen, weil wir in diesem Jahr den Status als wohltätige Organisation beantragt haben, damit Spenden an uns von der Steuer abgesetzt werden konnten. Elaine muß all das herausgefunden haben, als sie damit begonnen hat, alte Aufzeichnungen durchzugehen.«

»Und wenn eure ökologisch einwandfreie Organisation mit Betrug arbeitet, gibt es keinen Wohltätigkeitsstatus«, ergänzte ich.

»Mark und sie haben sich ein paarmal in seinem Büro in die Haare gekriegt. Ich wette, daß sie im Gegensatz zu Mark diese Praktiken nicht mitmachen wollte. Er hätte es bestimmt am liebsten vertuscht. Sie spielte lieber nach den Regeln, etwas anderes hätte sie nicht ertragen.«

»Ihr habt keinen Beweis dafür, daß sie sich Steuererleichterungen verschafft haben«, gab Mike zu Bedenken.

»Das dürfte sich leicht nachholen lassen«, sagte Eddy. »Ich werde mich diskret ein bißchen umhören. Es gibt da jemanden, der nach einer Meinungsverschiedenheit mit Mark gekündigt hat. Ich wette, er kann uns weiterhelfen.«

36

»Wir haben uns nicht gerade geprügelt, aber wir waren ziemlich nah dran.« Jonathan Maxwell zapfte zwei Bier und stellte sie vor uns auf den Tresen. Wir waren in einer Kneipe in Hammersmith. Es war ruhig, außer uns saß nur noch ein älteres Paar da und spielte Karten.

Maxwell war ein ruhiger Zeitgenosse mit spärlichem schwarzem Haar und einer Hornbrille, die ihn wie einen Intellektuellen aussehen ließ.

»Mir ging dieser aufgeblasene, publicitygeile Wicht tierisch auf die Nerven. Ich glaube, über mich denkt er ähnlich. Wir hatten die Organisation gemeinsam gegründet, damals, als wir uns noch gut verstanden. Es war eine verdammt gute Idee, Leuten zu helfen, ihre Protestaktionen zu koordinieren und effektiv durchzuführen. Wir waren so etwas wie Imageberater, gaben Hilfestellungen, hielten uns aber im Hintergrund.

Aber Mark hat von Anfang an das Heft in die Hand genommen. Er wollte die Sachen auf seine Weise durchziehen oder gar nicht. Zum Schluß hatten wir andauernd Streit, und die Organisation begann, darunter zu leiden. Nach einem letzten großen Krach, ich weiß gar nicht mehr, worum es ging, habe ich den ganzen Kram hingeschmissen. Ich glaube kaum, daß man mich sehr vermißt.« Er zapfte sich selber ein Bier. »Eins kann ich Ihnen sagen, er konnte verdammt gut Geld auftreiben. Von Anfang an karrte er den Schotter ran.«

»Woher kam das Geld?«
»Aus einer ziemlich sonderbaren Quelle. Wir bekamen eine Menge von stockkonservativen Landeiern. Typen, die einen Landrover fahren und England gern im Zustand von 1954 erhalten wollen. Im übrigen ist die Hauptbeschäftigung von Marks Mutter das Beschaffen von Spendengeldern, deshalb hatte er die nötigen Kontakte.«
»Eine seltsame Klientel für die Unterstützung einer radikalen Protestorganisation.«
Jonathan zuckte die Schultern. »Was heißt radikal? Dieses Thema geht quer durch alle Parteien. Alle wollen den Planeten retten, selbst die Konservativen.«
»Kannten Sie Elaine?«
»Ja, flüchtig. Ein süßes Mädchen. Wirklich schlimm, was mit ihr passiert ist.«
»Wie lange waren Sie bei Roadblock?«
»Insgesamt sechs Monate. Elaine kam, kurz bevor ich ging. Mark hatte wohl geahnt, daß was im Busch war, und rechtzeitig für Ersatz gesorgt.«
»Mark hat behauptet, daß Sie zunächst alle ehrenamtlich gearbeitet hätten.«
Er lachte. »Ja, ich habe ihn das in Interviews sagen hören. Das war Teil seiner Geschichtsverdrehung. Am Anfang war es so, bevor wir uns richtig organisiert hatten. Dann landeten wir einen großen Coup und bekamen ziemlich viel Geld. Mit dem haben wir Roadblock gegründet.«
»Und Sie bekamen Gehälter?«
»Ja, wir zahlten sie uns selber. Alles inoffiziell, natürlich. Ein süßes Nichts, und wir bekamen weiterhin unsere Unterstützung.«

»Warum?«

»Warum nicht? Von der Regierung hatten wir damals nichts zu erwarten. Die verschwendete ihre Gelder lieber für größenwahnsinnige Straßenbauprojekte. Für uns war das wenigstens eine minimale Möglichkeit, die Staatskassen für einen guten Zweck anzuzapfen.«

Er nahm einen Schluck Bier. »Sie werden mir kaum dankbar sein, daß ich sie ausgerechnet jetzt, wo sie ehrbar geworden sind, daran erinnere. Prost.«

»Was machen wir jetzt?« fragte Eddy, als wir zu mir zurückfuhren. »Zur Polizei gehen?«

»Wir haben nicht gerade einen schlagenden Beweis«, sagte ich.

»Also, was tun?«

»Red mit Mark, fühl ihm auf den Zahn.«

»Glaubst du etwa, er rückt gleich mit der Wahrheit heraus?«

»Wohl kaum. Aber wenn wir ihn ein bißchen unter Druck setzen, fällt ihm vielleicht eine bessere Erklärung für sein Verhalten an diesem Abend ein.«

»Da ist nur ein Problem«, sagte Eddy. »Wie schaffst du das, ohne daß dein Einbruch in sein Büro bekannt wird?«

»*Unser* Einbruch Eddy. Wir stecken beide da drin, schon vergessen?«

»Richtig«, sagte er. »So meinte ich's ja.«

Daheim hatte ich eine Nachricht auf dem Anrufbeantworter von einem unentschlossen klingenden Kerl namens Bernie. Er erinnerte mich daran, daß wir uns im Büro der Kinogeschäftsführerin getroffen hatten, und bat mich, ihn zurückzurufen, was ich auch tat.

»Es geht um das Band«, sagte er. »Ich glaube, ich kann Ihnen helfen.«

Hoffnungsfroh befreite ich den Renault aus einer zwielichtigen Seitenstraße, wo ich ihn geparkt hatte, und fuhr zum Treffpunkt. Er hatte ein schmuddeliges Café am Leicester Square vorgeschlagen. Bernie hatte sich bereits zwischen Wand und Tisch eingekeilt, als ich ankam. Wir bestellten eine Kanne Tee. Die Kellnerin servierte sie, als wäre sie nicht besonders glücklich mit ihrer Berufswahl. Dann schossen zwei Tassen über den Tisch, die Bernie auffing, als sei er hier Stammkunde.

»Vor dem Drachen konnte ich nichts sagen. Wir kommen nicht gut miteinander aus.«

Ich nippte an meinem Tee. Er schmeckte wie ein industrielles Abfallprodukt.

»Sie hat versucht, mich zu feuern. Nicht wegen meiner Arbeit, sondern weil ich fett bin. Sie kann meinen Anblick nicht ertragen, darauf läuft es hinaus.

Also habe ich sofort gewußt, daß etwas im Busch war, als sie vor einer Woche oder so ganz liebenswürdig zu mir herübergekommen ist. Die Polizei wolle mit mir sprechen. Dieser rothaarige Typ ist in mein Büro gekommen. Er wollte das Band. Ich mochte ihn nicht besonders. Ich ließ ihn zappeln. Sagte ihm, daß er später wiederkommen sollte. Dann habe ich mir das Band angesehen. Und es war nicht zu übersehen, warum er das Band haben wollte.« Er griff unter den Tisch und holte ein Video hervor. »Also habe ich eine Kopie gezogen. Vorsichtshalber.«

»Ist nicht wahr?«
»Er hat mich ›Fettsack‹ genannt«, sagte er.

Ich transportierte meine wertvolle Fracht nach Hause, legte sie in den Videorecorder, drückte den Startknopf, und los ging's. Roger Fitzgerald mit seiner Faust in meinem Magen. Roger Fitzgerald mit seiner anderen Faust in meinem Magen. Das war eindeutig. Keine Chance, auf Verwechslung zu plädieren. Ich spulte zurück und schaute mir das Band noch einmal an. So gut hatte ich mich schon lange nicht mehr gefühlt.
Ich rief Charlie an.
»Es geht mir gut, so gut, so gu-ut …«, sang ich ihm ins Ohr.
»Ridley, du hast keinen Grund, gut gelaunt zu sein«, nörgelte er.
»Mein lieber Charles, da liegst du komplett daneben. Das Leben ist herrlich. Herrlicher als herrlich. Es könnte gar nicht herrlicher sein.«
»Bist du auf Drogen?«
»Besser. Ich habe Fitzgerald an seinen saftlosen Eiern.«
»Du hast Fitzgerald?« Charlie klang ungläubig.
»Er hat mich zusammengeschlagen, mein Auto zerkratzt, und eine Überwachungskamera hat alles aufgezeichnet.«
»Weiß er davon?«
»Er glaubt, er hat die einzige Kopie. Er wird nicht wissen, was sich über ihm zusammenbraut.«
Charlie seufzte. »Herrgott, Ridley. Glaubst du, die Bullen geben was darauf? Er hat einen Presseheini aufgemischt, na und? Glaubst du, das war das erste Mal? Glaubst du, man wüßte nicht, wie er sich aufführt, wenn man ihn reizt? Es gibt

Kollegen, die ihm einen Pokal stiften, wenn sie das Band zu Gesicht bekommen.«

»Charlie, dein Zynismus rührt mich. Aber ich werde ihn trotzdem am Arsch kriegen.«

»Egal, was du tust, er wird dafür sorgen, daß es dir leid tut. Er ist ein Terminator. Er gibt niemals auf.«

Froh darüber, daß Männer wie Roger Fitzgerald über die Sicherheit unserer Nation wachen, ging ich die Treppen hinunter und klopfte an Everards Tür. Er trug sein übliches Hausgewand – einen seidenen türkischen Morgenmantel. Auf seiner Stereoanlage lief leise klassische Musik, und der aromatische Duft einer guten Zigarre lag in der Luft.

Everard hatte früher stilvoll in South Kensington gewohnt, dann aber mit Fehlspekulationen, vermasselten Termingeschäften oder falscher Einkaufspolitik viel Geld verloren. Einer meiner Nachbarn behauptet, daß er ein hohes Tier bei einer der größten Banken Englands gewesen sei, aber keiner wußte es genau, und fragen wollte auch niemand. Wie auch immer, inzwischen versuchte er im schäbigen Ladbroke Grove das Beste aus seiner Situation zu machen. Zum ersten Mal fragte ich mich, wie alt er eigentlich war. Haare waren ihm sehr wenige geblieben, und obwohl er um die Hüften etwas zugelegt hatte, hatte er straffe Gesichtszüge. Im Moment nahmen sie jedoch den charakteristischen Ausdruck einer wohlerzogenen Person an, die jemanden ansieht, der ihr völlig egal ist – jemanden, der es nie zu einem Eintrag im *Who is Who* bringen wird.

»Ja bitte, kann ich Ihnen behilflich sein?« Der Tonfall strafte den Inhalt Lügen. Ich überlegte kurz, jemand anderen zu fragen, überwand mich dann aber doch. Everard haßte die

Polizei. Für ihn waren sie Nichtsnutze, die Drogendealern Honig ums Maul schmierten, anstatt in Panzerwagen auf unseren Straße zu patrouillieren und unerwünschte Personen wie Rastafaris und alleinerziehende Mütter wegzupusten.
»Ich hoffe, daß Sie das können.« Ich erzählte ihm von dem Band.
»Wenn das etwas Ungesetzliches ist, bin ich nicht daran interessiert.«
»Es ist nicht ungesetzlich. Dies ist ein Beweisstück in einem Fall, bei dem die Polizei auf der Anklagebank sitzt.«
Das machte ihn neugierig. »Worum geht es? Drogenhandel? Bestechung? Würde mich nicht überraschen. Die sind doch alle korrupt, oder nicht?«
»Sie haben recht.« Ich machte die Verschwörermiene, die meiner geheimen Mission angemessen war. »Und hier habe ich den Beweis.« Ich hielt das Band hoch. »Damit lasse ich die ganze Stadt hochgehen. Ein für allemal. Aber«, ich tippte bedeutungsschwanger auf das Video, »es ist wichtig, das Band sicher aufzubewahren. Lebenswichtig. Könnten Sie für mich darauf aufpassen? Ich will nicht riskieren, daß es bei mir gefunden wird. Die Leute, denen wir auf den Fersen sind, sind verzweifelt. Zu allem fähig.« Ich hielt ihm das Band hin.
Er nahm es begeistert. »Ja, ja natürlich. Mal sehen. Wo könnten wir es verstecken?«
Er führte mich durch den Flur ins Wohnzimmer. Everard stammte aus einer Familie, in der man die Möbel erbte, nicht kaufte. In seinem Fall hatten seine Vorfahren eine Vorliebe für einen depressiven viktorianischen Stil. Alles war dunkel, überladen und mit plüschigem Samt überzogen. Düstere Gemälde von dicken Georgianern in Goldrahmen an der Wand. Auf

einem Beistelltisch stand ein Cognacschwenker, daneben lag ein Opernführer. Nichts in diesem Raum deutete darauf hin, daß wir uns im zwanzigsten Jahrhundert befanden, ausgenommen eine teure Stereoanlage, die man sehen konnte, weil die Türen des Schränkchens, in dem sie aufbewahrt wurde, offenstanden.

Everard stolzierte mit dem Band in beiden Händen in die Mitte des Raumes. Dann sank er auf die Knie und rollte einen orientalischen Läufer zur Seite. Er zückte ein Taschenmesser und hob damit vorsichtig eine Bodendiele an. Darunter stand eine graue Metallkiste, länglich und schmal.

»Ich hoffe, ich kann mit Ihrer Verschwiegenheit rechnen. Bei mir ist schon ein paarmal eingebrochen worden.« Er fischte einen Schlüssel aus seiner Tasche und öffnete die Kiste. Darin befanden sich verschnürte Papierbündel und einige kleinere Schachteln. Everard legte sie so, daß mein Video hineinpaßte. Es war eng, aber er bekam das Schloß wieder zu. Er legte die Kiste in ihr Versteck, die Diele und den Teppich darüber.

»Danke. Sie werden es nicht bereuen.«

Everard war richtig aufgeregt. »Halten Sie mich auf dem laufenden«, flötete er, während er mich zur Tür begleitete. »Und vergessen Sie nicht die Hausversammlung. Wir werden über Geranien diskutieren.«

»Geranien?«

»Für die Blumenkästen.«

»Die Blumenkästen. Richtig.«

»Oder haben Sie eine bessere Idee? Aber wir brauchen etwas Widerstandsfähiges für die Nordwand.«

»Geranien sind in Ordnung. Farbe. Das ist es, was wir hier gebrauchen können.«

Ich ließ ihn mit einem Staunen im Gesicht stehen und ging zurück in meine Wohnung. Ich holte mir die Whiskyflasche aus dem Küchenschrank und Eis aus dem Kühlschrank. Ich wollte nachdenken. Mit Mördern hatte ich kein Glück, aber immerhin konnte ich einen Schlägertypen festnageln. Alles in allem hatte ich an diesem Tag einiges geleistet. Ich kippte noch einen zweiten Whisky. Plötzlich spürte ich etwas Kaltes in meinem Nacken. Dasselbe Gefühl wie vor ein paar Tagen in Vauxhall. Ich drehte den Kopf, um eine bessere Sicht zu bekommen. Es war in der Tat eine Knarre. Eine ziemlich große, mit einem langen Lauf.

37

»Hallo Max. Ich würde dir ja einen Whisky anbieten, aber er ist zu gut, um ihn an jemand wie dich zu verschwenden.«
»Rufus will Sie sehen.« Das Herumgefuchtel mit der Pistole machte mich ziemlich nervös.
»Steck die Knarre weg, Max. Weißt du nicht, daß die meisten Unfälle zu Hause passieren?«
»Los, gehen wir.« Er konnte die Knarre einfach nicht ruhighalten. »Er wartet im Rover.«
Ich schnappte mir Mantel und Schlüssel, während Max an den Tisch gelehnt eifrig mit seiner Pistole spielte. Wir verließen das Haus. Auf der Straße steckte er die Knarre weg. Ich stieg auf der Fahrerseite in den Renault. Er setzte sich neben mich und holte wieder die Knarre hervor.
»Um Himmels willen, Max, du gehst zu oft ins Kino. Diese verdammten Dinger sind gefährlich.«
Er schaute auf die Kanone, dann zu mir. »Fahren Sie los.«
Wir fuhren zum Rover. Es war spät, und die Kneipe war voll. Zu meiner Erleichterung steckte Max die Knarre weg. Wir zwängten uns durch die Menge an der Bar vorbei ins Hinterzimmer.
Rufus saß hinter seinem Schreibtisch, derselbe, der zuvor in dem Haus in Bayswater gestanden hatte.
»Mr. Ridley, schön, daß Sie gekommen sind.« Er erhob sich

und schüttelte mir die Hand wie ein Bankdirektor, der mit mir über mein überzogenes Konto sprechen wollte.
»Wir leben im zwanzigsten Jahrhundert, Rufus. Rufen Sie mich doch beim nächsten Mal einfach an.«
»Wovon reden Sie da?« Der falsche Cockney-Akzent war verschwunden und hatte den unversöhnlichen Vokalen der Oberschicht Platz gemacht.
»Ich mag keine Gorillagramme«, sagte ich und nickte in Max' Richtung. »Besonders nicht, wenn sie eine Knarre dabeihaben.«
Rufus, der gerade dabei war, mit einer Flasche Glenmorangie seinen Pflichten als Gastgeber nachzukommen, richtete seine Finger auf Max.
»Ist das wahr?«
Max schaute erst verlegen, dann trotzig.
»Sie haben gesagt, ich soll ihn herbringen«, murmelte er.
»Gib mir das Spielzeug.« Rufus streckte die Hand nach der Knarre aus. Max gab sie ihm.
»Warte draußen.« Max ging. Rufus sah mich an und zuckte mit den Schultern, als wolle er mir sagen, daß es heutzutage sehr schwer sei, gutes Personal zu bekommen. Ich setzte mich und ließ mir ein Glas Whisky einschenken. Als wollte er die Zwanglosigkeit unseres Beisammenseins unterstreichen, legte Rufus lässig ein Bein über die Schreibtischkante. Eine Weile nippten wir stumm an unseren Gläsern. Der Mann verstand was von Single Malts.
»Lassen Sie uns über eine Veränderung Ihrer Trinkgewohnheiten reden.« Er lächelte freundlich, aber falsch.
Ich bewunderte den Goldton in meinem Glas. »Dieses Zeugs kann ich mir nicht leisten.«

»Ich meinte den Rover.«
»Auf den ersten Blick ist er sicher nicht sehr empfehlenswert, aber ich muß gestehen, so langsam gewöhne ich mich an den Laden.«
Rufus rollte das Whiskyglas zwischen seinen Handflächen und sah mich prüfend an. »Der Rover hat ein sehr ausgewähltes Publikum«, sagte er schließlich. »Ich kann das gar nicht genug betonen. Sehr ausgewählt. Eigentlich nicht der rechte Ort für Menschen wie Sie.«
»Man bekommt dort Alkohol. Ich bin nicht wählerisch.«
»Offensichtlich nicht. Aber das Problem ist die Gesellschaft, die Sie anziehen. Die Bullen zum Beispiel. Sie waren in letzter Zeit ziemlich häufig hier. Das macht die Kundschaft nervös. Die Gäste können sich nicht entspannen, wenn sie nicht wissen, wer da durch die Tür kommt.«
»Warum ersparen wir uns nicht den ganzen Kram, und Sie erzählen mir einfach, was Sie über den Tod von Shark wissen? Sie erinnern sich doch an Shark, oder nicht? Haben Sie ihn erledigen lassen? Oder haben Sie es selbst gemacht? Einfach ankreuzen. Wird einen so ausgeschlafenen Menschen wie Sie ja wohl nicht überfordern.«
»Ich habe Ihnen alles gesagt, was Sie wissen müssen. Und wenn Sie hier herumschnüffeln, werden Sie auch nicht mehr herausfinden.«
»Wahrscheinlich nicht. Shark ist tot, und Max sieht aus wie jemand, der gekauft worden ist. Sie sind gründlich, Rufus, das muß man Ihnen lassen.« Ich stand auf. Zeit zu gehen.
Er zuckte mit den Schultern, als hätte ich ihm ein Kompliment gemacht und zeigte zur Tür. Was für eine Schande, den Whisky stehenzulassen.

Ich hätte nicht erwartet, daß Rufus mich schlagen würde. Er wirkte wie jemand, der dafür seine Leute hatte. Aber in diesem Punkt hatte ich mich offensichtlich geirrt. Vielleicht hätte ich etwas höflicher sein sollen, dachte ich, als er mich ohne Vorwarnung niederschlug. Ich fiel rückwärts über das Sofa und knallte auf den Boden. Bevor ich aufstehen konnte, wurde ich hochgezerrt, und man hatte mir beide Arme auf den Rücken gedreht. Max mußte vor der Tür gewartet haben.
Rufus war offensichtlich entschlossen, noch einmal zuzuschlagen. Ich hatte also nichts zu verlieren.
»Die Bullen haben Ihnen Feuer unterm Arsch gemacht, hm? Sie haben Shark ermordet, nicht wahr?«
Rufus schlug mich ein zweites Mal. Diesmal ins Gesicht. Es schmerzte wesentlich stärker.
»Bleiben Sie mir vom Leib«, sagte er. »Ich bin ein gefährlicher Mensch. Fragen Sie, wen Sie wollen.«
»Ich mag keine versteckten Drohungen.« Vorsichtig tastete ich mit der Zunge nach lockeren Zähnen.
Rufus drehte sich weg. »Entsorge ihn«, beauftragte er Max.
»Wie?«
»Wie du willst.«
»Ich glaube, er meint, du sollst mir ein Taxi rufen.« Max trieb mich einen kurzen Flur entlang
»Aber sicher, verdammter Klugscheißer.« Er trat die Notausgangstür auf, die zu einer Gasse führte. Eine einsame Gasse. Pech.
»Zwingt Rufus dich, deine Schulden so abzubezahlen, Max?« Ich keuchte, weil ich mich etwas unpäßlich fühlte. »Oder hat er dein Schweigen gekauft? Vielleicht weißt du zuviel darüber, was mit Shark passiert ist?«

Statt zu antworten, bog Max meinen Arm ein Stück weiter den Rücken hoch. Mit einem kräftigen Stoß schubste er mich durch den Notausgang. Meine Arme waren zu schwach, um den Sturz abzufangen. Ich schlug mit dem Kopf aufs Pflaster. Für einen Moment wurde mir schwarz vor Augen. Ich kam gerade rechtzeitig wieder zu mir, um Max' Stiefel in einem langsamen Bogen auf meinen Kopf zuschwingen zu sehen. Ich rollte mich zur Seite, und der Stiefel flog vorbei. Für diesen Abend hatte ich genug davon, herumgestoßen zu werden. Mit einem fast kraftlosen Arm packte ich seinen Absatz. Ein leichter Schwung brachte ihn aus dem Gleichgewicht, und er landete neben mir auf dem Boden. Ich stemmte ihm einen Fuß in den Nacken und bog ihm das Bein in einem, wie ich hoffte, für ihn unangenehmen Winkel nach hinten.

»Wer hat Shark umgebracht, Max?«

»Leck mich«, war die Antwort.

Ich bog sein Bein stärker nach hinten. Unwahrscheinlich, daß ich ihn so zum Reden bringen würde, aber es machte zumindest Spaß. »Erpreßt Rufus dich? Hat er herausgefunden, daß du deinen Kumpel umgebracht hast? Oder haben du und Rufus von Anfang an gemeinsame Sache gemacht?«

»Ich weiß nichts«, jammerte Max.

»Du hattest einen Streit mit Shark. Um eine Frau. Wollte er dir Jenny ausspannen?«

Max versuchte sich meinem Griff zu entwinden.

»Leck mich.«

Ich zerrte an seinem Bein, bis er schrie. »Nur einen Namen, Max. Um wen ging es?«

»Meine Schwester«, sagte er schließlich. »Er hat meine Schwester gebumst.«

»Sam! Was zum Teufel geht hier vor?« Dean stand mit einer Mülltüte in der Tür.

Ich zog Max hoch und stieß ihn zu Dean hinüber.

»Frag Rufus. Deine Sicherheitsvorkehrungen könnten dich teurer zu stehen kommen, als du denkst.«

Ich rief Charlie Hobbs von zu Hause an.

»Scheiß Ridley. Laß mich in Ruhe.«

»Hab dich nicht so. Erzähl mir was über Shark.«

»Er ist tot.«

»Er ist tot und weiter?«

»Er wird tot bleiben.«

»Charlie, ich weiß, daß du im Rover gewesen bist. Sag mir, was los ist.«

»Was willst du, Ridley? Ist nicht mehr deine Baustelle.«

»Darum kannst du dir auch sicher sein, daß ich's nicht ins Radio bringe, mein Lieber. Ich hänge an dem Fall.« Charlie seufzte.

»Hab nur ein paar Fragen gestellt, an ein paar Bäumen gerüttelt, um zu sehen, was für Früchtchen herunterfallen.«

»Früchtchen, von denen ich wissen sollte?«

»Das bleibt unter uns.«

»Natürlich.«

»Rufus macht sich im Schutzgeld-Sektor breit. Bei all den bewaffneten Dealern in seinem Teil der Stadt, rechnet er da mit einem expandierenden Markt. Der Rover gehört einer Frau.«

»Dean.«

»Du kennst sie?«

»Ich komm viel herum.«

»Egal, es fing damit an, daß sie bedroht wurde, und es Kämpfe gab. Es wurde immer schlimmer. Leute wurden vor ihrer Tür zusammengeschlagen. Selbst bei ihrer Klientel ist das nicht gut fürs Geschäft. Aber sie will natürlich nicht die Polizei oder irgendeinen Wachdienst einschalten. Das würde ihre Kundschaft genauso nervös machen. Also geht sie zum einflußreichsten Mann, den sie kennt. Rufus. Und sie bittet ihn ganz lieb um Hilfe.«

»Und Rufus hat ein Herz für verzweifelte Frauen.«

»Seine Pläne haben sich mit ihren überschnitten. Er verlegt seine Geschäfte in den Rover und expandiert in die erwähnte Richtung. Nur, daß seine neuen Kunden in diesem Fall keine große Wahl haben.«

»Das ist ja schlimm.«

»Allerdings. Also habe ich mir gedacht, okay, der Typ hat fünfzig verschiedene Alibis für die Nacht, in der Harkness ermordet wurde, aber scheiß drauf, ich knöpf ihn mir ein bißchen vor, nur so zum Spaß, und schau mal, was möglich ist.«

»Was, wenn er es wirklich nicht war?«

»Was, wenn die Welt eine Scheibe ist? Himmel, Ridley, schon mal was von Handlangern gehört? Nur weil er nicht selbst den Finger am Abzug hatte, heißt das noch lange nicht, daß er nicht weiß, wer so etwas tut. Jetzt erzählst du mir, warum du dich im Rover so gut auskennst.«

»Ich habe das neue Arrangement aus erster Hand vorgeführt bekommen.« Ich berichtete ihm von meinem Treffen mit Rufus.

»Interessant. Welche Farben wünschst du dir für die Blumen auf deinem Sarg?«

Ich besuchte Stephanie Adams in ihrer Wohnung in der Bishop's Bridge Road. Nach minutenlangem Klopfen rührte sich immer noch nichts.
Es war bereits nach Mitternacht, und da ich Trost gebrauchen konnte, rief ich Magnolia an.
»Hi, es ist spät, ich weiß, aber bist du frei heute nacht?«
Sie wirkte zerstreut. »Ich … äh, nein, bin ich nicht.«
»Oh, ist jemand bei dir?«
Pause. Kurz für sie, eine Ewigkeit für mich. »Ja«, sagte sie schließlich. »Ich ruf dich an.«
Es klang nicht so, als ob sie es auch tun würde. Ich legte auf und kontrollierte im Spiegel, ob mir irgendwelche Lepra-geschwüre gewachsen waren. Alles normal. Ein oder zwei Drinks würden mir den Kopf wieder frei machen.

Am Samstag mußte ich viel an Magnolia denken. Mit Frauen ist es oft schwierig, aber etwas war definitiv los mit ihr. Meiner Erfahrung nach sagen Frauen dir selten direkt ins Gesicht, daß sie dich nicht mehr sehen wollen. Statt dessen bringen sie dich mit tausend halbherzigen Gesten um. Ich kenne Typen, die das jahrelang ertragen können, aber ich gehöre nicht zu denen. Ich muß Bescheid wissen, auch wenn dann die »Laß uns Freunde bleiben«-Tour anfängt. Nach ihrem abweisenden Ton gestern am Telefon zu urteilen, war ich bei Magnolia in die Freund-Kategorie abgestuft worden.
Ich ging spazieren, um das zu verdauen. Als ich zurückkam, hatte ich einen Anruf vom Politikredakteur John Baker auf dem Beantworter.
»Hallo, Sam. Ich weiß nicht, ob es was mit unserem Gespräch von neulich zu tun hat, aber das Weißbuch zur Verkehrspoli-

tik, das in ein paar Tagen erscheinen soll, wird einen bemerkenswerten Richtungswechsel der Regierung ankündigen. Von jetzt an werden wir alle grün, zumindest theoretisch. Keine Ahnung, ob dir das was nützt, aber ruf mich an, wenn du mehr wissen willst. Du weißt, wo du mich erreichen kannst. Ciao. Ach übrigens, der Sohn, Mark, wird in die Fußstapfen seiner Familie treten. Er kandidiert für einen sicheren Sitz der Labour-Partei in North London.«

Mein Blick fiel auf eine Reihe von Ausschnitten, die unter dem Zeitungsstapel auf dem Kaffeetisch hervorlugten. Das Dossier über Mark Matheson, das ich aus dem Archiv mitgenommen hatte. Ich schaute noch einmal hinein. Ein paar Artikel hatte ich für später zur Seite gelegt und dann vergessen. Die meisten waren uninteressant. Ganz unten im Stapel war ein Artikel aus einer Serie über berühmte Paare, die in einer Sonntagszeitung erschienen war. Der Ausschnitt begann mit der Überschrift »Wie wir uns kennenlernten«, und diese spezielle Folge widmete sich dem Umweltaktivisten Mark Matheson und seiner tanzenden Freundin Magnolia Trevenet.

»Leck mich am Arsch«, fluchte ich laut.

38

Wir lernten uns bei einem Picknick an einem Fluß in Oxfordshire kennen, das eine gemeinsame Freundin von uns organisiert hatte, zitierte der Artikel Magnolia. *Sie hatte mir von dem Typ erzählt, wie sie ihn an der Uni kennengelernt hatte. Ich glaube nicht, daß sie uns verkuppeln wollte. Meine Freundin wußte, daß ich mich zu der Zeit mit jemand anderem traf. Ich brauche wohl kaum zu sagen, daß es damit kurz darauf vorbei war.*
Das erste, was mir an ihr auffiel, waren ihre Augen, sagte Mark. *Und das zweite, daß ich niemanden kenne, der mehr raucht als sie.* Wir redeten also tatsächlich von der gleichen Magnolia. Ich las weiter.
Er flirtete schamlos mit mir, sagte Magnolia. *Aber ich nahm ihn nicht ernst. Es ist schwer, gutaussehende Männer ernst zu nehmen. Erst sechs Monate später trafen wir uns wieder, auf einer Party, die meine Freundin gab, weil sie einen Job gefunden hatte. Er war da und so fing es an.*
Ich finde es toll, daß sie Bauchtänzerin ist, schwärmte Mark. *Das ist so wild und exotisch. Wie Magnolia. Sie ist eine Frau, die ihren eigenen Weg geht.*
Ich überflog den Rest und erfuhr, daß sie ein gemeinsames Interesse für algerische Rai-Musik teilten, sich oft stritten, aber schnell wieder vertrugen. Ich fragte mich, wie Elaine ins Bild paßte. Auf der Beerdigung waren Magnolia und Mark offensichtlich nicht zusammen. Die schlanke Blondine hatte seine

ganze Aufmerksamkeit beansprucht, und ich hatte keinen Grund zu der Annahme, daß sie mit mir ein doppeltes Spiel getrieben hatte. Oder doch? Weiß der Himmel, ich habe mich schon öfters in Frauen getäuscht.
Ich rief mir unsere erste Nacht ins Gedächtnis. Sie hatte mich angerufen, mich über den Mordfall ausgefragt. Vielleicht hatte sie mich von der Mordnacht wiedererkannt, gedacht, daß ich etwas wüßte, und versucht, es herauszufinden. Ein weniger schmeichelhaftes Szenario als das, in dem sie sich von animalischer Anziehungskraft zu mir hingezogen fühlte, aber es paßte besser.
Ich nahm das Telefon und wählte ihre Nummer. Besetzt. Ich nahm meinen Mantel und ging.

Es war ein milder, aber feuchter Abend. Auf dem Weg zu meinem treuen Renault rauchte ich eine. Magnolias Wohnung hätte ich auch gut zu Fuß erreichen können, aber ich brauchte eine schützende Hülle. Ich startete und fuhr zur Mulberry Avenue. Wie gesagt, er zündet immer beim ersten Mal. Das Licht brannte, sie war also zu Hause. Ich parkte den Wagen gegenüber, direkt an der Summerhill-Siedlung und schaltete den Motor aus. Ich beobachtete Magnolias Fenster. Die schweren Vorhänge waren zugezogen, ich konnte nicht sehen, ob jemand bei ihr war. Ich stellte mir Mark Matheson bei einer ihrer famosen Anmachszenen vor, verlor aber sofort das Interesse daran.
Ein, zwei Stunden saß ich im Auto. Nichts geschah, außer daß ich zu Eis gefror. Je kälter mir wurde, desto klarer wurde mir, wie albern ich mich aufführte. Zeit, ein bißchen Würde zu zeigen.

Ich wollte gerade den Motor starten, als ich Mark Matheson aus ihrer Wohnung kommen sah. Er hastete die Treppen hinunter und zog die Schultern gegen den Nieselregen zusammen. Er ging um die Hauswand herum und kam ein paar Minuten später mit einem Fahrrad zurück. Er stieg auf und strampelte davon. Ich rutschte im Sitz nach unten, aber er sah nicht in meine Richtung. Ich schloß den Wagen ab und ging zu Magnolias Tür. Ich drückte den Klingelknopf. Ohne zu fragen, wer da sei, drückte sie auf. Als ich die Treppen zu ihrem Stockwerk hochstieg, stand sie im Flur, einen Schlips um ihr Haar gebunden. Ihr Mund stand offen, als wollte sie etwas sagen, aber was immer es gewesen wäre, als sie mich sah, war es überflüssig geworden. Statt dessen sagte sie: »Oh.« Ich lächelte freundlich. »Was dagegen, wenn ich hereinkomme?« Sie hatte keine große Wahl, ging zur Seite und ließ mich hinein.

39

Ich saß auf der Couch, sie auf einem Stuhl. Wir sahen uns schweigend an.

»So«, sagte ich, immer noch freundlich. »Erzähl mir deine Geschichte.«

»Da gibt es nichts zu erzählen.«

»Ich denke doch. Mir fallen auf Anhieb etliche Fragen ein.«

»Wirklich?« Sie schlug ein Bein unter und zündete sich eine Zigarette an. »Zum Beispiel?«

»Zum Beispiel, warum du mich aufgerissen hast.«

Sie lächelte kühl und blies den Rauch aus. »Was soll das, Sam? Du bist erwachsen. So etwas passiert.«

»Du wolltest Informationen. Du wolltest herausfinden, was ich über Elaines Mörder wußte.«

»Du unterschätzt deine körperliche Anziehungskraft«, sagte sie, noch immer lächelnd. »Noch nie von dem Dämon Lust gehört?«

»Willst du wissen, was ich denke? Ich denke, du belügst mich, seit wir uns zum ersten Mal begegnet sind. Wen willst du beschützen? Deinen Lover oder dich selbst?«

»Du klagst mich in meinen eigenen vier Wänden des Mordes an? Du bist verdammt unverschämt, Ridley.«

»Ich bin es leid, an der Nase herumgeführt zu werden. Nur noch direkte Antworten, bitte. Elaine hatte Beweise dafür, daß Roadblock Steuern hinterzogen hat. Das Finanzamt findet solche Dinge überhaupt nicht witzig. Wenn das herausgekommen wäre, hätte das Mathesons politischen Ambitionen einen ziemlichen Dämpfer verpaßt.«

»Das glaube ich nicht.« Sie drückte ihre Zigarette aus und zündete sich direkt eine neue an. So kam ich nicht weiter. Ich versuchte es anders.

»Hast du Elaine Mark ausgespannt? Beim Picknick?«

Sie lachte lauthals. »So war es nicht, glaub mir.«

Das Komische war, daß ich ihr noch immer glauben wollte.

»Wie dann?«

Sie stand auf. »Ein Glas Wein? Wird dir guttun.«

»Das ist kein Freundschaftsbesuch, Magnolia.«

Sie ging in die Küche und kam mit zwei Gläsern und einer Flasche Wein zurück. Sie füllte beide Gläser. Ich sah meines an, rührte es aber nicht an.

»Angst, daß ich es vergiftet habe?« sagte sie gehässig.

»Mark und Elaine«, erinnerte ich sie.

»Sie waren eine Zeitlang zusammen. Dann haben sie sich getrennt.«

»War das bevor oder nachdem sie schwanger geworden ist?«

»Keine Ahnung. Ungefähr um die Zeit, oder nein, ein bißchen später.«

»Mark ist also Albions Vater?«

Sie zuckte die Schultern. »Er behauptet nein.«

»Das muß nicht unbedingt die Wahrheit sein.«

»Hör zu, ich weiß es nicht, okay? Und ich will es auch nicht wissen?«

»Warum machten sie zusammen ein Picknick, wenn sie sich getrennt hatten?«

Magnolia wurde ein wenig verlegen. »Sie versuchte, ihn zurückzubekommen. Sie nahm mich als moralische Unterstützung mit.«

»Was für eine armselige Menschenkenntnis.«

»So war es nicht. Mark und ich kamen erst Monate später zusammen. Und da war sie bereits über ihn hinweggekommen.«

»Warum waren sie in der Nacht, in der sie gestorben ist, zusammen essen?«

»Ich weiß es nicht. Frag ihn doch selber.«

»Warum hatte sie die Arbeit bei Roadblock angenommen?«

»Mark hatte Mitleid mit ihr. Sie hat ihren Aushilfsjob bei einer großen Kanzlei gehaßt. Mit dem Kind war sie auf sich allein gestellt, sie konnte einen Freund gebrauchen. Mark ist ein anständiger Kerl, wovon du dich selbst überzeugen könntest, wenn du endlich mit deinen absurden Anschuldigungen aufhören würdest.«

»Ich habe ihn wegen gar nichts beschuldigt.«

»Na schön.« Sie erhob sich. »Wir können hier noch die ganze Nacht Haare spalten, oder du gehst jetzt.« Ich blieb sitzen.

»Hat Elaine oft versucht, Mark zurückzugewinnen?«

»Nein, sie hat gewußt, daß es vorbei war. Schon seit Jahren vorbei war.«

»Das ist das, was er dir erzählt hat. Hast du herausgefunden, daß er dich belogen hat, und wolltest ihr eine Lektion erteilen?«

Sie stand auf. »Raus!« bellte sie.

»Danke für die schönen Erinnerungen.« Hinter mir knallte die Tür ins Schloß.

Es war schade, so verdammt schade.

Ich fuhr nach Hause und machte mir im Kopf eine Notiz, Simon zu raten, sich von Frauen um jeden Preis fernzuhalten. Als ich daheim war, rief ich ihn an. Seine Mutter war am Telefon.
»Hallo Mary, hier ist Sam.«
»Ich weiß, daß du es bist.«
»Ist Simon da?«
»Nein.«
Ich schwieg lange genug, um ihr klarzumachen, daß ich sie für eine aufgeplusterte Henne hielt.
»Wo ist er?«
»Ist doch egal, wo er ist, oder? Er ist nicht hier, basta.«
»Schön, wenn er zurückkommt, richte ihm aus, daß seine Mutter ein unbarmherziger Mensch ist.«
»Das ist wieder so scheiß typisch von dir, Sam«, sagte sie und legte auf. Ich ließ mich seufzend in den Sessel sinken und gönnte mir ein bißchen Selbstmitleid. Dann genehmigte ich mir aus rein medizinischen Gründen eine Lage Whisky, bevor ich mich hinlegte.

40

Montagmorgen hatte jemand mein Gehirn amputiert, Teile davon in der ganzen Stadt verscheuert und mich mit einem völlig leeren Schädel zurückgelassen. Zum Glück hatte Felicia offenbar vergessen, daß ich in ihrer Abteilung arbeitete, und ich konnte mein Gleichgewicht bei der Lektüre von etwas zweifelhaften Käseblättern langsam wiedergewinnen, den dampfenden Kaffee immer griffbereit zu meiner Rechten. Sobald – nach meinen Berechnungen – ein halbes Dutzend Neuronen wieder betriebsbereit war, rief ich Mark Matheson an.

»Ich muß mit Ihnen sprechen. Es geht um Elaine und Magnolia.«

»Im Moment ist es schlecht«, sagte er.

Ich insistierte, er gab nach. Ich erzählte Felicia, ich würde Nachforschungen über notorische Ehebrecher anstellen, und nahm den Bus nach Camden Town.

Ich kam direkt zur Sache. »Sie hat Ihnen etwas Wichtiges erzählt an diesem Abend. Was war es?«

»Das geht Sie nichts an.«

»Ich weiß von Ihrem Sozialversicherungsbetrug. Ich muß das nicht melden, aber ich kann, wenn es nötig werden sollte.«

»Wie …? Egal. Das ist Erpressung!«

»Stimmt. Fangen wir mit Albion an. Sie ist Ihre Tochter, nicht wahr?«

Marks Gesicht spiegelte die Leiden eines Mannes, dem seine

Angelegenheiten über den Kopf wachsen. »Ja«, sagte er mit leiser Stimme. »Ich … Wissen Sie, ich hatte immer geglaubt, ich wäre es. Das Timing hätte gestimmt, aber Elaine hat es immer bestritten. Es gab noch einen anderen damals. Deswegen haben wir uns getrennt.«
»Haben Sie ihr deswegen einen Job verschafft?«
»Zum Teil. Sie war ein guter Mensch. Ich … Sie brauchte Hilfe. Auch wenn sie behauptet hat, daß Albion nicht von mir sei, habe ich immer gedacht, daß sie es trotzdem sein könnte. Ich wollte ihr helfen.«
»Und was hielt sie von Ihnen und Magnolia?«
»Gar nichts.«
»Aber sie hat sich damit abgefunden?«
»Sehen Sie, wir haben es ihr nicht unter die Nase gerieben.«
»Und warum sind Sie mit ihr essen gegangen? Hat Sie sie mit den falschen Büchern erpreßt?«
»Nein, das war ihr egal.«
»Was war es dann?«
»Sie … Sie wollte, daß wir wieder zusammenkommen.«
»Und Sie sagten nein.«
»Ja, ich … Es war alles so verkorkst.«
»Zu verkorkst für einen aufstrebenden jungen Politiker?«
»Nein! Sie wollte, daß für Albion gesorgt ist. Ihre Familie hat ihr dauernd Vorwürfe gemacht, daß sie sich nicht richtig um ihr Kind kümmern würde. Schließlich hat sie mir die Wahrheit gesagt – daß ich der Vater von Albion bin. Für mich war es ein Schock, mit dieser nackten Tatsache konfrontiert zu werden. Ich wußte nicht, was ich sagen sollte. Aber ich habe ihr klargemacht, daß wir nicht nur wegen des Kindes wieder zusammenleben sollten. Ich sagte ihr, daß sie die Sache falsch

anging. Sie regte sich ziemlich auf. Das heißt, statt sich aufzuregen, schmollte sie immer. Ich habe ihre Schmollerei immer gehaßt. Es ging mir total auf die Nerven. Als sie davonrauschte, dachte ich nur: ›Du kannst mich mal.‹ Ich schnappte mein Rad und radelte so schnell ich konnte nach Hause.«

Ich probierte es mit einem kleinen Bluff. »Magnolia hat etwas anderes gesagt.«

»Wie meinen Sie das?«

»Sie sind nicht direkt nach Hause gefahren, sondern zu Magnolia und haben ihr erzählt, was passiert ist.«

»Nein … Ich, sie hat von nichts gewußt.«

»Von was hat sie nichts gewußt?«

Er sah aus, als wollte er etwas sagen, überlegte es sich aber anders und schüttelte den Kopf.

»Sie wollen sie in Schutz nehmen.«

»Nein!«

»Sie sind zu Magnolia gefahren und haben ihr erzählt, was passiert ist. Sie geriet in Rage, wurde eifersüchtig und hat Elaine umgebracht.«

»Magnolia, sie … nein.« Er sackte in sich zusammen. »Sie wäre zu so etwas nicht fähig.«

»Aber Sie müssen glauben, daß sie es doch wäre, sonst hätten Sie ihr die Wahrheit über den Verlauf dieses Abends gesagt.«

»Sehen Sie, ich war mir nicht hundertprozentig sicher, okay? Aber ich bin nicht bei ihr gewesen. Ich habe sie von zu Hause angerufen.«

»Warum waren Sie nicht zusammen auf dem Begräbnis?«

»Ich … das ist kompliziert. Ich weiß nicht. Wir hatten Streit. Ich war mir nicht sicher, wissen Sie. Ob sie dort hingehen würde, bevor sie es mir nicht gesagt hatte.«

»Verzwickt. Besonders, da sie dasselbe von Ihnen dachte. Ein gegenseitiger Mordverdacht ist für die meisten jungen Liebespaare eine ernsthafte Herausforderung.«

Sein Lächeln entgleiste zu einem verzerrten Grinsen. Ein hilfloser Versuch, die Fassade aufrechtzuerhalten. Er verriet eine Kälte, die er sicher nicht oft offen zur Schau trug. In dieser Hinsicht hatte er große Ähnlichkeit mit Magnolia. Heiß und kalt gleichzeitig.

»Ich glaube, Sie werden sehr glücklich zusammen, jetzt, wo das Mißverständnis zwischen Ihnen bereinigt ist.«

Auf dem Rückweg zum Büro löste sich ein weiterer Erinnerungsbrocken. Mark hatte sich auf dem Begräbnis mit einer attraktiven jungen Frau unterhalten. Die Frau, die das Gedicht vorgetragen hatte. Ich suchte in meinen Schubladen nach dem Programmzettel der Beerdigung. Ihr Name war Helen Smith. Na, den Namen ausfindig zu machen, dürfte kein Problem sein.

Felicia war sauer, daß ich so lange weg war. »Wer hätte das gedacht?« Sie hatte sich in ihrer typischen Haltung vor mir aufgebaut. »Der Ausbüxer Ridley ist tatsächlich an seinem Schreibtisch.«

»Laß gut sein, Felicia, ich arbeite an einer Story. Über Mobbing am Arbeitsplatz und wie man damit fertig wird. Es wird dir gefallen.«

Sie murmelte etwas nicht Druckreifes und stapfte davon. Dann drehte sie sich in ihrer unnachahmlichen Weise auf halbem Weg mitten im Gang um.

»Und bring die verdammten Dossiers zurück. Das über Pornos, das über Unfruchtbarkeit und das über Roadblock. Das Archiv wartet darauf.«

Lyall fing mich am Kaffeeautomaten ab. »Ihr Name bedeutet ›Die Glückliche‹.« Er nickte in Felicias Richtung. »Lustig, nicht?« Er goß mir eine Tasse Kaffee ein. »Komm doch mit deinem Mädchen mal zum Essen. Zeig ihr, daß du auch ein paar vorzeigbare Freunde hast.«
»Du hättest mich vor einer Woche einladen sollen.«

Anna saß an diesem Morgen zum ersten Mal wieder am Hörertelefon. Der Monitor zeigte eine ganze Reihe von Anrufern, die mit Anna über ihre Probleme reden wollten: Beziehungsprobleme, Geldsorgen, Sexprobleme, jeder hatte irgendein scheiß Problem. Ich hatte auch eins. Ich mußte Helen Smith finden.
Ich fing Anna nach der Sendung ab und fragte sie nach Helen Smith.
»Warum?«
»Ich bin unheilbar neugierig.«
Anna zuckte die Schultern und holte ihr Notizbuch heraus. »Sie kannte Elaine schon ewig.« Sie kritzelte die Telefonnummer auf einen Zettel. »Wir sind alle in die gleiche Schule gegangen.«

Helen Smith war eine dieser zerbrechlichen blonden Schönheiten, die sofort den Beschützerinstinkt weckten. Das glatte, feine Haar fiel ihr über die Schultern. Sie war kaum geschminkt, und selbst das wenige Make-up war eigentlich überflüssig.
Sie saß auf einem Fensterplatz in einem Café in Hammersmith, wo wir uns verabredet hatten. Ihr weißes Kostüm sollte das Erkennungszeichen sein, und so war es. Weißes Kostüm,

sandfarbene Bluse und Schuhe und eine schlichte Goldkette um den Hals. Kein Ehering. Ich fühlte mich plötzlich glücklich. Wir stellten uns vor.
»Danke, daß Sie sich die Zeit genommen haben«, sagte ich, nachdem wir beide Kaffee bestellt hatten.
»Ich habe viel Zeit«, sagte sie schroff. »Ich bin Schauspielerin.«
Sie hatte eine ausgebildete, kehlige Stimme. Am liebsten hätte ich das Vorgeplänkel übersprungen und mich direkt zu ihr nach Hause eingeladen.
Sie beugte sich vor und stützte beide Ellenbogen auf den Tisch. »Was wollen Sie über Elaine wissen? Wir sind zusammen zur Schule gegangen. Waren die ganzen Jahre unzertrennlich. Sie war ein Wirbelwind. Die Art von Mensch, die man eigentlich hassen muß – gerissen und gutaussehend –, aber sie war so verdammt süß. Ich war ihr vom ersten Tag an verfallen. Und ich bin's noch immer. Gott, ich vermisse sie.«
»Wie war ihre Beziehung zu Mark Matheson?«
»Erste Liebe. Sie lernten sich kennen, bevor sie was Besseres hätte finden können.«
»Sie mochten ihn nicht.«
»Ich mochte ihn nicht nicht. Aber sie hätte was Besseres haben können. Wußten Sie, daß er auf ihrer Beerdigung versucht hat, mich anzumachen. Auf ihrer scheiß Beerdigung!«
»Ich weiß. Ich war da.«
»Er hält sich für ein Geschenk Gottes an die jungen Mädels, ist aber nur ein Blender. Meiner Meinung nach ist diese Organisation nur ein kostspieliger Überbau seines Egos.«
»Ich habe gehört, daß er in die Politik geht.«
Helen lächelte süßlich. »Tja, ist das nicht goldig?«

»Warum hat Elaine ihm nicht gesagt, daß Albion seine Tochter ist?«
»Falscher Stolz. Außerdem war nicht zu erwarten, daß sie von seiner Familie mit offenen Armen empfangen würde. Er hatte zwar behauptet, daß er mit diesem hochnäsigen Tory-Pack gebrochen habe, aber ich wette, daß seine kleinen Unternehmungen noch immer von seiner Mutter finanziert werden. Können Sie sich vorstellen, daß sie jemand wie Elaine willkommenheißen würden? Alleinerziehende Mutter? Arbeitslos? Schätzchen, so wäre es nicht gelaufen. Mark durfte in dieser Halbwelt herumvögeln, das war aber auch alles.«
»Im Moment trifft er sich mit einer Bauchtänzerin.«
»In fünf Jahren werden Sie ihn an der Seite eines standesgemäßen Blondchens in standesgemäßem Pferdegeschirr sehen. Damit schließe ich mein Plädoyer.«
»Elaine wollte ihn aber zurück, nicht wahr?«
Helen schüttelte den Kopf. »Ich glaube, sie wußte nicht, was sie wollte. Nie. Eine Frau mit einem erstklassigen Abschluß, die als Aushilfskraft in einer großen Kanzlei arbeitet und sich von da in die schwindelerregenden Höhen der Buchhaltung für abgewirtschaftete Demonstranten emporschwingt – was soll das?«
»Vielleicht wollte sie keine Karriere machen.«
»Ja, vielleicht.« Sie gab dem Kellner ein Zeichen, noch einen Kaffee zu bringen. »Aber ihr fehlte auch das Selbstvertrauen. Sie hatte Schiß. Zuviel Schiß.«
Helen hatte Tränen in den Augen. Sie wischte sie ungeduldig mit der billigen Papierserviette ab, die es zum Kaffee dazugab, und schneuzte sich. »Entschuldigung. Ich fasse es nicht. Fange

ich doch einfach vor einem Fremden an zu heulen. Aber sie haben was von einem Beichtvater.«
Ich befürchtete, daß sie damit sagen wollte, daß ich für eine heiße Nummer nicht in Frage kam. Hör zu, Schätzchen, hätte ich ihr am liebsten gesagt, vielleicht sehe ich aus wie ein Beichtvater, aber innen drin bin ich ein Sexgott.
»Mark behauptet, daß sie sich, in der Zeit, in der sie Schluß gemacht haben, mit jemand anderem getroffen hat.«
»Davon weiß ich nichts. Sie war immer ein bißchen ausweichend, was diese Zeit anging. Ich war nur selten da, weil ich ausnahmsweise mal ein Engagement hatte. Sie hat nie viel darüber geredet, und ich habe mich oft gefragt, ob sie die Geschichte nicht bloß erfunden hat – das mit dem anderen Mann – um sich für Mark interessant zu machen.«
»Komische Idee.«
Helen zuckte die Schultern. »Die Menschen machen manchmal komische Sachen. Sie glaubte, daß er sich ihrer Liebe zu sicher war.«
»Ihre Schwester scheint zu glauben, daß Albion das Produkt einer zufälligen Affäre ist.«
Helen zündete sich eine Zigarette an – die starke französische Marke, die überall gegen die Luftreinheitsgesetze zu Felde zieht – und blies den Rauch höflich in die andere Richtung.
»Was sollte Anna schon groß wissen.«
»Das war zumindest das, was sie mir gesagt hat.«
»Ich gebe Ihnen eine guten Rat: Glauben Sie der Frau kein Wort. Sie ist eine verlogene, hinterhältige Schlampe.«
Ich war baff.
»Meine Wortwahl scheint Sie zu schockieren, aber es ist die Wahrheit.«

»Bisher habe ich noch niemanden so über sie sprechen hören. Sie ist eine Kollegin von mir und allgemein beliebt.«
»Die einfühlende Therapeutin ist reine Fassade. Sie war schon als Teenager ein Monster, und sie ist auch heute noch ein Monster. Selbstsüchtig, habgierig und intrigant.«
»Warum finden Sie sie so unsympathisch?«
»Ich finde sie nicht nur unsympathisch. Ich hasse sie. Sie ist ein kleiner Nazi. Schon immer war sie eifersüchtig auf Elaine. Immer wollte sie alles das haben, was Elaine gehörte. Sie gönnte ihr nichts. Ihre Mutter hatte Elaine einmal eine Brosche geschenkt. Ein Familienerbstück von der Großmutter. Elaine hatte sie bekommen, weil sie so gut in der Schule war. Anna war außer sich. Sie hat die Brosche geklaut und versteckt. Als Elaine sie zur Rede gestellt hat, hat sie die Brosche raus in den Garten geworfen. Wir haben stundenlang danach gesucht. Sie hat sich nicht mal entschuldigt, nur gelacht.«
Mir dämmerte etwas.
»Wie hat die Brosche ausgesehen?«
»Was? Ach, nichts Besonderes. Ein paar bunte Steine in einer Filigranfassung. Kein echter Schmuck, aber für Elaine hatte es einen ideellen Wert. Sie hat ihre Großmutter geliebt.«
»Ich dachte, Elaine und Anna waren die besten Freunde.«
»Wie gesagt, Elaine wollte keinen großen Wirbel veranstalten – ihrer Mutter zuliebe. Aber sie hat Anna immer mißtraut und sich verbeten, daß sie sich in ihr Leben einmischt. Mein Gott, Sie hätten Anna nach der Geburt von Albion sehen sollen. Sie hat keine Kinder. Hat Unsummen für Behandlungen ausgegeben – ohne Erfolg. Und plötzlich war sie Expertin für Kindererziehung. Sie wollte Albion in alberne Musikkurse stecken oder in einen albernen Sprachunterricht. Elaine hat das

alles abgebügelt. Sie wollte nicht, daß Anna das Kind mit ihrem snobistischen Gehabe verdarb. Also kaufte Anna die Spielzeugläden leer und brachte den ganzen Krempel vorbei. ›Ich möchte, daß meine Nichte schöne Dinge um sich hat.‹« Helens Imitation von Anna war brillant. »Elaine bat sie, die Sachen wieder mitzunehmen. Sie wollte kein verzogenes Kind. Es sollte mit beiden Beinen auf dem Boden stehen. Einer der wenigen Kämpfe, den sie gewonnen hat. Und sie hat ihre Sache ausgezeichnet gemacht. Albion ist ein wunderbares Kind, obwohl ich Angst um sie habe, jetzt, wo Anna sie unter ihre Fittiche genommen hat.« Sie unterbrach sich, um eine neue Zigarette anzuzünden. »Was ist los? Sie sehen aus, als hätte ich Ihnen gerade offenbart, daß der Papst ein Kinderschänder ist.«

»Das hört sich gar nicht nach der Anna an, die ich kenne.«

Helen zuckte die Schultern. »Die Anna, die ich kenne, hat Elaine und mich in einen Keller eingesperrt. Wir waren fünfzehn. Sie hat uns stundenlang da drin schmoren lassen. Wir waren total fertig. Es war kalt, wir hatten nichts zu essen und wir konnten nichts sehen. Als sie uns wieder rausließ, hat sie Elaine überredet, sie nicht zu verpetzen – man hätte Anna sonst von der Schule geschmissen, und das hätte ihrer Mutter das Herz gebrochen. Elaine hielt sich daran, weil sie panische Angst davor hatte, ihre Mutter in Aufregung zu versetzen.«

»Warum haben Sie sich daran gehalten?«

»Weil sich mich darum gebeten hat. Sie hat mich regelrecht bekniet. Ich glaube, seit diesem Tag hat auch Elaine ihre Schwester gehaßt. Sie hatte Angst vor der Dunkelheit. Sie können sich also vorstellen, was es für sie bedeutet hat, in einen feuchten Keller eingesperrt zu sein. Und am nächsten Tag hatten wir eine Klassenarbeit in Chemie. Deswegen hat Anna das getan. Sie hat Elaine immer dafür gehaßt, daß sie klüger war als sie. Eine Sache, die sie ihr nicht stehlen konnte.«

Sie winkte nach der Rechnung.

»Elaine soll Pläne gehabt haben, aufs Land zu ziehen.« Ich legte das Geld für den Kaffee auf den Tisch.

»Stimmt. Wir haben ein paar alte Schulfreunde, die ein glückliches Landleben in Somerset führen. Sie hatte überlegt, zu ihnen zu ziehen. Sich von der Familie zu lösen.« Sie schlüpfte in ihren Mantel und steckte meine Karte ein.

»Sie haben sie nie kennengelernt, oder?«

Ich schüttelte den Kopf.

»Schade. Sie hätten sie gemocht. Eine tolle Frau.«

41

»Sam? Was machen Sie denn hier?«

Robert öffnete die Tür. Er hatte eine Schürze um, Albion versteckte sich verschämt hinter seinen Beinen. »Anna ist nicht da. Sie ist im Sender. Komisch, daß Sie sie dort nicht getroffen haben.«

»Ich wollte mit Ihnen unter vier Augen sprechen.«

»Oh, ach so. Tut mir leid. Ich wollte nicht ungastlich sein. Hier herrscht das reinste Chaos. Wir machen Kunst aus Knetgummi, aber kommen Sie doch herein. Albion will, daß ich ihr ein Rhinozeros knete.«

Wir gingen hinunter in die Küche, deren Erscheinungsbild von einem antiken Eichentisch beherrscht wurde. Er war übersät mit Spielzeug, Malbüchern und Knetmasse.

»Wir haben einen Großeinkauf gemacht«, sagte Robert verlegen. »Auf vielen von ihren alten Spielsachen war … das Blut von ihrer Mutter.« Für die letzten Worte bewegte er nur stumm die Lippen, damit Albion es nicht mitbekam. »Wir dachten, es wäre das Beste, sie zu verbrennen. Möchten Sie einen Tee? Ich wollte gerade welchen machen.«

»Gerne«, sagte ich und setzte mich an den Tisch. Albion rückte ihren Stuhl neben meinen und grinste mich auffordernd an. »'nozeros«, sagte sie und schob das Knetgummi zu mir herüber.

»Ich habe mir ein paar Wochen freigenommen, um ihr den

Eingewöhnungsprozeß so leicht wie möglich zu machen«, sagte Robert. »Es ging nicht mehr anders. Und da ich für meinen Vater arbeite, hat er mir den Urlaub förmlich aufgezwungen.«
»Dam! 'nozeros!« Albion zupfte mich am Ärmel. Meine Knetversuche waren nicht sehr überzeugend. Robert stellte mir eine Tasse Tee hin. Albion war das nicht entgangen.
»Will Saft«, kommandierte sie Robert.
»Okay.« Er ging zum Kühlschrank. »Apfel? Apfelsine?«
»Apfel«, sagte Albion.
»Apfel, was?«
»Apfel, bitte«, sagte Albion und trommelte mit den Hacken gegen den Stuhl. »Bitte, Apfel, bitte, Hasimasi«, sang sie. Sie rollte eine Knetkugel und warf sie über den Tisch.
Robert goß den Saft in eine Kindertasse und stellte sie ihr hin. Er hob die Knetkugel auf. »Danke«, sagte Albion und grinste frech. Sie nutzte ihren kindlichen Charme weidlich aus.
Robert setzte sich mir gegenüber.
»Wie kann ich Ihnen helfen? Sind Sie noch an Elaines Geschichte interessiert? Sie ist doch längst aus den Nachrichten verschwunden.«
Es war mir nicht wohl dabei, in das Haus dieses Mannes einzudringen und solche Fragen zu stellen, aber es mußte sein.
»Kamen Anna und Elaine gut miteinander aus?«
Robert sah mich erstaunt an. »Was hat das mit der Sache zu tun?«
»Waren sie Freunde?«
»Ich verstehe nicht ganz, worauf Sie hinauswollen.«
»Ich habe mich mit Helen Smith unterhalten. Sie hat behauptet, es habe böses Blut zwischen den beiden gegeben.«

»Ach so.« Robert lehnte sich zurück. »Helen und Anna haben jahrelang um Elaines Gunst gekämpft. Komische Sache. Es fing schon in der Schule an, sagt Anna. Klar, um Ihre Frage zu beantworten, es gab Zeiten, in denen sie nicht besonders gut miteinander konnten, aber so ist das halt in Familien, oder nicht? Ich kenne keine Familie, in der die ganze Zeit eitel Sonnenschein herrscht.«
Robert nahm die Knetmasse und formte gekonnt ein winziges Rhinozeros. Er stellte es Albion vor die Nase, die das gelungene Kunstwerk bewunderte.
»Hielt mich mal für einen Künstler«, sagte Robert. »Ist lange her.«

»Ridley, wo zum Teufel hast du gesteckt?« Felicia war miesepetrig wie immer.
Ich hing lustlos hinterm Schreibtisch. »Hab auf Blumenwiesen herumgetollt und Kränze geflochten«, sagte ich.
»Du bist für ein Interview in der Harley Street zur Woche der Unfruchtbarkeit eingeteilt. Hier ist das Dossier. Der Kerl heißt Sturges und ist der Beste im ganzen Land. Du bist bereits spät dran. Das Taxi wartet draußen.«
Ich rannte die Treppen hinunter, sprang ins Taxi und verteilte dabei den ganzen Inhalt des Dossiers im Fahrgastraum.
Selbst einem zufälligen Besucher sprang der Erfolg von Ronald P. Sturges sofort ins Auge. Die Behandlung war teuer, wurde aber diskret abgewickelt. Die Räumlichkeiten waren wie aus einer längst vergangenen Zeit. Kein Anzeichen von Faxgeräten, Computern oder anderen Errungenschaften des zwanzigsten Jahrhunderts.
Die Sekretärin zeigte mir Ronald Sturges Büro. Er war ein aus

dem Ei gepellter, zufriedener Mann. Er strahlte vom Scheitel seines glänzenden Haars bis zu den Sohlen seiner gewienerten Stiefel. Das Dazwischen war in einen teuren grauen Anzug gehüllt. Für die Jahreszeit war er ungewöhnlich braun. Sein Akzent klang südafrikanisch.

Er bot Kaffee an, und ich nahm an. Wenige Minuten später wurde er von der Sprechstundenhilfe auf einem silbernen Tablett serviert. Die Kanne war auch aus Silber, die Tassen aus Chinaporzellan. Ich stellte den Recorder auf den Tisch und gab mir Mühe, nicht die edle Kirschholzoberfläche zu zerkratzen. Nicht zum ersten Mal hatte ich das Gefühl, daß Journalismus doch die falsche Wahl gewesen ist.

Die Geschäfte des guten Doktors gingen blendend. Unfruchtbare Frauen gaben sich die Klinke in die Hand und baten ihn auf Knien, ihr Geld zu nehmen, wenn er ihnen dafür ihren Herzenswunsch erfüllte – ein gesundes Baby.

»Wie weit würden Ihre Patientinnen gehen?« Ich hoffte auf eine radiogene Antwort.

Ronald P. Sturges lehnte sich in seinem Sessel zurück. »Sie würden alles tun ... Ihre Häuser verkaufen, eine zweite Hypothek aufnehmen, stehlen, ihren Arbeitgeber betrügen. Was immer Sie wollen. Und es gibt keine Erfolgsgarantie. Das ist das erste, was ich meinen potentiellen Patientinnen sage. Ich bin nicht Gott.« Sein Lächeln verriet, daß er sich, wenn er sich schon nicht für Gott hielt, so doch ziemlich weit oben in der Heiligen Dreieinigkeit ansiedelte.

»Und was, wenn die Antwort nach all den Kosten und Mühen nein lautet?«

»Es endet oft mit Tränen. Ein Ehepaar hat sich vor meinen Augen getrennt. Die Frau ist aufgestanden und hat gesagt, daß, wenn sie keine Kinder bekommen kann, die Beziehung für sie keinen Sinn mehr macht. Der Druck, dem die Menschen bei diesen Prozeduren ausgesetzt sind, verzerrt oft ihre Wertvorstellungen«, fügte er hinzu.

Gerade als ich das Sendegebäude betrat, kam mir Anna entgegen.

»Sie haben mit Helen gesprochen?« fragte sie.

»Sie erzählte mir eine nette Anekdote aus Ihrer gemeinsamen Schulzeit. Über eine Nacht im Keller. Wirklich sehr amüsant.«

Anna runzelte die Stirn. »Es war überhaupt nicht komisch damals. Sie wollten ein bißchen im Dunkeln spielen und gingen in den Keller. Leider ist die Tür ins Schloß gefallen. Stunden später hat sie der Hausmeister befreit, aber bis dahin war bereits die ganze Schule an der Suche nach ihnen beteiligt.«

»Helens Geschichte lautete ganz anders.«

»Das überrascht mich gar nicht. Nachdem sie befreit worden waren, habe ich Helen ordentlich die Meinung gegeigt. Auf diese Idee konnte nur Helen gekommen sein. Allein hätte Elaine so etwas nie getan.«

Ich nahm den Lift zum Redaktionsraum und ratterte die Story über den guten Doktor runter, aber mit den Gedanken war ich ganz woanders, wägte die beiden unterschiedlichen Versionen der Kellergeschichte gegeneinander ab.

Als ich die Story fertig hatte, brachte ich sie zu Felicia. »Kannst du mir einen Gefallen tun?« fragte ich.

»Warum sollte ich dir einen Gefallen tun, Ridley?«

»Weil der Himmel es dir entlohnen wird.« Ich gab ihr einen

Zettel mit der Telefonnummer von Ronald P. Sturges. »Ich möchte, daß du diese Nummer wählst und dir einen Termin bei ihm geben läßt. Sag der Sekretärin, daß du auf Empfehlung einer Freundin anrufst.«

»Ridley, das ist der Typ, den du gerade interviewt hast. Ich werde ihn nicht anrufen. Außerdem würde er meine Stimme wiedererkennen, weil ich schon mit ihm gesprochen habe. Und ich habe einen amerikanischen Akzent, falls dir das entgangen sein sollte.«

Ich fiel vor ihr auf die Knie. »Ich tu für dich, was du willst«, bettelte ich. »Ich mach sogar die Story über unartige Teenager.«

Felicia rollte mit den Augen. »Also gut«, sagte sie. »Aber nur, weil ich dich nicht länger vor mir auf den Knien rumrutschen sehen will.« Sie wählte flink, ihre Nägel klackerten auf den Tasten.

»Hallo? Spreche ich mit der Sekretärin von Mr. Sturges?« Felicias leichter Akzent bekam etwas Aufdringliches. Sie hörte sich an wie eine von diesen fetten Touristinnen, die in schrillen Trainingsanzügen und Turnschuhen das Parlament bestaunen.

»Yeah, cool.« So wie sie ›cool‹ aussprach, schien es aus zwei Silben zu bestehen. »Könnten Sie mir nicht einen Termin beim Doktor machen? Oh? Er ist sehr beschäftigt? Gut. Wann wäre denn wieder etwas frei? Was, so lange? Gott, ist der aber beschäftigt. Wie schade. Eine Freundin hat ihn mir empfohlen.« Felicia trommelte mit den Fingern, winkte mir und mimte: *Wie soll die Freundin heißen?* Ich schrieb ihr Annas Namen auf den Block. Felicia schluckte und mußte zweimal hinsehen, führte ihr Gespräch aber weiter. »Genau«, sagte sie.

»Mrs. York-Baines. Sie hat den Doktor in den höchsten Tönen gelobt.« Auf der anderen Seite der Leitung war munteres Geplauder zu vernehmen. Der gute Doktor hatte eine außerordentlich gesprächige Sekretärin eingestellt. »Also gut, dann rufe ich nächsten Monat wieder an. Vielen Dank, Sie waren sehr freundlich.«
Sie legte auf. »Was dagegen, mir zu erklären, was zum Teufel das Ganze soll?«
»Nur so eine Idee. Was hat sie gesagt?«
»Sie hat gesagt, sie freuen sich immer, wenn Patienten sie weiterempfehlen.«

Am Abend brütete ich in meiner Stammkneipe über einem Whisky und schwerwiegenden Überlegungen. Wie immer war es voll und verraucht. Aber ich hatte keine Lust auf Konversation. War es wahr, was Helen über den besitzergreifenden Charakter Annas gesagt hatte? Mir war aufgefallen, daß Anna die Brosche getragen hatte, die laut Helen Elaine gehörte. Vielleicht hatte Anna das Kind von Elaine gesehen und alles daran gesetzt, um auch das in ihren Besitz zu bringen. Zwar hatte sie erst versucht, sich behandeln zu lassen, aber man hatte ihr gesagt, daß sie unfruchtbar bleiben würde. Oder hatte Robert recht, daß Helen einfach eifersüchtig war? Vielleicht besaß Anna eine ähnliche Brosche wie Elaine – man konnte solchen Plunder jederzeit bei den Straßenhändlern auf dem Portobello Market erstehen. Nur, weil eine Frau sich wegen ihrer Unfruchtbarkeit behandeln ließ, mußte sie noch lange nicht ihre Schwester umbringen, um ihr das Kind zu stehlen.
Je länger ich darüber nachdachte, desto absurder erschien mir

das Ganze. Ich zahlte und ging. Dank des Whiskys war mir inzwischen alles egal.

Am nächsten Tag nieselte es. Ich schlug mir den Kragen hoch und wollte gerade zur U-Bahn hasten.
»Ridley.«
Ich drehte mich um. Roger Fitzgerald lehnte an seinem Streifenwagen. Er öffnete die Tür und grinste mich an wie ein Wolf sein Drei-Sterne-Lammragout.

42

»Roger, du hättest dir nicht soviel Mühe machen müssen. Ein einfacher Anruf hätte es auch getan.«
»Steig ein.«
Ich gehorchte. Der Wagen fädelte sich in den Verkehr ein.
»Ich muß zur Arbeit.« Ich schaute auf die Uhr. »In einer halben Stunde.«
»Wenn du zu spät kommen solltest, sag einfach, daß du der Polizei bei Ermittlungen helfen mußtest.« Er lächelte kameradschaftlich. Ich schaute starr geradeaus. Dann erinnerte ich mich an das Video unter Everards Dielenbrettern und begann auch zu lächeln. Der Fahrer beachtete uns nicht. Ich begutachtete seinen Nacken. Prima rasiert. Ich brauchte dringend einen Kaffcc.
»Wie wär's mit einem Kaffee, Leute? Ohne Koffein kann ich nicht richtig denken.«
»Wo ist das Band, Ridley?«
»Oder wenigstens eine Scheibe Toast? Egal was, aber um diese Zeit ist mir immer so flau.«
Fitzgerald antwortete nicht, also fuhren wir schweigend weiter. Nach ein paar Minuten erreichten wir die Tennisplätze in der Latimer Road. Die Netze waren abgehängt. Niemand spielte bei diesem Wetter Tennis.
»Steig aus«, sagte Fitzgerald. »Wir werden ein bißchen spazierengehen.«

Ich stieg aus, öffnete den Drahtkäfig und stellte mich mitten auf den Platz. Ich habe früher mal Tennis gespielt, mußte Jahrzehnte her sein. Ich weiß das, weil meine Mutter Fotos von mir hat, auf denen ich in sackigen weißen Klamotten mit einem komischen, altmodischen Schläger zu sehen bin.
»Ich weiß, daß du eine Kopie des Videos hast. Ich habe mit den Leuten vom Kino gesprochen.« Fitzgerald stand etwa drei Meter von mir entfernt. Seine Körpersprache signalisierte Angriffslust.
Er hatte Bernie also zum Sprechen gebracht. Was soll's, davon ging die Welt nicht unter.
»Ja«, sagte ich. »Ich habe eine Kopie. Jetzt steht nicht länger nur dein Wort gegen meins, Roger. Deinen ehrenwerten Beamten kannst du in der Pfeife rauchen.«
Schweigen. Ob Fitzgerald mir wieder an die Kehle wollte? Ich sah hinüber zum Auto. Der Juniorpolizist saß unbeweglich hinterm Steuer. Es sah nicht so aus, als würde er mir zur Hilfe kommen. Die Entfernung zwischen mir und Fitzgerald war für meinen Geschmack entschieden zu klein.
»Ich nehm dich auseinander, Ridley«, sagte er. »Ich hau dich verdammt noch mal zu Brei.«
»Nein, das wirst du nicht tun. Denn wenn du mir auch nur ein Haar krümmst, weiß mein Anwalt, was zu tun ist. Der Umschlag ist bereits an einen großen Fernsehsender adressiert. Sicher, an einigen Stellen ist die Aufnahme ein bißchen dunkel, aber das bekommen die dort in den Griff, hat man mir versichert. Also keine Angst, sie werden dich schon von deiner Schokoladenseite zeigen.«
So langsam machte mir die Sache Spaß. Genau wie im Kino. Es war improvisiert, aber das mit dem Anwalt war leicht

nachzuholen. Ich fühlte mich so wohl wie lange nicht mehr. Ich lächelte ein heimliches, überlegenes Lächeln. Ein Lächeln, wie es Paul Newman so gut beherrschte. Ein Lächeln, das bedeutete: »Ich habe alles im Griff.«
»Und spar dir die Mühe, jemanden meine Wohnung filzen zu lassen, während wir hier Small talk machen. Du wirst nichts finden.« Junge, ich kam langsam in Fahrt. Das war großartig, besser als Sex.
Zu meiner Verwunderung schienen Roger Fitzgerald meine Drohungen nicht im mindesten zu beeindrucken. Statt dessen fing er fürchterlich an zu lachen. Im Kino läuft das anders.
»Ridley, du bist ein armer Wichser, weißt du das?« Er lachte und lachte. Was für ein Aufstand.
»Was ist da so lustig?«
»Ich habe mir mal deinen Freund zur Brust genommen. Wie heißt er doch gleich? Eddy? Er hat gesungen. Hat dich verpfiffen. Einbruch! Ha-ha. Vergiß dein Hollywoodpathos, Ridley. Du wanderst in den Knast.« Er ging zurück zum Wagen, drehte sich am Tor noch einmal um.
»Ich will das Video«, sagte er.
Dann ließ er mich stehen.
Zu behaupten, daß mir die Muffen gingen, wäre leicht untertrieben. Während der Wagen davonfuhr, schoß mein lebenswichtigstes Organ mit der Geschwindigkeit eines geschmolzenen Plutoniumkerns Richtung Erdmittelpunkt.

43

Ich habe mir schon oft die Frage gestellt, was ich tun würde, wenn ich nur noch wenige Stunden zu leben hätte. Würde ich Frauen auf der Straße ansprechen, ob sie mit mir schlafen wollen? Würde ich mir eine Magnumflasche Champagner kaufen und nackt in einem Brunnen tanzen? Würde ich fürstlich bei Claridge's tafeln und die Zeche prellen?
Nein. Wenn heute der Tag X wäre, würde ich einfach die nächste Bahn zur Arbeit nehmen. Ich habe so etwas schon lange befürchtet, jetzt hatte ich die Gewißheit: Auge in Auge mit der finalen Katastrophe, suchte ich Zuflucht in der Alltagsroutine.
Die U-Bahn-Station Latimer Road lag am nächsten, also trabte ich dorthin.
Inzwischen regnete es heftig. Bis ich mir ein Ticket gekauft hatte und im Untergrund verschwunden war, konnte ich meine Klamotten auswringen. Um mich herum vergruben mürrische Pendler Augen und Ohren hinter ihren Zeitungen. Jeder hat so seine morgendlichen Rituale.
In der Bahn dampfte nicht nur mein Anzug. Ich mußte eine Entscheidung fällen. Fitzgerald wußte, daß, wenn er mich hoppnahm, ich ihn auffliegen lassen würde. Gab ich ihm aber das Band, hatte ich keine Garantie, daß er mich nicht aufs Kreuz legte. Andererseits hatte er keine Garantie, daß ich nicht eine oder mehrere Kopien gemacht hatte.

So etwas nennt man ein Patt.

Aus der Tatsache, daß wir uns unter vier Augen getroffen hatten, schloß ich, daß er meinen Bruch vergessen würde, wenn ich ihm nicht seinen guten Ruf versaute. Er wollte mich also nur ein bißchen schmoren lassen. Ich mußte einfach die Nerven behalten.

Glücklicherweise brachte mich Felicia sofort auf andere Gedanken.

»Wo zum Teufel warst du?« tobte sie, als ich mit einer Stunde Verspätung im Büro ankam.

»Ich wurde aufgehalten. Die Polizei wollte mit mir sprechen.«

Sie trippelte in ihren Stöckelschuhen um mich herum wie ein Zirkuspony. Fehlte nur noch, daß sie mit den Hufen scharrte.

»Ich hab die Schnauze voll. Ich muß hier eine Sendung auf die Beine stellen. Du bist kein Polizeireporter mehr. Geht das nicht in deinen Schädel? Warum müssen wir das immer wieder aufs neue durchkauen?«

Vielleicht irrte ich mich, aber es sah ganz so aus, als suchte sie Streit. Wenn ich es mir recht überlegte, suchte ich das auch. Ich war durchnäßt und auf hundertachtzig.

»Wir müssen das nicht immer wieder durchkauen, Felicia. Du alleine reitest ewig darauf herum. Bin ich nicht an den meisten Tagen pünktlich?«

»Meistens ist verflucht noch mal nicht genug. Mein gesamtes Team, einschließlich mir selber, ist jeden Morgen pünktlich hier. Warum hast du ein Problem mit Pünktlichkeit? Ist das männlicher Stolz? Bist du dir zu fein, jeden Tag zu den offiziellen Zeiten zu erscheinen?«

»Was soll das, Felicia? Ich habe dir gesagt, warum ich zu spät gekommen bin.«

Sie hielt mir den Zeigefinger ins Gesicht. »Ich werde mich mit Delaney darüber unterhalten. Schon genug, daß ich deinen Chauvinismus, deine abfälligen Scherze und dein überhebliches Getue jeden Tag ertragen muß, aber was zuviel ist, ist zuviel. Du bist raus aus meiner Sendung, und zwar ab sofort.«
Ich fuchtelte meinerseits ein wenig mit den Fingern. »Großartig. Du machst mich sowieso krank. Du produzierst laufend Unmengen von heißer Luft. Du nimmst dich viel zu wichtig. Du kannst nicht abschalten. Du hast nicht den geringsten Sinn für Humor. Tut mir leid, daß ausgerechnet ich es bin, der dir das sagen muß.«
Sie bebte vor Zorn. »Und du bist erledigt. Ich werde nicht mehr mit dir zusammenarbeiten.«
Sie ging zu ihrem Schreibtisch, ich zur Kaffeemaschine.

»Du gibst wohl nie auf, hm?« sagte Lyall. Er füllte den Kaffeebecher mit der Eleganz langjähriger Erfahrung. Wie fast das gesamte Haus hatte auch er unseren Wortwechsel mitbekommen.
»Sie hat angefangen.«
Lyall gab mir auch einen Kaffee.
»Hör dir mal selbst zu. Du hörst dich an wie meine Kinder. Hast du wirklich nicht mit ihr gepoppt?«
»Daran müßte ich mich ja wohl erinnern.«
»Laß dir mal folgendes durch den Kopf gehen: Vom Arbeitslosengeld kannst du keine Alimente zahlen. Wenn du keine Alimente zahlst, wird Mary einen Weg finden, daß du Simon nie wiedersiehst. Und jetzt geh rüber und rutsche vor ihr auf den Knien, bevor Delaney kommt.«
»Ich werde schon was anderes finden.«

»Bei dem Arbeitsmarkt? Die suchen heute fünfundzwanzigjährige Arschkriecher, die mit Bestnoten von der Journalistenschule kommen.«

»Ich kann nicht mehr mit Felicia zusammenarbeiten. Ich lege mein Schicksal in Delaneys Hände.«

»Clevere Strategie. Der wird sich höchstens die Hände reiben. Du solltest dir was anderes einfallen lassen.« Lyall hoppelte davon.

Ich las die Zeitung, hörte Nachrichten, trank Kaffee und vermied Felicias Blick.

Delaney kam erst gegen zehn. Er ging in sein Büro. Er kochte sich Tee. Felicia und ich beobachteten jede seiner Bewegungen.

Delaney balancierte seinen Tee in einer chinesischen Tasse durch den Redaktionsraum zurück in sein Büro (Plastikbecher verträgt er nicht, sie sind schlecht für sein Karma, sagt er). Diese klapperte beträchtlich auf der Untertasse. Ohne um Erlaubnis zu bitten, folgte Felicia ihm ins Büro und schloß die Tür hinter sich.

Ich beobachtete sie verstohlen durch die Glasscheiben. Felicia gestikulierte wild. Delaney nickte weise, seine Augen auf ihren Brüsten. Nach einer halbe Stunde kam sie heraus.

Ich hackte betriebsam auf der Tastatur herum. Das Signal für eingehende Messages leuchtete auf. Ich rief die Mail ab.

»Würden Sie bitte in mein Büro kommen?« las ich.

Seufzend erhob ich mich von meinem Stuhl.

44

Ich klopfte an Delaneys Tür. Er winkte mich hinein. Die Teetasse stand auf dem Schreibtisch, der durchweichte Teebeutel klebte auf der Untertasse.

»Felicia informierte mich, daß wir hier ein kleines Problem haben.« Delaney lehnte sich in seinem orthopädischen Stuhl zurück und faltete die Hände. »Ich würde mir gern Ihre Version anhören.«

Das war immerhin etwas.

Ich nickte und versuchte erst, seine Meinung zu der Sache zu ergründen.

»Sie behauptet, daß Sie sich unmöglich benehmen, daß Sie keine Ideen haben, nie pünktlich sind und nichts Konstruktives zu den Sendungen beitragen.« Er lächelte steif. Es gefiel ihm, solche Dinge über mich zu wiederholen.

Ich entschied mich für eine reife, analytische Herangehensweise. Von Gefühlsausbrüchen hatte er für heute wahrscheinlich genug. Er mußte schließlich noch Wasserfilter verkaufen.

»Felicia und ich waren von Anfang an wie Hund und Katze«, sagte ich. »Das macht die Verständigung zwischen uns etwas kompliziert.« Es machte es auch etwas kompliziert, zu vermeiden, daß wir uns nicht jeden Tag gegenseitig die Augen auskratzten.

»Ich verstehe«, sagte er und wiegte sich langsam in seinem

Chefsessel hin und her. »Zwei unvereinbare Persönlichkeiten.«
»So sieht's aus«, sagte ich. »Ich habe mein Bestes getan, und sie auch. Aber es funktioniert nicht.«
Er wippte etwas schneller.
»Sie sind noch auf Bewährung. Sie sollten sich besonders viel Mühe geben.«
»Versetzen Sie mich in eine andere Abteilung. Betrachten Sie es als Gnadengesuch.«
»So einfach ist das nicht, Sam.« Er lächelte wieder, aber diesmal hatte es etwas Gemeines. Er liebte diese Spielchen.
»Alan, ich habe mich heute verspätet, weil die Polizei mich in einem Mordfall verhören wollte. Rufen Sie Roger Fitzgerald an, wenn Sie mir nicht glauben. Zu den anderen Beschwerden: Ich habe alles getan, worum ich gebeten wurde. Ich bin Polizeireporter. Es fällt mir schwer, mich für Mode und Prominententratsch zu interessieren.«
Delaney streckte sich nach einem Stift und schrieb etwas auf einen Block.
»Felicia will nicht mehr mit Ihnen zusammenarbeiten«, sagte er, als er fertig war. »Ich muß mir überlegen, was ich mit Ihnen machen soll. Wir haben keine andere freie Stelle, und wir können es uns nicht leisten, Sie untätig in den Redaktionsräumen herumlungern zu lassen.«
Nein, dachte ich. Dafür muß man erst ins Management aufgestiegen sein.
»Ich gebe Ihnen heute abend Bescheid. In der Zwischenzeit springen Sie für Lyall bei den Nachmittagsnachrichten ein. Er muß zum Arzt und wird deshalb nicht im Büro sein.«

»Zu Diensten, Sir!« salutierte ich an Lyalls Schreibtisch.
Er sah hoch. »Herrje, die Kavallerie.«
»Auf ihrem letzten Gaul, und der lahmt.«
»Wie lief's?«
»Schlecht.«
Lyall seufzte und stand auf. »Ich werde mit ihm reden. Mal sehen, was sich machen läßt«, sagte er. »Aber das ist das allerletzte Mal, daß ich meinen Kopf für dich riskiere.«
»Gott segne dich, mein Freund.« Ich ließ mich auf seinen Stuhl gleiten.

Eddy rief an.
»Wie ist er uns auf die Schliche gekommen?« fragte ich ihn.
»Gott, Sam, es tut mir so leid.« Eddy klang aufgeregt. »Er ist ins Büro gekommen und hat die Belegschaft nach dem Einbruch befragt. Hat nachgebohrt, ob die Sache was mit Elaines Tod zu tun haben könnte. Ich fürchte, ich war nicht besonders gut. Ich bin ein schlechter Lügner. Er hat mit allem möglichen gedroht.«
»Hat er dich mit auf die Wache genommen?«
»Nein, wir haben uns auf dem Parkplatz unterhalten.«
»Waren noch andere Polizisten dabei?«
»Nein.«
»Dann mach dir keinen Kopf. Das ist eine Sache zwischen ihm und mir. Ich versuche, das in Ordnung zu bringen.«
»Und wenn dir das nicht gelingt?«
»Dann kaufen wir uns One-Way-Tickets nach Rio.«

Delaney würdigte mich den ganzen Tag lang keines Wortes mehr. Ich absolvierte meine Redaktionsvertretung wie auf heißen Kohlen. Was würden die Karrieregötter mir morgen bringen? Lyall kam vom Arzt zurück. Sofort ging er zu Delaney und verbrachte dort einige Zeit hinter verschlossenen Türen.

»Wir können jetzt einen Drink gebrauchen«, sagte er, als er zurückkam. »Los, komm.« Geschäftig marschierte er mit mir im Schlepptau zur Tür hinaus. Wir gingen über die Straße, aber nicht in denselben Pub wie sonst immer, sondern in einen ohne Rocker und Proleten.

»Warum hier?« fragte ich. Lyall und ich waren uns einig, daß wir gerne auf die abwaschbaren Blümchentischdecken der Lizenz-Pubs großer Brauereien verzichten konnten, und daß wir, wenn wir die Wahl hatten, eine ehrliche Schmuddelkneipe vorzogen.

»Setz dich«, sagte er. »Ich hol dir was zu trinken.« Er ging zur Bar. Ich setzte mich in die Nische, die er mir angewiesen hatte. Ein paar Minuten später kam er zurück, stellte die Drinks auf den Tisch und starrte von da an ununterbrochen auf die Tür, als ob er jemanden erwartete.

»Wie lief's bei Delaney?« fragte ich.

»Ich appellierte an seinen Eigennutz.«

»Hört sich vielversprechend an.«

Die Tür öffnete sich, eine Regenböe fegte Felicia herein. Lyall winkte sie zu uns herüber.

»Setz dich«, sagte Lyall in entschiedenem Ton. »Die Runde geht auf mich. Was möchtest du?«

Sie sah Lyall an. Sie sah mich an. Sie sah wieder Lyall an. Sie öffnete den Mund und schloß ihn wieder.

»Wodka Tonic.« Sie zog ihren roten Mantel aus und legte ihn auf einen freien Stuhl.

Lyall stand auf. »Daß mir keiner von euch in der Zwischenzeit stiften geht.« Und natürlich waren wir beide noch da, als er zurückkam. Wir hatten uns angeschwiegen, aber wir waren geblieben.

»Also«, sagte Lyall. »Die Situation ist meiner Meinung nach folgende. Ihr seid beide dickköpfig, starrsinnig und rechthaberisch, und vernünftig reden kann man mit euch auch nicht. Ihr wollt beide immer mit dem Kopf durch die Wand.«

»Einspruch, Euer Ehren«, sagte ich.

»Halt die Klappe«, sagte Lyall. »Dich hat keiner gefragt.« Felicia grinste.

»Soweit zu den unbestreitbaren Fakten«, sagte Lyall. »Manchmal, und wenn ihr erwachsen werdet, Kinder, werdet ihr das besser verstehen, manchmal laufen die Dinge nicht so, wie ihr es gerne hättet. Und wenn dieser Fall eintritt, dann müßt ihr euch dem stellen, das wir Erwachsenen Reife nennen.«

»Das muß ich mir nicht sagen lassen«, sagte Felicia. Sie griff nach ihrem Mantel.

»Trink deinen Wodka«, sagte Lyall. »Gerade jetzt stehen wir einer solchen Situation gegenüber. Und die Jobs von euch beiden hängen davon ab, wie ihr das Ganze meistert. Bisher ist die Sache nur bis zu Delaney gegangen, und das ist gut so, denn ihm sind diese Dinge eigentlich piepegal. Er hat ganz andere Sorgen, wie wir alle wissen. Aber wenn du es hochspielst«, er sah Felicia an, »wird er es weiterreichen, und dann hat das Konsequenzen für euch beide.«

»Ich tue, was ich will, verdammt noch mal«, sagte Felicia.

»Natürlich tust du das. Sei dir aber bitte darüber im klaren, in was du dich damit hineinmanövrierst. Und jetzt ein kleines

Quiz: Was glaubst du, wessen Idee es war, Sam in deine Abteilung zu stecken?«

Felicia zuckte die Schultern. »Delaneys, nehme ich an.«

»Der liebe Gott?« riet ich.

»Falsch. Höher.«

»Marlowe?«

»Genau. Es war seine Idee. Und er hält es überraschenderweise für eine gute. Die Spezialsendung über Gewalt war ein voller Erfolg, hat dem Sender viel Ansehen gebracht und war alles in allem ein interessantes Experiment. Was wird also passieren, wenn du zu ihm gehst und sagst: »Daddy, wir können nicht mehr zusammen spielen.« Ich werde dir sagen, was passiert. Es wird ihm ganz und gar nicht gefallen. Schwarzmalen mag er gar nicht. Es wird ihm nicht gefallen, daß eine seiner Untergebenen ihm einzureden versucht, daß eine seiner Ideen nicht die beste Lösung für das anstehende Problem ist.« Da hatte er recht. Eine von Marlowes interessanten kleinen Makken war, daß er immer unbedingt recht haben mußte.

Lyall kippte seinen Tomatensaft hinunter. »Ich muß jetzt los. Ich laß euch mit diesen Anregungen alleine; gebt euch ein Küßchen und vertragt euch.«

Wir saßen wie versteinert und starrten uns über den Tisch hinweg an. Ich bestellte noch eine Runde, weil mir sonst nichts Besseres einfiel. Wir saßen da, sprachen kein Wort, rührten uns aber auch nicht. Felicia spielte mit einem losen Faden, der von ihrem Hemdsaum herabhing. Ihre hellroten Nägel hatten exakt dieselbe Farbe wie der Stoff.

»Was hast du zuerst gekauft?«

»Was?«

»Was hast du zuerst gekauft, den Nagellack oder das Hemd?«

Sie hörte auf, mit dem Saum zu spielen und griff zu ihrem Drink.
»Du bist verrückt, Ridley.«
»Ich habe allen Grund dazu gehabt.«
»Mich nach meinem Nagellack zu fragen?«
»Zu spät zu kommen.«
»Ach«, sagte sie. Sie war mit den Gedanken offensichtlich ganz woanders. »Dieser scheiß Marlowe. Er versucht, mich loszuwerden. Dich haben sie als Trojanisches Pferd benutzt, Ridley.«
»Wovon redest du?«
»Sie haben gewußt, daß wir uns nicht ausstehen können. Daß wir uns sofort in die Haare kriegen würden. Aber er hat es auf mich abgesehen, nicht auf dich. Du bist das Sahnehäubchen.«
»Sahnehäubchen? Bist du nicht ein bißchen paranoid?«
»Dieser Scheißkerl«, sagte sie. »Rückgratloses Weichei.«
»Warum sollten sie dich loswerden wollen? Will die Tochter des Direktors die Radiolaufbahn einschlagen?«
Felicia winkte ungeduldig ab. »Das ist eine Sache zwischen Marlowe und mir.«
»Aha«, sagte ich. Sie hatte es in einer Weise gesagt, die weitere Enthüllungen versprach. Ich setzte meine »Ich nehme Geheimnisse mit ins Grab«-Miene auf. Funktioniert immer.

45

»Was jetzt kommt, geht ziemlich weit, und ich würde im Ernstfall nicht zögern, dich bis an mein Lebensende zu jagen und zu Hackfleisch zu verarbeiten, Ridley.«

»Hab schon kapiert. Was ist passiert?«

»Du weißt, daß ich keine Erfahrung im Nachrichtengeschäft habe?« fragte sie. Ich hatte davon gehört, aber mir war nicht klar, warum das eine Rolle spielen sollte, da *Female AM* nichts mit Nachrichten zu tun hatte.

»Ich habe den Job bekommen, weil ich Marlowe auf einer Party kennengelernt habe. Vorher habe ich in der Werbung gearbeitet, aber das hat mir keinen Spaß gemacht. Also habe ich mich an ihn rangeschmissen, und er hat mich zum Vorstellungsgespräch eingeladen. Es lief sehr gut, und er hat mir den Job angeboten. Leider war er nicht nur an meiner Arbeitskraft interessiert. Es ist schon eine Weile her, da hat er mich zum Essen eingeladen. Ich war der Meinung, daß ich einer von vielen Gästen sein würde. Ich habe mich sogar geschmeichelt gefühlt. Dachte, daß die Einladung eine Art Anerkennung für meine gute Arbeit war. Zum Totlachen! Außer uns beiden war niemand da. Zufälligerweise war Mrs. Marlowe gerade nicht in der Stadt.« Sie kippte ihren Drink hinunter.

»Zum Schluß war er total besoffen und hat darauf bestanden, auf einen Schlummertrunk mit zu mir zu kommen.« Sie schnaubte verächtlich.

»Die alte Masche!« sagte ich und machte mir im Hinterstübchen eine Notiz, das bei nächster Gelegenheit auch mal zu probieren.
Felicia durchbohrte mit dem Fingernagel die Zitronenscheibe aus ihrem Drink. »Kurz, er machte mir, wenn man es höflich ausdrücken möchte, ein Angebot. Das heißt, er stürzte sich auf mich und hätte ein Nein als Antwort nicht gelten lassen.«
»Wie ging's weiter?«
»Ich habe ihm in die Eier getreten und ihn vor die Tür gesetzt«, sagte sie erbost.
Ich malte mir das Bild genüßlich aus: Unser Chefredakteur halbbekleidet und im Zustand volltrunkener Auflösung durch die Straßen Londons irrend. Ein breites Grinsen machte sich in meinem Gesicht breit. »Meine Freundin«, sagte ich. »Laß mich dich zu einem Drink einladen.«

Ein paar Drinks später kamen wir auf Marlowe zurück.
»Warum legst du keine Beschwerde ein?« fragte ich. »Es gibt Gremien, die sich mit so etwas befassen. Und du bekommst eine Entschädigung.«
Sie funkelte mich zornig an. »Ich ziehe das auf meine Weise durch, Ridley.«
»Ist gut. Mach das.«
»Ich brauche kein Gremium, um es ihm heimzuzahlen. Ich mache das täglich durch meine Arbeit. Nur – es ist hart, verdammt hart. Er gibt mir keinerlei Rückendeckung – er versucht, mich auszuhungern. Manchmal frage ich mich, ob das die ganze Sache wert ist, dann wieder sage ich mir: Zum Teufel, ein Jahr ziehst du das noch durch, und dann hast du genügend Erfahrung, um dir einen anderen Job zu suchen.«

»Das habe ich nicht gewußt. Ich dachte, du wärst ein Sonntagskind.«

Felicia lächelte reumütig. »Das bin ich. Darum haßt mich Marlowe um so mehr. Er kann mich nicht wegen Inkompetenz feuern, da *Female AM* besser läuft als je zuvor. Aber, ach Scheiße, mein Leben ist eine einzige Katastrophe. Ich brauche das alles nicht.«

»Was brauchst du dann? Vielleicht kann ich dir helfen.«

Sie lachte herzlich. »Das glaube ich kaum, Ridley, aber danke für das Angebot.«

»Keine Ursache. Jeder Feind Marlowes ist mein Freund.«

»Nein, du kannst mir nicht helfen, Ridley.«

Ich hatte das Gefühl, daß an diesem Abend noch einige Enthüllungen in der Luft lagen. Ein prüfender Blick zeigte mir, daß mein Glas noch voll war. Ich machte es mir gemütlich.

»Ich habe mich selbst in die Scheiße geritten und muß mich auch selbst da rausholen.«

»Das sagen alle. Wer auf dem hohen Roß sitzt, bekommt heute nicht viel Rückhalt.«

»Auf dem hohen Roß sitzen. Was gäbe ich für einen Typen, der auf einem hohen Roß angeritten käme. Einen unverheirateten Ritter auf einem hohen Roß.«

»Unverheiratet. Genau.«

»Ridley. Wenn ich nicht schon drei Wodka getrunken hätte, würde ich dir das nicht erzählen.«

»Vier. Einer war ein Doppelter.«

»Ich habe eine Affäre mit einem verheirateten Mann, Ridley. Ich bin ein wandelndes Klischee. Ich bin die ›andere‹ Frau.«

Ich mußte wohl eine Augenbraue hochgezogen haben, denn

sie schüttelte den Kopf. »Du kennst ihn nicht, brauchst dir gar nicht den Kopf drüber zu zerbrechen.«
Sie fingerte wieder an dem losen Faden herum. »Hat gesagt, er will seine Frau verlassen. Zwei Jahre lang lasse ich mich jetzt schon damit abspeisen. Ich weiß nicht, warum ich das noch mitmache. Es ist so uncool, so aussichtslos. Wahrscheinlich liebe ich ihn. Aber ich möchte auch noch etwas anderes vom Leben. Familie, Kinder, die üblichen langweiligen Vorstadtträume. Ich bin fünfunddreißig, die Zeit läuft mir davon. Ihr Männer braucht euch darüber keine Gedanken zu machen. Ihr schnappt euch einfach eine Dreiundzwanzigjährige. Das ist eure Antwort auf die biologische Uhr.« Sie schnippte mit den Fingern und rutschte tiefer in ihren Sitz.
»Sag mal ehrlich, glaubst du, eine Dreiundzwanzigjährige würde mich nehmen?« fragte ich.
Sie beugte sich vor, kniff ein Auge zu und musterte mich lächelnd.
»Nun, ich ...«, fing sie an.
Dann funkte es bei mir. Es traf mich wie ein gefrorener Urinblock aus einer Flugzeugtoilette.
Ich nahm Felicias Hand und küßte sie.
»Hab 'ne tolle Story für dich«, sagte ich, sprang auf die Füße und warf dabei den Stuhl um. Die anderen Gäste an der Bar starrten herüber.
»Ridley, was zum Teufel ...?« holte Felicia aus.
»Ich erkläre dir alles später«, rief ich über die Schulter, während ich zur Tür hinausstürzte.

46

Mitunter befürchte ich, daß ein Teil meiner Probleme daher rührt, daß ich zwar höre, was gesagt wird, aber nicht richtig zuhöre. Shark hatte versucht, mir zu sagen, was er wußte, aber ich hatte ihm nicht aufmerksam genug zugehört. Das mußte sich ändern.

Die Nachtschicht hatte begonnen. Im Redaktionsraum war es still und dunkel, weil Ted, der Nachtmoderator, einen Ein-Mann-Feldzug gegen Leuchtstoffröhren führte. Er behauptet, sie würden das Gehirn schädigen, was, wenn es stimmt, viele Dinge bei City Radio erklären würde.

Ich nahm das Band mit Sharks Anruf bei *Female AM* mit in einen Schneideraum. Ich spielte es ab und – ich hörte aufmerksam zu. Die Aufnahme war nicht so gut, wie ich es mir gewünscht hätte, aber wozu hat Gott den Toningenieur erschaffen. Ich schaute mich nach einem um und fand Gary, die Füße auf dem Tisch, mit einem vertrackten Kreuzworträtsel im Kontrollraum.

»Ich habe ein Problem«, sagte ich.

»Damit verdiene ich meinen Lebensunterhalt«, antwortete er.

Er folgte mir in den Schneideraum, und ich erzählte ihm, was ich von ihm wollte.

»Glaubst du, du kriegst das hin?« fragte ich ihn. Sein Blick war vernichtend. Ingenieure kriegen alles hin. Darauf sind sie sehr stolz.

Ich ging zurück an meinen Schreibtisch und rief Charlie Hobbs an. Er war nicht da. Ich hinterließ ihm eine Nachricht.

»Ich habe überall nach Ihnen gesucht.«

Es war Anna. Sie stand mit den Händen in den Taschen ihres teuren Überziehers vor mir und lächelte flüchtig. »Robert hat mir erzählt, daß Sie bei ihm waren. Wir sollten uns unterhalten.«

»Gut«, sagte ich. »Sie fragen sich, welche Version der Keller-Story ich glaube, Ihre oder die von Helen. Sie hat mir auch von der Brosche erzählt. Ich habe gesehen, daß Sie sie getragen haben. Haben Sie sie Ihrer Schwester gestohlen, bevor oder nachdem Sie sie umgebracht haben?«

Anna preßte ihre Hände tiefer in die Manteltaschen. »Sie sind besessen vom Tod meiner Schwester, weil Sie sich mit Albion identifizieren. Sie wissen, was es bedeutet, jemanden zu verlieren. Das ist Ihre Art, Ihrer Tragödie einen Sinn zu geben.«

Ich lachte nur. »Wollen Sie wissen, was ich denke? Ich denke, die Brosche war ein großer Fehler, Anna. Die Polizei hat Elaines Wohnung nach dem Mord versiegelt. Wie sind Sie in ihren Besitz gekommen? Mir fällt da nur eine Möglichkeit ein. Freiwillig hätte sie sie Ihnen nicht gegeben. Die Brosche war ein Symbol für Ihre Beziehung zu Elaine. Sie haben sie immer beneidet. Sie wollten all das besitzen, was sie besaß. Die Brosche und Albion, Sie wollten beides um jeden Preis haben.«

»Sie beschuldigen mich des Mordes?«

»Irgend jemand muß es machen.«

Anna seufzte erschöpft. Sie legte ihre Hand in den Rücken, als hätte sie Kreuzschmerzen. »Ist Ihnen eigentlich bewußt, was Sie da sagen, Sam? Sie sind erregt und verwirrt. Das ist verständlich. Sie haben Ihren Sohn verloren und kompensieren das, indem Sie Ihr Verlustgefühl auf mich projizieren. Denken Sie mal darüber nach. Warum sollte ich meine eigene Schwester ermorden, um Albion zu bekommen. Sie ist mein Patenkind. Ich konnte sie sehen, wann immer ich wollte. Sie hat um die Ecke gewohnt.«

»Elaine hatte zwei Pläne. Der erste war, daß sie wieder mit Mark zusammenkommen wollte. Der zweite war, aufs Land zu ziehen. Als die Mark-Option sich in Wohlgefallen auflöste, hat sie Ihnen erzählt, daß sie die Nase voll hat. Oder vielleicht war sie es leid, daß Sie sich in ihr Leben einmischten. Vielleicht ein bißchen von beidem. An jenem Abend hatte sie sich entschlossen, Roadblock und London den Rücken zu kehren. Das hat sie Ihnen erzählt, und daraufhin sind Sie ausgeflippt.«

Anna schüttelte den Kopf. »Sie haben eine blühende Phantasie. Leider würde Ihr Gespinst vor Gericht keinen Bestand haben. Diese Behauptungen entbehren jeder Grundlage. Es gibt keine Beweise. Außerdem habe ich in jener Nacht weder mit meiner Schwester gesprochen, noch habe ich sie gesehen.« Sie drehte sich um und ging langsam zur Tür, wobei sie sich noch immer ihren Rücken massierte. Ich blieb an meinem Schreibtisch sitzen, den Kopf auf die Hände gestützt.

»Du hast mich sitzenlassen. Da, wo ich herkomme, nennt man so etwas unverschämt.« Schon wieder stand eine Frau vor mir – Felicia.

»Was geht hier vor?« sagte sie.

»Glaubst du, ich bin verrückt?« fragte ich.

Sie zuckte die Schultern. »Nicht mehr als alle anderen auch. Warum?«
»Um es kurz zu machen: Ich glaube, daß Anna York-Baines ihre Schwester umgebracht hat, weil sie selber kein Kind bekommen kann.«
Felicia riß erstaunt die Augen auf. »Wow!«
»Sie behauptet, ich würde mir das alles aus den Fingern saugen, weil ich wegen meines Sohns verzweifelt bin.«
»Moment mal. Habe ich das richtig verstanden? Du hast *ihr* das erzählt?«
»Ich wollte sehen, wie sie reagiert.«
»Und?«
»Sie hat gesagt, ich brauche Hilfe.«
»War das, bevor oder nachdem sie dir in die Eier getreten hat?«
»Du hältst das auch für verrückt.«
»Nun, nicht gerade für verrückt. Es ist … unwahrscheinlich. Mein Gott, Sam … das ist … das ist …« Sie suchte nach dem passenden Adjektiv. Dann machte sich auf ihrem Gesicht ein fast laszives Grinsen breit. »Das ist eine absolut geile Story! Wenn sie wahr ist. Das ist der Knüller, total abgefahren.« Sie zog sich energisch einen Stuhl heran. »Welche Beweise hast du?«
»Ich …«
»Oh, Scheiße«, sagte sie. »Du bist verrückt.«
Das Telefon klingelte. Es war Gary.
»Komm rüber. Ich hab was für dich.«
»Gott, bin ich gut«, sagte er, während er die Bänder geschickt vor- und zurückspulte. Er hatte die Bänder mit in den Kontrollraum genommen. Er fädelte eine Spule ein und ließ den Finger über dem Startknopf schweben.

»Fertig?«

»Spul's ein Stück zurück«, sagte ich. »Ich möchte, daß Felicia es von Anfang an hört.« Er spulte das Band ein paar Umdrehungen zurück.

Sharks barsche Stimme erfüllte den Raum.

»Ich war da, an dem Abend. Ich habe was gesehen.«

Gary drückte die Pausetaste. »Jetzt kann man ihre Antwort nicht verstehen, weil Crosbie sie ausgeblendet hat. Aber«, er spulte das Band eine halbe Umdrehung zurück, »ich hab ein bißchen dran rumgespielt, war verzwickt, und«, er drückte die Starttaste, »voilà!«

Annas Stimme war verlangsamt, wie die einer Tauben, die Worte formt, die sie nie gehört hatte. »Was … wollen … Sie … v… mir?« sagte sie.

»Ich glaube, die Lady sagt: ›Was wollen Sie von mir?‹«, übersetzte Gary.

»Was hat das zu bedeuten?« Felicia runzelte die Stirn.

»Er hat sie erpreßt. Darum ging es eigentlich in diesem Gespräch. Sie hatte einen Moment die Deckung unten und fragte ihn instinktiv, was er wolle. Dann funkte Crosbie dazwischen. Ohne es zu wollen, hat sie ihr den Arsch gerettet. Shark hatte erst wegen der Belohnung angerufen, aber dann ist bei ihm irgendwie der Groschen gefallen. Oder vielleicht hat er es von Anfang an gewußt. Möglicherweise hat er ihr Foto in der Zeitung gesehen und sie wiedererkannt. So ist er auf die geniale Idee gekommen, sie in der Sendung vor Tausenden von Zeugen anzurufen. Ihr ist das Herz in die Hose gerutscht. Sie mußte geglaubt haben, daß das Spiel aus war. Hier, hör mal.« Ich spulte das Band ein Stück vor. »Da sagt sie: ›Was sollten wir Ihrer Meinung nach denn

tun, Shark?‹ Sie läßt ihn wissen, daß sie zu einem Deal bereit ist.«
»He, Leute«, sagte Gary. »Wovon redet ihr denn da?«
Felicia war noch immer skeptisch. »Willst du damit sagen, daß sie ihre Schwester *und* diesen Shark gekillt hat?«
»Das mußte sie. Und es kann ihr nicht besonders schwergefallen sein. Shark hätte nicht im Traum daran gedacht, daß eine Frau ihn überwältigen könnte. Er war ein großer Junge. Sie mußte nur einen dunklen und verlassenen Treffpunkt mit ihm ausmachen, und genau das hat sie getan. Shark hatte wahrscheinlich draußen bei der Summerhill-Siedlung rumgehangen und gesehen, wie Anna in Elaines Wohnung gegangen war. Eine Information, die sicher mehr als zwanzigtausend Pfund wert war. Anna hat das wohl etwas anders gesehen. Sie hat ihn erschossen. Hasta la vista, Shark.«
»Ich weiß nicht, Sam.« Felicia schüttelte den Kopf. »Das reicht nicht. Das sind Spekulationen. Wir brauchen einen Zeugen. Wo hat sich Shark aufgehalten, während er seine Erpressung geplant hat? Irgendwo muß er untergeschlüpft sein. Er kann ja nicht einfach verschwunden sein. Du kannst bestimmt einen Kumpel ausfindig machen, oder jemanden, der in der Nähe war, als …?« Sie unterbrach sich, weil ich ihr die Hand auf die Schulter gelegt hatte und außerdem noch zudrückte.
»Natürlich! Die Schwester von Max, Stephanie Adams. Die Schuhe. Los komm.« Ich rannte aus der Tür.
Wir stoppten ein Taxi und ließen uns nach Paddington fahren. Felicia sah mich mißtrauisch an, als befürchte sie, ich würde jeden Moment über sie herfallen.
»Max hat mir erzählt, daß er und Shark sich wegen seiner

Schwester gestritten hätten«, erklärte ich. »Also hatten sie was miteinander oder waren zumindest Freunde, in irgendeiner Form.«
Wir klopften an Stephanie Adams Tür. Sie schaute durch den Spion.
»Ich bin's, Sam Ridley.«
Die Tür öffnete sich leise, und sie stand da, dünn und verängstigt.

47

Stephanie Adams bat uns ins Wohnzimmer. Es war aufgeräumter als bei unserem letzten Besuch. Mir kam es vor, als läge er Jahre zurück.

»Kaffee?« fragte Stephanie, nachdem wir Platz genommen hatten. Das war ein ausgezeichneter Vorschlag. Der ganze Alkohol, den Felicia und ich uns eingepfiffen hatten, klingelte mir noch in den Ohren. Und ich brauchte einen klaren Kopf.

»Es geht um Shark, oder?« Sie reichte uns die Kaffeebecher.

»Würden Sie uns erzählen, was wirklich passiert ist?« fragte Felicia.

Stephanie nickte und nippte an ihrem Kaffee.

»Shark ist nach dem Mord an Elaine York bei mir untergekrochen. Erst hat er sich echt sonderbar benommen. Wollte mir nicht sagen, warum er zu mir gekommen ist, oder warum er keinen seiner Kumpels sehen wollte. Ich habe vermutet, daß er Ärger mit den Bullen hatte und habe ihn in Ruhe gelassen. Dann hat er von der Belohnung gehört. Er hatte sich 'ne Zeitung gekauft, und da hat es auf der Titelseite gestanden. Zwanzigtausend Mäuse. Als er das gelesen hatte, fing er mords an rumzupalavern. Laberte was von ›in Geld schwimmen‹ und so. Aber wollte mir nicht sagen, wie er das anstellen wollte. Schließlich leierte ich aus ihm heraus, daß er Zeuge bei dem Mord gewesen war. Aber was er gesehen hatte, wollte er mir nicht verraten. Ich habe ihm gesagt, er soll zur Polizei gehen. Er wollte nicht. Die würden ihn nur fertigmachen. Also habe ich einen Mittelsmann vorgeschlagen.«

Ich zog ein Päckchen Zigaretten aus der Tasche und bot ihr eine an. Dann gab ich ihr mein Feuerzeug.

»Hat sich rausgestellt, daß er Sie in Summerhill getroffen hatte, und Sie ganz okay fand, also war er einverstanden.« Sie blies eine endlose Rauchwolke unter die Zimmerdecke. »Natürlich hat der Schwachkopf das erste Treffen vermasselt und sich dann gewundert, warum Sie beim zweiten Mal nicht aufgetaucht sind.«

»Warum ist er beim ersten Mal nicht gekommen?«

»Hatte was mit seinen Schulden zu tun. Sharks Geschäftssinn war ziemlich unterentwickelt. Einer der Gründe, warum er diese Sache so komplett in den Sand gesetzt hat.«

»Warum haben Sie ihn aufgenommen?«

Stephanie wand sich verlegen. »Ich … hatte was für ihn übrig. Egal, jedenfalls hat er das mit dem Hörertelefon mitgekriegt – in eurer Sendung. Und als ich nicht da war, hat er angerufen – ich hätte ihn nie so etwas Bescheuertes tun lassen – und danach hat er unheimlich schlau und geheimnisvoll getan. Wollte mir nichts mehr sagen. Sie wollte er auch nicht mehr anrufen und machte statt dessen Anrufe von der Telefonzelle. Als ich ihn darauf angesprochen habe, ist er ausgerastet und hat mir vorgeworfen, ich sei nur hinter dem Geld her. Dieser verdammte Scheißkerl hängt in meiner Wohnung rum und wirft mir vor, daß ich geldgeil bin. Dabei wollte ich bloß wissen, was er vorhatte. Dann ist er eines Abends aus dem Haus gegangen und Ende. War das letzte Mal, daß ich ihn gesehen habe.«

»Hat er irgendwelche Andeutungen gemacht?«
Sie schüttelte den Kopf. »Ich habe alles versucht. Sogar seine Taschen durchsucht. Außer ein paar Zeitungsausschnitten über die tote Frau habe ich nichts gefunden. Das war auch so ein Ding. Er fing an, alle möglichen Zeitungen zu kaufen. Hab vorher nicht mal gewußt, daß er überhaupt lesen konnte.«
»Haben Sie die Ausschnitte noch?«
»Ja.« Sie verschwand im Nebenraum.
»Das reicht nicht, Sam«, sagte Felicia. »Sie weiß auch nicht viel mehr als wir.«
Stephanie kam mit den Ausschnitten in einem Umschlag zurück und gab sie mir.
»Haben Sie der Polizei nicht gesagt, was Sie wissen?« fragte Felicia.
Stephanie schüttelte den Kopf.
»Warum nicht?«
»Kann sie nicht ausstehen.«
»Ach so.« Felicia hob eine Augenbraue.

Ich ging die Ausschnitte durch, die Shark aufbewahrt hatte. Er hatte die Fotos von allen Hauptbeteiligten gesammelt, einschließlich einer Studioaufnahme von Anna, die der Sender zu Werbezwecken hatte verbreiten lassen.
Ich sah mir den Umschlag genauer an. Er trug das Logo von City Radio und war an einen Mr. Smith adressiert.
»Nicht sehr originell«, sagte Felicia.
Ich schaute das Foto an. Anna lächelte zurück.
»Er wollte sichergehen, daß er recht hatte«, sagte ich.

»Es ist spät. Ich gehe nach Hause«, sagte Felicia, als wir die Wohnung von Stephanie verließen und auf der Suche nach einem Taxi in Richtung Bishop's Bridge Road schlenderten. »Wir sollten die Polizei einschalten.«
»Ich würde vorher gerne etwas überprüfen«, sagte ich.
Ich setzte Felicia ins Taxi und ging zu Fuß heim. Aber ich war zerstreut. Bevor ich mich richtig besann, war ich schon im Holland Park. Abends ist es friedvoll in diesem Teil der Stadt. Der Verkehr donnert zwar über die Holland Park Avenue, aber die liegt ein paar Blocks weiter und war hier nicht zu hören. Ich stand unter einem Baum gegenüber von Annas Haus. Mir war selbst nicht klar, was ich hier eigentlich wollte.
Ein großer schwarzer Mercedes fuhr an mir vorbei und parkte auf der Straße. Eine Gestalt im Mantel stieg aus. Es war Robert. Er ging hinüber zur Beifahrertür und half Anna hinaus. Sie befreite eine schlafende Albion aus dem Kindersitz. Sie sah hoch, erblickte mich, hängte sich bei Robert ein, drängte ihn zum Haus und übergab ihm das Kind. Er steckte den Schlüssel ins Schloß, und ein rechteckiger Streifen Licht fiel auf die Treppe. Anna überquerte die Straße. Ein paar Meter von mir entfernt blieb sie stehen.
»Gehen Sie nach Hause, Sam.« Sie sprach leise, aber in der Stille der Nacht war ihre Stimme gut zu verstehen.
»So geht's nicht, Anna. Ich werde zur Polizei gehen.«
Anna schloß kurz die Augen, als ränge sie mit einer schwerwiegenden Entscheidung. »Sie verdienen es nicht, aber ich werde es Ihnen trotzdem sagen, und dann lassen Sie mich und meine Familie in Ruhe.«
Mit einem Schlag war mir klar, was sie sagen würde. Vielleicht

war es eine durch das schummrige Licht verursachte Sinnestäuschung, aber vermutlich eher die Weise, wie sie dastand, mit den Händen in den Rücken gestemmt. Ich hatte sie schon einmal so stehen sehen.

»Ich bin schwanger, Sam. Zwölfte Woche. Tut mir leid für Ihre Theorie.«

48

Anna hatte recht, es war mein Problem. Ich hatte meinen Sohn verloren. Albion ihre Mutter. Man mußte kein C. G. Jung sein, um den Zusammenhang zu begreifen. Da mir die realen Dinge nicht genügten, meinen Wachzustand über die Zeit zu bringen, hatte ich Überstunden gemacht, um mir haarsträubende Theorien zurechtzulegen.

Am nächsten Tag war ich eine halbe Stunde zu früh bei der Arbeit. Ich kaufte einen Cappuccino Spezial und stellte ihn Felicia auf den Schreibtisch, um unseren neuen Geist der Einigkeit zu beschwören.

»Was ist also aus unserem Knüller geworden?« fragte sie, nachdem sie mir eine Story über Männer, die mit den Müttern ihrer Freundinnen schlafen, aufgetragen hatte.

»Anna ist schwanger.«

»Was?« Felicia vergaß, den Mund zu schließen.

»Hätte ich euch gleich sagen können«, sagte Andie, die zufällig vorbeikam. Das Mädel hatte Ohren wie ein Luchs. »Ein kleines Wunder. Sie und ihr Ehemann haben wohl 'ne Million Mäuse für Invitro-Befruchtung geblecht – umsonst. Dann haben sie aufgegeben, und, siehe da, es hat geklappt.«

»Woher weißt du das?«

»Ich habe sie gefragt«, sagte Andie nonchalant. »War nicht zu übersehen, wie sie dauernd aufs Klo gerannt ist. Ein sicheres Zeichen.«

»Wirklich«, sagte Felicia. »Tolle Theorie, Ridley.«
Nach der Arbeit ging ich in den Pub gegenüber vom Büro. Was anderes wäre sinnlos gewesen. Ich trank, um zu vergessen, daß ich mich zum Deppen gemacht hatte. Eine Arbeit, die ich gründlich erledigte. Nach einer Weile war sogar der Barkeeper besorgt.
»Wollen Sie nicht ein bißchen was Festeres zu sich nehmen, Kumpel«, sagte er. »Nicht, daß Sie draußen 'ne Bürgersteigpizza abladen.«
Er sprach mit hartem australischem Akzent, was meine Selbstmitleidslitanei nur verlängerte.
»Geben Sie mir noch einen«, sagte ich und legte Geld auf den Tresen. »Sie haben mich gerade daran erinnert, daß mein Sohn sich eines Tages wie ein verdammter Fremder anhören wird.«
Der Barmann hatte nichts begriffen, aber aus seinem Gesichtsausdruck konnte ich ablesen, daß er Schwachsinn faselnde Besoffene gewohnt war.
»Sam! Habe ich mir doch gedacht, daß ich Sie hier finden würde.«
Ich nahm den Kopf hoch und versuchte meine Augen auf die richtige Brennweite einzustellen. Es war Delaney. Ich versuchte, die richtige Brennweite wieder loszuwerden.
»Ein Glas Mineralwasser«, bestellte Delaney sittsam und stellte sich einen Stuhl neben meinen. Ich schaute in die andere Richtung. Ich war zu betrunken, um mir Sorgen um meinen Job zu machen.
»Ich dachte, das wäre zu teuer«, knurrte ich, als das Mineralwasser kam. »Wertvoller als Öl. Haben Sie mal gesagt.«
»Was? O ja, haha. Na ja, kann nicht immer so wählerisch sein,

da ich nicht trinke und ab drei Uhr nachmittags keinen Kaffee mehr zu mir nehme. Würde mich glatt …«

»Wollten Sie nicht eine Jagd veranstalten?«

»Jagd? Ach ja. Richtig. Ich organisiere ein kleines Beisammensein. Ein paar Freunde, verstehen Sie? Dachte, Sie wären vielleicht gerne mit von der Partie.«

»Delaney, was immer Sie mir verkaufen wollen, ich bin nicht daran interessiert. Was City Radio mir bezahlt, langt gerade für den Whisky. Da bleibt nichts für solche Delikatessen wie Mineralwasser übrig.«

»Oh, das hat damit gar nichts zu tun. Nein, es geht um etwas anderes. Sie wissen schon, Männer, die sich ein Wochenende zusammensetzen und über ihre Erfahrungen reden. Die den Stumpfsinn überwinden und lernen, sich als Männer zueinander zu verhalten. Ich habe schon mal bei so etwas mitgemacht, und glauben Sie mir, Sam, das gibt unheimlich Kraft. Das moderne Leben läßt uns gestandenen Kerlen nicht viel Zeit, darüber nachzudenken, wer wir wirklich sind, uns selbst als Männer neu zu definieren, besonders jetzt, da die Frauenbewegung die Öffentlichkeit so sehr dominiert. Dieses Wochenendseminar beschäftigt sich mit wichtigen Fragen, Sam. Wir treffen uns am Freitagnachmittag und verbringen zwei ganze Tage miteinander. Ich habe schon mal bei so etwas mitgemacht, und ich sage Ihnen eins, ich bin ein besserer Mensch seitdem.«

»Faszinierend«, sagte ich.

»Und das Ganze für nur siebenhundert Pfund, alle Mahlzeiten inklusive, versteht sich.«

»Ein Schnäppchen.«

»Kann ich Sie also eintragen?«

Die Wucht von Delaneys Habgier haut mich immer wieder vom Hocker. Wir konnten nie miteinander, aber jedesmal, wenn er einen seiner Geistesblitze bekommt, schaltet sein Hirn wieder auf die Stunde Null, und wir können von vorne anfangen, eine wunderbare Freundschaft auf meiner Leichtgläubigkeit und seinen schwabbeligen Angeboten aufzubauen.

»Nein«, sagte ich und rückte meinen Stuhl nach hinten. Diese Bewegung sollte auf ein energisches Aufstehen hinauslaufen, aber der Whisky, der durch meine Venen surfte, hatte andere Pläne. »Ich habe keine Zeit. Habe mich für das Wochenende zu einem Verkehrsstau auf der M25 verabredet.«

Die kalte Luft tat gut. Delaney sitzenzulassen tat besser. Ich schwankte zur U-Bahn-Station in der Tottenham Court Road und zwängte mich in einen der stinkenden, überfüllten Waggons nach Notting Hill Gate. Fragen Sie mich nicht, warum. Der Whisky hatte das Kommando übernommen.

Ich stieg aus und schlingerte die Pembridge Road hinunter. Bevor das, was ich da tat, überhaupt im Großhirn zur Verarbeitung vorgelegt wurde, stand ich schon vor dem Restaurant, in dem Elaine ihr letztes Abendmahl mit Mark eingenommen hatte. Ich stand mitten auf einer befahrenen Kreuzung, und der Verkehr brandete um mich herum. Ohne Nachzudenken setzte ich den Fuß auf den Fußgängerüberweg, was bescheuert war, da die Autofahrer gerade auf dieser engen Straße gerne einen Zacken zulegten. Wer hier die Straße zu überqueren versucht, qualifiziert sich damit zum Haßobjeket Nummer eins. Wer immer einen Wagen besitzt scheint es zu seiner Lebensaufgabe gemacht zu haben, jeden ein für allemal von diesem Vorhaben abzubringen.

Ein Auto stoppte mit quietschenden Reifen. Ich stoppte auch, mitten auf der Straße. Der Fahrer gestikulierte wild und nahm Worte in den Mund, die ihn bei City Radio seinen Job gekostet hätten.
Ich bemerkte, daß ich im Restaurant Publikum hatte. Ein Kellner mit vier großen Tellern Pasta auf den Armen. Als er die Teller abstellte, schaute er kurz nach draußen, und ein wiedererkennendes Funkeln erhellte sein Gesicht.
Ich sprang auf den Bürgersteig. Der Fahrer fuhr fluchend davon.
Ich betrat das Restaurant.

Für Buddhisten ist das Leben, soweit ich weiß, ein Rad. Vermutlich war ich deshalb am Ende ausgerechnet hier gelandet. Zeit, sich von Elaine zu verabschieden.
Ich bestellte Pasta und Bier.
»Um ein Haar hätte es Sie da draußen erwischt«, sagte der Kellner, der mich durch das Fenster beobachtet hatte. Er brachte das Bier.
»Hab den Kopf total voll mit anderen Sachen«, sagte ich.
»Passiert 'ne Menge hier«, sagte er. »An der Kreuzung. Keiner will hier anhalten.«
Ich bestellte noch ein Bier und einen Salat. Später Tiramisu und einen Kaffee. Danach war mir nach einem Brandy, also orderte ich cinen. Die Tische leerten sich allmählich. Kurz darauf waren mit mir nur noch drei Gäste übrig. Ich wußte nichts mit mir anzufangen, also bestellte ich mir noch ein Gedeck. Im Restaurant hing eins der Fahndungsplakate, die die Polizei überall in der Nachbarschaft aufgehängt hatte. Der Kellner bemerkte mein Interesse.

»Sie hat an einem meiner Tische gesessen. Tolle Frau, den Leuten sind die Augen aus dem Kopf gefallen. Als ich Sie vorhin da draußen auf der Straße gesehen habe, hatte ich doch tatsächlich so'n Déjà-vu-Erlebnis. An dem Abend, an dem sie hier war, hat irgend so ein Trottel dasselbe veranstaltet. Den Verkehr aufgehalten und sie angestarrt.«

»Wie hat er ausgesehen?«

»Weiß nicht, war dunkel. Weiß nicht mal, ob's 'n Er war. Das einzige, was ich erkennen konnte, war ein riesengroßer Strauß Blumen.«

»Haben Sie das den Bullen gesagt?«

»Nee. Ist mir gerade erst wieder eingefallen.«

Vermutlich wären mir die Zusammenhänge etwas schneller klargewesen, wenn ich nicht schon genug geschluckt gehabt hätte, um eine Kanalfähre zu fluten. So fiel der Groschen erst, als ich schon halb zu Hause war. Den Rest des Weges rannte ich.

»Du bist besoffen.«

»Jawoll, Madam, bin ich. Aber morgen bin ich wieder nüchtern, und du bist … bist immer noch …«

»Ich bin immer noch deine Chefin, Ridley. Du solltest dir also einen guten Grund überlegen, mich um diese Zeit anzurufen.«

»Den habe ich. Ich hab's.«

»Himmel, Ridley. Was hast du?« fragte Felicia.

»Der Mörder … Elaine … Ich weiß …«

»Ridley, hör jetzt endlich auf mit dem Unfug. Nimm eine Paracetamol. Nimm ein ganzes Röhrchen Paracetamol und hau dich aufs Ohr. Das andere kann bis morgen warten.

Außerdem bist du kaum in der Verfassung, irgend etwas auf die Reihe zu kriegen.«
Sie legte auf, was ich erst gar nicht mitbekam. Ich war voll. Bis zur Oberkante. Mit diesem Gedanken schlief ich auf dem Sofa ein.

49

»Du siehst beschissen aus«, sagte Felicia, als ich ihr wieder einmal einen Kaffee brachte. Ich war früh ins Büro gegangen. Kämpfte inzwischen mit der dritten Tasse gegen meinen Kater. Ich war nüchtern. Na ja, so etwas ähnliches wie nüchtern. Und ich hatte einen Plan.

Ich machte einen Anruf. Sprach mit einer Sekretärin. Dann rief ich Charlie an.

Ich erklärte Felicia meinen Plan. »Du bist komplett verrückt, Ridley«, sagte sie. »Ich mach da nicht mit.«

»Da ist überhaupt kein Risiko dabei.«

»Kein Risiko? Zwei Menschen sind tot, Ridley. Nach meiner Rechnung ist das ein Risiko.«

»Das wird eine Riesenstory.«

»Ein Knüller?«

»Aber hallo. Wir werden es exklusiv haben. Überleg mal, Marlowe wird sich fühlen wie nach einer Darmspülung.«

Sie rollte mit den Augen, aber ich hatte sie an der Angel.

Ich ging in den Kontrollraum zu Gary, der gerade in einer Elektronikerzeitschrift blätterte.

»Haben wir ein Funkmikro?«

»Nein«, sagte er, »aber ich kann dir eins basteln. Welche Reichweite?«

»Etwa hundert Meter.«

»Komm nach dem Mittagessen wieder.«

Das tat ich. Gary hatte zwei kleine Päckchen aus Transistoren, einem Walkman mit Batterien und Draht gebastelt und mit Isolierband umwickelt.

»Also«, sagte er, »das Ding, den Sender, bekommt die Person, die du abhören willst. Kleb's an und laß den Draht hinten runterhängen. Das Mikro stopfst du in eine Tasche oder unter den Schlips, fertig. Der Empfänger ist mit dem Walkman verbunden, der bereits auf die richtige Frequenz eingestellt ist. Ich hab's überprüft und den Regler mit Isolierband überklebt, also nicht dran rumfummeln. Leg eine Kassette ein. Egal, was für eine. Nimm die Kopfhörer. Wenn du das Gerät nicht zurückbringst, verkabel ich dir die Wohnung so, daß du in einem riesigen Feuerball verdampfen wirst, und alles auf einen Unfall deutet. Kapito?«

»Kapito. Wird das funktionieren?«

Gary war beleidigt. »Du hast Zweifel an meinem Lebenswerk?«

Felicia und ich bereiteten den nächsten Schritt vor. Sie legte Zivil an. Fleckige Jeans, ausgewaschenes blaues Sweatshirt ohne Universitätsemblem auf der Vorderseite, das Haar zurückgebunden, darüber eine Baseballkappe. Zusammen gingen wir zu Stephanie Adams. Stephanie hatte das Kind unter dem einen Arm, einen Schlafsack unter dem anderen. Hinter ihr stand noch eine Frau.

»Ich bin bei meiner Freundin«, sagte sie. »Die Telefonnummer steht auf dem Block neben dem Telefon.«

Ich begleitete sie zum Auto und überzeugte mich davon, daß uns niemand beobachtete, obwohl ich mir keine großen Sorgen machte. Ich hatte Felicia überzeugt, daß, meiner Meinung nach, der Täter nicht wußte, wie Stephanie aussah. Darauf beruhte unser Plan. Ich verdrahtete Felicia, und dann hieß es warten. Sie legte Patiencen. Ich trank Kaffee. Der Kater trapste immer noch über meine Synapsen. Genau das, was ich jetzt brauchen konnte.

»Was, wenn der Mörder nicht anruft?« fragte sie nach zehn Minuten.

»Entspann dich. Erinnerst du dich, wie wir sie gefunden haben. Sie steht im Telefonbuch.«

Wir warteten über eine Stunde. Es wurde dunkel. Es fing an zu regnen und es hörte wieder auf. Felicia und ich schauten uns im Fernsehen die Nachrichten an.

Um zehn nach neun ging das Telefon, mitten in einem Bericht über Bosnien.

»Hallo?« Von Felicias amerikanischem Akzent war nichts mehr zu hören. Ihre Stimme hatte Stephanies flachen, fast mürrischen Tonfall angenommen. Sie nickte, schrieb einen Namen auf den Notizblock und sagte der Person am anderen Ende, daß sie sie morgen zurückrufen würde.

»Eine von Stephanies Freundinnen«, sagte sie. »Gute Übung für den Ernstfall.«

Wir schauten weiter Fernsehen.

Um halb elf klingelte es erneut.

»Hallo?«

»Stephanie?«

»Ja.«

»Man hat mir gesagt, Sie haben Informationen über den Mord an Elaine.«

»Ja«, sagte Felicia. »Sie wären überrascht, wie viel ich weiß.«

»Was werden Sie mit diesem Wissen anfangen?«

»Ich bin für Angebote offen«, sagte Felicia. »Ich hatte eine Menge Unkosten, wenn Sie wissen, was ich meine. Und was geht schon über ein gut gefülltes Bankkonto.«
»Vielleicht sollten wir uns treffen und, äh, die Möglichkeiten diskutieren?«
»Wir können das hier und jetzt diskutieren. Ich will fünfundsiebzigtausend Mäuse.«
Man hörte ein Schlucken am anderen Ende. »Diese Summe kann ich nicht auftreiben.«
»Wie Sie meinen. Aber ich finde das immer noch billiger als ein Leben hinter Gittern.«
»Okay, aber ich kann Ihnen im Moment nur eine Anzahlung geben. Wären Sie mit fünfzehntausend einverstanden? Morgen gehe ich dann zur Bank.«
Ich bemerkte, wie Felicia sich in die Rolle der knallharten Erpresserin hineinsteigerte und gerade anfangen wollte zu feilschen. Ich griff nach dem Notizblock und schrieb: »Sag um Himmels willen ja!« Sie schaute geradezu beleidigt.
»Okay. Fünfzehntausend reichen für den Anfang. Aber wir treffen uns da, wo genügend Leute um uns herum sind. Ich habe keine Lust, denselben Fehler zu machen wie Shark. Ich bin ein bißchen cleverer als er.«
»Das sind Sie bestimmt«, schmeichelte die Stimme. »Was schlagen Sie vor?«
Felicia nannte einen Pub im Wetborne Grove.
»Wie werde ich Sie erkennen?«
Felicia beschrieb, was sie anhatte und legte auf.
»Wir haben ein halbe Stunde.«
»Das war oscarreif«, sagte ich. »Ich rufe Charlie an.«

»Meine Scheiße«, sagte Charlie, als ich ihm von dem Anruf erzählte.
»Wir treffen uns in einer halben Stunde im Cock & Hoop.«
Charlie seufzte. »Scheiß Ridley. Du mischst dich in Polizeiangelegenheiten ein und bringst mich in eine kompromittierende Lage. Verdammt, die könnten mich feuern. Ich habe Frau und Kinder zu ernähren, weißt du das?«
»Sei einfach da«, sagte ich. Alles hing von Charlie ab, denn natürlich hatte ich keinen Plan, was wir weiter tun sollten.
Wir überprüften noch einmal die Ausrüstung. Felicia hatte das Mikro an ihrem Hemd unter dem Sweatshirt befestigt, und der Draht hing so an ihrem Rücken herunter, daß er nicht gesehen werden konnte.
Sie marschierte los. Ich folgte ihr in etwa zwanzig Meter Entfernung, den Walkman am Gürtel, die Kopfhörer in den Ohren. Ich ließ mich etwas weiter zurückfallen, konnte aber immer noch deutlich verstehen, wie sie »Mary Had a Little Lamb« mit Stephanie Adams Stimme rezitierte.
»Helft den Obdachlosen. Sonderausgabe.«
Ein Straßenverkäufer näherte sich Felicia. Der Wortwechsel war gut zu verstehen, zu sehen waren sie nicht so gut.
»Nein, danke.«
»Kommen Sie, Gnädigste, ist das letzte Exemplar. Nur siebzig Pence. Helfen Sie den Obdachlosen.«
»Ich sagte nein, danke.« Felicia spielte ihre Rolle großartig, die Stimmimitation war perfekt. Der Straßenverkäufer legte ihr die Hand auf den Oberarm. Felicia wollte ihn abschütteln, was ihr aber nicht gelang.
»Wenn Sie mir meine Zeitung nicht abkaufen wollen, müssen

Sie mit mir kommen, Stephanie. Ich habe ein Knarre, und ich werde sie benutzen, aber das wissen Sie ja, nicht wahr?«

Es war Robert.

Felicia nickte. Sie und Robert bogen schnell von der Bishop's Bridge Road in eine Seitenstraße ein. Ich folgte in gebührendem Abstand. Es war dunkel, kalt und menschenleer. Felicia und Robert wirkten wie ein normales Paar. Ich hatte keine Ahnung, wie ich Felicia retten könnte, ohne sie zu gefährden. Eigentlich fiel mir gar nichts ein. Ich wußte nur, daß ich sie nicht aus den Augen verlieren durfte. Robert schien glücklicherweise nicht auf den Gedanken gekommen zu sein, daß er verfolgt werden könnte. Er drehte sich nicht einmal um, während er mit Felicia durch die Nacht hetzte. Autos rauschten vorbei, aber niemand nahm Notiz von den beiden. Niemand außer mir.

»Was haben Sie vor?« fragte Felicia.

»Ich werde Sie dorthin begleiten, wo wir uns besser kennenlernen können.«

»Was ist mit dem Geld?«

Robert lachte nur. »Kein Geld, meine Liebe. Aber das haben Sie sich nach dem, was mit Shark passiert ist, bestimmt schon gedacht.«

»Warum haben Sie ihn umgebracht? Wenn Sie ihm die Kohle gegeben hätten, hätte er sich aus dem Staub gemacht.«

»Sie verstehen nicht«, sagte er erregt. »Ich habe es für Anna getan. Um unsere Ehe zu retten. Sie hatte mir die Affäre mit Elaine verziehen. Sie hat sogar ein paar Beweisstücke verschwinden lassen. Aber sie war nicht sehr glücklich mit mir. Nein. Als Shark dann Kontakt mit ihr aufgenommen hatte, mußte ich etwas unternehmen. Er hat geglaubt, daß Anna

Elaine umgebracht hat, dabei hat sie nur versucht, mich zu decken. Unsere Familie, alles, was wir gemeinsam aufgebaut hatten.«

»Ich bin gerührt.«

»Ich überlege noch, ob Ihr Tod eine Botschaft haben soll«, sinnierte Robert. »Man liest das ja heute überall – Mörder betrachten ihr Handwerk als Kunst. Ich wollte früher mal Künstler werden. Meine Eltern hielten nicht viel von der Idee. Vielleicht wird jetzt alles anders. Leider habe ich nur diese Knarre.« Er fuchtelte ein wenig mit der Hand in der Tasche seines überdimensionalen Mantels herum.

»Machen Sie's einfach kurz«, sagte Felicia. »Wenn ich ehrlich sein soll, Sie langweilen mich sonst vorher zu Tode.«

Felicia hatte Mumm. Einen aufbrausenden Mann zu reizen. Aber Robert ließ das offenbar kalt.

»Hatte Elaine die Nase voll von Ihnen?« Felicia ließ sich nicht aus der Ruhe bringen.

»Wir kamen zusammen, als sie angefangen hat, bei mir im Familienbetrieb zu arbeiten. Aber dann hat sie gesagt, daß sie mich nicht wirklich lieben würde. Sie wollte nur Anna eins auswischen. Aber ich habe ihr nicht geglaubt. Ich konnte es einfach nicht glauben.«

»Dann hat sie Ihnen erzählt, daß Mark der einzige für sie sei?«

»Ich glaube, sie wollte, daß ich sie zusammen mit diesem kleinen Trottel sehe. Ein nettes Abendessen mit ihm. Sie hat gewußt, daß ich auf dem Weg von der U-Bahn zur Wohnung ihrer Mutter an diesem Restaurant vorbeikommen mußte. Ich dachte, sie hätte das Ganze arrangiert, um mich eifersüchtig zu machen, aber da habe ich sie gründlich mißverstanden.«

»So schnell kann's gehen«, sagte Felicia trocken. »Vielleicht

haben Sie recht. Wenn wir Leute, die genug von uns haben, umbringen würden, brauchten wir uns keine Sorgen mehr machen, ihnen in der Stadt über den Weg zu laufen.«
Robert schüttelte sie brutal. »Machen Sie sich nicht darüber lustig. Das zwischen uns war etwas Besonderes.«
»Sie hören zu viele Lovesongs, mein Lieber. Wir reden hier bloß über Seitensprünge.«
Wir gelangten in eine Straße mit Häusern auf der einen und einer hohen Mauer auf der anderen Seite. Dahinter führten die Zug- und U-Bahn-Linien zum Bahnhof Paddington vorbei. Robert zerrte Felicia nach rechts. Erst dachte ich, er würde sie auf eine Fußgängerbrücke schleppen, die die Gleise überquerte. Statt dessen hörte ich ein metallisches Rattern.
»Das habe ich schon vor einiger Zeit präpariert«, sagte Robert triumphierend, schubste Felicia durch ein Tor und schloß es hinter ihnen. Das schwere Vorhängeschloß war einem noch schwereren Angriff zum Opfer gefallen und baumelte nutzlos herunter.
Auf der Straße kam mir jemand entgegen. Eine gekrümmte Gestalt mit zwei Einkaufstüten. Ich hielt sie an.
»Bitte rufen Sie die Polizei. Da, bei den Gleisen, ist ein Mann mit einer Pistole, und er hat eine Frau als Geisel.«
»Sie Perverser!« kreischte sie und flüchtete auf die andere Straßenseite.
»Bitte rufen Sie die Polizei«, flehte ich sie an, während sie davonlief. Sie drehte sich nicht um.
Robert trieb Felicia über die Bahngleise. Es gab drei oder vier Linien für die regulären Züge und einen Tunnel für die U-Bahn.
Ich nahm die Fußgängerbrücke. Ich rannte so leise ich konnte

auf die andere Seite, bis zu der Stelle, an der die U-Bahn im Untergrund verschwand. Dort stand ein Container neben dem Brückenpfeiler. Hier konnte ich nach unten klettern, ohne von Robert gesehen zu werden.

»Na, Robert, wie sieht Ihr Plan denn jetzt aus?« fragte Felicia, während sie über die Gleise stolperte. Ich hörte ihren Atem kürzergehen. Das einzige Anzeichen für Nervosität bei ihr. »Sie werfen sich einen schwarzen Umhang über und legen mich gefesselt auf die Gleise?«

»Bitte vergessen Sie das Weitergehen nicht. Und passen Sie auf, daß Sie nicht auf das stromführende Gleis treten.«

Ich überholte sie auf der Brücke. Über mir war ein dickes blaues Rohr. Ich sprang hoch, griff nach dem Rohr und schwang mich daran auf das Stahlgeländer der Brücke. Direkt unter mir befand sich der Container. Zwischen ihnen und mir ratterte eine U-Bahn ins Blickfeld.

Durch den Brückenpfeiler konnte Robert mich nicht sehen. Der Zuglärm schluckte meine Landung auf der Blechhütte.

Ich ließ mich fallen, rollte mich ab und ließ mich erneut fallen. Fester Boden unter den Füßen. Zu fester Boden, signalisierten meine Kniegelenke. Ich spähte um die Ecke des Containers. Robert und Felicia hatten die stromführenden Gleise hinter sich gelassen und näherten sich dem U-Bahn-Schacht. Er hatte die Knarre inzwischen offen in der Hand und stieß sie ihr in den Rücken.

»Sie werden wohl nicht von mir erwarten, daß ich hier hinunterspringe«, sagte Felicia. »Ich hatte immer eine Fünf in Sport.«

Aber Robert hatte die Ausbeulung an ihrer Taille entdeckt.

»Hallo, meine Liebe«, sagte er. »Was haben wir denn da?« Mit dem Lauf schob er ihr Sweatshirt hoch. Selbst in dem schummrigen Licht konnte er erkennen, was sie dort an ihrem Rücken befestigt hatte.

Unerklärlicherweise fing er an zu lachen. Lachend hob er die Pistole und hielt sie vor ihr Gesicht. Auch, als er den Finger auf den Abzug legte, lachte er.

50

Ich stürmte hinter dem Container hervor und schrie »Du verdammtes Arschloch!« oder etwas, das sinngemäß dasselbe bedeutete. ›Das Feuer auf sich ziehen‹ nennt man das, soweit ich weiß. Und ich sprang mit Anlauf über die U-Bahn-Gleise. Noch etwas anderes machte Lärm. Ein Zug. Überirdisch diesmal, direkt hinter Robert und Felicia.

Ich segelte endlos durch die Luft. Vielleicht waren in dieser Nacht die Götter auf meiner Seite. Vielleicht hatten sie mich kurzfristig von den Gesetzen der Schwerkraft entbunden. Wie auch immer, ich kann mich nicht erinnern, jemals so lange in der Luft gewesen zu sein. Unter mir der Abgrund mit den zwei todbringenden elektrischen Gleisen. Vor mir Felicia, die sich langsam drehte, langsamer als in Zeitlupe, hin zu dem Mann, der wie ein Wahnsinniger lachte.

Ich landete. Stürzte mich auf die beiden Personen, die im Kampf um die Waffe zu einer verschmolzen waren. Robert riß die Waffe herum, weg von Felicia, und richtete sie auf das zweitbeste Ziel – mich.

Das einzige, was ich mitbekam, war das infernalische Krachen. Der Schuß, der vorbeirauschende Hochgeschwindigkeitszug und mein gellender Schrei, wie von einem verwundeten Tier. Nicht, daß ich wirklich einen Schmerz verspürte, aber der dunkle Fleck, der auf meinem Jackett immer größer wurde, gab mir das blöde Gefühl, daß die Dinge eine ungute

Wendung genommen hatten. Die Wucht des Geschosses warf meinen Körper herum und brachte mich aus dem Gleichgewicht. Ich taumelte ein paar Schritte rückwärts. Der zweite brachte mich wieder an den Rand des U-Bahn-Schachts. Drei Meter steil nach unten. Aber nicht der Aufprall würde mich umbringen. Ein rumpelnder, altmodischer Londoner U-Bahn-Waggon würde mir auch die kleinste Falte aus dem Leib bügeln.

Instinktiv kam Felicia mir zur Hilfe. Robert riß sie am Kragen zurück.

Ich verlor Blut. Es war unglaublich schwer festzustellen, ob ich das Gleichgewicht wiedergefunden hatte oder nicht. Ich schwankte. Felicia riß den Mund auf.

»Geben Sie auf, Robert«, sagte sie, etwas gefaßter. »Sie können uns nicht beide umbringen.«

»Warum nicht? Ich habe eine Knarre.«

»Die Polizei wird jede Minute hiersein. Heutzutage gibt es Telefon in den Zügen.«

»Ruhe. Ich muß nachdenken.«

»Nehmen Sie die Waffe herunter und gehen Sie nach Hause. Ich muß Sam in ein Krankenhaus bringen. Sehen Sie nicht, daß er verblutet?«

»Ich sagte Ruhe, verdammtes Miststück!« kreischte Robert. Er schlug Felicia ins Gesicht. Das war sein Verhängnis. Niemand nennt Felicia ein verdammtes Miststück. Ihre Nüstern verengten sich. Präzise und ohne Ankündigung rammte sie ihm den Ellenbogen gegen den Adamsapfel.

Robert taumelte rückwärts, schnappte panisch nach Luft. Ich machte einen Satz in, wie ich hoffte, die richtige Richtung.

Irgendwie erwischte ich ihn an der Hüfte. Eine eindrucksvolle

Leistung, wenn man die Umstände berücksichtigt. Wir gingen zu Boden, Robert unter mir. Er schlug mir mehrmals mit der Pistole auf den Kopf. Ich spürte, wie Blut sich zähflüssig eine Bahn über mein Gesicht suchte. Für einen Typen, der nur aus Haut und Knochen bestand, war er erstaunlich kräftig. Ich versuchte, ihm die Knarre abzunehmen, aber er befreite sich. Ich schnappte nach seinem Fuß und erntete einen Tritt gegen die Schulter. Das war das entscheidende Signal für die körpereigene Schockanästhesie, den Dienst zu quittieren. Der Schmerz, heiß und stechend, ließ mich fast in Ohnmacht fallen. Robert erkannte seine Chance und rappelte sich hoch, versuchte, die Knarre mit beiden Händen zu halten. Als ich das nächste Mal hochsah, hatte er sie auf mich gerichtet.

»Geht da rüber. Alle beide. Zu den Gleisen.«

Ich streckte meine Hände nach Felicia aus. Ich brauchte Unterstützung.

»Kommt schon! Kommt schon!« Er tänzelte wie ein Boxer auf den Fußballen. »Rüber zu dem bösen kleinen Schacht da.«

Felicia verstärkte den Griff um meinen Arm. Vorsichtig näherten wir uns den U-Bahn-Gleisen.

»So«, sagte er. »Wer von euch möchte den Anfang machen?«

Wie ein Kobold hüpfte er von einem Fuß auf den anderen. Langsam wurde es neblig um mich. Ich glaubte, das Geräusch eines sich nähernden Zuges zu hören. Dann schien Felicia Robert anzuschreien. Ich verstand den Sinn der Worte nicht mehr. Die Zuggeräusche kamen jetzt in Stereo. Zwei Züge, einer oberirdisch, einer unterirdisch. Einer auf jeder Seite. Vielleicht war es auch nur das Geräusch, mit dem man das Bewußtsein verliert.

Er machte einen Schritt zuviel. Auf das stromführende Gleis. Vor einem heranrauschenden Zug. Felicia schrie auf.
Das Bild werde ich so schnell nicht vergessen.

Kurz darauf traf die Polizei ein. Zum Glück. Ich hatte ein paar Probleme, selber zu gehen, und Felicia machte mir unmißverständlich klar, daß sie nicht die Absicht hatte, mich zu tragen. »Ich habe ihm gesagt, er soll aufpassen«, flüsterte sie; ihr Gesicht war von den Ereignissen des Abends gezeichnet. »Ich habe es ihm gesagt.«

Die Waffe, mit der Robert Elaine ermordet hatte, wurde nie gefunden. Ich vermute, daß sie im Schlick auf dem Grund der Themse ruht und darauf wartet, in zweihundert Jahren entdeckt zu werden, vielleicht zusammen mit einem Wikingerschwert. Aber die Knarre, mit der Shark gekillt worden war, war die gleiche wie die, mit der mir Robert ein kugelgroßes Loch in der Schulter eingebrockt hatte. Roberts Vater hatte sie im Krieg einem toten deutschen Soldaten abgenommen.
Female AM brachte eine Serie: ›Mord aus Liebe.‹ Die Sendung präsentierte die richtige Mischung aus Sensationslust und Anzüglichkeit – Felicia und ich wußten genau, was wir taten. Crosbie interviewte mich live, was mich in die skurrile Situation brachte, daß ich auf Fragen antworten mußte, die ich selbst geschrieben hatte. Die Sesselfurzer von der Chefetage waren begeistert.
Albion zog zu ihrer Großmutter.
Meine Schulter wurde zusammengeflickt, und ich kam in den Genuß einer unglaublich schnuckligen Physiotherapeutin, die dazu noch schwer von meinem todesmutigen Einsatz beein-

druckt war. Ich hoffte, das in ein Candlelight-Dinner ummünzen zu können.

City Radio gab mir meinen alten Job zurück. Marlowe hatte eingesehen, daß es ihm, nachdem Felicia und ich gut miteinander auskamen, wenig Genugtuung verschaffen würde, mich bei *Female AM* zu lassen. Aber ausschlaggebend war wohl, daß Rick irgendwo anders einen Job bekommen hatte. Sein Designerherz schlug nicht länger im rauhen Takt der grausamen Realität, sondern für den sonnigen Job eines Wettermanns bei einem lokalen Fernsehsender.

»Ein Sprungbrett«, sagte er, als er die frohe Botschaft seinen hämisch grinsenden Kollegen verkündete. »Zu einer großartigen Karriere.«

»Jawohl«, bestätigten wir im Chor. »Zu einer großartigen Karriere.« Wir veranstalteten eine Sammlung, um ihm zum Abschied einen dieser Zeigestöcke zu kaufen, mit dem Wetterfrösche gewöhnlich Hochdruckkeile präsentieren.

Etwa eine Woche nach den Ereignissen rief ich Detective Inspector Roger Fitzgerald an, um mit ihm ein paar offene Fragen zu erörtern.

Wir vereinbarten ein Treffen am Trafalgar Square. Ich wartete vor dem Standbild von Nelson und sah zu, wie die Touristen Tauben fütterten.

»Wenn ich eingelocht werde, reiß ich dich mit rein«, sagte ich, nachdem er eingetrudelt war. »Aber wir wissen beide, daß das nicht nötig sein wird.«

»Es liegt nicht mehr in meinem Ermessen, Ridley. Falls Roadblock auf einer Anklage besteht.«

»Das werden sie nicht tun. Dabei würde zuviel aufgewirbelt, das sie nicht gerade gutaussehen lassen würde; der Chef des Ladens will in die Politik. Und ich weiß, daß du unser kleines Geheimnis für dich behalten wirst. Das von Eddy und mir.«

»Das läuft nur, wenn du mir das Band gibst.«

»Das behalte ich. Niemand wird es je zu Gesicht bekommen, solange du dich an deinen Teil der Abmachung hältst.«

»Welche Garantie gibst du mir?«

Ich lächelte. »Mein Wort als Ehrenmann.«

Er wußte, wann eine Sache gelaufen war.

»Also schön. Hand drauf.«

Wir schüttelten uns die Hände, was immer das bedeuten mochte.

»Ach, und Roger?« Er drehte sich noch einmal um.

»Ich erwarte, daß du von jetzt ab schön brav bist.«

Er zuckte die Schultern.

»Und ich schicke dir die Rechnung für die Autoreparatur.«

Ich ging zurück ins Büro. Der Himmel war grau und trostlos. Auf den Straßen tummelten sich die Schnäppchenjäger. London im Dezember ist nicht gerade das Gelbe vom Ei. Eine endlose Reihe von kurzen, düsteren Tagen. Erst wenn im März im Hyde Park die ersten Krokusse sprießen, kann ich mich wieder mit dieser Stadt anfreunden. Die Zeit dazwischen ist eine ziemliche Durststrecke. Nur die Härtesten kommen durch.

Ich bog in die Oxford Street. Dort gab es ein kleines Reisebüro.

»Wo ist es schön um diese Jahreszeit?« fragte ich.

Der dauerlächelnde Junge im hellblauen Anzug ratterte die übliche Liste von Billigzielen am Mittelmeer herunter. Nicht gerade verlockend, sich den Horden Fish & Chips fressender Landsleute an der Costa del Sol anzuschließen.

»Und wie sieht's mit Sydney aus?«

»Ziemlich weit weg«, sagte er. »Aber ich kann Ihnen ein Angebot machen.«

Zehn Minuten später verließ ich den Laden mit einem Ticket nach Australien in der Tasche.

Am Abend rief ich meinen Sohn an.